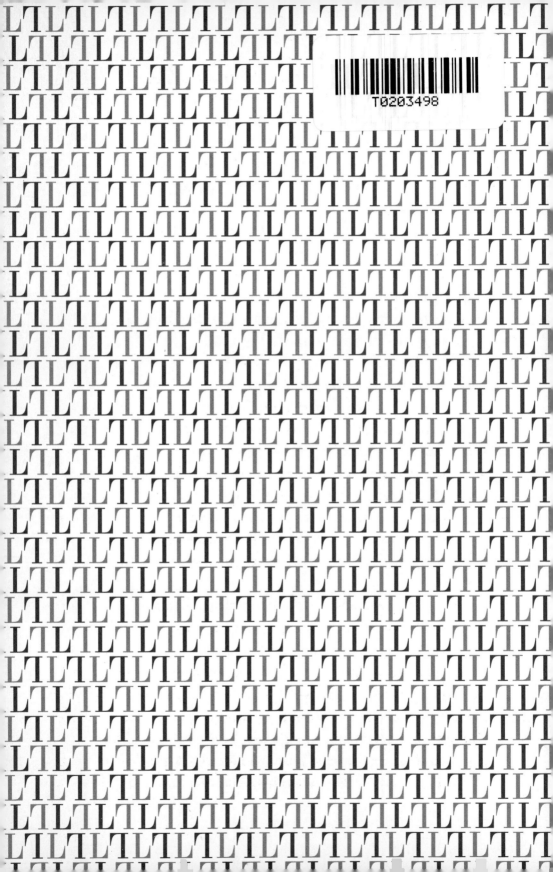

Mis últimos 10 minutos y 38 segundos en este extraño mundo

Mis últimos 10 minutos y 38 segundos en este extraño mundo

Elif Shafak

Traducido del inglés por
Antonia Martín

Lumen

narrativa

Papel certificado por el Forest Stewardship Council®

Título original: *10 Minutes 38 Seconds in This Strange World*

Primera edición: enero de 2020

© 2019, Elif Shafak
© 2020, Penguin Random House Grupo Editorial, S. A. U.
Travessera de Gràcia, 47-49. 08021 Barcelona
© 2020, Antonia Martín Martín, por la traducción

Printed in Spain – Impreso en España

ISBN: 978-84-264-0745-0
Depósito legal: B-22458-2019

Compuesto en M. I. Maquetación, S. L.
Impreso en Egedsa (Sabadell, Barcelona)

H 4 0 7 4 5 0

Penguin
Random House
Grupo Editorial

A las mujeres de Estambul y a Estambul,
que es, y siempre ha sido, una ciudad femenina

Ahora resulta que se me ha adelantado un poco en despedirse de este mundo extraño. Esto no significa nada. Para nosotros, físicos creyentes, la distinción entre el pasado, el presente y el futuro no es más que una ilusión, aunque se trate de una ilusión tenaz.

ALBERT EINSTEIN,
a propósito de la muerte de su mejor amigo,
Michele Besso*

* A. Einstein, *Correspondencia con Michele Besso (1903-1955)*, traducción de Manuel Puigcerver, Tusquets, Barcelona, 1994. *(N. de la T.)*

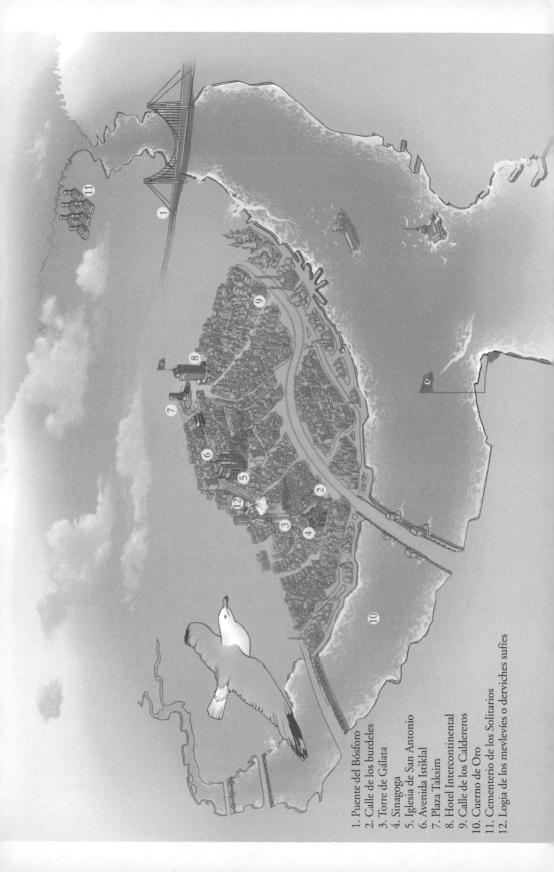

1. Puente del Bósforo
2. Calle de los burdeles
3. Torre de Gálata
4. Sinagoga
5. Iglesia de San Antonio
6. Avenida Isriklal
7. Plaza Taksim
8. Hotel Intercontinental
9. Calle de los Caldereros
10. Cuerno de Oro
11. Cementerio de los Solitarios
12. Logia de los mevlevíes o derviches sufíes

Fin

Se llamaba Leila.

Tequila Leila, como la conocían sus amigos y clientes. Tequila Leila, como la llamaban en casa y en el trabajo, en aquel edificio de color palisandro de un callejón sin salida adoquinado no lejos del muelle y enclavado entre una iglesia y una sinagoga, en medio de tiendas de lámparas y restaurantes de kebab: la calle que albergaba los burdeles autorizados más antiguos de Estambul.

No obstante, si los oyera expresarlo así, se ofendería y les lanzaría en broma un zapato..., un zapato de tacón de aguja.

«"Me llamo", tesoro, no "me llamaba"... Me llamo Tequila Leila.»

Jamás en la vida habría consentido que se hablara de ella en pasado. Solo de pensarlo se habría sentido pequeña y derrotada, y lo último que deseaba en este mundo era sentirse de ese modo. No, habría insistido en el uso del presente..., aunque de pronto advirtió con un sentimiento de zozobra que el corazón acababa de dejar de latirle, que su respiración había cesado de golpe y que, lo mirara por donde lo mirase, no podía negar que estaba muerta.

Ninguno de sus amigos lo sabía aún. A esas horas de la mañana debían de dormir a pierna suelta, cada uno tratando de encontrar la forma de salir de su propio laberinto de sueños. Leila habría deseado estar en casa como ellos, envuelta en la calidez de la ropa de cama y con el gato ovillado a sus pies y ronroneando con soñolienta satisfacción. El gato era negro, con excepción de una mancha nívea en una pata, y estaba sordo como una tapia. Ella le había puesto el nombre de Mister Chaplin por Charlie Chaplin, ya que, al igual que los ídolos de los primeros tiempos del cine, el animal vivía en un mundo mudo.

Tequila Leila habría dado lo que fuera por estar en su apartamento. En cambio, se hallaba en las afueras de Estambul, junto a un campo de fútbol húmedo y a oscuras, metida en un cubo de la basura metálico de asas oxidadas y pintura desconchada. Era un contenedor con ruedas, de poco más de un metro de alto y la mitad de ancho. Ella medía uno setenta, más los veinte centímetros de los zapatos destalonados de color violeta y tacón de aguja que aún calzaba.

Había muchas cosas que deseaba saber. Reproducía mentalmente una y otra vez los últimos momentos de su vida preguntándose en qué punto se había torcido todo: un ejercicio inútil, pues el tiempo no podía desenrollarse como un ovillo de hilo. Su piel ya empezaba a adquirir un tono ceniciento pese a que las células aún bullían de actividad. No podía dejar de percibir lo mucho que estaba ocurriendo dentro de sus órganos y miembros. La gente da por sentado que los cadáveres no tienen más vida que un árbol caído o un tocón hueco, carentes de conciencia. Sin embargo, si se le hubiera brindado la posibilidad, Leila habría dado fe de que, por el contrario, los cadáveres rebosan de vida.

Le costaba creer que su existencia mortal hubiera llegado a su fin. El día anterior, sin ir más lejos, había cruzado el barrio de Pera, y su sombra se había deslizado por calles que llevaban el nombre de jefes militares y héroes nacionales, calles con nombre de varón. Esa misma semana, su risa había resonado en las tabernas de techo bajo de Gálata y Kurtuluş, y en los pequeños antros mal ventilados de Tophane, locales que nunca aparecían en las guías de viaje ni en los mapas turísticos. La Estambul que Leila había conocido no era la Estambul que el Ministerio de Turismo habría querido que vieran los extranjeros.

La noche anterior había dejado sus huellas dactilares en un vaso de whisky y un rastro de su perfume —Paloma Picasso, regalo de cumpleaños de sus amigos— en el fular de seda que había lanzado a un lado de la cama de un desconocido, en la suite de la última planta de un hotel de lujo. En lo alto del cielo se vislumbraba todavía un filo de la luna de la víspera, luminosa e inalcanzable, como el vestigio de un recuerdo alegre. Leila aún formaba parte de este mundo, y seguía habiendo vida en su interior; por tanto, ¿cómo era posible que hubiera muerto? ¿Cómo era posible que ya no existiera, igual que si fuera un sueño que se desvanece con el primer atisbo del alba? Hacía tan solo unas horas cantaba, fumaba, soltaba palabrotas, pensaba...; bueno, también pensaba ahora. Era increíble que su mente funcionara a todo trapo..., aunque a saber cuánto duraría. Habría deseado volver atrás para informar a todo el mundo de que los muertos no morían al instante; de que seguían reflexionando, incluso sobre su propio fallecimiento. Supuso que la gente se asustaría al enterarse. Ella misma se habría asustado cuando estaba viva. Aun así, le pareció que era importante que todos lo supieran.

En opinión de Leila, los seres humanos mostraban una profunda impaciencia ante los hechos fundamentales de la existencia. Para empezar, daban por sentado que una persona se convertía automáticamente en esposa o marido con solo decir «Sí, quiero», cuando lo cierto era que se tardaba años en aprender a estar casado. Del mismo modo, la sociedad contaba con que el instinto maternal —o el paternal— se activara con el nacimiento de un hijo. En realidad, a veces se tardaba bastante en entender lo que era ser madre o padre..., o, ya puestos, abuela o abuelo. Otro tanto ocurría con la jubilación y la vejez. ¿Cómo podía alguien cambiar de onda en cuanto salía de una oficina en la que había pasado media vida y donde había dado al traste con la mayor parte de sus sueños? No era tan sencillo. Leila había conocido a profesores jubilados que se levantaban a las siete, se duchaban y, tras arreglarse, se derrumbaban ante la mesa del desayuno al recordar de repente que ya no trabajaban. Todavía no se habían adaptado.

Quizá con la muerte ocurriera algo parecido. La gente creía que una persona se convertía en cadáver en cuanto exhalaba su último aliento. Sin embargo, los límites nunca eran tan nítidos. Del mismo modo que había numerosos tonos entre el negro azabache y el blanco deslumbrante, existían multitud de fases en eso que se denominaba «descanso eterno». Leila concluyó que, de existir una frontera entre el Reino de la Vida y el Reino del Más Allá, debía de ser porosa como la arenisca.

Esperaba a que saliera el sol. Entonces sin duda alguien la encontraría y la sacaría de aquel cubo inmundo. Suponía que las autoridades no tardarían mucho en averiguar su identidad. Solo tenían que encontrar su ficha. En el transcurso de los años la habían cacheado, arrestado y fotografiado, además de tomarle las huellas dactilares, más veces de las que le habría gustado admitir. Aquellas comisarías apartadas tenían un olor característico: ceniceros rebosantes de colillas del día anterior, posos de café en tazas desportilladas, aliento apestoso, trapos mojados y el fuerte hedor de los urinarios, que no desaparecía por más lejía que se echara. Policías y delincuentes compartían el escaso espacio de las salas. A Leila siempre le había fascinado pensar que las células muertas de la piel de unos y otros caían al mismo suelo y que los ácaros del polvo las devoraban todas por igual, sin distinción ni preferencia. En ciertos aspectos que el ojo humano no captaba, los opuestos se fundían de maneras inesperadas.

Suponía que, después de identificarla, las autoridades informarían a su familia. Sus padres vivían en la histórica ciudad de Van, a más de mil kilómetros de distancia. Sin embargo, no contaba con que acudieran a llevarse su cuerpo, pues hacía tiempo que la habían repudiado.

«Nos has deshonrado. Todo el mundo habla a nuestras espaldas.»

Por tanto, la policía tendría que recurrir a sus amigos. A los cinco: Sabotaje Sinán, Nostalgia Nalán, Yamila, Zaynab122 y Hollywood Humeyra.

Tequila Leila no dudaba de que acudirían lo más rápido posible. Casi le parecía verlos correr hacia ella, con pasos presurosos y aun así vacilantes, los ojos muy abiertos por la impresión y por una tristeza aún incipiente, un dolor primitivo que no habían llegado a asimilar, todavía no. Se sintió fatal por tener que obligarlos a vivir lo que a todas luces sería un penoso suplicio. No obstante, era un alivio saber que le organizarían un funeral espléndido. Alcanfor e incienso. Música y flores, sobre todo rosas. De un rojo ardiente, de un amarillo vivo, de un burdeos intenso... Clásicas, intemporales, insuperables. Los tulipanes eran demasiado majestuosos, los narcisos demasiado delicados, y los lirios la hacían estornudar; en cambio, las rosas eran perfectas con su mezcla de glamur seductor y espinas afiladas.

El alba despuntaba lentamente. Por encima del horizonte se extendían, de este a oeste, franjas de colores: bellinis de melocotón, martinis de naranja, margaritas de fresa, negronis helados. Al cabo de unos segundos resonaron a su alrededor las llamadas a la oración de las mezquitas circundantes, sin que ni siquiera un par estuvieran sincronizadas. Muy a lo lejos el Bósforo bostezaba con ganas tras despertar de su sueño turquesa. Un bote de pesca regresaba al puerto con el motor escupiendo humo. Una gran ola avanzó con languidez hacia los muelles. En el pasado la zona había sido agraciada con olivares y huertos de higueras que habían sido arrasados a fin de abrir espacio para la construcción de más edificios y aparcamientos. Un perro ladraba en la penumbra, más por sentido del deber que por entusiasmo. En las inmediaciones, un pájaro pio, enérgico y estridente, y otro trinó en respuesta, aunque no con la misma jovialidad. El coro del amanecer. Leila oyó el estruendo de una furgoneta de reparto que circulaba por la carretera llena de baches botando en un hoyo tras otro. El zumbido del tráfico de primera hora de la mañana no tardaría en volverse ensordecedor. La vida a todo volumen.

Cuando estaba viva, a Tequila Leila le habían sorprendido siempre, e incluso intranquilizado, las personas que se complacían en especular de forma obsesiva sobre el fin del mundo. ¿Cómo era posible que unas mentes en apariencia cuerdas se enfrascaran en suposiciones disparatadas sobre asteroides, bolas de fuego y cometas que devastaban el planeta? A su entender, el apocalipsis no era lo peor que podía ocurrir. La posibilidad del exterminio inmediato y total de la civilización no resultaba tan pavorosa como la simple certeza de que nuestra desaparición individual no afectaba al orden de cosas y que la vida seguiría igual con o sin nosotros. Siempre había pensado que eso era lo aterrador.

El viento cambió de dirección y azotó el campo de fútbol. Leila los vio entonces. Cuatro adolescentes. Chavales que habían salido temprano para rebuscar en la basura. Dos empujaban un carrito lleno de botellas de plástico y latas aplastadas. Los seguía un tercero de hombros caídos y rodillas torcidas cargado con un saco mugriento que contenía algo muy pesado. El cuarto, a todas luces el jefe, caminaba a la cabeza con una arrogancia inconfundible, sacando su huesudo pecho como un gallo de pelea. Avanzaban hacia Leila bromeando entre sí.

«Seguid andando.»

Se detuvieron al otro lado de la calzada junto a un contenedor de la basura y empezaron a hurgar en su interior. Botes de champú, tetrabriks de zumo, envases de yogur, hueveras...: arramblaban con los tesoros y los amontonaban en el carrito. Sus movimientos eran diestros, de expertos. Uno encontró un sombrero viejo de cuero. Se lo puso riendo y caminó con un aire de superioridad exagerado, las manos hundidas en los bolsillos traseros, imitando a algún gánster que debía de haber visto en una película. El jefe se lo arrebató de inmediato y se lo encasquetó él. Nadie protestó. Tras dejar limpio el contendedor se dispusieron a marcharse. Leila se sintió consternada cuando pareció que daban media vuelta para dirigirse en dirección contraria.

«¡Eh, que estoy aquí!»

Despacio, como si hubiera oído el ruego de Leila, el jefe alzó la barbilla y miró con los ojos entornados hacia el sol naciente. Bajo la luz cambiante escudriñó el horizonte y dejó vagar la mirada hasta que por fin la vio. Enarcó las cejas de golpe y los labios le temblaron un poco.

«No huyas, por favor.»

El muchacho no huyó, sino que comentó algo inaudible a los otros, que de pronto se quedaron mirándola con idéntica expresión de pasmo. Leila se percató entonces de lo jóvenes que eran. Esos chiquillos que se las daban de hombres eran aún niños, unos mozalbetes.

El jefe avanzó un pasito. Y otro. Caminó hacia ella igual que un ratón se aproximaría a una manzana caída: cohibido e inquieto, pero igualmente decidido y veloz. El rostro se le ensombreció cuando se acercó a ella y vio en qué estado se encontraba.

«No tengas miedo.»

El muchacho estaba a su lado, tan cerca que Leila le vio el blanco de los ojos, inyectado en sangre y con pintas amarillas. Dedujo que había esnifado pegamento: un chaval menor de quince años al que Estambul aparentaría acoger y hospedar para después, cuando él menos lo esperara, abandonarlo como a una muñeca de trapo vieja.

«Avisa a la policía, hijo. Avísala para que informen a mis amigos.»

El muchacho lanzó una ojeada a derecha e izquierda para asegurarse de que nadie lo veía, de que no había cámaras de vigilancia en la zona, y se inclinó bruscamente para coger el collar de Leila, un medallón de oro con una esmeralda minúscula en el centro. Lo tocó con cautela, como si temiera que fuera a explotarle en la palma de la mano, donde sentía el frescor reconfortante del metal. Lo abrió y vio que contenía una fotografía; la sacó y la observó un momento. Reconoció a la mujer, una versión más joven de la que tenía delante; aparecía con un hombre de ojos verdes, sonrisa dulce y cabello largo peinado en un estilo de otra época. Parecían felices juntos, enamorados.

En el dorso de la fotografía había una frase escrita: «D/Alí y yo... Primavera de 1976».

El muchacho arrancó el colgante con un movimiento rápido y se guardó el botín en el bolsillo. Si sus compañeros, que permanecían en silencio detrás de él, se percataron de lo que acababa de hacer, decidieron pasarlo por alto. Pese a su juventud, habían adquirido suficiente experiencia en esa ciudad para saber cuándo convenía dárselas de listo y cuándo había que hacerse el tonto.

Solo uno de ellos avanzó un paso y se atrevió a preguntar con un hilillo de voz:

—¿Está... está viva?

—No seas imbécil —le soltó el jefe—. Está tan muerta como un pato asado.

—Pobre mujer. ¿Quién es?

El jefe ladeó la cabeza y examinó a Leila como si acabara de fijarse en ella. La miró de arriba abajo con una sonrisa que se extendió por su rostro como tinta caída en una hoja de papel.

—¿No lo ves, idiota? Es una puta.

—¿Tú crees? —preguntó muy serio el otro muchacho, demasiado tímido, demasiado inocente, para repetir la palabra.

—Estoy seguro, imbécil. —El jefe se volvió a medias hacia los otros y añadió en voz alta, con convicción—: Saldrá en los periódicos. ¡Y en todos los canales de televisión! ¡Seremos famosos! Cuando lleguen los periodistas, dejadme hablar a mí, ¿entendido?

A cierta distancia, un coche aceleró y circuló con estruendo por la carretera en dirección a la autopista, derrapando al girar. El olor a gases de escape se mezcló con el aroma punzante a sal del aire. Incluso a esas horas de la mañana, cuando la luz del sol apenas empezaba a rozar los minaretes, las azoteas y las ramas más altas de los árboles de Judas, en esa ciudad la gente ya se apresuraba, ya llegaba tarde a algún sitio.

PRIMERA PARTE

La mente

Un minuto

Durante el primer minuto después de la muerte, la conciencia de Tequila Leila empezó a menguar de manera lenta y constante, como la marea que se aleja de la orilla. Las células cerebrales se vieron privadas de oxígeno al quedarse sin sangre; aun así, no dejaron de funcionar. No de inmediato. Una última reserva de energía activó innumerables neuronas y las conectó como si fuera la primera vez. Aunque el corazón había dejado de latir, el cerebro resistió, luchador hasta el final. Entró en un estado de conciencia aguzada y observó el fallecimiento del cuerpo, pero sin estar dispuesto a aceptar su propio fin. La memoria se lanzó, fervorosa y diligente, a reunir retazos de una vida que se acababa a gran velocidad. Leila evocó cosas que ni siquiera sabía que pudiera recordar; cosas que había dado por perdidas para siempre. El tiempo se volvió fluido, una corriente impetuosa de recuerdos que brotaban uno tras otro; una corriente en la que el pasado y el presente eran inseparables.

El primero que acudió a su mente tenía que ver con la sal: con la sensación de tenerla sobre la piel y con su sabor en la lengua.

Se vio como una recién nacida: desnuda, escurridiza y roja. Hacía apenas unos segundos que había salido del útero de su madre para deslizarse por un canal húmedo y resbaladizo, presa de un miedo del todo nuevo para ella, y en ese momento se encontraba en un lugar repleto de sonidos, colores y objetos desconocidos. El sol que entraba por las vidrieras de colores moteaba la colcha y se reflejaba en el agua de una palangana de porcelana, pese a que era un frío día de enero. Una anciana vestida con los tonos de las hojas otoñales —la comadrona— mojó una toalla en esa misma agua, y al escurrirla le corrieron hilos de sangre por los antebrazos.

—*Mashallah, mashallah*. Es una niña —dijo.

Sacó un pedazo de pedernal que llevaba metido en el sujetador y cortó el cordón umbilical. Jamás utilizaba cuchillos ni tijeras para tal cometido, pues su fría eficacia le parecía inadecuada para la espinosa tarea de dar la bienvenida a un bebé en este mundo. La anciana era muy respetada en el barrio, y por sus excentricidades y su carácter solitario la consideraban uno de esos seres misteriosos que poseían una personalidad con dos facetas, una terrenal y otra ultraterrena, y que, como una moneda lanzada al aire, en cualquier momento podían mostrar una cara o la otra.

—Una niña —repitió la joven parturienta en la cama de hierro de cuatro postes. Tenía el cabello, de color castaño miel, apelmazado por el sudor, y la boca seca como la estopa.

Era lo que había temido. Un día de ese mismo mes había paseado por el jardín en busca de telarañas en las ramas altas, y al encontrar una, la había atravesado con cuidado con un dedo. Durante varios días había ido a mirarla. Si la araña hubiera reparado el agujero, eso habría significado que nacería un varón. Sin embargo, la tela seguía rota.

La joven se llamaba Binnaz, «mil halagos», y tenía diecinueve cumplidos, aunque ese año se sentía mucho mayor. Era una muchacha de labios gruesos, generosos, y nariz pequeña y respingona, una rareza en aquella parte del país; tenía el rostro alargado, de mentón afilado, y grandes ojos oscuros con el iris salpicado de pintas azules como los huevos de estornino. Siempre había sido esbelta y de complexión delicada, y en aquel momento lo parecía aún más con el camisón de lino beis. Sus mejillas mostraban unas pocas marcas tenues de viruela; su madre le había dicho una vez que eran la señal de que la luz de la luna la había acariciado mientras dormía. Echaba de menos a sus padres y a sus nueve hermanos, que vivían en una aldea situada a varias horas de camino. Su familia era muy pobre, circunstancia que le recordaban con frecuencia desde que había entrado en ese hogar, recién casada: «Da gracias. Cuando viniste no tenías nada».

Binnaz pensaba a menudo que seguía sin tener nada. Todas sus pertenencias eran tan efímeras y volátiles como vilanos: un viento fuerte, una lluvia torrencial, y desaparecerían sin más. Le atormentaba la idea de que en cualquier momento podían echarla de aquella casa; si eso llegaba a suceder, ¿adónde iría? Su padre jamás accedería a acogerla, pues ya tenía muchas bocas que alimentar. Tendría que volver a casarse, si bien nada le garantizaba que su siguiente matrimonio fuera a ser más feliz o su segundo esposo más de su agrado; en cualquier caso, ¿quién querría a una divorciada, a una mujer «usada»? Apesadumbrada por tales temores, se movía por la vivienda, por su dormitorio, por su propia mente, como una huésped no invitada. Al menos hasta entonces. Estaba convencida de que todo cambiaría con el nacimiento de esa criatura. No volvería a sentirse angustiada, insegura.

Casi contra su voluntad, Binnaz lanzó una ojeada hacia la puerta, donde, con una mano en la cadera y otra sobre el picaporte, como si no supiera si irse o quedarse, había una mujer robusta de mandíbula cuadrada. Aunque no pasaba de los cuarenta y cinco años, parecía mayor debido a las manchas de la vejez que tenía en las manos y a las arrugas en torno a la boca, fina como una cuchilla. Unos hondos surcos desiguales y exagerados le cruzaban la frente, como los de un campo arado. Las arrugas se debían sobre todo a la costumbre de fruncir el ceño y a que fumaba. Se pasaba el día entero dando caladas a cigarrillos iraníes de contrabando y bebiendo té sirio de contrabando. Su cabello rojo teja —gracias a generosas aplicaciones de henna egipcia—, peinado con la raya en medio, formaba una trenza perfecta que le llegaba casi a la cintura. Tenía los ojos de color avellana y perfilados con esmero con el kohl más oscuro. Era Suzan, la otra esposa del marido de Binnaz, la primera.

Las dos mujeres se miraron fijamente un momento. El aire que las envolvía era denso y olía un poco a levadura, como a masa fermentada. Habían compartido la misma habitación durante más de doce horas y de pronto se veían impelidas a mundos separados. Ambas sabían que sus posiciones en la familia cambiarían para siempre con el nacimiento de esa criatura. Pese a su juventud y al poco tiempo transcurrido desde su llegada, la segunda esposa ascendería a lo más alto.

Suzan apartó la vista, aunque brevemente. Cuando volvió a mirar a Binnaz, su rostro mostró una dureza que antes no tenía. Señaló con la cabeza a la recién nacida.

—¿Por qué no llora?

Binnaz se puso lívida.

—Sí. ¿Qué le pasa?

—No le pasa nada —respondió la comadrona, que dirigió una mirada gélida a Suzan—. Es cuestión de esperar.

Lavó a la niña con agua sagrada del pozo de Zamzam, gentileza de un peregrino que había regresado hacía poco de La Meca. Retiró así la sangre, el moco y el unto sebáceo. La recién nacida se retorció incómoda, y siguió retorciéndose incluso después del baño, como si luchara contra sí misma..., con cada uno de sus tres mil setecientos gramos.

—¿Puedo cogerla? —preguntó Binnaz al tiempo que se enrollaba el pelo entre los dedos, un tic nervioso que había adquirido en el último año—. No... no llora.

—Ah, ya lo creo que llorará esta niña —afirmó la comadrona con tono categórico, y de inmediato se mordió la lengua porque sus palabras resonaron como un mal presagio.

Se apresuró a escupir tres veces en el suelo y se pisó el pie izquierdo con el derecho. Así impediría que la premonición —si es que lo era— se propagara.

Siguió un silencio incómodo mientras las mujeres que ocupaban la habitación —la primera esposa, la segunda, la comadrona y dos vecinas— miraban con ojos expectantes a la recién nacida.

—¿Qué pasa? Dime la verdad —pidió Binnaz con voz más tenue que el aire, sin dirigirse a nadie en particular.

Tras haber sufrido seis abortos en pocos años, cada uno más desolador y difícil de olvidar que el anterior, se había mostrado sumamente cuidadosa durante ese embarazo. No había tocado ni un solo melocotón para que la criatura no naciera cubierta de pelusa; no había utilizado especias ni hierbas aromáticas al cocinar a fin de que al bebé no le salieran pecas ni lunares; no había aspirado el olor de ninguna rosa para que la criatura no tuviera marcas rojas en la piel. Ni siquiera se había cortado el pelo por miedo a truncar también su suerte. Se había abstenido de clavar clavos en la pared, no fuera a ser que sin querer acertara en la cabeza de un demonio necrófago dormido. Sabiendo que los *djinn* celebraban sus bodas cerca de los lavabos, había evitado salir de su habitación después del anochecer y se las había arreglado con un orinal. Había procurado no ver conejos, ratas, gatos, buitres, puercoespines, perros callejeros... Incluso un día que un músico ambulante se presentó en su calle con un oso bailarín a rastras y todos los vecinos acudieron en masa para ver el espectáculo, ella se negó a salir por temor a que la criatura naciera cubierta de pelo. Y siempre que se topaba con un mendigo o un leproso daba media vuelta y corría en dirección contraria. Todas las mañanas se comía un membrillo entero para que el bebé tuviera hoyuelos en las mejillas y el mentón, y por las noches dormía con un cuchillo bajo la almohada para ahuyentar a los malos espíritus. Y tras el crepúsculo recogía a escondidas los cabellos que habían quedado en el cepillo de Suzan y los quemaba en la chimenea con el propósito de reducir el poder de la primera esposa de su marido.

Binnaz había mordido una manzana roja, dulce y ablandada por el sol en cuanto habían empezado los dolores de parto. La manzana seguía junto a la cama, sobre la mesilla, y poco a poco iba volviéndose parda. Más tarde la cortarían en rodajas, que entregarían a las mujeres del barrio que no lograban quedarse embarazadas para que algún día tuvieran un hijo. Además había bebido unos sorbos de zumo de granada servido en el zapato derecho de su marido, había arrojado semillas de hinojo en los cuatro rincones de la habitación y había saltado por encima de una escoba colocada en el suelo junto a la puerta: una frontera para impedir el paso a Shaitán. Cuando los dolores se agudi-

zaron, todos los animales enjaulados de la casa fueron puestos en libertad para facilitar el parto: los canarios, los pinzones... El último al que
soltaron fue el pez beta, orgulloso y solitario en su pecera de cristal. En
esos momentos estaría nadando en un arroyo no lejos de allí, con sus
largas y ondeantes aletas tan azules como un magnífico zafiro. Si el
pececillo llegaba al lago alcalino por el que era famosa aquella ciudad
del este de Anatolia, no tendría muchas posibilidades de sobrevivir en
las aguas saladas, ricas en carbonato. En cambio, si avanzaba en la otra
dirección, tal vez llegara al Gran Zab y, si seguía su viaje, podría acabar
incluso en el Tigris, el río legendario que nacía en el Jardín del Edén.

Todo eso para que la criatura llegara al mundo sana y salva.

—Quiero verla. ¿Le importaría traerme a mi hija?

Apenas formuló la pregunta, Binnaz captó un movimiento. Silenciosa como una idea fugaz, Suzan había abierto la puerta y había
salido, sin duda para comunicar la noticia a su marido..., al marido
de ambas. Binnaz se puso rígida.

Harún era un hombre de contrastes fulgurantes. Un día mostraba una generosidad y caridad extraordinarias, y al siguiente aparecía
nervioso y ensimismado hasta el extremo de la insensibilidad. El fallecimiento de sus padres en un accidente de tráfico había destruido
su mundo y el de sus dos hermanos, a los que había criado por ser
el mayor. La tragedia había conformado su personalidad, volviéndo-
lo sobreprotector con su familia y desconfiado con los de fuera. En
ocasiones reconocía que algo se había quebrado en su interior y que
ciertamente deseaba repararlo, pero esos pensamientos no le llevaban a nada. Era tan aficionado a la bebida como temeroso de Dios.
Tras tomarse el enésimo vaso de raki, hacía promesas desorbitadas a
sus compañeros de copas, y después, una vez sobrio, consumido por
el sentimiento de culpa, dirigía promesas aún más desorbitadas a
Alá. Si bien le costaba controlar la boca, su cuerpo representaba un
reto todavía mayor. Cada vez que Binnaz se quedaba embarazada, el
vientre de Harún se hinchaba a la par que el de ella; quizá no tanto,
pero sí lo suficiente para que los vecinos se rieran a sus espaldas.

«Este hombre está otra vez en estado de buena esperanza —comentaban poniendo los ojos en blanco—. ¡Qué pena que no pueda dar a luz!»

Harún deseaba un hijo varón más que nada en este mundo. Y no uno solo. A quienes se prestaban a escucharlo les contaba que iba a tener cuatro y que los llamaría Tarkán, Tolga, Tufán y Tarik.* Los largos años de matrimonio con Suzan no le habían procurado descendencia. Por eso los ancianos de la familia le habían buscado a Binnaz, una muchacha de apenas dieciséis años. Después de varias semanas de negociaciones entre las familias, Harún y Binnaz se habían casado en una ceremonia religiosa. Esta carecía de validez legal, y no se reconocería en los tribunales laicos si algo se torciera en el futuro, detalle que sin embargo nadie se molestó en mencionar. La pareja se sentó en el suelo delante de los testigos, frente a un imán bizco cuya voz se volvió más áspera cuando pasó del turco al árabe. Durante la ceremonia, Binnaz mantuvo la vista fija en la alfombra, aunque no pudo por menos que lanzar ojeadas de soslayo a los pies del imán, cubiertos con calcetines viejos y gastados de color ocre, como el barro cocido. Cada vez que el hombre se movía, el dedo gordo de uno de sus pies amenazaba con atravesar la lana raída en busca de una escapatoria.

Binnaz quedó encinta poco después de la boda, pero el embarazo concluyó en un aborto que casi acaba con su vida. Pánico en la noche, ardientes astillas de dolor, una mano fría que le agarraba la entrepierna, el olor de la sangre, el deseo de aferrarse a algo, como si cayera y cayera. Con cada embarazo había ocurrido lo mismo, si bien empeorando. No podía contarle a nadie que tenía la sensación de que con cada hijo perdido se había roto y desprendido otra parte del puente de cuerda que la unía al mundo, hasta que solo la conectaba a él un hilo delgadísimo que le permitía conservar la cordura.

* Significan, respectivamente, «audaz y fuerte», «casco de guerra», «lluvia torrencial» y «la forma de llegar a Dios».

Después de tres años de espera, los ancianos de la familia habían empezado a presionar de nuevo a Harún. Le recordaron que el Corán acepta que un hombre tenga hasta cuatro esposas siempre que sea ecuánime con ellas, y no dudaban de que él trataría por igual a las suyas. Lo exhortaron a buscar una campesina esa vez, incluso a una viuda con hijos propios. Tampoco ese matrimonio tendría validez legal, pero no supondría ninguna dificultad celebrar otra ceremonia religiosa tan discreta y breve como la anterior. Una segunda posibilidad era que se divorciara de aquella joven esposa inútil y volviera a casarse. Hasta ese momento, Harún había rechazado ambas propuestas. Bastante trabajo le costaba ya mantener a dos esposas, decía; una tercera lo llevaría a la ruina económica, y además no tenía intención de abandonar ni a Suzan ni a Binnaz, pues se había encariñado con ambas, aunque por motivos distintos.

Recostada sobre las almohadas, Binnaz intentó imaginar qué estaría haciendo Harún. Debía de estar tumbado en un sofá de la sala contigua, con una mano en la frente y la otra sobre el vientre, esperando a que el llanto de la recién nacida rasgara el aire. Luego imaginó que Suzan se acercaba a él con pasos acompasados, controlados. Los imaginó juntos y susurrando entre sí con gestos fluidos y desenvueltos, conformados por los años que llevaban compartiendo el espacio, aunque no el lecho. Esos pensamientos la inquietaron.

—Suzan está informándole —dijo, más para sí misma que para las otras mujeres.

—Es normal —repuso una vecina con dulzura.

El comentario estaba cargado de insinuaciones. «Que sea Suzan quien le comunique la noticia del nacimiento de la criatura que ella no ha podido darle.» Entre las mujeres de la ciudad corrían las palabras tácitas como las cuerdas de tender la ropa colgadas entre las casas.

Binnaz asintió pese a notar que en su interior despertaba un sentimiento oscuro, una rabia a la que jamás había dado salida. Miró a la comadrona.

—¿Por qué no ha llorado todavía la niña? —le preguntó.

La partera no respondió. En lo más hondo de sus entrañas se había formado un nudo de inquietud. En aquella recién nacida había algo extraño, y no se trataba solo de su preocupante silencio. La mujer se inclinó hacia ella para olfatearla. Percibió lo que sospechaba: un olor a polvo y almizcle que no era de este mundo.

Se colocó a la criatura en el regazo, la tumbó boca abajo y le dio un par de palmadas en el trasero. La carita acusó la impresión y el dolor. La niña apretó los puños, frunció los labios en un puchero y continuó en silencio.

—¿Qué le pasa?

La comadrona suspiró.

—Nada. Solo que... creo que todavía está con ellos.

—¿Quiénes son ellos? —preguntó Binnaz, que, como no quería oír la respuesta, se apresuró a añadir—: ¡Entonces haga algo!

La anciana reflexionó. Era mejor que la criatura encontrara el camino a su ritmo. La mayor parte de los recién nacidos se adaptaban de inmediato al nuevo entorno, pero algunos remoloneaban, como si vacilaran de unirse al resto de la humanidad..., ¿y quién iba a reprochárselo? En los años que llevaba ejerciendo de comadrona había visto muchos bebés que, intimidados por la fuerza de la vida que los presionaba por todas partes, se descorazonaban minutos antes de salir o nada más nacer, y abandonaban este mundo en silencio. *Kader*, lo llamaba la gente, «destino», sin añadir nada más, pues siempre daban nombres sencillos a los hechos complejos que los atemorizaban. Sin embargo, la comadrona creía que algunos recién nacidos decidían no probar siquiera suerte en la vida, como si fueran conscientes de las penalidades que los aguardaban y prefirieran evitarlas. ¿Eran cobardes o tan sabios como el gran Salomón? Quién sabía.

—Traedme sal —ordenó a las vecinas.

Habría podido usar igualmente nieve fresca si hubiera habido la cantidad necesaria en la calle. En el pasado había hundido a muchos recién nacidos en un montón de nieve inmaculada, de donde los había sacado en el momento preciso. La impresión causada por el frío les abría los pulmones, hacía fluir la sangre y les reforzaba la inmunidad. Todas esas criaturas sin excepción se habían convertido en adultos fuertes.

Las vecinas regresaron al poco con un barreño grande de plástico y una bolsa de sal gema. La comadrona colocó con cariño a la criatura en el centro del recipiente y empezó a frotarle la piel con las escamas de sal. En cuanto la niña dejara de oler como los ángeles, estos tendrían que soltarla. Un pájaro trinó en las ramas altas de un álamo; por su canto, debía de ser un arrendajo azul. Un cuervo graznó mientras volaba en dirección al sol. Todo se expresaba con su propia lengua —el viento, la hierba—, todo menos esa criatura.

—¿No será muda? —preguntó Binnaz.

La comadrona enarcó las cejas.

—Ten paciencia.

En ese preciso momento la niña empezó a toser. Un sonido gutural y cavernoso. Debía de haber tragado un poco de sal, un sabor fuerte e inesperado. Roja como la grana, chasqueó los labios y arrugó la cara, pero siguió negándose a llorar. Qué testaruda era, y qué peligrosa su alma rebelde. No bastaría con restregarle sal por el cuerpo. La comadrona tomó una decisión. Tendría que probar otra táctica.

—Traedme más.

Como no quedaba más sal gema en la casa, habría de apañarse con sal común. Hizo un hueco en el montón, depositó en él a la recién nacida y la cubrió con los cristales blancos, primero el cuerpo y después la cabeza.

—¿Y si se asfixia? —preguntó Binnaz.

—No te preocupes. Los bebés aguantan la respiración más tiempo que los adultos.

—¿Y cómo sabrá usted cuándo debe sacarla?

—¡Chis! Escucha —le indicó la anciana, y se llevó un dedo a sus agrietados labios.

Bajo la envoltura de sal, la niña abrió los ojos y clavó la vista en la nada blanca como la leche. Le pareció un lugar solitario, pero estaba acostumbrada a la soledad. Se ovilló como había hecho durante meses y esperó a que llegara el momento oportuno.

«Ah, me gusta estar aquí —dijo su instinto—. No pienso volver a salir.»

«No digas tonterías —protestó el corazón—. ¿Por qué quedarse en un sitio donde no ocurre nada? ¡Qué aburrimiento!»

«¿Por qué abandonar un sitio donde no ocurre nada? ¡Es un lugar seguro!», afirmó el instinto.

La recién nacida aguardó, perpleja por la disputa. Transcurrió otro minuto. El vacío giró y se extendió a su alrededor hasta lamerle la punta de los pies y la yema de los dedos.

«Que este sitio te parezca seguro no significa que sea el mejor para ti —replicó el corazón—. A veces, el lugar donde nos sentimos más seguros es aquel al que menos pertenecemos.»

Al final la criatura llegó a una conclusión: escucharía a su corazón..., órgano que demostraría ser un alborotador. Deseosa de salir a descubrir el mundo pese a los peligros y las dificultades que entrañaba, abrió la boca para dejar escapar un grito, pero casi de inmediato la sal le bajó por la garganta y le taponó la nariz.

Con movimientos rápidos y diestros la comadrona hundió al instante las manos en el barreño y sacó a la niña. Un estridente grito de terror resonó en la habitación. Las cuatro mujeres sonrieron de alivio.

—Así me gusta, pequeña —dijo la comadrona—. ¿Por qué has tardado tanto? Llora, tesoro. Jamás te avergüences de tus lágrimas. Si lloras, todo el mundo sabe que estás viva.

La anciana la arropó con un chal y volvió a olfatearla. El irresistible aroma del otro mundo se había evaporado dejando tras de sí un rastro tenue. También ese vestigio desaparecería con el tiempo, aunque la comadrona había conocido a algunas personas que en la vejez aún conservaban el hálito del Paraíso. No obstante, consideró innecesario compartir el dato. Se puso de puntillas para depositar a la recién nacida en la cama, al lado de su madre.

Binnaz sonrió de inmediato, con el corazón desbocado. Palpó los dedos de los pies de su hija por encima de la tela sedosa: eran hermosos, perfectos, y tan frágiles que daba miedo tocarlos. Tomó con ternura entre las manos los rizos de la criatura como si llevara agua sagrada en las palmas. Durante unos instantes se sintió feliz y plena.

—No tiene hoyuelos —dijo, y soltó una risita para sí.

—¿Llamamos a tu marido? —le preguntó una vecina.

También esa frase estaba cargada de significados tácitos. Suzan ya debía de haber comunicado a Harún la noticia del nacimiento, así que ¿por qué no había acudido él corriendo? Era evidente que se había entretenido hablando con su primera esposa para disipar las preocupaciones de la mujer. Esa había sido su prioridad.

Una sombra cruzó el rostro de Binnaz.

—Sí, llamadlo.

No fue necesario. Al cabo de unos segundos Harún entró arrastrando los pies, encorvado, y pasó de la penumbra al sol. Era un hombre con una mata de pelo canoso que le daba un aire de pensador abstraído, una nariz imperiosa de fosas estrechas, cara ancha y bien afeitada, y ojos caídos de color castaño oscuro que brillaban de orgullo. Se acercó a la cama sonriendo. Miró a la recién nacida, a la segunda esposa, a la comadrona a la primera esposa y, por último, hacia el cielo.

—Alá, gracias, Señor. Has escuchado mis oraciones.

—Es una niña —susurró Binnaz, por si su marido no estaba al corriente todavía.

—Lo sé. El siguiente será un varón y lo llamaremos Tarkán. —Deslizó el índice por la frente de la recién nacida, tan tersa y cálida al tacto como un amuleto muy querido que se hubiera acariciado infinidad de veces—. Está sana, que es lo importante. He rezado todo el rato. Le he dicho al Todopoderoso: «Si permites que esta criatura viva, nunca volveré a beber. ¡Ni una sola gota!». Alá, que es misericordioso, ha atendido mi súplica. Este bebé no es mío ni tuyo.

Binnaz se quedó mirándolo con un destello de perplejidad en los ojos. De repente la asaltó un mal presentimiento, como le ocurre a un animal salvaje que intuye —aunque demasiado tarde— que está a punto de caer en una trampa. Miró a Suzan, que aguardaba en la entrada con los labios tan apretados que se le habían vuelto casi blancos; estaba silenciosa e inmóvil, con excepción del golpeteo impaciente de un pie. Algo en su actitud traslucía alegría, incluso euforia.

—Esta criatura es de Dios —decía Harún.

—Como todos los niños —murmuró la comadrona.

Sin hacerle caso, el hombre tomó la mano de su esposa joven y la miró a los ojos.

—Entregaremos esta criatura a Suzan.

—¿Qué quieres decir? —le espetó Binnaz con una voz que sonó acartonada y fría a sus propios oídos: la voz de una desconocida.

—Que la críe Suzan. Lo hará de maravilla. Tú y yo tendremos más hijos.

—¡No!

—¿No quieres tener más críos?

—No permitiré que esa mujer me quite a mi hija.

Harún tomó aire y lo exhaló lentamente.

—No seas egoísta. A Alá no le gustará. Te ha dado un bebé, ¿no? Muéstrate agradecida. Cuando llegaste a esta casa, apenas si tenías lo justo para vivir.

Binnaz negó con la cabeza, y siguió moviéndola, ya fuera porque no era capaz de detenerse, o porque era la única y pequeña cosa que podía controlar. Harún se inclinó para agarrarla de los hombros y la atrajo hacia sí. Solo entonces se quedó quieta; el brillo de sus ojos se atenuó.

—No estás siendo razonable. Vivimos en la misma casa. Verás a tu hija todos los días. ¡Ni que fuera a marcharse, por el amor de Dios!

Si Harún pretendía confortarla con sus palabras, no lo logró. Temblando para contener el dolor que le desgarraba el pecho, Binnaz se cubrió la cara con las manos.

—¿A quién llamará «mamá» mi hija?

—¿Qué más da? Suzan puede ser su «mamá», y tú serás su tía. Cuando crezca le contaremos la verdad; hasta entonces no hay necesidad de embarullar su cabecita. Cuando tengamos más hijos, todos serán hermanos. Armarán jaleo y corretearán por toda la casa, ya lo verás. No sabrás quién es de quién. Seremos una familia grande.

—¿Quién la amamantará? —preguntó la comadrona—, ¿la madre o la tía?

Harún miró a la anciana y todos los músculos del cuerpo se le tensaron. La veneración y el aborrecimiento bailaron una danza frenética en sus ojos. Hundió la mano en el bolsillo y sacó un revoltijo de objetos: un paquete abollado de cigarrillos con un encendedor embutido en él, billetes arrugados, un pedazo de jaboncillo que utilizaba para marcar los arreglos necesarios en las prendas de ropa, una pastilla contra el ardor de estómago. Entregó el dinero a la comadrona.

—Para usted..., en señal de gratitud —dijo.

La anciana aceptó el pago sin despegar los labios, que mantuvo apretados. La experiencia le había enseñado que para sufrir los menos daños posibles en la vida era preciso tener en cuenta en gran medida dos principios fundamentales: saber cuándo había que llegar y cuándo había que marcharse.

Mientras las vecinas recogían sus cosas y retiraban las sábanas y toallas empapadas de sangre, el silencio inundó como si fuera agua la habitación hasta filtrarse en todos los rincones.

—Ya nos vamos —dijo la comadrona con serena determinación y flanqueada por las dos vecinas, que aguardaban con recato—. Enterraremos la placenta bajo un rosal. Y eso... —Con un dedo huesudo señaló el cordón umbilical, que había arrojado sobre una silla—. Si quiere lo lanzaremos al tejado de la escuela. Así su hija será maestra. O podemos llevarlo al hospital, y entonces la niña será enfermera o, quién sabe, incluso médica.

Harún sopesó las opciones.

—Probad con la escuela.

Cuando las mujeres salieron, Binnaz apartó la mirada de su marido y volvió la cabeza hacia la manzana de la mesita de noche. Vio que empezaba a pudrirse; una desintegración apacible y tranquila, y dolorosamente lenta. Su color parduzco le evocó el de los calcetines del imán que los había casado, y recordó que tras la ceremonia se había quedado sentada a solas en aquella misma cama, con el rostro cubierto por un velo tornasolado, mientras en la sala contigua su marido y los invitados disfrutaban del banquete. Su madre no le había hablado en absoluto de lo que la esperaba en la noche de bodas, pero una tía mayor, comprendiendo mejor sus preocupaciones, le había entregado una pastilla para que se la pusiera bajo la lengua. «Tómatela y no sentirás nada. Antes de que te des cuenta, todo habrá acabado.» Con el jaleo del día Binnaz había perdido la pastilla, que de todos modos sospechaba que era tan solo un caramelo para la garganta. Jamás había visto un hombre desnudo, ni siquiera en ilustraciones, y aunque había bañado muchas veces a sus hermanos menores, suponía que el cuerpo de un hombre adulto sería distinto. Su nerviosismo había ido en aumento mientras esperaba a que su marido entrara en la habitación, y en cuanto oyó sus pasos perdió el conocimiento y cayó desplomada. Cuando abrió los ojos, lo primero que vio fue a unas vecinas que le frotaban como locas las muñecas, le humedecían la frente y le masajeaban los pies. En el ambiente percibió un olor intenso —a colonia y vinagre— y matices de algo más, algo desconocido y no solicitado, que con el tiempo sabría que provenían de un tubo de lubricante.

Más tarde, cuando se quedaron a solas los dos, Harún le regaló un collar formado por una cinta roja y tres monedas de oro, una por cada virtud que Binnaz aportaría a la casa: juventud, docilidad y fertilidad. Al verla tan nerviosa le habló con dulzura, con un hilo de voz que se disolvía en la oscuridad. Se mostró cariñoso, pero era muy consciente de que al otro lado de la puerta había gente que aguardaba. La desvistió a toda prisa, quizá temiendo que volviera a desmayarse. Binnaz permaneció con los ojos cerrados y notó el sudor que le brotaba en la frente. Empezó a contar —«Uno, dos, tres..., quince, dieciséis, diecisiete»—, y siguió así hasta que él le ordenó: «¡Para de una vez!».

Binnaz, que era analfabeta, solo sabía contar hasta diecinueve. Cada vez que llegaba a ese número, la frontera infranqueable, tomaba aliento y volvía a empezar. Después de lo que parecieron infinidad de diecinueves, Harún se levantó de la cama y salió del dormitorio dejando la puerta abierta. Suzan entró corriendo y encendió las luces sin prestar atención a la desnudez de Binnaz ni al olor a sudor y sexo que flotaba en el ambiente. La primera esposa retiró la sábana, la inspeccionó y, a todas luces satisfecha, se marchó sin pronunciar palabra. Binnaz había pasado sola el resto de la velada, y una fina capa de melancolía se había ido posando sobre sus hombros como un tenue manto de nieve.

Al recordarlo, de sus labios escapó un sonido extraño que habría parecido una risa de no haber encerrado tanto dolor.

—Vamos —le dijo Harún—, no es...

—Ha sido idea suya, ¿verdad? —lo interrumpió Binnaz, algo que nunca había hecho—. ¿Se le ha ocurrido a ella sin más? ¿O acaso llevabais meses tramándolo... a mis espaldas?

—No lo dices en serio —repuso él sorprendido, quizá no tanto por las palabras como por el tono. Con la mano izquierda se acarició el vello del dorso de la derecha. Tenía los ojos vidriosos y abstraídos—. Eres joven. Suzan se hace mayor. Nunca tendrá hijos. Regálasela.

—¿Y qué hay de mí? ¿Quién me regalará algo?

—Alá, naturalmente. Ya lo ha hecho, ¿no te das cuenta? No seas desagradecida.

—¿Quieres que agradezca... esto? —Binnaz hizo un leve movimiento aleteante, un gesto tan indefinido que podía referirse a cualquier cosa: a la situación, o quizá a la ciudad, que de pronto le pareció un lugar atrasado en un mapa viejo.

—Estás cansada —dijo él.

Binnaz se echó a llorar. Sus lágrimas no eran de rabia ni de resentimiento, sino de resignación, de esa clase de frustración que es como la pérdida de una gran fe. Notó que el aire de los pulmones le pesaba como plomo. Había llegado a esa casa siendo niña, y ahora que tenía una hija no se le permitía criarla y crecer con ella. Se rodeó las rodillas con los brazos y permaneció un buen rato en silencio. Así pues, era un tema cerrado..., aunque en verdad siempre estaría abierto, sería una herida en el núcleo de sus vidas que nunca cicatrizaría.

Al otro lado de la ventana, un vendedor ambulante que empujaba una carreta se aclaró la garganta y se puso a cantar las alabanzas de sus albaricoques, maduros y jugosos. «Qué raro», pensó Binnaz, pues no era la estación de esa dulce fruta, sino la de los vientos gélidos. Tiritó como si el frío, al que el vendedor parecía ajeno, hubiera traspasado las paredes hasta alcanzarla. Cerró los ojos, pero la oscuridad no solucionó nada. Vio bolas de nieve amontonadas en pirámides amenazadoras. De pronto empezaron a llover sobre ella, húmedas y duras por los guijarros alojados en su interior. Una le dio en la nariz, seguida de otras que llegaban veloces y en tropel. Otra se estrelló contra su labio inferior y se lo partió. Binnaz lanzó un grito ahogado y abrió los ojos. ¿Era real o solo un sueño? Titubeante, se palpó la nariz. Le sangraba. Además, un hilo de sangre le caía por la barbilla. «Qué raro», pensó otra vez. ¿Nadie más se daba cuenta del terrible dolor que sentía? Y si así era, ¿se debía acaso a que ocurría únicamente en su cabeza, a que eran imaginaciones suyas?

No era su primer contacto con la enfermedad mental, pero sí el que recordaría con mayor nitidez. Años después, cada vez que se preguntara cuándo y de qué manera la había abandonado la cordura, como un ladrón que se descuelga por la ventana en la oscuridad, ese sería el momento al que se remontaría, el momento que creía que la había debilitado para siempre.

Esa misma tarde Harún alzó a la recién nacida en el aire, la puso de cara a La Meca y le recitó el *ezan*, la llamada a la oración, en el oído derecho.

—A ti, mi hija; a ti, que, si Alá quiere, serás la primera de muchos hijos bajo este techo; a ti, la de los ojos oscuros como la noche, te llamaré Leyla. Pero no serás una Leyla cualquiera. Te daré además los nombres de mi madre. Tu *nine* fue una mujer honorable; era muy piadosa, como estoy seguro de que lo serás tú algún día. Te llamaré Afife, «casta, sin tacha», y también Kamile, «perfección». Serás recatada, respetable, pura como el agua... —Harún se interrumpió al asaltarle la insidiosa idea de que no toda el agua era pura. A fin de asegurarse de que no hubiera confusiones celestiales, malentendidos por parte de Dios, añadió en voz más alta de lo que pretendía—: Como el agua de manantial, limpia, cristalina... Todas las madres de Van regañarán a sus hijas diciéndoles: «¿Por qué no puedes ser como Leyla?». Y los hombres casados dirán a sus mujeres: «¡Por qué no darías a luz a una niña como Leyla!».

Entretanto la criatura trataba de meterse el puño en la boca y tras cada intento fallido torcía los labios en una mueca.

—Harás que me sienta orgulloso —prosiguió Harún—. Serás fiel a tu religión, fiel a tu nación, fiel a tu padre.

Frustrada, la pequeña por fin se dio cuenta de que la mano cerrada era demasiado grande y profirió un vagido, como si quisiera compensar el silencio de sus primeros minutos. El padre se apresuró a pasársela a Binnaz, quien sin vacilar ni un segundo empezó a amamantarla y notó que un dolor ardiente trazaba círculos alrededor de los pezones como un ave predadora que diera vueltas en el cielo.

Más tarde, cuando la niña se durmió, Suzan, que había permanecido a la espera en un lado de la habitación, se acercó a la cama con cuidado para no hacer ruido y se llevó a la criatura evitando mirar a los ojos a la madre.

—Te la traeré cuando llore —dijo, y tragó saliva—. No te preocupes. La cuidaré bien.

Binnaz, con la cara pálida y deslustrada como un plato de porcelana viejo, no despegó los labios. No salió ningún sonido de ella, salvo el de la respiración, débil pero claro. Su útero, su mente, la casa..., hasta el lago milenario donde, según se decía, se habían ahogado multitud de enamorados despechados; todo le parecía vacío y seco. Todo menos sus doloridos pechos hinchados, de los que brotaban gotas de leche.

Cuando se quedó a solas con su marido en el dormitorio, Binnaz esperó a que él hablara. Más que una disculpa, deseaba que reconociera la injusticia a la que ella se enfrentaba y el enorme dolor que le causaría. Sin embargo, él tampoco dijo nada. Y así fue como la niña, nacida el 6 de enero de 1947 en la ciudad de Van, la Perla de Oriente, en el seno de una familia formada por un hombre y dos esposas, recibió los nombres de Leyla Afife Kamile. Nombres grandiosos y rotundos que denotaban confianza. Grandes desaciertos, como demostrarían ser. Porque, si bien no cabía duda de que llevaba la noche en sus ojos, como correspondía al nombre de Leyla, pronto resultaría evidente que los otros dos nombres distaban de ser apropiados.

Para empezar, no era intachable; sus numerosos defectos impregnarían su vida como corrientes subterráneas. En realidad era la encarnación andante de la imperfección..., una vez que aprendió a caminar, claro está. En cuanto a la castidad, con el tiempo se vería que, por motivos ajenos a ella, tampoco era lo suyo.

Tenía que ser Leyla Afife Kamile, llena de virtudes, de grandes méritos, pero años más tarde, después de que apareciera en Estambul sola y sin dinero; de que viera el mar por primera vez y quedara asombrada por la inmensa extensión azul que se perdía en el horizonte; de que advirtiera que los rizos se le encrespaban con la humedad del aire; de que una mañana se despertara en una cama desconocida al lado de un hombre al que veía por primera vez y sintiera tal opresión en el pecho que creyó que no volvería a respirar; de que la vendieran a un burdel donde la obligaban a mantener relaciones sexuales con entre diez y quince hombres al día en una habitación con un cubo de plástico verde en el suelo para recoger el agua que se filtraba de una gotera cuando llovía...; mucho después de todo eso, sus cinco queridos amigos, su amor eterno y sus numerosos clientes la conocerían como Tequila Leila.

Cuando los hombres le preguntaban —como ocurría con frecuencia— por qué se empeñaba en escribir «Leyla» como «Leila» y si de ese modo pretendía parecer occidental o exótica, ella se echaba a reír y respondía que un día había ido al bazar y había cambiado la «y» de «ayer» por la «i» de «infinito».

Al final nada de eso tendría la menor importancia para los periódicos que informaron de su asesinato. La mayoría ni siquiera se molestó en mencionar su nombre y consideró que bastaba con las iniciales. Casi todos los artículos se acompañaron del mismo retrato, el de una Leila irreconocible en fotografías de hacía años, de cuando estudiaba en la escuela secundaria. Los directores podrían haber elegido una más reciente, por supuesto, incluso la de la ficha policial, pero les preocupaba que la imagen de una Leila muy maquillada y con un escote que dejaba a la vista el canalillo ofendiera la sensibilidad del país entero.

También la televisión nacional informó de su muerte la noche del 29 de noviembre de 1990. Dieron la noticia tras un largo reportaje sobre la resolución del Consejo de Seguridad de Naciones Unidas que autorizaba la intervención militar en Irak; tras informar de las repercusiones de la emotiva dimisión de la Dama de Hierro en Gran Bretaña; de la persistente tensión entre Grecia y Turquía como consecuencia de los actos violentos en la Tracia occidental, del saqueo de las tiendas de personas de etnia turca y de las expulsiones del embajador de Turquía en Komotini y del cónsul griego en Estambul; de la fusión de los equipos nacionales de fútbol de Alemania Occidental y Alemania del Este después de la unificación de ambos países; de la revocación de la exigencia constitucional de que las mujeres casadas obtuvieran el permiso del marido para trabajar fuera de casa, y de la prohibición de fumar en los aviones de Turkish Airlines pese a las protestas vehementes de los fumadores de todo el país.

Hacia el final del informativo, en la parte inferior de la pantalla se desplegó una franja de un amarillo chillón: «Encuentran a una prostituta en un contenedor de la basura de la ciudad: la cuarta asesinada en un mes. Pánico entre las trabajadoras del sexo de Estambul».

Dos minutos

Dos minutos después de que el corazón de Leila dejara de latir, su mente evocó dos sabores opuestos: el del limón y el del azúcar.

Junio de 1953. Se vio a sí misma como una niña de seis años con una mata de rizos castaños alrededor de una cara pálida y delicada. Era delgada como un junco pese a sus extraordinarias ganas de comer, sobre todo *baklava* de pistacho, crocante de sésamo y cualquier alimento salado. Hija única. Una niña solitaria. Inquieta y rebosante de vida, y siempre un tanto abstraída, pasaba los días dando vueltas como una pieza de ajedrez que hubiera caído rodando al suelo, relegada a la tarea de crear juegos complejos para una sola jugadora.

La casa de Van era tan grande que hasta los susurros retumbaban por todas partes. Las sombras danzaban en las paredes como en un espacio cavernoso. Una larga escalera de caracol de madera llevaba del salón al rellano del primer piso. La entrada estaba adornada con azulejos que representaban un despliegue vertiginoso de diversas escenas: pavos reales que lucían su plumaje; panes trenzados y quesos junto a copas de vino; bandejas con granadas abiertas con su sonrisa de rubíes, y campos de girasoles que inclinaban anhelantes el cuello hacia el voluble sol igual que enamorados conscientes de que nunca serían amados como deseaban. A Leila le fascinaban aquellas imágenes. Algunos azulejos estaban resquebrajados y desportillados; otros, cubiertos en parte por una capa de yeso tosco que sin embargo no impedía vislumbrar los dibujos, con sus vivos colores. La niña suponía que juntos contaban una historia, una his-

41

toria muy antigua, pero, por más que se esforzaba, no lograba adivinar cuál.

Candiles, velas de sebo, cuencos de cerámica y otros objetos ornamentales decoraban las hornacinas doradas de los pasillos. Alfombras con borlas cubrían de lado a lado los tablones del suelo: alfombras afganas, persas, kurdas y turcas de todos los colores y diseños posibles. Mientras vagaba ociosa de una sala a otra, Leila apretaba contra su pecho los objetos y palpaba las superficies —unas punzantes, otras lisas— como una ciega que dependía del tacto. Algunas partes de la casa estaban excesivamente atestadas, pero lo curioso era que incluso en ellas intuía una ausencia. Un alto reloj de pie, cuyo péndulo oscilaba de un extremo al otro, daba las horas en el salón principal con un gong retumbante que sonaba demasiado estruendoso y alegre. Leila notaba a menudo un picor en la garganta y temía que se debiera a que había inhalado polvo de hacía mucho tiempo..., a pesar de que sabía que todo se limpiaba, enceraba y abrillantaba diligentemente. La asistenta doméstica acudía a diario, y una vez a la semana realizaba una «limpieza a fondo». Al principio y al final de las estaciones llevaba a cabo una limpieza aún más a fondo. Y, si pasaba algo por alto, la tía Binnaz lo detectaba y lo restregaba con bicarbonato, maniática como era de lo que llamaba «blanco inmaculado».

A Leila le había explicado su madre que la casa había pertenecido antes a un médico armenio y a su esposa. La pareja tenía seis hijas, a las que les gustaba mucho cantar y cuyas voces iban del registro grave al más agudo. El médico, un hombre apreciado, permitía que de vez en cuando los pacientes acudieran y se quedaran con la familia. Con la firme convicción de que la música era capaz de curar hasta las heridas más graves del alma humana, animaba a sus pacientes a tocar un instrumento aunque carecieran de talento. Mientras los tocaban —algunos de manera lamentable—, las hijas cantaban al unísono y la casa se mecía como una balsa en altar mar. Eso fue antes del estallido de la Primera Guerra Mundial. Poco después desaparecieron sin más abandonándolo todo. Durante un tiempo Leila no logró imaginar adónde habían ido y por qué no habían regresado. ¿Qué les había ocurrido al médico y su familia y a aquellos instrumentos que antes habían sido árboles altos e imponentes?

El abuelo de Harún, llamado Mahmud, un agá kurdo muy influyente, se había mudado con su familia a la casa, que el Gobierno otomano le había otorgado en recompensa por el papel que había desempeñado en la deportación de los armenios de la zona. Resuelto y comprometido con su trabajo, había obedecido las órdenes de Estambul sin vacilar ni un instante. Si las autoridades determinaban que ciertos individuos eran traidores y que había que despacharlos al desierto de Der Zor, donde solo unos cuantos podían esperar sobrevivir, así se haría, aunque fueran buenos vecinos, viejos amigos. Mahmud demostró de ese modo su lealtad al Estado y se convirtió en una figura importante; los lugareños admiraban la perfecta simetría de su bigote, el brillo de sus botas de cuero negro, la grandilocuencia de su voz. Lo respetaban como se ha respetado a los crueles y poderosos desde el principio de los tiempos: con mucho miedo y sin una pizca de afecto.

Mahmud decretó que la casa se conservara tal cual estaba, y así se hizo durante un tiempo. Sin embargo, corrió el rumor de que, antes de marcharse de la ciudad, los armenios, incapaces de llevarse consigo los objetos de valor, habían escondido en los alrededores ollas llenas de monedas y arcones repletos de rubíes. Mahmud y sus parientes no tardaron en ponerse a cavar: en el jardín, en el patio, en los sótanos...; no dejaron ni un milímetro de tierra sin remover. Al no encontrar nada empezaron a derribar las paredes, sin detenerse a pensar ni una sola vez que, en caso de que dieran con un tesoro, no les pertenecería. Cuando desistieron, la casa se había convertido en un montón de escombros y hubo que reconstruirla de arriba abajo. Leila sabía que su padre, que de niño había presenciado aquella locura, seguía creyendo que había un cofre repleto de oro en algún lugar, riquezas incalculables al alcance de la mano. Algunas noches, cuando cerraba los ojos y se quedaba dormida, ella misma soñaba con joyas que resplandecían a lo lejos como luciérnagas en un prado estival.

No era que a esa tierna edad le interesara lo más mínimo el dinero. Prefería con mucho tener en el bolsillo una tableta de chocolate con avellanas o un chicle Zambo, cuyo envoltorio mostraba el retrato de una negra con unos enormes pendientes redondos. Su padre se encargaba de que esas golosinas le llegaran de la lejana Estambul. La niña pensaba con una punzada de envidia que todo lo nuevo y fascinante se encontraba en Estambul, ciudad de prodigios y curiosidades. Algún día iría allí, se decía, una promesa que ocultaba a los demás del mismo modo que una ostra esconde la perla en su corazón.

Leila disfrutaba sirviendo el té a sus muñecas, observando las truchas que nadaban en los arroyos de agua fría y contemplando los dibujos de las alfombras hasta que las formas cobraban vida, pero sobre todo le encantaba bailar. Deseaba convertirse en una bailarina de la danza del vientre famosa. Esa fantasía habría consternado a su padre si se hubiera enterado de la minuciosidad con que Leila imaginaba los detalles: las destellantes lentejuelas, las faldas de monedas, el tintineo y el repique de los crótalos; la vibración y rotación de sus caderas siguiendo el tantarantán del tamboril, la *darbuka*; la fascinación del público, cuyas palmadas sincronizadas iban aumentando de volumen; los giros y las torsiones hasta llegar a un electrizante final. Solo de pensarlo se le aceleraba el corazón. Sin embargo, *baba* decía siempre que el baile era una de las innumerables tácticas ancestrales de Shaitán para llevar a los humanos por el mal camino. El demonio seducía primero a las mujeres con perfumes embriagadores y baratijas brillantes, pues eran criaturas débiles y sentimentales, y luego las utilizaba como cebo para que los hombres cayeran en su trampa.

Baba era un sastre muy solicitado. Confeccionaba prendas de ropa modernas *alla franga*, a la moda occidental, para señoras: vestidos con vuelo, de tubo, faldas acampanadas, blusas con cuello babero o con la espalda al aire, pantalones pescadores. Entre sus clientas habituales se contaban esposas de militares de alto rango, de funcionarios, de inspectores de aduanas, de ingenieros ferroviarios y de comerciantes de especias. Además, vendía un amplio surtido de sombreros, guantes y boinas: elegantes creaciones en seda que jamás habría permitido que lucieran los miembros de su familia.

Como el padre se oponía a la danza, tampoco la madre la veía con buenos ojos, aunque Leila había notado que se mostraba menos firme en sus convicciones cuando no había nadie más con ellas. Su madre se convertía en otra persona en cuanto se quedaban solas. Le dejaba destrenzarle el pelo, teñido de rojo con henna, peinárselo y trenzárselo de nuevo, embadurnar de crema su rostro arrugado y oscurecerle las pestañas aplicándoles vaselina mezclada con polvo de carbón. Prodigaba abrazos y elogios a Leila, le confeccionaba pompones llamativos con los colores del arcoíris, le ensartaba castañas de Indias en cordeles y jugaba a las cartas con ella..., cosas que nunca habría hecho en presencia de otras personas. Era especialmente reservada delante de la tía Binnaz.

—Si tu tía nos ve divertirnos, tal vez se sienta mal —decía su madre a Leila—. No debes besarme delante de ella.

—¿Por qué?

—Bueno, porque no tiene hijos, y no nos gustaría que se entristeciera al vernos, ¿verdad que no?

—De acuerdo, mamá. Os besaré a las dos.

Su madre daba una calada al cigarrillo.

—No lo olvides, mi alma. Tu tía está mal de la cabeza..., igual que su madre, según he oído contar. Lo llevan en la sangre. Locura hereditaria. Al parecer ocurre en cada generación de la familia. Debemos tener mucho cuidado en no disgustarla.

La tía solía autolesionarse cuando se disgustaba. Se arrancaba mechones de pelo, se arañaba la cara y se pellizcaba la piel con tanta fuerza que llegaba a hacerse sangre. A Leila le contaba su madre que, cuando ella nació, la tía, que aguardaba junto a la puerta, se había dado un puñetazo en la cara, por envidia u otro motivo perverso. Cuando le preguntaron por qué lo había hecho, aseguró que un vendedor de albaricoques que había en la calle le había lanzado bolas de nieve por la ventana abierta. ¡Albaricoques en enero! Era absurdo. Todos temieron entonces por su salud mental.

La niña escuchaba con petrificada fascinación esa y otras muchas anécdotas que su madre le repetía una y otra vez.

No obstante, las heridas que la tía se infligía no siempre parecían intencionadas. Para empezar, era torpe como una criaturita que diera sus primeros pasos. Se quemaba los dedos con las sartenes calientes, se golpeaba las rodillas contra los muebles, se caía de la cama mientras dormía, se cortaba las manos con cristales rotos. Tenía el cuerpo lleno de sombríos moretones y furiosas cicatrices inflamadas.

Las emociones de la tía oscilaban de un extremo al otro, como el péndulo del reloj de pie. Unos días se levantaba llena de energía e, infatigable, pasaba de una tarea a otra a toda velocidad. Sacudía las alfombras con brío, quitaba el polvo de todas las superficies con un trapo, hervía la ropa blanca que ya había lavado la noche anterior, restregaba los suelos durante horas seguidas y rociaba la casa entera con un desinfectante que olía fatal. Tenía las manos enrojecidas y agrietadas, y no se le suavizaban pese a que se aplicaba con frecuencia sebo de cordero. Siempre las tenía ásperas, y se las lavaba docenas de veces al día, convencida de que no estaban lo bastante limpias. En realidad, nada estaba lo bastante limpio para ella. Otras veces parecía tan agotada que apenas si podía moverse. Hasta respirar le suponía un esfuerzo.

Pero otros días daba la impresión de no preocuparle nada. Relajada y radiante, pasaba horas enteras jugando con Leila en el jardín. Colgaban tiras de tela de las ramas de los manzanos en flor y decían que eran bailarinas; se entretenían tejiendo cestas con varas de sauce o confeccionando coronas de margaritas; ataban cintas en los cuernos del carnero que sería sacrificado en la siguiente festividad del Eid. Un día cortaron a escondidas la cuerda que lo mantenía atado en el cobertizo, pero el animal no se escapó como ellas esperaban. Después de deambular en busca de hierba fresca, regresó a su sitio, pues la cautividad conocida le resultó más tranquilizadora que la llamada desconocida de la libertad.

A la tía y a Leila les encantaba ponerse los manteles a modo de trajes y, observando a las mujeres de las revistas, imitar sus posturas erguidas y sus sonrisas confiadas. De las modelos y actrices que estudiaban con atención, admiraban sobre todo a una: Rita Hayworth. Sus pestañas semejaban flechas, y sus cejas, arcos; tenía la cintura más delgada que un vaso de té y la piel suave como la seda hilada. Habría podido ser la respuesta a la búsqueda de los poetas otomanos, de no haber sido por un pequeño error: había nacido muchos años después de aquellos en la lejana América.

Por más curiosidad que sintieran por la vida de Rita Hayworth, no les quedaba otro remedio que limitarse a contemplarla en las fotografías, ya que ninguna de las dos sabía leer. Leila aún no había empezado la escuela, y la tía Binnaz nunca había asistido a ninguna. En la aldea donde se había criado no había colegio, y su padre no le había dejado ir a la ciudad por el camino de roderas, como habían hecho a diario sus hermanos varones. No tenían suficientes zapatos para todos, y además ella debía atender a sus hermanos y hermanas menores.

A diferencia de la tía, la madre sí había recibido instrucción, de lo que se enorgullecía. Leía las recetas de un libro de cocina, hojeaba el calendario de página por día que colgaba de la pared e incluso entendía los artículos de los periódicos. Era ella quien les transmitía las noticias del mundo: en Egipto un grupo de militares había proclamado la república; en Estados Unidos habían ejecutado a una pareja acusada de espionaje; en Alemania del Este millares de personas se habían manifestado contra la política del Gobierno y habían sido aplastadas por las fuerzas de ocupación soviéticas; en Turquía, en la lejana Estambul, que en ocasiones parecía otro país, se había celebrado un concurso de belleza en que jóvenes vestidas con bañadores habían desfilado por la pasarela. Grupos religiosos se habían echado a las calles para denunciar la inmoralidad del espectáculo, pero los organizadores se habían mostrado decididos a seguir adelante, afirmando que las naciones se modernizaban por medio de tres vías fundamentales: la ciencia, la educación y los concursos de belleza.

Siempre que Suzan leía las noticias en voz alta, Binnaz se apresuraba a apartar la vista. En la sien izquierda le latía un vena, indicio silencioso pero inequívoco de angustia. Leila se compadecía de ella y en la vulnerabilidad de su tía percibía algo reconocible y casi reconfortante. Sin embargo, también suponía que en ese asunto no permanecería demasiado tiempo en el bando de su tía: tenía muchas ganas de ir al colegio.

Unos tres meses antes, Leila había descubierto en lo alto de la escalera, detrás de un mueble de madera de cedro, una puerta desvencijada que daba a la azotea. Alguien la había dejado entreabierta, de modo que se colaba un aire fresco y tonificante cargado del olor a ajo silvestre que crecía carretera abajo. Desde entonces había subido a la azotea casi a diario.

Siempre que contemplaba la extensa ciudad y aguzaba el oído para captar los chillidos de un águila calzada que planeaba a lo lejos sobre el inmenso lago centelleante, o el graznido de los flamencos que buscaban comida en las aguas poco profundas, o los chirridos de las golondrinas que se precipitaban como flechas entre los alisos, tenía la certeza de que ella también podría volar si lo intentara. ¿Qué necesitaría para echar alas y surcar los cielos alegre y despreocupada? En la zona vivían garzas reales, garcetas, malvasías cabeciblancas, cigüeñuelas, camachuelos alirrojos, carriceros, alciones de Esmirna y calamones, que los habitantes del lugar llamaban «sultanas». Una pareja de cigüeñas había tomado posesión de la chimenea, donde habían construido, ramita a ramita, un nido impresionante. Se habían marchado, pero Leila no dudaba de que algún día volverían. Su tía decía que las cigüeñas, a diferencia de los humanos, eran fieles a sus propios recuerdos. Cuando convertían un sitio en su «hogar», siempre regresaban a él, aunque se hallaran a kilómetros de distancia.

Tras cada visita a la azotea, la niña bajaba la escalera de puntillas, con sigilo para que no la vieran. Estaba segura de que tendría un disgusto si su madre la descubría.

Sin embargo, aquella tarde de junio de 1953 su madre estaba demasiado atareada para prestarle atención. La casa se había llenado de invitadas, lo que ocurría sin falta dos veces al mes: el día de la lectura del Corán y el de la depilación de piernas. En el caso del primero, un anciano imán acudía para pronunciar un sermón y leer un fragmento del libro sagrado. Las mujeres del barrio lo escuchaban en un silencio respetuoso, sentadas con las rodillas muy juntas y la cabeza cubierta, concentradas. Si alguno de los niños que deambulaban por la estancia llegaba a susurrar algo, lo mandaban callar de inmediato.

El día de la depilación con cera era todo lo contrario. Sin hombres cerca, las mujeres iban ligeras de ropa. Se repantigaban en el sofá con las piernas abiertas, los brazos al aire, los ojos destellantes de picardía reprimida. En su incesante cháchara, salpicaban sus comentarios de palabrotas que provocaban que las más jóvenes se pusieran coloradas como rosas damascenas. A Leila le costaba creer que aquellas criaturas desenfrenadas fueran las mismas que habían escuchado absortas al imán.

Aquel día tocaba depilación. Sentadas sobre las alfombras, en escabeles y en sillas, las mujeres, con vasos de té y platos con pastitas en las manos, ocupaban hasta el último centímetro de la sala de estar. De la cocina llegaba el olor empalagoso de la cera que hervía en el fogón, hecha de limón, azúcar y agua. Cuando la mezcla estuviera lista, todas pondrían manos a la obra con rapidez y concentración, y harían muecas al arrancarse de la piel las tiras pegajosas, pero por ahora el dolor podía esperar, mientras disfrutaban cotilleando y dándose un festín.

Leila, que observaba a las mujeres desde el pasillo, se quedó paralizada un instante buscando en sus movimientos e interacciones indicios del futuro que le aguardaba. Estaba convencida de que cuando fuera mayor sería como ellas. Un niñito agarrado a una pierna, un bebé en brazos, un marido al que obedecer, una casa que había que mantener limpia y ordenada: esa sería su vida. Su madre le había contado que, cuando Leila nació, la comadrona había arrojado el cordón umbilical a la azotea de la escuela para que fuera maestra, pero eso no era lo que *baba* deseaba. Ya no. Hacía poco había conocido a un jeque que le había dicho que las mujeres debían quedarse en casa y cubrirse en las contadas ocasiones en que tuvieran que salir. Nadie compraba tomates que otros clientes hubieran tocado, apretujado y mancillado. Era preferible que los tomates del mercado estuvieran envasados con cuidado y bien conservados. Lo mismo sucedía con las mujeres, aseguró el jeque. El hiyab era su envase, la coraza que las protegía de miradas insinuantes y contactos indeseados.

En consecuencia, la madre y la tía de Leila habían empezado a cubrirse la cabeza, a diferencia de la mayoría de las mujeres del barrio, que seguían la moda occidental y llevaban el pelo corto y cardado, se hacían permanentes de rizos marcados o se recogían el cabello en un moño elegante, como Audrey Hepburn. Mientras que la madre se había decantado por un chador negro para salir, la tía prefería los pañuelos de gasa de colores vivos, que se ataba con un firme nudo bajo la barbilla. Ambas ponían el mayor cuidado en no mostrar ni un solo mechón. Leila estaba segura de que un día no muy lejano seguiría sus pasos. Su madre le había dicho que cuando ese día llegara irían juntas al bazar para comprar el pañuelo más bonito y un abrigo largo a juego.

—¿Podré llevar debajo mi traje de la danza del vientre?

—No seas boba —le había contestado su madre sonriendo.

Absorta en sus pensamientos, Leila pasó de puntillas por delante del salón camino de la cocina, donde su madre se había afanado desde primera hora de la mañana horneando *börek* y preparando té y la cera. Leila no entendía ni por asomo que las mujeres se untaran esa golosina en las piernas peludas en lugar de comérsela, como hacía ella con fruición.

Se llevó una sorpresa al encontrar a otra persona en la cocina. Su tía Binnaz estaba sola junto a la encimera y empuñaba un largo cuchillo de sierra en que se reflejaba el sol vespertino. Leila temió que se hiriera. La tía debía tener cuidado en esos días, pues acababa de anunciar que estaba encinta... otra vez. Nadie lo mencionaba por miedo al *nazar*, el mal de ojo. Por las experiencias anteriores Leila suponía que en los meses siguientes, cuando el embarazo fuera notorio, los adultos se comportarían como si la panza creciente de su

tía se debiera a un hambre voraz o a una distensión abdominal cró-
nica. Era lo que había sucedido en las ocasiones anteriores: cuanto
más engordaba su tía, más invisible se volvía para los demás. Bien
podría haberse difuminado ante los ojos de quienes la rodeaban, como
una fotografía tirada en el asfalto bajo un sol inclemente.

Leila avanzó un paso con cautela y la observó.

La tía, que estaba un tanto encorvada sobre lo que parecía un
montón de lechuga, no dio muestras de reparar en la niña. Tenía la
vista fija en un periódico abierto sobre la encimera, y sus ojos pene-
trantes ardían en contraste con la palidez de la piel. Exhalando un
suspiro cogió un manojo de hojas de lechuga y empezó a picarlas
rítmicamente sobre la tabla de cortar; pronto el cuchillo se movió a
tal velocidad que se desdibujó.

—Tía...

La mano se detuvo.

—Mmm...

—¿Qué estás mirando?

—A los soldados. He oído decir que vuelven.

La tía señaló una fotografía del periódico y durante unos instantes ambas escudriñaron el pie de la ilustración intentando descifrar
las volutas y los puntos negros dispuestos en fila como un batallón
de infantería.

—Entonces tu hermano pronto estará en casa.

Entre los cinco mil soldados turcos enviados a Corea se contaba
un hermano de la tía. Ayudaban a los norteamericanos, que apoyaban a los coreanos buenos en la lucha contra los coreanos malos.
Puesto que los soldados turcos no hablaban ni inglés ni coreano, y que
con toda probabilidad los soldados estadounidenses no conocerían
más idioma que el propio, la niña se preguntó cómo se comunica-
rían aquellos hombres armados con fusiles y pistolas, y si no podían
comunicarse, ¿cómo se las arreglaban para entenderse? Sin embargo,
no era el momento de plantear la pregunta. Dirigió una sonrisa amplia y radiante a su tía.

—¡Estarás muy contenta!

La cara de su tía era inexpresiva.

—¿Por qué iba a alegrarme? ¿Quién sabe cuándo lo veré..., si es que vuelvo a verlo? Mis padres, mis hermanos y hermanas... No los he visto. No tienen dinero para viajar y yo no puedo ir a su casa. Echo de menos a mi familia.

Leila no supo qué decir. Siempre había dado por sentado que ella y sus padres eran la familia de su tía. Como era una niña considerada, juzgó más prudente cambiar de tema.

—¿Estás preparando la comida para las invitadas?

Mientras hablaba observó el montón de lechuga picada sobre la tabla de cortar. Lanzó un grito ahogado al ver algo entre las tiras de color verde: rosadas lombrices de tierra, algunas troceadas, otras retorciéndose.

—¡Puaj! ¿Qué es eso?

—Es para los chiquitines. Les encanta.

—¿Para los chiquitines? —preguntó Leila, con el corazón encogido.

No cabía duda de que su madre tenía razón: la tía estaba mal de la cabeza. La niña bajó la vista al suelo. Observó que su tía no llevaba zapatos; que tenía la planta de los pies agrietada y endurecida por el borde, como si hubiera caminado muchos kilómetros para llegar hasta allí. Leila dio vueltas a una idea: tal vez fuera sonámbula y todas las noches saliera en la susurrante oscuridad para regresar a la carrera al amanecer formando nubecillas de vaho con su aliento en el aire frío. Tal vez entrara con sigilo por la puerta del jardín, trepara por la tubería, saltara por encima de la barandilla del balcón y se deslizara en su dormitorio sin abrir los ojos en ningún momento. ¿Y si un día no recordara el camino de vuelta?

Si su tía hubiera tenido la costumbre de deambular dormida por las calles, *baba* lo habría sabido. Por desgracia Leila no podía preguntárselo a su padre. Era uno de los muchos temas prohibidos. La inquietaba un hecho: su madre y ella dormían en la misma habitación, mientras que su padre se quedaba con la tía en otra de la planta superior. Cuando había preguntado por el motivo, su madre le había respondido que a la tía le aterrorizaba estar sola porque en sueños luchaba contra los demonios.

—¿Vas a comértelo? —preguntó Leila—. Te pondrás mala.

—¡No, yo no! Ya te he dicho que es para los chiquitines. —La mirada que Binnaz dirigió a la niña fue tan inesperada como una mariquita que se le posara en el dedo, e igual de delicada—. ¿No los has visto? En la azotea. Creía que te pasabas los días enteros ahí arriba.

Leila arqueó las cejas sorprendida. Jamás habría imaginado que su tía frecuentara su lugar secreto. Aun así, no se preocupó. Su tía tenía algo fantasmal: no se apropiaba de los objetos, sino que flotaba entre ellos. En todo caso, Leila estaba segura de que no había niños en la azotea.

—No me crees, ¿verdad? Piensas que estoy loca. Todo el mundo lo piensa.

Su voz denotaba tanto dolor, y era tal la tristeza que anegaba sus hermosos ojos, que Leila se quedó desconcertada un instante. Avergonzada de sus pensamientos, intentó resarcirla:

—No es verdad. ¡Yo siempre te creo!

—¿Estás segura? Creer en alguien es algo muy serio. No puedes decirlo así como así. Si lo dices de corazón, tienes que apoyar a esa persona pase lo que pase. Incluso cuando otras personas digan cosas horribles sobre ella. ¿Te ves capaz?

La niña asintió con la cabeza, contenta de aceptar el reto.

La tía sonrió complacida.

—Entonces te contaré un secreto, un secreto importante. ¿Me prometes que no se lo contarás a nadie?

—Lo prometo —afirmó Leila al instante.

—Suzan no es tu madre.

Leila abrió los ojos como platos.

—¿Quieres saber quién es tu verdadera madre?

Silencio.

—Fui yo quien te dio a luz. Era un día frío, y un hombre vendía albaricoques dulces en la calle. ¿A que es raro? Si se enteraran de que te lo he contado, me mandarían de vuelta a la aldea..., o quizá me encerraran en un manicomio y jamás volveríamos a vernos. ¿Lo entiendes?

Con expresión inerte, la niña asintió.

—Bien. Entonces que quede entre nosotras.

Su tía reanudó su tarea canturreando para sí. El borboteo del caldero, la cháchara de las mujeres en el salón, el tintineo de las cucharillas en los vasos de té..., hasta el carnero del jardín parecía deseoso de participar en el coro y creaba una melodía propia con sus balidos.

—Se me ocurre una idea —dijo de pronto la tía Binnaz—. La próxima vez que tengamos invitadas, echaremos lombrices en la cera. ¡Imagínate a todas esas mujeres corriendo medio desnudas por la casa con lombrices pegadas a las piernas!

Se rio tanto que se le saltaron las lágrimas. Retrocedió tambaleándose, tropezó con una cesta y la volcó, de modo que las patatas que contenía salieron rodando por todos lados.

Leila sonrió a su pesar. Intentó tranquilizarse. Tenía que ser una broma. ¿Qué otra cosa podía ser? Nadie de la familia se tomaba en serio a su tía: ¿por qué iba a creerla ella? Los comentarios de su tía no tenían más peso que las gotas de rocío sobre la hierba fría o que los suspiros de una mariposa.

Leila decidió en aquel mismo instante olvidar lo que había oído. Estaba segura de que era lo mejor que podía hacer. Aun así, la semilla de la duda pervivió en su mente. Una parte de ella deseaba descubrir una verdad para la que el resto de su persona no estaba preparada y quizá nunca lo estuviera. No podía dejar de pensar que entre ellas quedaba algo por resolver, como un mensaje confuso en una transmisión radiofónica deficiente; sartas de palabras que llegaban a su destino pero sin formar frases coherentes.

Más o menos media hora después, Leila se sentó en el borde de la azotea, en su lugar de siempre, con un pedazo de cera en la mano y las piernas colgando del borde como un par de pendientes largos.

Aunque no llovía desde hacía semanas, los ladrillos resbalaban, por lo que se movía con cautela, consciente de que se rompería un hueso si llegaba a caerse, y si salía ilesa era más que probable que se lo rompiera su madre.

Cuando terminó de comerse su golosina se dirigió muy despacito, con la concentración de una artista circense en la cuerda floja, hacia el otro extremo de la azotea, donde rara vez se aventuraba. Pero se detuvo a medio camino, y se disponía a dar media vuelta cuando captó un sonido..., suave, apagado, como el de una mariposa nocturna contra el cristal de un farol. El ruido se intensificó. Movida por la curiosidad, avanzó en esa dirección. Detrás de una columna de cajas encontró una jaula grande de alambre llena de palomas. De muchas, muchas palomas. En ambos lados de la jaula había cuencos con agua fresca y comida. En las hojas de periódico extendidas en la parte inferior se veían unos cuantos excrementos, pero por lo demás estaban limpias. Alguien cuidaba bien de las aves.

La niña se echó a reír y dio palmas. La inundó una oleada de ternura que le acarició la garganta como las burbujas gaseosas de su bebida favorita, la *gazoz*. Sintió el deseo de proteger a su tía pese a las flaquezas de la mujer (o debido a ellas), sentimiento que enseguida se vio superado por el desconcierto. Si la tía Binnaz no había mentido respecto a las palomas, ¿sobre qué más habría dicho la verdad? ¿Y si en realidad era su madre? Las dos tenían la nariz pequeña y respingona, las dos estornudaban al despertar, como si padecieran una leve alergia a la primera luz del día. También compartían la curiosa costumbre de silbar mientras untaban las tostadas con mantequilla y mermelada, y la de escupir las pepitas cuando comían uva, y las pieles cuando comían tomates. Intentó recordar qué más tenían en común, pero no dejaba de volver al mismo pensamiento: siempre le habían aterrorizado los falsos gitanos que secuestraban a los niños pequeños y los convertían en pedigüeños de ojos hundidos, pero quizá haría mejor en temer a quienes vivían en su propia casa. Tal vez la hubieran arrancado de los brazos de su madre.

Por primera vez fue capaz de alejarse para verse a sí misma y ver a su familia desde cierta distancia mental, y lo que descubrió no le gustó. Siempre había dado por sentado que formaban una familia normal, como cualquier otra del mundo. De pronto ya no estaba tan segura. ¿Y si hubiera algo diferente en ellos..., algo intrínsecamente malo? Leila todavía no podía saber que el final de la infancia no llega cuando el cuerpo de las niñas cambia con la pubertad, sino cuando su mente por fin logra ver su propia vida con los ojos de otra persona.

Empezó a asustarse. Quería a su madre y no deseaba pensar mal de ella. También quería a *baba*, aunque en ocasiones le tenía miedo. Se rodeó con los brazos para confortarse y, aspirando grandes bocanadas de aire para llenarse los pulmones, caviló sobre la difícil situación en que se encontraba. Ya no sabía qué debía creer ni qué dirección tomar; era como si se hubiera perdido en un bosque y todos los caminos que tenía enfrente cambiaran de trazado y se multiplicaran ante sus ojos. ¿Qué miembro de su familia era más de fiar: su padre, su madre o su tía? Miró alrededor como si buscara una respuesta, pero todo seguía igual. Y en adelante nada sería lo mismo.

De igual modo que los sabores del limón y el azúcar se fundían en su lengua, sus sentimientos se disolvieron en el desconcierto. Años más tarde pensaría que en aquel momento se dio cuenta por primera vez de que las cosas no siempre son lo que parecen. De la misma manera que la acidez podía ocultar la dulzura, y al revés, en toda mente cuerda anidaba una pizca de demencia, y en las profundidades de la locura destellaba una semilla de lucidez.

Hasta ese día había procurado no mostrar en presencia de su tía el amor que sentía por su madre. A partir de entonces tendría que mantener en secreto ante su madre el amor que profesaba por su tía. Leila comprendió que los sentimientos de ternura deben esconderse, que solo pueden exteriorizarse a puerta cerrada y que después no deben mencionarse. Fue la única forma de afecto que aprendió de los adultos, y esa enseñanza acarrearía funestas consecuencias.

Tres minutos

Hacía tres minutos que a Leila se le había parado el corazón cuando se acordó del café de cardamomo, fuerte, intenso, oscuro. Un sabor asociado para siempre en su mente a la calle de los burdeles de Estambul. Era extraño que ese recuerdo surgiera inmediatamente después de las evocaciones de su infancia, pero la memoria humana se asemeja a un juerguista trasnochador con unas cuantas copas de más: por mucho que se esfuerce, es incapaz de ir en línea recta. Avanza tambaleante por un laberinto de cambios de sentido, a menudo en zigzags vertiginosos, inmune al raciocinio y propensa al desplome.

Así pues, Leila recordó: septiembre de 1967, una calle sin salida llena de prostíbulos autorizados no lejos del puerto, a un tiro de piedra del muelle de Karaköy, cerca del Cuerno de Oro. En las proximidades había una escuela armenia, una iglesia griega, una sinagoga sefardí, una logia sufí, una capilla ortodoxa rusa: vestigios de un pasado ya olvidado. En aquella época el barrio, en otro tiempo una boyante zona litoral comercial, residencia de prósperas comunidades levantinas y judías, y más tarde centro de la banca y el transporte marítimo otomanos, era testigo de transacciones de una índole muy distinta. A través del viento se transmitían mensajes silenciosos, y el dinero cambiaba de manos con la misma rapidez con que se adquiría.

Los alrededores del puerto estaban siempre tan abarrotados que los viandantes tenían que avanzar de lado, como los cangrejos. Jóvenes con minifalda que caminaban cogidas del brazo; conductores que silbaban por las ventanillas; aprendices de las cafeterías que co-

57

rrían de aquí para allá cargados con bandejas llenas de vasitos de té; turistas encorvados por el peso de la mochila que miraban alrededor como si acabaran de despertar; limpiabotas que golpeaban con los cepillos sus cajas de latón, decoradas con fotografías de actrices..., recatadas en la parte de arriba, desnudas en la inferior. Los vendedores ambulantes pelaban pepinos salados, preparaban salmuera, asaban garbanzos y se gritaban unos a otros mientras los motoristas tocaban sin ton ni son las estruendosas bocinas. Los olores a tabaco, a sudor, a perfume, a fritangas y a algún que otro porro —aunque era ilegal fumarlos— se mezclaban en la salobre brisa marina.

Las callejas y travesías eran ríos de papel. Los carteles de socialistas, comunistas y anarquistas que cubrían las paredes invitaban al proletariado y al campesinado a sumarse a la inminente revolución. Algunos aparecían rajados y pintarrajeados con eslóganes de la extrema derecha y con sus símbolos dibujados con aerosol: un lobo aullando dentro de una media luna. Barrenderos con cara de fatiga y escobas medio destrozadas recogían los desperdicios, con la energía embotada por la certeza de que lloverían más octavillas en cuanto volvieran la espalda.

A unos minutos a pie del puerto, subiendo por una avenida empinada, se hallaba la calle de los burdeles. Una verja de hierro necesitada de una mano de pintura la separaba del mundo exterior. Delante de ella se apostaban unos cuantos policías en turnos de ocho horas. Saltaba a la vista que algunos odiaban su cometido; despreciaban esa calle de mala fama y a cuantos cruzaban su umbral, ya fueran hombres o mujeres. Con una reprimenda tácita en sus maneras bruscas, clavaban su mirada inmutable en los hombres apiñados junto a la verja, ansiosos por entrar pero reacios a hacer cola. Mientras que algunos agentes se tomaban el trabajo como cualquier otro y, un día sí y otro también, se limitaban a hacer lo que se les pedía, otros envidiaban en secreto a los clientes y habrían deseado cambiar los papeles con ellos, aunque solo fuera durante unas horas.

El burdel donde trabajaba Leila era de los más antiguos de la zona. Un tubo fluorescente parpadeaba en la entrada con la potencia de un millar de fósforos minúsculos que se encendieran y ardieran uno tras otro. El aire estaba impregnado del olor a perfume barato, los grifos tenían una costra calcárea y pegajosas manchas marrones de nicotina y alquitrán cubrían el techo debido a los muchos años que había recibido el humo de tabaco. Una compleja malla de grietas se extendía a lo largo de los cimientos, finas como las venillas de un ojo enrojecido. Bajo el alero, junto a la ventana de Leila, colgaba un avispero vacío, redondo, apergaminado, misterioso: un universo oculto. De vez en cuando Leila sentía la necesidad de tocarlo, de romperlo para revelar su perfecta arquitectura, pero siempre se decía que no tenía derecho a alterar lo que la naturaleza había pretendido que permaneciera intacto, entero.

Aquel era su segundo domicilio en esa calle. El primero le había resultado tan insoportable que antes de que transcurriera un año había hecho lo que nadie más se había atrevido a hacer: había recogido sus escasos bártulos, se había puesto su único abrigo bueno y había ido a buscar refugio en el burdel de al lado. La noticia había dividido a la comunidad en dos bandos: unas afirmaron que debía regresar de inmediato a la primera casa, pues de lo contrario toda hija de vecina la imitaría sin respetar el código deontológico no escrito y el sector entero se sumiría en la anarquía; otras opinaron que, según los dictados de la conciencia, había que dar cobijo a cualquiera que estuviera tan desesperada para pedirlo. Al final, la madama del segundo prostíbulo, tan impresionada por la audacia de Leila como por la perspectiva de nuevas entradas de capital, simpatizó con ella y la aceptó como pupila, no sin antes abonar una suma cuantiosa a su colega, ofrecerle sus más sinceras disculpas y prometerle que no volvería a suceder.

La nueva madama era una mujer rolliza, de andares decididos y mejillas pintadas con colorete que caían como pliegues de cuero blando. Tendía a dirigirse a los hombres que entraban, fueran asiduos o no, como «mi pachá». Cada pocas semanas acudía a una peluquería llamada Puntas Abiertas para teñirse el pelo de una tonalidad distinta de rubio. Los ojos, saltones y muy separados, le conferían una expresión de sorpresa constante, aunque rara vez se sorprendía. Una red de venillas rotas se abría en abanico sobre la punta de su imponente nariz como riachuelos que descendieran por la ladera de una montaña. Nadie conocía su verdadero nombre. Tanto las prostitutas como los clientes la llamaban «Mamá Dulce» cuando la tenían delante y «Mamá Amarga» a sus espaldas. Como madama estaba bastante bien, aunque propendía al exceso en todo: fumaba demasiado, decía demasiadas palabras malsonantes, gritaba demasiado e imponía demasiado su presencia en la vida de las chicas..., la dosis máxima tolerable.

«Este local fue fundado en el siglo XIX —gustaba de alardear con voz cantarina y tono de orgullo—. Y nada menos que por el gran sultán Abdülaziz.»

En otro tiempo había tenido un retrato del sultán en la pared detrás de su mesa, hasta que un día un cliente de tendencia ultranacionalista la regañó delante de todos. El hombre le ordenó con total claridad que dejara de pregonar esas sandeces «sobre nuestros magnánimos antecesores y nuestro glorioso pasado».

—¿Por qué un sultán, conquistador de tres continentes y cinco mares, permitiría que se abriera una casa inmunda en Estambul? —preguntó.

—Bueno, creo que porque... —tartamudeó Mamá Amarga al tiempo que retorcía nerviosa el pañuelo que tenía en la mano.

—¿A quién le interesa conocer tu opinión? ¿Eres historiadora o qué?

Mamá Amarga enarcó las cejas, recién depiladas.

—¡O a lo mejor eres catedrática! —El hombre se echó a reír.

Mamá Amarga encorvó los hombros.

—Una mujer ignorante no tiene derecho a tergiversar la historia —añadió el cliente, que ya no reía—. Más vale que te lo metas en la cabeza: en el Imperio otomano no había burdeles autorizados. Si unas cuantas señoritas querían ejercer su oficio en la clandestinidad, debían de ser cristianas, judías... o bárbaras gitanas. Porque, óyeme bien, ninguna musulmana como es debido habría accedido a esos actos inmorales. Habrían muerto de hambre antes que prestarse a vender su cuerpo. Es decir, hasta ahora. Tiempos modernos, tiempos impúdicos.

Después del rapapolvo, Mamá Amarga descolgó en silencio el retrato del sultán Abdülaziz y lo sustituyó por un bodegón de cítricos y narcisos amarillos. Sin embargo, resultó que ese cuadro era de menor tamaño que el retrato, por lo que el contorno del marco del sultán permaneció en la pared, tenue y pálido como un mapa dibujado en la arena.

En cuanto al cliente, la siguiente vez que acudió al burdel Mamá Amarga lo recibió con cordial simpatía, deshaciéndose en sonrisas y reverencias, y le ofreció una chica sexy de la que tendría la suerte excepcional de disfrutar.

—La muchacha nos deja, mi pachá. Mañana a primera hora se vuelve a su aldea. Ha conseguido saldar sus deudas. ¿Qué puedo hacer yo? Dice que hará acto de contrición el resto de sus días. «Me alegró por ti», le dije al final. «Reza también por nosotras.»

Era una mentira descarada. En efecto, la chica en cuestión se marchaba, pero por otro motivo. En su última visita al hospital le habían realizado las pruebas de la gonorrea y la sífilis, y ambas habían dado positivo. Con la prohibición de trabajar, se veía obligada a abandonar el establecimiento hasta que estuviera totalmente curada. Sin mencionar aquel detalle, Mamá Amarga tomó el dinero del hombre y lo guardó en el cajón. No había olvidado lo desagradable que se había mostrado con ella. No estaba dispuesta a que nadie le hablara así, y menos delante de sus empleadas. Porque a diferencia de Estambul, una ciudad con amnesia voluntaria, Mamá Amarga poseía una memoria excelente: recordaba los agravios recibidos y, llegado el momento, se tomaba la revancha.

Los colores del interior del burdel eran apagados: marrón desangelado, amarillo rancio y el verde insípido de las sobras de sopa. En cuanto el *ezan* de la tarde resonaba sobre las cúpulas plomizas y los tejados combados de la ciudad, Mamá Amarga encendía las luces —una hilera de bombillas desnudas de color añil, magenta, lila y rubí— y el lugar entero quedaba bañado en un extraño resplandor, como si fuera obra de un duendecillo demente.

Lo primero que veían quienes entraban en el local era un gran letrero escrito a mano y con un marco metálico que rezaba:

¡CIUDADANO!

Si desea protegerse de la sífilis y otras enfermedades de transmisión sexual, haga lo siguiente:

1. Antes de subir a una habitación con una mujer, pídale que le enseñe la tarjeta sanitaria. ¡Compruebe que está sana!

2. Use preservativos. Asegúrese de que utiliza uno nuevo cada vez. No se le cobrará de más por ellos; pídaselos a la encargada y ella le ofrecerá un precio razonable.

3. Si sospecha que ha contraído una enfermedad, no venga: vaya directo al médico.

4. ¡Las enfermedades de transmisión sexual pueden prevenirse si tiene la firme determinación protegerse a sí mismo y proteger a SU NACIÓN!

El establecimiento abría de las diez de la mañana a las once de la noche. Durante la jornada Leila tenía dos pausas para tomar café: una de media hora por la tarde y otra de quince minutos por la noche. Mamá Amarga no veía con buenos ojos la pausa nocturna, pero Leila se mantenía en sus trece alegando que sufría jaquecas terribles si no tomaba su dosis diaria de café de cardamomo.

Todas las mañanas, en cuanto el local abría sus puertas, las mujeres tomaban asiento en las sillas de madera y los taburetes bajos detrás de los cristales de la entrada. Las que se habían incorporado en fechas más recientes se distinguían de las veteranas por su forma de comportarse: con las manos en el regazo, permanecían con la mirada desenfocada y perdida como sonámbulas que acabaran de despertarse en un sitio desconocido. Las que llevaban más tiempo en el establecimiento se movían por la sala a sus anchas, con total despreocupación. Se limpiaban las uñas, se rascaban cuando les picaba algo, se abanicaban, se examinaban el cutis en el espejo, se trenzaban el pelo unas a otras. Observaban con indiferencia a los hombres que pasaban por la calle —en grupos, en parejas o solos—, sin temor a mirarlos a los ojos.

Unas cuantas mujeres habían propuesto coser o hacer punto durante las largas horas de espera, pero Mamá Amarga no quiso ni oír hablar del asunto. «Hacer punto..., ¡menuda bobada! ¿Queréis que los hombres se acuerden de sus aburridas esposas al veros? ¿O, peor aún, de sus madres? ¡Claro que no! Nosotras les ofrecemos lo que nunca han visto en casa, no más de lo mismo.»

Como en aquella calle sin salida había otros trece prostíbulos, los clientes tenían mucho donde elegir. La recorrían de arriba abajo, se detenían y lanzaban miradas lascivas, fumaban y cavilaban barajando las opciones. Si todavía necesitaban más tiempo para pensar, se paraban ante el puesto de un vendedor ambulante para tomar un vasito de salmuera de pepinillos o comer un dulce de masa frita llamado *kerhane tatlisi*. La experiencia había enseñado a Leila que, si no se decidían en los tres primeros minutos, ya no había nada que hacer. Así pues, pasado ese tiempo dirigía la atención hacia otro hombre.

La mayor parte de las prostitutas se abstenía de llamar a los clientes y consideraba que bastaba con lanzar algún que otro beso o guiñar un ojo, mostrar el canalillo o descruzar las piernas. A Mamá Amarga no le gustaban las chicas demasiado atrevidas. Decía que con esa actitud degradaban la mercancía. Tampoco debían comportarse con frialdad, como si dudaran de su propia calidad. Tenían que encontrar un «equilibrio sofisticado y sutil»... Si bien no podía decirse que Mamá Amarga fuera una persona equilibrada, esperaba de sus empleadas aquello de lo que ella carecía.

La habitación de Leila se encontraba en el primer piso; era la primera a mano derecha. «El mejor lugar de la casa», decían todas, y no porque ofreciera grandes lujos o vistas del Bósforo, sino porque, si llegaba a ocurrirle algo, enseguida la oirían en la planta baja. Los cuartos del otro extremo del pasillo eran los peores: aunque las chicas gritaran hasta desgañitarse, nadie acudiría corriendo.

Leila había colocado delante de su puerta un felpudo semicircular para que los hombres se limpiaran los zapatos. La habitación tenía pocos muebles: una cama de matrimonio con una colcha de estampado floral a juego con una guardamalleta de volantes ocupaba la mayor parte del espacio. Al lado había una cómoda con un cajón cerrado con llave donde guardaba cartas y varios objetos sin más valor que el sentimental. Las cortinas, hechas jirones y desteñidas por el sol, eran del color de las rodajas de sandía, y los puntos negros que parecían pepitas eran en realidad quemaduras de cigarrillo. En un rincón había un lavamanos resquebrajado, una cocinita de gas con un *cezve* de bronce en posición inestable y, junto a ella, un par de zapatillas de terciopelo azul con rosetas de satén y la puntera recamada de cuentas, que eran lo más bonito que Leila poseía. Un armario de madera de nogal arrimado a la pared cuyas puertas no cerraban bien contenía, bajo las perchas con prendas de ropa, una pila de revistas, una caja de galletas llena de condones y una manta que olía a moho y no se usaba desde hacía tiempo. De la pared de enfrente colgaba un espejo con postales sujetas al marco: Brigitte Bardot fumando un cigarrillo fino, Raquel Welch con un biquini de piel, los Beatles y sus novias, todas rubias, sentados en una alfombra con un yogui indio, imágenes de lugares —la vista de una capital con un río que centelleaba con el sol matinal; una plaza barroca ligeramente espolvoreada de nieve; un bulevar tachonado de luces nocturnas— que Leila no había visitado pero que anhelaba conocer algún día, como Berlín, Londres, París, Amsterdam, Roma, Tokio...

En muchos aspectos era una habitación privilegiada, que revelaba el estatus de Leila. La mayor parte de las otras chicas disfrutaba de muchas menos comodidades. Mamá Amarga la apreciaba, en parte porque Leila era honrada y trabajadora, y en parte porque guardaba un increíble parecido con la hermana que ella había dejado en los Balcanes hacía décadas.

Leila tenía diecisiete años cuando la llevaron a esa calle: un hombre y una mujer, un par de bribones bien conocidos por la policía, la vendieron al primer burdel. Habían transcurrido tres años desde entonces, aunque parecía que hubiera pasado toda una vida. Jamás hablaba de aquella época, como tampoco contaba nunca por qué se había escapado de casa ni cómo había llegado a Estambul sin tener donde alojarse y con solo cinco libras y veinte kuruş. Consideraba su memoria como un cementerio: en ella yacían segmentos de su vida, cada uno enterrado en una tumba, y no tenía la menor intención de revivirlos.

Los primeros meses en aquella calle habían sido tan lúgubres, con días como sogas que la amarraban a la desesperanza, que en varias ocasiones había pensado en el suicidio. Una muerte rápida y silenciosa... Podía hacerlo. En aquella época todo la inquietaba; cualquier ruido sonaba como un trueno a sus oídos. Incluso después de trasladarse a la casa de Mamá Amarga, donde se sentía un poco más protegida, creyó que no sería capaz de seguir viviendo. El hedor de los lavabos, los excrementos de ratón en la cocina, las cucarachas del sótano, las llagas en la boca de un cliente, las verrugas en las manos de otras prostitutas, las manchas de comida en la blusa de la madama, el zumbido de las moscas que volaban de acá para allá...: todo le provocaba un picor incontrolable. Por la noche, cuando apoyaba la cabeza en la almohada, captaba en el aire un tenue olor a cobre que llegó a asociar a la putrefacción de la carne y que temía que se le acumulara bajo las uñas y se le filtrase en la sangre. Estaba convencida de que había contraído una enfermedad terrible. Parásitos invisibles le hormigueaban sobre la piel y por dentro. En el *hamam* del barrio al que las prostitutas acudían una vez por semana se lavaba y restregaba hasta que el cuerpo le ardía y enrojecía, y al regresar al burdel ponía a hervir las sábanas y las fundas de la almohada. No servía de nada: los parásitos volvían.

«Puede que sea *socológico* —le dijo Mamá Amarga—. A otras chicas les pasaba lo mismo. Mira: yo dirijo un sitio limpio. Si no te gusta, te largas. Pero te digo que es todo mental. Dime: ¿tu madre también era una maniática de la limpieza?»

Tras esas palabras, Leila paró en seco. Se acabaron los picores. Lo que menos deseaba era que le recordaran a su tía Binnaz y aquella enorme casa solitaria de Van.

La única ventana de la habitación de Leila daba a la parte posterior del local: un patio pequeño con un abedul, tras el cual se alzaba un edificio ruinoso y desocupado, con excepción del taller de muebles de la planta baja. En él se deslomaban unos cuarenta hombres que en sus jornadas de trece horas inhalaban polvo, barnices y sustancias químicas cuyo nombre desconocían. La mitad de ellos eran inmigrantes ilegales. Ninguno estaba asegurado. Y la mayoría no tenía más de veinticinco años. No era un trabajo que pudiera desempeñarse durante mucho tiempo, ya que las emanaciones de la resina les destrozaban los pulmones.

Supervisaba a los empleados un capataz con barba que rara vez hablaba y jamás sonreía. Los viernes, en cuanto se dirigía a la mezquita, con un *takke* en la cabeza y un rosario en la mano, los otros hombres abrían las ventanas y estiraban el cuello tratando de atisbar a las putas. No podían ver gran cosa porque las cortinas del burdel estaban cerradas la mayor parte del tiempo. Aun así, deseosos de vislumbrar unas caderas redondeadas o un muslo desnudo, no se daban por vencidos. Alardeaban de haber captado una tentadora imagen fugaz y reían entre dientes; el polvo que los cubría de la cabeza a los pies les dibujaba arrugas, les agrisaba el cabello y hacía que parecieran no tanto ancianos como fantasmas atrapados entre dos mundos. Al otro lado del patio, las mujeres se mostraban indiferentes por lo general, aunque de vez en cuando alguna, por curiosidad o por compasión —era difícil saberlo—, aparecía de repente en la ventana y, apoyándose en el alféizar de modo que sus pechos colgaran grávidos sobre los antebrazos, fumaba en silencio hasta que el cigarrillo se consumía.

A unos cuantos trabajadores con buena voz les gustaba cantar y se turnaban como solistas. En un mundo que no entendían del todo y donde no podían triunfar, la música constituía la única alegría gratuita. Así pues, cantaban mucho y con pasión. En kurdo, en turco, en árabe, en farsi, en pastún, en georgiano, en algún idioma circasiano y en baluchi daban serenatas a las mujeres cuya silueta se recortaba contra las ventanas, figuras bañadas en el misterio, más sombra que carne.

En una ocasión, conmovida por la belleza de la voz que oía, Leila, que hasta entonces siempre había tenido las cortinas bien cerradas, las descorrió y echó un ojeada al taller de muebles. Vio a un joven que la miraba directamente mientras entonaba la balada más triste que ella hubiera oído, una canción sobre amantes fugados que desaparecían en medio de una inundación. Tenía los ojos almendrados y del color del hierro bruñido, la mandíbula pronunciada y la barbilla partida por un hoyuelo. A Leila le llamó la atención la dulzura de su mirada, una mirada no empañada por la codicia. El joven le sonrió mostrando una dentadura blanca y perfecta, y ella no pudo sino sonreírle a su vez. La ciudad nunca dejaba de sorprenderla: en los rincones más lúgubres se ocultaban momentos de inocencia, momentos tan huidizos que, en cuanto ella se percataba de lo puros que eran, ya habían quedado atrás.

—¿Cómo te llamas? —le preguntó él a gritos para hacerse oír a pesar del viento.

Ella se lo dijo.

—¿Y tú?

—¿Yo? Todavía no tengo nombre.

—Todo el mundo tiene nombre.

—Sí, es cierto..., pero a mí no me gusta el mío. De momento llámame Hiç,* «Nada».

El viernes siguiente, cuando Leila volvió a mirar hacia el taller, el joven no estaba. Tampoco lo vio una semana después, así que supuso que aquel desconocido formado por una cabeza y medio torso enmarcados en una ventana como una pintura de otro siglo, de modo que parecía el producto de la imaginación de otra persona, se había marchado para siempre.

Sin embargo, Estambul siguió sorprendiéndola. Al cabo de un año volvería a toparse con él... por casualidad, solo que esa vez Nada era una mujer.

Por aquel entonces Mamá Amarga había empezado a enviar a Leila a sus clientes más apreciados. Si bien el burdel contaba con la autorización del Gobierno y las transacciones que se llevaban a cabo en él eran legales, las realizadas fuera del establecimiento carecían de permiso y, por consiguiente, no se pagaba impuestos por ellas. Lanzándose a esa nueva empresa Mamá Amarga asumía un riesgo considerable..., aunque rentable. Si la descubrían, la procesarían, y era más que probable que la mandaran a la cárcel. Aun así confiaba en Leila, sabedora de que, si la atrapaban, no revelaría a la policía para quién trabajaba. «Serás una tumba, ¿verdad, cielo? Así me gusta.»

Una noche la policía efectuó redadas en docenas de clubes nocturnos, bares y licorerías de ambos lados del Bósforo y detuvo a multitud de clientes de discotecas menores de edad, drogadictos y trabajadores del sexo. Leila acabó en una celda con una mujer alta y robusta que, después de decirle que se llamaba Nalán, se sentó en el suelo y comenzó a tararear distraída y a marcar el ritmo tamborileando con sus largas uñas sobre la pared.

Con toda probabilidad Leila no habría sabido quién era de no ser porque reconoció la canción, aquella balada antigua. Movida por la

* Pronunciado «hiich».

curiosidad, observó a la mujer y se fijó en sus brillantes ojos castaños de mirada afable, su mandíbula cuadrada y el hoyuelo del mentón.

—¿Nada? —preguntó tras lanzar un grito ahogado de incredulidad—. ¿Te acuerdas de mí?

La mujer ladeó la cabeza con una expresión indescifrable. Al cabo de un instante, esbozando una ancha sonrisa encantadora, se levantó de un salto y a punto estuvo de darse con la cabeza en el techo, que era muy bajo.

—¡Tú eres la chica del burdel! ¿Qué haces aquí?

Aquella noche que pasaron detenidas, incapaces de dormir sobre los colchones sucios, charlaron, primero en la oscuridad y luego en la penumbra del amanecer, y se hicieron compañía. Nalán le contó que cuando se habían conocido ella trabajaba de forma temporal en el taller de muebles porque quería ahorrar para seguir un tratamiento de cambio de sexo, que había resultado más duro y caro de lo que suponía, y que su cirujano plástico era «un verdadero capullo». Aun así, intentaba no quejarse, al menos no en voz demasiado alta, porque, «qué caramba», estaba decidida a llegar hasta el final. Toda su vida había estado atrapada en un cuerpo que le resultaba tan ajeno como ajena resulta una palabra de otro idioma en la boca. Nacida en el seno de una familia acaudalada de agricultores y criadores de ovejas de la Anatolia Central, se había trasladado a Estambul para subsanar el flagrante error cometido por Dios Todopoderoso.

Por la mañana, a pesar del dolor de espalda por haber pasado la noche sentada y de que las piernas le pesaban como maderos, Leila se sintió como si le hubieran quitado un peso de encima: casi había olvidado la sensación de ligereza que en esos momentos inundaba su ser.

En cuanto las dejaron en libertad se dirigieron a un establecimiento de venta de *börek* porque necesitaban con urgencia una taza de té. A esa taza le siguieron muchas más. Después de aquel día no perdieron el contacto y se citaron con frecuencia en el mismo local. Al darse cuenta de que tenían mucho que decirse incluso cuando no estaban juntas, empezaron a mantener correspondencia. Nalán solía mandar a Leila postales con anotaciones en el dorso garabateadas con bolígrafo y llenas de faltas de ortografía, mientras que Leila prefería el papel de carta, utilizaba una estilográfica y escribía con caligrafía pulcra y cuidada, como le habían enseñado años atrás en la escuela de Van.

De vez en cuando dejaba la pluma y se acordaba de su tía Binnaz y del terror mudo que le inspiraba el alfabeto. Leila había escrito varias veces a su familia, sin obtener respuesta. Se preguntaba qué habrían hecho con las cartas: ¿las guardarían en una caja para que nadie las viera, o las habrían roto? ¿El cartero volvía a llevárselas consigo y, en tal caso, adónde? Debía de haber un lugar, una dirección recóndita, para las misivas indeseadas y no leídas.

Nalán vivía en un sótano húmedo y frío de la calle de los Caldereros, no lejos de la plaza Taksim, con las tablas del suelo desniveladas, las ventanas torcidas y las paredes inclinadas; un piso de disposición tan extraña que solo podía haberlo diseñado un arquitecto ebrio o drogado. Lo compartía con otras cuatro mujeres trans y con dos tortugas, Tutti y Frutti, a las que al parecer solo Nalán era capaz de distinguir. Cuando llovía daba la impresión de que las cañerías iban a reventar o de que los inodoros se desbordarían, aunque por suerte, observaba Nalán, Tutti y Frutti eran buenas nadadoras.

Como «Nada» no era un buen apodo para una persona tan enérgica como Nalán, Leila decidió llamarla «Nostalgia», no porque se mostrara sentimental respecto al pasado, que a todas luces se alegraba de haber dejado atrás, sino porque en la ciudad añoraba muchísimo su tierra. Nalán extrañaba el campo y su profusión de olores, echaba de menos dormir al raso bajo un cielo generoso. Allí no habría tenido que guardarse las espaldas a todas horas.

Animosa y llena de vida, feroz con sus enemigos y leal a sus seres queridos: así era Nostalgia Nalán, la amiga más valiente de Leila.

Nostalgia Nalán, una de los cinco.

La historia de Nalán

En el pasado, y durante mucho tiempo, Nalán se llamó Osmán y era el hijo menor de una familia de agricultores y ganaderos de Anatolia. Sus días, impregnados del olor a tierra recién removida y del aliento de las hierbas silvestres, eran ajetreados: araba los campos, criaba pollos, cuidaba de las vacas lecheras, se aseguraba de que las abejas de la miel sobrevivieran al invierno... Una abeja trabajaba durante su breve existencia para producir una cantidad de miel que apenas cubría la punta de una cucharilla de té. Osmán se preguntaba qué crearía él a lo largo de su vida..., una cuestión que lo emocionaba y lo asustaba hasta el tuétano. La noche caía pronto en la aldea. Después de que oscureciera y de que sus hermanos se hubieran dormido, se incorporaba en la cama junto a una lámpara de mimbre y, doblando las manos hacia un lado y hacia el otro al son de una melodía que solo oía él, creaba sombras que bailaban en la pared de enfrente. Siempre asumía el papel protagonista de las historias que inventaba: una poetisa persa, una princesa china, una emperatriz rusa... Los personajes cambiaban sin orden ni concierto, pero un elemento permanecía invariable: en su mente era siempre una niña; nunca, jamás, un niño.

En la escuela las cosas no podían ser más distintas. El aula no era un lugar propicio para los cuentos; era un lugar de normas y repetición. Le costaba seguir el ritmo de sus compañeros y tenía que esforzarse mucho para aprenderse la ortografía de ciertas palabras, memorizar poemas y recitar rezos en árabe. El maestro —un hombre frío y adusto que se paseaba de un lado a otro con una regla de madera para golpear a los alumnos que se portaban mal— perdía la paciencia con él.

Al final de cada trimestre representaban obras patrióticas y los alumnos más apreciados se disputaban los papeles de héroes de guerra turcos, mientras que el resto de la clase tenía que interpretar al ejército griego. A Osmán no le importaba ser un soldado griego, pues solo había que morirse enseguida y permanecer inmóvil en el suelo hasta el final. En cambio sí le molestaban las burlas y el acoso continuos de que era objeto a diario. Habían empezado cuando un niño lo sorprendió descalzo y vio que llevaba pintadas las uñas de los pies. «¡Osmán es mariquita!» Una vez que a alguien se le colgaba esa etiqueta, en adelante era como si entrara en el aula todas las mañanas con una diana pintada en la frente.

Sus padres, que poseían dinero y propiedades, podrían haberse permitido enviar a sus hijos a mejores colegios, pero el padre, receloso de la ciudad y sus habitantes, prefirió que aprendieran a trabajar la tierra. Osmán sabía el nombre de las plantas y las hierbas aromáticas del mismo modo que los chicos de la ciudad conocían el de los cantantes pop y el de las estrellas de cine. La vida era previsible y monótona, una cadena inmutable de causas y efectos: el humor de las personas dependía de la cantidad de dinero que ganaran, el dinero dependía de las cosechas, las cosechas dependían de las estaciones, las estaciones estaban en manos de Alá, y Alá no necesita a nadie. Osmán salió de ese ciclo una única vez, cuando se marchó para cumplir el servicio militar obligatorio. En el ejército aprendió a limpiar fusiles, cargar armas, cavar trincheras y lanzar granadas desde azoteas, conocimientos que esperaba no volver a necesitar jamás. Todas las noches, en el dormitorio que compartía con otros cuarenta y tres soldados, anhelaba recuperar sus obras de teatro de sombras, pero no había una sola pared vacía ni ningún bonito candil.

Al regresar a casa encontró a su familia igual que la había dejado. En cambio él no era el mismo. Siempre había sabido que por dentro era una mujer, pero la terrible experiencia en el ejército había laminado su alma hasta tal punto que, paradójicamente, se sentía con la valentía necesaria para vivir conforme a su propia verdad. Por una de esas ironías del destino, en aquella época a su madre se le ocurrió la idea de que debía casarse y darle nietos, aunque ya tenía muchos. A pesar de las protestas de Osmán, la mujer se dedicó de lleno a buscarle una buena esposa.

La noche de la boda, mientras los invitados daban palmas al ritmo de los tambores y la joven novia, con el cinto de la bata aflojado, aguardaba en un dormitorio del primer piso, Osmán huyó a hurtadillas. Oyó en lo alto el ulular de un búho real y el grito de un alcaraván, sonidos que conocía tan bien como el de su propia respiración. Caminó penosamente treinta y dos kilómetros hasta la estación de ferrocarril más cercana y subió al primer tren con destino a Estambul con la intención de no regresar jamás. Al principio durmió en la calle y trabajó como masajista en un *hamam* con malas condiciones higiénicas y peor reputación. Poco después empezó a limpiar lavabos en la estación de trenes de Haydarpaşa. Ejerciendo este último empleo se forjaron la mayor parte de sus convicciones acerca de sus congéneres. Nadie debería filosofar sobre la naturaleza humana sin haber trabajado antes un par de semanas en unos lavabos públicos y haber visto lo que la gente hacía solo porque sí: destrozar la manguera del inodoro sujeta a la pared, romper el picaporte de la puerta, llenarlo todo de pintadas desagradables, orinar en las toallas, dejar todo tipo de inmundicias y porquerías en cualquier sitio a sabiendas de que otro tendría que limpiarlo.

Aquella no era la ciudad que había imaginado, y desde luego esas no eran las personas con las que deseaba compartir su camino, pero solo en Estambul podría transformarse por fuera en la persona que en realidad era por dentro, de modo que se quedó y perseveró.

Osmán ya no existía. Solo existía Nalán, y no habría vuelta atrás.

Cuatro minutos

Cuatro minutos después de que el corazón de Leila dejara de latir, en su mente afloró un recuerdo fugaz que llevaba consigo el olor y el sabor de la sandía.

Agosto de 1953. El verano más caluroso desde hacía décadas, afirmaba su madre. Leila reflexionó sobre el concepto de «década»: ¿cuánto duraba? La comprensión del tiempo se le escapaba igual que las cintas de seda se le escurrían entre los dedos. La guerra de Corea había terminado el mes anterior y el hermano de su tía había regresado a su aldea sano y salvo. Sin embargo, su tía tenía nuevas preocupaciones. Ese embarazo, a diferencia del anterior, parecía evolucionar de forma favorable, aunque sufría arcadas noche y día. La acometían terribles accesos de náuseas y le costaba mantener la comida en el estómago. El calor no la ayudaba. *Baba* propuso que se fueran todos de vacaciones, a un lugar a orillas del Mediterráneo; un cambio de aires. Invitó a su hermano y a su hermana a que los acompañaran con sus respectivas familias.

Viajaron apretujados en un minibús hasta una población pesquera de la costa sudoriental. En total eran doce. La luz del sol parpadeaba alegremente sobre la cara del tío, que, sentado al lado del conductor, les contó anécdotas divertidas de su época estudiantil; cuando ya no se le ocurrió ninguna más, entonó himnos patrióticos e instó a todos a acompañarlo. Hasta *baba* se animó a cantar.

Su tío era alto y esbelto, llevaba el pelo casi al rape y tenía los ojos de un gris azulado, con pestañas rizadas. Era apuesto, todo el mundo lo decía, y saltaba a la vista que el hecho de haber oído ese cumplido toda su vida había influido en su conducta. Se comportaba con una desenvoltura de la que era evidente que otros miembros de la familia carecían.

—Aquí estamos, ¡la gran familia Akarsu de viaje! Podríamos formar un equipo de fútbol —comentó.

—Un equipo tiene once jugadores, no doce —exclamó Leila, sentada detrás con su madre.

—Ah, ¿sí? —respondió su tío volviendo la cabeza—. Entonces nosotros seremos los jugadores y tú serás la entrenadora. Danos órdenes, oblíganos a hacer lo consideres oportuno. Estamos a su servicio, señora.

Leila sonrió de oreja a oreja, contenta con la perspectiva de ser la jefa por una vez. Durante el resto del trayecto su tío le siguió el juego de buena gana. Cada vez que se paraban a descansar unos minutos le abría la portezuela y le llevaba bebidas y galletas, y por la tarde, después de que lloviera un poco, la cogió en brazos para que no se manchara los zapatos al cruzar un charco.

—¿Es entrenadora de fútbol o la reina de Saba? —preguntó *baba*, que los miraba desde un lado.

—Es la entrenadora de nuestro equipo y la reina de mi corazón —respondió el tío.

Y todos sonrieron.

Fue un viaje largo y lento. El conductor fumaba cigarrillos liados a mano, y el tenue humo que se arremolinaba a su alrededor trazaba sobre su cabeza sutiles mensajes en cursiva que quedaban sin leer. El sol caía a plomo. El interior del minibús era sofocante y olía a moho. Leila se metió las manos bajo los muslos para no quemárselos en el escay caliente, pero al cabo de un rato se cansó y las sacó. Se arrepentía de no haberse puesto un vestido largo o un *shalwar* en vez de los pantaloncitos cortos de algodón. Por suerte se había acordado de coger el sombrero de paja con las cerezas rojas a un lado; tenían un aspecto de lo más apetitoso.

—¿Nos cambiamos el sombrero? —le preguntó su tío. Llevaba puesto uno de fieltro blanco y ala estrecha que, pese a ser viejo, le sentaba muy bien.

—¡Sí, cambiémoslos!

Después del anochecer Leila, tocada con su nuevo sombrero, miró por la ventanilla la mancha borrosa que formaba la autopista, donde las luces de los otros vehículos le recordaron el viscoso rastro plateado que los caracoles dejaban en el jardín. Más allá se divisaba el resplandor de las farolas de poblaciones pequeñas, grupos de casas aquí y allá, siluetas de mezquitas y minaretes. Se preguntó qué clase de familias ocuparían esas viviendas y qué clase de niños, si los había, miraban en ese momento su minibús preguntándose adónde se dirigirían. Cuando llegaron a su destino a primera hora de la noche, Leila se había quedado dormida con el sombrero de fieltro abrazado al pecho mientras en el cristal su reflejo, pequeño y pálido, flotaba sobre los edificios que se deslizaban al otro lado.

Leila se quedó sorprendida, y un tanto desilusionada, al ver el lugar donde se alojarían. Viejas mosquiteras rasgadas cubrían las ventanas, sobre las paredes se extendían manchones de moho, y entre las losas del jardín brotaban ortigas y plantas espinosas. Sin embargo, se alegró al ver en el patio una tina de madera que podían llenar de agua con una bomba. Junto a la carretera se alzaba en los campos una morera gigantesca; cada vez que una ráfaga de viento fuerte descendía por la montaña y la azotaba, descargaba una lluvia de moras que les manchaban las manos y la ropa. No era una casa cómoda, pero a Leila le parecía distinta, propicia para las aventuras.

Sus primas mayores, adolescentes con diversos grados de malhumor, la consideraron demasiado pequeña para que compartiera dormitorio con ellas. Leila tampoco podía quedarse con su madre, a quien habían asignado una habitación tan reducida que apenas si le cabían las maletas. Así pues, tuvo que dormir con los chiquitines, algunos

77

de los cuales se orinaban en la cama y gritaban o reían en sueños, según lo que estuvieran soñando.

Era de noche y Leila estaba despierta, con los ojos abiertos de par en par y muy quieta, pendiente de cada crujido, de cada sombra fugitiva. Por el ruido dedujo que algunos mosquitos se habían colado por los agujeros de la tela metálica. Se arremolinaban alrededor de su cabeza, le zumbaban en los oídos. Esperaban a que la oscuridad fuera completa para deslizarse en la habitación a la vez: los mosquitos y su tío.

—¿Estás dormida? —le preguntó la primera vez que entró y se sentó en el borde de la cama. Habló en voz baja, apenas un susurro, con cautela para no despertar a los chiquitines.

—Sí... No.

—Hace calor, ¿verdad? Yo tampoco puedo dormir.

A Leila le extrañó que no hubiese ido a la cocina, donde podría haberse servido un vaso de agua fría. Además, en el frigorífico había un cuenco con dados de sandía, un refrigerio de medianoche perfecto. Refrescante. Leila sabía que había sandías tan grandes que en su interior cabría un bebé y aún sobraría espacio, pero se guardó el dato para sí.

Su tío asintió como si le hubiera leído el pensamiento.

—No me quedaré mucho rato, solo un poquito..., si su alteza me lo permite.

Ella intentó sonreír, pero se notó la cara rígida.

—Mmm..., bueno.

Él se apresuró a apartar la sábana y se tumbó a su lado. Ella oyó los latidos del corazón del hombre, fuertes y rápidos.

—¿Has venido a ver cómo está Tolga? —le preguntó tras un instante de incomodidad.

Tolga era el hijo pequeño de su tío y dormía en una cuna junto a la ventana.

—Quería asegurarme de que todos estáis bien. Pero no hablemos, no vaya a ser que los despertemos.

Leila asintió. Era lógico.

Al tío le gruñeron las tripas. Sonrió con timidez.

—¡Vaya! Me parece que he comido demasiado.

—Yo también —dijo ella, aunque no era cierto.

—¿De veras? A ver lo llena que tienes la barriguita. —El tío le levantó el camisón—. ¿Te importa que ponga la mano encima?

Leila no respondió.

Él empezó a dibujar círculos alrededor del ombligo.

—Mmm... ¿Tienes cosquillas?

Leila negó con la cabeza. La mayoría tenía cosquillas en los pies y las axilas. Ella las tenía alrededor del cuello, pero no pensaba decírselo. Le parecía que si revelaba su punto flaco los demás dirigirían los ataques en esa dirección. Permaneció callada.

Los círculos, pequeños y ligeros al principio, fueron ampliándose hasta alcanzar los genitales. Leila se apartó avergonzada. El tío se acercó lentamente. Olía a cosas que a ella no le gustaban: a tabaco de mascar, a alcohol, a berenjena frita.

—Siempre has sido mi favorita. Seguro que lo sabes.

¿Era su favorita? La había nombrado entrenadora del equipo de fútbol, pero aun así... Al advertir el desconcierto de Leila, él le acarició la mejilla con la otra mano.

—¿Te gustaría saber por qué eres a la que más quiero?

Leila esperó, interesada en la respuesta.

—Porque no eres egoísta como las demás, sino una niña dulce y lista. No cambies. Prométeme que no cambiarás.

Leila asintió y pensó en cómo se enfadarían sus primas mayores si lo oyeran elogiarla de esa manera. ¡Qué pena que no estuvieran presentes!

—¿Confías en mí? —En la oscuridad los ojos de su tío eran cristales de topacio.

Leila volvió a asentir. Muchos años después llegaría a aborrecer ese gesto suyo, aquella obediencia incondicional a los mayores y a los superiores.

—Cuando crezcas te protegeré de los chicos. Tú no sabes cómo son. No dejaré que se acerquen a ti.

La besó en la frente, como hacía cada vez que los visitaba por la festividad del Eid y le daba caramelos y una propina. La besó del mismo modo. Luego se fue. Aquella primera noche.

No acudió a la siguiente; Leila estaba dispuesta a olvidar el episodio. Sin embargo, la tercera noche sí volvió. En esa ocasión su sonrisa era más ancha. En el aire flotaba un olor fuerte; ¿podía ser que se hubiese aplicado loción para después del afeitado? En cuanto lo vio entrar, Leila cerró los ojos y se hizo la dormida.

Sin pronunciar ni una palabra el tío apartó la sábana y se arrimó a la niña. De nuevo le puso la mano sobre el vientre, y esta vez los círculos fueron más amplios y persistentes: exploraban, exigían lo que el hombre creía que ya le pertenecía.

—Ayer no pude venir porque tu *yenge* estaba pachucha —dijo como si se disculpara por haber faltado a una cita.

Leila oyó que su madre roncaba en otra habitación del pasillo. A *baba* y su tía les habían asignado un dormitorio grande del primer piso, cerca del cuarto de baño. Leila les había oído decir que la tía seguía despertándose a horas intempestivas de la noche y que sería mejor que durmiera sola. ¿Significaba eso que ya no luchaba con sus demonios? O quizá significara que al final los demonios habían ganado la guerra.

—Tolga se hace pis en la cama —soltó Leila de improviso, y abrió los ojos.

No entendió por qué lo había dicho. Nunca había visto al niño orinarse en la cama.

Si las palabras sorprendieron al hombre, no lo demostró.

—Lo sé, cariño. Me encargaré del asunto. No tienes por qué preocuparte.

Leila sintió en el cuello el calor de su aliento. Su tío tenía barba de dos días, y notó que le pinchaba la piel. Le recordó el papel de lija con el que *baba* alisaba la madera de la cuna que estaba construyendo para el bebé que había de nacer.

—Tío...

—¡Chis! No molestemos a los demás.

«No molestemos.» Nosotros. Formaban un equipo.

—Agárrala —añadió, y bajó la mano de la niña hasta la parte delantera del pantalón corto del pijama, hacia la entrepierna.

Ella hizo una mueca y apartó los dedos. Él le sujetó la muñeca y le bajó de nuevo la mano.

—¡Te he dicho que la agarres! —espetó, frustrado y furioso.

Leila percibió la firmeza bajo la palma. Él se retorció, gimió, apretó los dientes. Se movió hacia delante y hacia atrás respirando cada vez más deprisa. Ella permaneció quieta, petrificada. Ya ni siquiera lo tocaba, aunque le pareció que él no se daba cuenta. Su tío lanzó un último gemido y dejó de moverse. Jadeaba pesadamente. Se captaba un olor fuerte en el aire y la sábana estaba mojada.

—Mira lo que me has hecho —dijo él en cuanto recuperó la voz.

Leila se quedó perpleja, se sintió avergonzada. Sabía de manera instintiva que aquello estaba mal y que no debería haber ocurrido. Era culpa suya.

—Eres una niña mala —añadió su tío con expresión seria, casi triste—. Pareces dulce e inocente, pero no es más que una máscara, ¿verdad? En el fondo eres tan pervertida como las demás. Maleducada. ¡Cómo me has engañado!

Un punzante sentimiento de culpa asaltó a Leila, tan agudo que apenas si pudo moverse. Los ojos se le llenaron de lágrimas. Intentó no llorar, pero no logró contenerse. Prorrumpió en sollozos.

Él la observó unos instantes.

—De acuerdo, está bien. No soporto verte llorar.

Casi de inmediato el llanto se atenuó un poco, aunque Leila no se sentía mejor, sino todo lo contrario.

—Sigo queriéndote. —Su tío apretó los labios contra los de la niña.

Era la primera vez que alguien la besaba en la boca. Todo su cuerpo se quedó petrificado.

—No te preocupes, no se lo contaré a nadie —dijo él interpretando el silencio de Leila como una señal de sumisión—, pero debes demostrar que eres digna de confianza.

Qué palabra más larga: «confianza». Ni siquiera estaba segura de su significado.

—Eso significa que no debes contárselo a nadie —prosiguió él adelantándose a los pensamientos de la niña—. Significa que será nuestro secreto. Solo pueden conocerlo dos personas: tú y yo. Ninguna más. Dime: ¿sabes guardar secretos?

Claro que sabía. Ya ocultaba demasiados en su pecho; ese sería uno más.

Años más tarde, al crecer, Leila se preguntaría una y otra vez por qué la había elegido a ella. Su familia era grande. Había otras niñas. Ella no era la más guapa. No era la más lista. En verdad creía que no tenía nada de especial. Siguió cavilando sobre el asunto, hasta que un día se dio cuenta de lo terrible que era la pregunta. Plantearse «¿Por qué yo?» era solo otra forma de decir «¿Por qué no otra?», y se odió por pensar de ese modo.

Una casa de veraneo con postigos verde musgo y una valla de troncos horizontales que acababa donde empezaba la playa de guijarros. Las mujeres cocinaban, barrían, fregaban los platos; los hombres jugaban a las cartas, al backgammon y al dominó, y los niños correteaban a sus anchas y se lanzaban abrojos que se clavaban en todo aquello con lo que entraban en contacto. El suelo estaba sembrado de moras aplastadas y la tapicería cubierta de manchas de sandía.

Una casa de veraneo a orillas del mar.

Leila tenía seis años; su tío, cuarenta y tres.

El día que regresaron a Van, Leila tuvo fiebre. Notaba un sabor metálico en la boca y un dolor concentrado en el estómago. Su piel ardía tanto que Binnaz y Suzan la cogieron en brazos y entre las dos la llevaron al cuarto de baño, donde la sumergieron en agua fría…, en vano. La pusieron en la cama con una toalla empapada en vinagre sobre la frente, una cataplasma de cebolla sobre el pecho, hojas de repollo en la espalda y rodajas de patata por todo el vientre. Cada pocos minutos le friccionaban la planta de los pies con clara de huevo. La casa entera apestaba como un mercado de pescado al final de un día de verano. Nada dio resultado. La niña farfullaba incoherencias, rechinaba los dientes, perdía el conocimiento, veía destellos de luz que bailaban ante sus ojos.

Harún llamó al barbero del barrio, un hombre que, entre sus numerosos cometidos, practicaba circuncisiones, arrancaba muelas y aplicaba enemas, pero resultó que había salido a atender una urgencia. Así pues, Harún mandó a buscar a la Señora Farmacéutica, una decisión nada fácil para él, ya que no le inspiraba ninguna simpatía, como tampoco él a ella.

Nadie sabía con certeza cómo se llamaba. Todos sin excepción la conocían como «la Señora Farmacéutica», una mujer rara, según decían, pero con autoridad. Era viuda, robusta, de ojos brillantes, llevaba un moño tan tirante como su sonrisa, trajes de chaqueta y sombreritos desenfadados, y hablaba con la seguridad propia de las personas acostumbradas a que las escuchen. Defendía el laicismo, la modernidad y otras muchas ideas llegadas de Occidente. Enemiga acérrima de la poligamia, no disimulaba su antipatía hacia un hombre con dos esposas; la mera idea la escandalizaba. A sus ojos, Harún y su familia, con sus supersticiones y su obstinada negativa a adaptarse a una era científica, representaban la antítesis misma del futuro que ella tenía en mente para aquel país contradictorio.

Aun así, acudió en su ayuda. La acompañó su hijo, Sinán, que tenía más o menos la edad de Leila. Un hijo único criado por una mujer trabajadora sin marido: era inaudito. Los vecinos de la población solían cotillear sobre ellos, en ocasiones con desprecio, incluso con sorna, pero iban con pies de plomo. Pese a sus murmuraciones, respetaban mucho a la Señora Farmacéutica, a quien no habían tenido más remedio que recurrir en momentos inesperados. En consecuencia, ella y su hijo vivían al margen de la sociedad y, si bien no se les aceptaba del todo, se toleraba su presencia.

—¿Cuánto tiempo lleva así? —preguntó la Señora Farmacéutica al llegar.

—Desde anoche... Hemos hecho todo lo que se nos ha ocurrido —dijo Suzan.

Binnaz, que estaba a su lado, asintió.

—Sí, ya veo lo que han hecho... con sus cebollas y patatas —se mofó la mujer.

Tras soltar un suspiro abrió un maletín de cuero negro muy parecido al que el barbero del barrio llevaba a las fiestas de circuncisión. Sacó varias cajas plateadas, una jeringuilla, frascos de cristal, cucharas para medir.

Entretanto el chiquillo, medio escondido tras las faldas de su madre, estiraba el cuello para mirar a la niña sudorosa que tiritaba en la cama.

—Mamá, ¿va a morirse?

—¡Chis! No digas tonterías. Se pondrá bien —respondió la Señora Farmacéutica.

Solo entonces, al volver la cabeza para averiguar de dónde procedían las voces, Leila miró a la mujer y vio la aguja que alzaba en alto y la gota que brillaba en la punta como un diamante roto. Se echó a llorar.

—No tengas miedo. No te haré daño —le tranquilizó la farmacéutica.

Leila quiso decir algo, pero le faltaron las fuerzas. Los párpados le temblaron y perdió el conocimiento.

—Muy bien, ¿alguna de las dos tendría la bondad de echarme una mano? Debemos tumbarla de lado —indicó la Señora Farmacéutica.

Binnaz se ofreció al instante. Suzan, que también deseaba ser de ayuda, buscó alguna tarea que valiera la pena realizar y vertió más vinagre en el cuenco de la mesita de noche. Un olor intenso impregnó el ambiente.

—Vete —le dijo Leila a la silueta situada al lado de la cama—. Vete, tío.

—¿Qué dice? —preguntó Suzan frunciendo intrigada el ceño.

La Señora Farmacéutica negó con la cabeza.

—Nada. La pobrecita tiene alucinaciones. Con la inyección se pondrá bien.

El llanto de Leila se volvió más desgarrado, con sentidos sollozos roncos.

—Espera, mamá —dijo el niño, con la preocupación grabada en la cara.

Se acercó a la cama, se inclinó hacia la cabeza de Leila y le susurró al oído:

—Cuando te ponen una inyección tienes que abrazar algo. Yo tengo un búho de peluche, y también un mono, pero el búho es mejor.

En cuanto el chiquillo habló, los sollozos de Leila se apagaron y se convirtieron en un largo suspiro sosegado, hasta que se calmó del todo.

—Si no tienes ningún muñeco te dejo apretarme la mano. No me importa.

Tomó con delicadeza la mano de Leila, que sintió liviana, casi exánime. Sin embargo, cuando su madre clavó la aguja, el chiquillo se sorprendió al ver que la niña entrelazaba los dedos con los de él y no los soltaba.

Leila se durmió de inmediato. Se sumió en un sueño profundo, pesado y denso. Se encontraba en una marisma y caminaba sola por un carrizal tras el que se extendía el vasto océano, de olas agitadas, turbulentas, que rompían unas en otras. Vislumbraba a los lejos a su tío, que la llamaba desde un bote de pesca y, pese al mal tiempo, remaba con soltura, de modo que se acercaba con la velocidad de los latidos del corazón. Asustada, quiso volver atrás, pero el glutinoso lodo apenas le permitía retroceder. En ese momento percibió a su lado una presencia reconfortante: el hijo de la Señora Farmacéutica. Debía de estar ahí desde el principio, con aquella bolsa de lona.

—Ten, toma —dijo él tras sacar de la bolsa una tableta de chocolate envuelta en brillante papel de plata.

Ella la aceptó y, a pesar de su desazón, notó que empezaba a relajarse.

Cuando la fiebre bajó y Leila abrió los ojos y por fin pudo tomar una sopa de yogur, de inmediato preguntó por el niño, sin saber que pronto volverían a verse y que ese muchacho callado e inteligente, bondadoso, un tanto torpe y de una timidez penosa, se convertiría en su primer amigo fiel.

Sinán, el árbol protector de Leila, su refugio, testigo de cuanto ella era, de cuanto aspiró a ser y, al final, de cuanto nunca pudo ser.

Sinán, uno de los cinco.

La historia de Sinán

Vivían encima de la farmacia, en un piso minúsculo que por un lado daba a un prado donde vacas y ovejas pacían contentas, y por el otro a un viejo cementerio en estado ruinoso. Por la mañana la luz del sol bañaba la habitación de Sinán, que se volvía sombría al anochecer, momento en que regresaba del colegio. Todos los días abría la puerta de casa con la llave que llevaba colgada al cuello y esperaba a que su madre volviera de trabajar. En la encimera de la cocina encontraba comida preparada, platos ligeros porque su madre no disponía de tiempo para guisos complicados. En la cartera escolar le metía tentempiés sencillos: pan con queso y, con excesiva frecuencia, huevos, a pesar de las protestas del niño. Los compañeros de clase se burlaban de la fiambrera de Sinán y se quejaban del olor. Lo apodaron «Tartaleta de Huevo». Ellos llevaban platos caseros como Dios manda: *sarma* de hojas de parra, pimientos rellenos, *börek* de carne picada... Sus madres eran amas de casa. A Sinán le parecía que todas las madres de la ciudad eran amas de casa. Todas, menos la suya.

Los demás niños procedían de familias numerosas y hablaban de sus primos y tías, hermanos, hermanas y abuelos, mientras que en casa de Sinán solo vivían él y su madre. Los dos solos desde el fallecimiento de su padre, ocurrido la primavera anterior. Un ataque al corazón repentino. Su madre seguía durmiendo en la misma habitación. Una vez la había visto acariciar las sábanas del otro lado de la cama, como si palpara el cuerpo junto al que antes se acurrucaba, y tocarse con la otra mano el cuello y los pechos movida por un anhelo que Sinán no podía entender. Su madre tenía el rostro crispado, y él tardó unos instantes en darse cuenta de que estaba llorando. Sintió una punzada de dolor en el estómago, un desamparo que lo hizo temblar. Era la primera vez que veía llorar a su madre.

Su padre había sido militar, miembro del ejército turco. Creía en el progreso, la racionalidad, la occidentalización, la educación..., palabras cuyo significado exacto el niño desconocía, aunque estaba familiarizado con ellas de tanto haberlas oído. Su padre siempre había dicho que algún día el país sería civilizado e instruido, equiparable a las naciones europeas. «Es imposible cambiar la geografía —afirmaba—, pero sí se puede burlar al destino.» Aunque la mayoría de los habitantes de esa ciudad oriental eran ignorantes, seres aplastados por el peso de la religión y de las rígidas convenciones, con la educación adecuada lograrían salvarse de su pasado. El padre de Sinán así lo creía. Y también su madre. Juntos habían trabajado con ahínco, eran una pareja ideal de la nueva república, decididos a construir codo con codo un porvenir luminoso. Un militar y una farmacéutica tenaces y valientes. Y Sinán era su retoño, su único hijo, con las mejores cualidades de ambos, con su espíritu progresista, aunque temía no parecerse mucho a ellos en realidad, ni en el carácter ni en el físico.

Su padre había sido alto y esbelto, de cabello liso y brillante como el cristal. Muchas veces, delante del espejo con un peine y loción capilar, Sinán había intentado imitar su peinado. Había usado aceite de oliva, zumo de limón, betún y, en una ocasión, mantequilla, con la que el pelo le había quedado hecho un desastre. Nada había dado resultado. ¿Quién habría creído que, con su cara regordeta y su desmaña, era hijo de aquel militar de sonrisa y porte perfectos? Su padre había abandonado este mundo, pero seguía presente en todo. El niño creía que si hubiera sido él quien hubiera muerto no habría dejado un vacío tan grande. De vez en cuando sorprendía a su madre mirándolo meditabunda, con aire fatigado, y pensaba que tal vez estuviera preguntándose por qué no había fallecido él en vez del padre. En esos momentos se sentía tan solo y feo que apenas si podía moverse. Y, justo cuando más solo se sentía, su madre se acercaba a abrazarlo, desbordante de tierno cariño, y él se avergonzaba de sus pensamientos; se avergonzaba y al mismo tiempo experimentaba cierto alivio, si bien persistía la insidiosa sospecha de que, por mucho que lo intentara y por más que cambiara, siempre la decepcionaría.

Miraba por la ventana…, una rápida ojeada furtiva. El cementerio le daba miedo. Desprendía un extraño olor persistente, sobre todo en otoño, cuando el mundo se teñía de color pardo. Durante generaciones los hombres de su familia habían muerto demasiado jóvenes: su padre, su abuelo, su bisabuelo… Por más tenazmente que intentara controlar sus emociones, no podía eludir el presentimiento de que en un día no muy lejano acabaría enterrado allí. Cuando su madre acudía al cementerio, lo que hacía a menudo, para limpiar la tumba de su marido o plantar flores, o en ocasiones solo para sentarse al lado, Sinán la espiaba desde la ventana. Jamás la había visto sin maquillar o con un pelo fuera de sitio, y observándola sentada en el barro y la suciedad, con hojas muertas adheridas a la ropa, se estremecía y le tenía un poco de miedo, como si se hubiera convertido en una desconocida.

A la farmacia acudía todo el barrio, tanto los viejos como los jóvenes. De vez en cuando entraban mujeres cubiertas con burka y con su prole a rastras. Una vez Sinán oyó a una pedir un remedio para no tener más hijos. Ya tenía once, dijo. La madre de Sinán le entregó un paquetito cuadrado. Al cabo de una semana la mujer volvió quejándose de un fuerte dolor de estómago.

—¡¿Se los ha tragado?! —exclamó la madre—. ¡¿Los condones?!

En el piso de arriba el niño, que las escuchaba, se quedó inmóvil.

—¡No eran para usted, sino para su marido!

—Ya lo sé —respondió la clienta con aire fatigado—, pero no he podido convencerlo, conque he pensado que era mejor que me los tomara yo. Creía que quizá funcionarían.

La madre de Sinán se enfadó tanto que siguió mascullando para sí después de que la mujer se marchara.

—¡Campesinos bobos, ignorantes! ¡Crían como conejos! ¿Cómo va a modernizarse este pobre país si sigue habiendo más personas incultas que instruidas? Nosotros tenemos un único hijo y lo educamos con esmero, y mientras tanto ellos tienen diez mocosos. ¿Qué más da si no saben atenderlos? ¡Hala, que se las apañen solos!

Su madre era amable con los muertos, pero no tanto con los vivos. Sin embargo, el niño consideraba que había que ser más amable con los vivos que con los muertos porque, al fin y al cabo, eran los que se esforzaban por entender este mundo, ¿no? Él, con sus pegotes de mantequilla en el pelo; aquella campesina, con los condones en el estómago...: todos parecían un poco perdidos, vulnerables e inseguros de sí mismos, ya fueran cultos o incultos, modernos o no, occidentales o no, adultos o niños. Eso creía el chiquillo, que por su parte se sentía más cómodo junto a quienes no eran perfectos en ningún aspecto.

Cinco minutos

Cinco minutos después de que su corazón dejara de latir, Leila evocó el nacimiento de su hermano, un recuerdo que llevaba consigo el sabor y el olor del estofado de cabrito especiado: comino, semillas de hinojo, clavo, cebolla, tomate, grasa de rabo y carne de cabrito.

Tenía siete años cuando llegó al mundo el pequeño Tarkán, el varón tan deseado. *Baba* no cabía en sí de alegría. Había esperado ese momento durante años. En cuanto su segunda esposa se puso de parto, *baba* se bebió de un trago un vaso de raki y se encerró en una sala, donde permaneció horas repantigado en el sofá, mordiéndose el labio inferior y pasando las cuentas del rosario, igual que había hecho el día que Leila vio la luz.

Aunque el nacimiento tuvo lugar a media tarde, en un día de marzo de 1954 excepcionalmente agradable, a Leila no le permitieron ver a la criatura hasta la noche.

Se pasó la mano por el pelo y se acercó a la cuna con cautela, con una expresión decidida de antemano. ¡Qué resuelta estaba a no querer a aquel niño, a aquel intruso indeseado que irrumpía en su vida! Sin embargo, en cuanto posó la mirada en la carita de pimpollo, en los mofletes y en los hoyuelos de las rodillas, que parecían de blanda arcilla, comprendió que le resultaría imposible no quererlo. Aguardó inmóvil, como si esperara oírle pronunciar unas palabras de saludo. Percibió algo extraordinario en los rasgos de su hermano. Del mismo modo que un caminante, fascinado por una dulce melodía, se detiene a escuchar con atención para saber de dónde proviene, así intentó ella asimilar al pequeño. Le sorprendió observar que, a diferencia del resto de la familia, tenía la nariz como aplastada y los ojos un poco rasgados hacia arriba. Parecía alguien que hubiera viajado desde lejos para llegar hasta allí. Por eso mismo lo quiso aún más.

—Tía, ¿puedo tocarlo?

Incorporada en la cama de hierro de cuatro postes, Binnaz sonrió. Bajo los ojos tenía bolsas oscuras, y la delicada piel de los pómulos se veía tirante. Había pasado la tarde en compañía de la comadrona y las vecinas. Ahora que se habían marchado saboreaba ese momento de quietud con su hijo y Leila.

—Claro que sí, tesoro mío.

La cuna, que *baba* había fabricado con madera de cerezo y había pintado de azul zafiro, estaba adornada con cuentas contra el mal de ojo colgadas del asa. Cada vez que pasaba un camión por la calle, las ventanas temblaban y las cuentas, iluminadas por los faros, giraban lentamente como planetas de un sistema solar propio.

Leila acercó el índice al bebé, que al instante lo agarró y se lo llevó hacia su boca aterciopelada.

—¡Mira, tía! No quiere que me vaya.

—Eso es porque te quiere.

—¿De veras? ¡Pero si no me conoce!

Binnaz le guiñó un ojo.

—Seguro que ha visto tu retrato en la escuela del cielo.

—¿Qué?

—¿No lo sabías? Allá arriba, en el séptimo cielo, hay una escuela enorme con cientos de aulas.

Leila sonrió. Esa debía de ser la idea del Paraíso que tenía su tía, para quien la falta de educación escolar era un motivo de pesar permanente. Ahora que Leila había empezado a ir al colegio y había visto cómo era, no podía estar más en desacuerdo con su tía.

—Los alumnos son los bebés no nacidos —prosiguió Binnaz, ajena a los pensamientos de la niña—. En vez de pupitres hay cunas de cara a una pizarra muy larga. ¿Sabes por qué?

Leila se apartó un mechón de los ojos con un soplido y negó con la cabeza.

—Pues porque en la pizarra hay retratos de hombres, mujeres, niños..., infinidad de retratos. Cada bebé elige la familia a la que desea pertenecer. En cuanto vio tu cara, tu hermano le dijo al ángel de guardia: «¡Ya está! ¡Quiero que sea mi hermana! Mandadme a Van, por favor».

La sonrisa de Leila se ensanchó. Con el rabillo del ojo atisbó una pluma que flotaba; quizá fuera de una de las palomas ocultas en la azotea, o de un ángel que volara en lo alto. Pese a sus reservas acerca del colegio, concluyó que aquella versión del Paraíso le gustaba.

—A partir de ahora seremos inseparables: tú, yo y el niño —dijo Binnaz—. ¿Te acuerdas de nuestro secreto?

Leila respiró hondo. Ninguna de las dos había vuelto a sacar el tema desde aquel día de la depilación, el año anterior.

—Le diremos a tu hermano que yo soy tu madre, y no Suzan. Entonces los tres compartiremos ese gran secreto.

Leila reflexionó. Según su experiencia, los secretos debían quedar entre dos personas. Seguía dándole vueltas al asunto cuando el estruendo del timbre resonó por toda la casa. Oyó que su madre abría la puerta. Voces amplificadas en el pasillo. Voces conocidas. Su tío había llegado con su esposa y sus tres hijos varones para darles la enhorabuena.

Una sombra cruzó el semblante de Leila en cuanto los invitados entraron en la habitación. Se soltó del sedoso puño de su hermano y retrocedió un paso. Con el ceño fruncido, clavó la vista en las hileras de gamos que, en perfecta simetría, caminaban en el sentido de las agujas del reloj por el borde de la alfombra persa. Le recordaron el modo como los otros niños y ella, con sendos uniformes negros y carteras, se dirigían en fila india a sus respectivas aulas por las mañanas.

Sin despegar los labios se sentó en el suelo, con las piernas cruzadas, y siguió observando la alfombra. Al contemplarla más de cerca advirtió que no todos los animales respetaban las normas. Uno de ellos estaba quieto, con las pezuñas delanteras suspendidas en el aire, la cabeza vuelta hacia atrás con aire anhelante, ¿acaso tentado de encaminarse en dirección contraria, hacia un valle boscoso poblado de sauces? Lo contempló con los ojos entornados hasta que la vista se le nubló y el gamo díscolo, como si hubiera cobrado vida por arte de magia, avanzó hacia ella con los rayos del sol entre sus majestuosos cuernos. La niña aspiró el aroma de la pradera y alargó la mano hacia él; ¡ojalá pudiera subirse de un salto a su lomo y escapar de la habitación!

Entretanto, nadie le prestaba la menor atención. Todos se habían agrupado en torno al recién nacido.

—Está un poco gordito, ¿no? —comentó su tío, que con delicadeza sacó a Tarkán de la cuna y lo alzó en el aire.

El bebé parecía fofo, como de trapo, y resultó que tenía el cuello muy corto. Le pasaba algo, pero su tío fingió no percatarse.

—¡Mi sobrino será luchador!

Baba se pasó los dedos por su abundante cabellera.

—No, no me gustaría que fuera luchador. ¡Mi hijo será ministro!

—No, por favor, que no sea político —intervino Suzan.

Se echaron a reír.

—Le he dicho a la comadrona que lleve el cordón umbilical a la alcaldía. Me ha prometido que, si no logra entrar, lo esconderá en el jardín, así que no os extrañe que algún día mi hijo llegue a ser alcalde de esta ciudad.

—Mirad, ha sonreído. Me parece que está de acuerdo —señaló la esposa del tío, que llevaba los labios pintados de un rosa vivo.

Todos hicieron arrumacos a Tarkán, que se pasaron de unos a otros entre arrullos y elogios que en ocasiones no eran ni palabras.

Baba reparó en Leila.

—¿Por qué estás tan callada?

Su tío se volvió hacia ella con expresión de extrañeza.

—Sí, ¿por qué no dice nada hoy mi sobrina favorita?

La niña no contestó.

—Anda, ven con nosotros. —Su tío se tocó la barbilla, un gesto que ella había observado que hacía antes de soltar una ocurrencia o un chascarrillo.

—Estoy bien aquí… —La voz de Leila se apagó.

La mirada de su tío pasó de expresar curiosidad a reflejar algo parecido al recelo.

Leila sintió que la invadía la angustia al ver que la escudriñaba. Se le revolvió el estómago. Se levantó despacio. Desplazó el peso del cuerpo de un pie al otro y se serenó. Después de alisarse la parte delantera de la falda, dejó las manos completamente inmóviles.

—¿Puedo irme, *baba*? Tengo deberes.

Los adultos le sonrieron con aire de complicidad.

—Muy bien, cariño —dijo *baba*—. Ve a estudiar.

Cuando salía de la habitación, con los pasos amortiguados por la alfombra en la que un gamo solitario quedaba abandonado, oyó a su tío susurrar a su espalda:

—¡Ay, bendita sea! La pobrecita tiene celos del pequeño.

A la mañana siguiente *baba* fue a ver a un vidriero y le encargó un talismán contra el mal de ojo más azul que el cielo y más grande que una alfombra de oración. A los catorce días del nacimiento de Tarkán sacrificó tres cabras y repartió su carne entre los pobres. Y durante una temporada fue un hombre feliz y orgulloso.

Al cabo de unos meses aparecieron dos granos de arroz en las encías de Tarkán: con sus primeros dientes llegó la hora de decidir la futura profesión del niño. Invitaron a las mujeres del barrio, que no acudieron vestidas de forma tan conservadora como en los días de lectura del Corán ni tan atrevida como en los días de depilación: en esta ocasión sus ropas estaban a medio camino y denotaban maternidad, vida doméstica.

Sobre un enorme paraguas blanco abierto por encima de la cabeza de Tarkán arrojaron una cacerola entera de granos de trigo cocidos. El niño se quedó un poco sorprendido ante la lluvia de trigo, pero, para alivio de todas, no lloró. Había superado la primera prueba. Sería un hombre fuerte.

A continuación lo sentaron en la alfombra rodeado de diversos objetos: un fajo de billetes, un estetoscopio, una corbata, un espejo, un rosario, un libro, unas tijeras. Si elegía el dinero sería banquero; si el estetoscopio, médico; si la corbata, funcionario; si el espejo, peluquero; si el rosario, imán; si el libro, maestro, y si señalaba hacia las tijeras seguiría sin duda los pasos de su padre y sería sastre.

Dispuestas en semicírculo, las mujeres aguardaron y fueron acercándose poco a poco, sin apenas respirar. La cara de la tía Binnaz era de pura concentración, con los ojos un tanto velados y fijos en un único objetivo, como una persona preparada para matar una mosca de un manotazo. Leila reprimió las ganas de reír. Miró a su hermano, que se chupaba el pulgar sin saber que se encontraba en una encrucijada decisiva, a punto de elegir el curso de su destino.

—Hacia aquí, tesoro —dijo su tía señalando el libro.

¿No estaría bien que su hijo fuera maestro o, mejor aún, director de escuela? Ella iría a visitarlo todas las semanas y traspasaría con orgullo y andar pausado las puertas del colegio: por fin se le permitiría acceder a un lugar del que había deseado formar parte desde niña y del que siempre la habían excluido.

—No, hacia aquí —dijo Suzan señalando el rosario.

En su opinión, no había prestigio mayor que tener un imán en la familia, un hecho positivo que los acercaría a todos a Dios.

—¿Estáis chaladas? —soltó una anciana—. Todo el mundo necesita un médico. —Indicó con la barbilla el estetoscopio mientras observaba al bebé y lo exhortaba con voz melosa—: Hacia allí, querido niño.

—Yo diría que los abogados ganan más que nadie —comentó la mujer sentada al lado de la anciana—. Está claro que no lo habéis tenido en cuenta. No veo ningún ejemplar de la Constitución.

Entretanto Tarkán escudriñaba con mirada perpleja los objetos. Al no interesarle ninguno volvió la espalda a las invitadas y entonces vio a Leila, que permanecía en silencio detrás de él. La expresión del niño se dulcificó al instante. Alargó el brazo hacia su hermana, le quitó la pulsera (de cuero marrón trenzada con un cordón de satén azul) y la alzó en el aire.

—¡Hala! No quiere ser maestro... ni imán —dijo Leila entre risas—. ¡Quiere ser yo!

Su alborozo era tan puro y espontáneo que las adultas, a pesar de la decepción, no tuvieron más remedio que reír con ella.

Como era un niño frágil, con un tono y control musculares escasos, Tarkán enfermaba a menudo. El menor esfuerzo físico parecía agotarlo. Era bajo para su edad; su cuerpo no crecía de manera proporcionada. Con el paso del tiempo, cualquiera podía ver que era diferente, pero nadie lo decía a las claras. Hasta que el niño tuvo dos años y medio *baba* no accedió a llevarlo a un hospital. Leila se empeñó en acompañarlos.

Llovía con fuerza cuando llegaron al consultorio del médico. *Baba* dejó a Tarkán sobre una camilla cubierta con una sábana. El pequeño, con el labio inferior caído, a punto de llorar, miraba ora a su padre, ora a Leila, que por milésima vez sintió un cariño tan fuerte y desbordante por Tarkán que casi le dolió. Puso la mano con ternura sobre la cálida redondez de la barriguita de su hermano y sonrió.

—Tiene usted un problema, señor. Lamento el trastorno de su hijo... Pasa a veces —dijo el médico tras examinar a Tarkán—. A estos críos no se les puede enseñar nada, no vale la pena ni intentarlo. De todos modos, tampoco viven muchos años.

—No lo entiendo. —*Baba* controló la voz.

—El niño es mongólico. ¿No había oído usted nunca esa palabra?

Baba se quedó con la mirada perdida en silencio e inmóvil, como si fuera él quien hubiese formulado una pregunta y estuviera esperando la respuesta.

El médico se quitó las gafas y las alzó al trasluz. Debieron de parecerle limpias, puesto que volvió a ponérselas.

—Su hijo no es normal. Seguro que usted ya se había dado cuenta. Es decir, salta a la vista. No entiendo por qué se sorprende tanto. ¿Y dónde está su esposa, si me permite preguntarlo?

Baba se aclaró la garganta. No tenía intención de decirle a ese hombre con aires de superioridad que no veía con buenos ojos que su esposa joven abandonara el hogar a menos que fuera imprescindible.

—Está en casa.

—Debería haberlo acompañado. Es importante que su esposa comprenda bien la situación. Tiene que hablar con ella. En Occidente existen centros para esos críos, donde permanecen toda su vida y no molestan a nadie. Aquí no disponemos de esa clase de servicio. Su esposa tendrá que cuidar de él. No será fácil. Aconséjele que no se encariñe demasiado con el crío. Por lo general, estos niños mueren antes de llegar a la pubertad.

Leila, que había escuchado todas y cada una de las palabras con el corazón cada vez más acelerado, miró al hombre con expresión ceñuda.

—¡Cállese, tonto, malo! ¿Por qué dice cosas tan feas?

—Leila..., compórtate —le ordenó *baba*, aunque quizá no con la severidad que habría mostrado en otro momento.

El médico se volvió hacia la niña con expresión de perplejidad, como si se hubiera olvidado de su presencia.

—No temas, pequeña, que tu hermano no entiende lo que decimos.

—¡Sí que entiende! —exclamó Leila. Su voz sonó como cristal roto—. Lo entiende todo.

Asombrado por el arrebato de la niña, el médico levantó una mano con intención de darle unas palmaditas en la cabeza, pero debió de pensarlo mejor, porque enseguida la bajó.

Baba se tomó el trastorno de Tarkán como algo personal, convencido de que había hecho algo terrible para merecer la ira Dios. Alá lo castigaba por sus pecados pasados y presentes. Le enviaba un mensaje alto y claro, y si él se negaba a recibirlo sobrevendrían desgracias peores. Hasta entonces había vivido en vano, obsesionado con lo que quería del Todopoderoso, sin pensar en lo que el Todopoderoso quería de él. ¿No había jurado el día del nacimiento de Leila que dejaría el alcohol, y acaso no había faltado luego a su palabra? Toda su existencia estaba plagada de promesas rotas y tareas inacabadas. Ahora que había logrado acallar la voz de su *nafs*, su ego, estaba preparado para redimirse. Consultó con su jeque y, siguiendo el consejo de este, decidió no volver a confeccionar ropa de mujer *alla franga*: ni un vestido de tubo, ni una falda corta más. Dedicaría sus habilidades a un objetivo mejor. Consagraría el tiempo que le quedara de vida a difundir el temor de Dios porque podía dar fe de los mazazos que caían en los humanos que dejaban de temerlo.

Sus dos esposas se ocuparían de sus dos hijos. Para él se había terminado el matrimonio, y también el sexo, que de pronto comprendió que, al igual que el dinero, solía complicarlo todo. Se trasladó a un dormitorio con poca luz del fondo de la casa tras ordenar que sacaran todos los muebles y dejaran solo un colchón individual, una manta, un candil, un arcón de madera y unos cuantos libros escogidos con esmero por su jeque. En el arcón guardaba la ropa, los rosarios y las toallas para sus abluciones. Era preciso renunciar a todas las comodidades, incluida la almohada. Como muchos creyentes tardíos, deseaba compensar los que consideraba sus años perdidos. En su anhelo de llevar hacia Dios —su Dios— a cuantos lo rodeaban, quiso tener discípulos, si no decenas, sí al menos unos cuantos. O bien un único seguidor devoto. ¿Y quién se amoldaría a ese papel mejor que su hija, que estaba convirtiéndose a toda prisa en una jovencita díscola, con una actitud cada vez más descortés e irreverente?

Si Tarkán no hubiera nacido con un acusado síndrome de Down, como años después se conocería su trastorno, *baba* habría tenido la posibilidad de repartir sus expectativas y frustraciones de forma más equitativa entre los dos hijos, pero, dadas las circunstancias, las centró todas en Leila. Y con el paso del tiempo tales expectativas y frustraciones se multiplicaron.

13 de abril de 1963. A sus dieciséis años Leila había adquirido la costumbre de seguir con atención las noticias del mundo, no solo porque le interesaba lo que sucedía en otras partes, sino también porque la ayudaba a no pensar demasiado en su limitada vida. Esa tarde escudriñaba el periódico abierto sobre la mesa de la cocina y leía las noticias a su tía. Muy lejos, en Estados Unidos, habían arrestado a un negro valeroso por protestar contra el maltrato infligido a su pueblo. Aparecía un retrato del hombre, con un pie de foto que rezaba: «¡Martin Luther King, encarcelado!». Llevaba un traje impoluto y una corbata oscura, e inclinaba el rostro hacia la cámara. Sus manos fueron lo que más llamó la atención de Leila. Las alzaba en el aire con elegancia, con las palmas curvadas una hacia otra como si sostuviera una bola de cristal que, aunque no fuera a mostrarle cómo sería el futuro, se hubiera prometido no dejar caer.

Leila volvió despacio la página y pasó a la sección de noticias nacionales. Centenares de campesinos de Anatolia se habían manifestado contra la pobreza y el desempleo, y la policía había detenido a muchos. El periódico informaba de que el Gobierno de Ankara estaba decidido a sofocar la revuelta y a no cometer el mismo error que el sah de la vecina Irán. El sah Pahlaví había distribuido las tierras entre los campesinos sin tierras con la esperanza de ganarse su lealtad, pero por lo visto el plan no daba resultado. En el país de las granadas y de los tigres del Caspio se incubaba el descontento.

—¡Vaya, vaya! El mundo va tan deprisa como un lebrel afgano —comentó su tía cuando Leila acabó de leer la noticia—. Hay mucho sufrimiento y violencia en todas partes.

Su tía miró por la ventana, intimidada por el lejano mundo exterior. Una de sus innumerables preocupaciones era que, a pesar del tiempo que llevaba en la casa y de haber tenido dos hijos, el temor a que la pusieran de patitas en la calle no había menguado un ápice. Seguía sin sentirse segura. Sentado en la alfombra a sus pies, Tarkán, con nueve años ya y la capacidad de comunicación de un niño de tres, jugaba con un ovillo de lana. Era el mejor juguete para él, pues carecía de bordes afilados y el chiquillo podía morderlo sin peligro. Desde hacía un mes se encontraba mal: se quejaba de un dolor en el pecho y había quedado debilitado por una fiebre que no parecía remitir. Aunque últimamente había engordado un poco, su piel presentaba el brillo pálido de los demacrados. Leila observó a su hermano con una sonrisa angustiada y se preguntó si se daría cuenta de que nunca sería como los demás niños. Confió en que no. Por el propio bien de Tarkán. El ser diferente y saberlo debía de doler en lo más hondo.

En aquel momento ninguno de los tres era consciente de que aquella sería la última vez que Leila u otro miembro de la familia leyera en voz alta el periódico. El mundo estaba cambiando, al igual que *baba*. Tras el fallecimiento de su jeque había buscado otro maestro espiritual. A principios de la primavera había empezado a asistir a las ceremonias de *dhikr* de una *tariqa* situada en las afueras de Van, cuyo predicador, diez años menor que él, era un hombre adusto con ojos del color de la hierba seca. Si bien la *tariqa* hundía sus raíces históricas en filosofías suffes de larga tradición y en las enseñanzas místicas del amor, la paz y la humildad, en aquel entonces se había convertido en un foco de intransigencia, fanatismo y arrogancia. La yihad, considerada en el pasado como una lucha de por vida contra el *nafs*, en el presente significaba tan solo la guerra contra los infieles..., y había infieles por todas partes. «¿Cómo pueden estar separados el Estado y la religión, cuando en el islam son uno y lo mismo?», preguntaba el predicador. Quizá esa dualidad artificial fuera válida para los occidentales, que bebían en exceso y eran de moral relajada, pero no para los pueblos de Oriente, que deseaban contar en todo con la orientación de Dios. El laicismo era sinónimo del reino de Shaitán. Los miembros de la *tariqa* lo combatirían con todo su ser y algún día acabarían con ese régimen humano imponiendo de nuevo la divina sharía.

El predicador les advertía de que con ese fin debían allanar el camino a la obra de Dios empezando por su vida personal. Tenían la obligación de asegurarse de que sus familias —sus esposas e hijos— vivían de acuerdo con las enseñanzas sagradas.

Y así fue como *baba* libró una guerra santa en su hogar. En primer lugar, estableció normas nuevas. Prohibió a Leila ir a casa de la Señora Farmacéutica a ver la televisión. Tampoco le permitía leer la prensa, en especial las publicaciones *alla franga*, incluida la popular revista *Hayat*, en cuya portada aparecían actrices todos los meses. Las competiciones deportivas y los concursos de canto y de belleza eran inmorales. Las patinadoras artísticas, con sus faldas cortas, eran pecadoras. Las nadadoras y las gimnastas, con sus bañadores y sus maillots ceñidos, provocaban pensamientos lúbricos en los hombres piadosos.

—¡Esas jóvenes que dan volteretas en el aire, ¡desnudas!

—Antes te gustaban los deportes —le recordó Leila.

—Me había descarriado —afirmó *baba*—. Ahora he abierto los ojos. Alá no quería que me extraviara en el desierto.

Leila no entendía a qué desierto se refería su padre. Ellos vivían en una ciudad, no muy grande, pero ciudad a fin de cuentas.

—Estoy haciéndote un favor. Algún día me lo agradecerás —decía *baba* cuando se sentaban a la mesa de la cocina con un montón de panfletos religiosos entre ellos.

Cada pocos días su madre, con la voz suave y lastimera que reservaba para los rezos, le recordaba a Leila que ya debería haber empezado a cubrirse el cabello. El momento había llegado y pasado. Tenían que ir juntas al bazar para elegir las mejores telas, como habían acordado hacía tiempo, si bien Leila ya no se sentía obligada por ese compromiso. No solo se negaba a taparse con un pañuelo, sino que además trataba su cuerpo como si fuera un maniquí que pudiera modelar, vestir y pintar a su antojo. Se aclaraba el pelo y las cejas con zumo de limón e infusión de manzanilla, y cuando los limones y la manzanilla desaparecieron misteriosamente de la cocina recurrió a la henna de la madre. Si no podía ser rubia, ¿por qué no pelirroja? La madre se deshizo de la henna que había en la casa sin decir nada.

Un día, camino del instituto, Leila vio a una kurda con un tatuaje tradicional en la barbilla e, inspirándose en ella, la semana siguiente fue a que le grabaran una rosa negra por encima del tobillo derecho. La tinta empleada se obtenía a partir de una fórmula centenaria conocida por las tribus locales: negro de humo de madera, líquido de la vesícula biliar de una cabra montés, grasa de ciervo y unas gotas de leche materna. Con cada punzada de la aguja se estremeció un poco, pero aguantó el dolor y se sintió extrañamente viva con centenares de astillas bajo la piel.

Leila adornaba los cuadernos con fotografías de cantantes famosos, pese a que *baba* le había advertido de que la música era *haram*, y la occidental aún más. Como su padre había dictaminado eso, sin dejar margen a la negociación, en los últimos tiempos ella escuchaba solo música occidental. En un lugar tan remoto y aislado no siempre resultaba fácil seguir las listas europeas y norteamericanas de singles más vendidos, pero arramblaba con lo que podía. Le gustaba en especial el apuesto Elvis Presley, que por ser moreno parecía más turco que estadounidense; le resultaba tan familiar que lo encontraba fascinante.

El cuerpo de Leila había cambiado deprisa. Vello en las axilas y una mata oscura entre las piernas; una nueva piel, nuevos olores y nuevos sentimientos. Sus pechos se habían convertido en desconocidos, una pareja de esnobs altivos con la punta de la nariz dirigida hacia arriba. Se escudriñaba la cara en el espejo a diario con una curiosidad que la desazonaba, como si casi esperara ver a otra persona mirándola a su vez. Se maquillaba a la menor oportunidad, no llevaba el pelo recogido en pulcras trenzas, sino suelto, se ponía falda estrecha cada vez que podía y desde hacía poco fumaba a escondidas el tabaco que robaba de la petaca de la madre. En clase no tenía amigas. Sus compañeras la consideraban rara o la temían, Leila no sabía si lo uno o lo otro. La criticaban en voz alta, para que las oyera, y la tildaban de «manzana podrida». A ella no le molestaba: de todos modos las evitaba, en particular a las alumnas más apreciadas, que la juzgaban con la mirada y emitían comentarios mordaces. Sacaba malas notas. A *baba* no parecía importarle, pues Leila no tardaría en casarse y en formar una familia, así que no esperaba que fuera una estudiante ejemplar; esperaba que fuera una buena chica, una joven recatada.

Hasta entonces el único amigo que tenía en el instituto era el hijo de la Señora Farmacéutica. Su amistad había resistido la prueba del tiempo, como un olivo que se fortalece a medida que pasan los años. De carácter tímido y taciturno, Sinán era un genio con los números y siempre sacaba la calificación más alta en matemáticas. Él tampoco tenía más amigos, pues era incapaz de mostrar la misma energía asertiva que la mayoría de sus compañeros. Ante personas con autoridad —los profesores, el director del instituto y, sobre todo, su madre— solía guardar silencio y encerrarse en sí mismo. En cambio con Leila no se comportaba así. Cuando estaban juntos no paraba de hablar lleno de entusiasmo. En el instituto se buscaban en los recreos y en la hora del almuerzo. Mientras las otras chicas se reunían en grupos o saltaban a la comba y los otros chicos jugaban al fútbol o las canicas, ellos dos se sentaban a solas en un rincón y charlaban sin parar, sin hacer caso de las miradas reprobadoras que les dirigían en una ciudad donde cada sexo se mantenía en el espacio que le estaba designado.

Sinán había leído cuanto había encontrado sobre las dos guerras mundiales: conocía las batallas, las fechas de los bombardeos, el nombre de los héroes de la resistencia... Acumulaba una cantidad increíble de información acerca de los zepelines y del conde alemán que les diera nombre. A Leila le encantaba escucharlo cuando le hablaba de esos dirigibles, y con tal pasión que hasta le parecía ver uno flotar en lo alto y rozar con su enorme sombra cilíndrica los minaretes y las cúpulas en su avance hacia el gran lago.

—Algún día tú también inventarás algo —le decía Leila.

—¿Yo?

—Sí, y será mejor que el invento del conde alemán, porque ese mataba. En cambio el tuyo ayudará a la gente. Estoy segura de que harás algo verdaderamente prodigioso.

Era la única que lo consideraba capaz de hazañas extraordinarias.

Sinán sentía un interés especial por las claves y el desciframiento de claves. Los ojos le brillaban de placer cuando hablaba de las transmisiones secretas de la resistencia durante la guerra, que él denominaba «radiotransmisiones de sabotaje». El contenido le era bastante indiferente; lo que lo fascinaba era el poder de la radio, el optimismo inquebrantable de una voz en la oscuridad que se dirigía a un espacio vacío, confiando en que hubiera alguien dispuesto a escucharla.

A espaldas de *baba*, el muchacho seguía proporcionando a su amiga los libros, las revistas y los periódicos que a ella ya no le permitían leer en casa. De ese modo Leila se enteró de que había habido una gran helada en Inglaterra, de que las mujeres habían conseguido el derecho al voto en Irán y de que a los norteamericanos no les iba bien en la guerra de Vietnam.

—Esas radiotransmisiones clandestinas de las que siempre me hablas... —le dijo Leila un día que estaban sentados al pie del único árbol del patio del instituto—. He pensado que es como lo que tú haces, ¿no? Gracias ti estoy al corriente de lo que ocurre en el mundo.

El rostro de Sinán se iluminó.

—¡Soy tu radio de sabotaje!

En ese momento sonó el timbre que anunciaba el inicio de las clases.

—A lo mejor tendría que llamarte Sabotaje Sinán —comentó Leila mientras se levantaba y se sacudía el polvo de la ropa.

—¿En serio? ¡Me encantaría!

Y así fue como el único hijo de la única farmacéutica de la ciudad recibió el mote de Sabotaje. El muchacho que un día, no mucho después de que Leila se fugara de casa, la seguiría de Van a Estambul, la gran ciudad donde van a parar los descontentos y los soñadores.

Seis minutos

Seis minutos después de que su corazón dejara de latir, Leila extrajo de su archivo el olor de una cocina de leña. El 2 de junio de 1963. El hijo mayor de su tío se casaba. La familia de la novia se había enriquecido gracias al comercio a través de la Ruta de la Seda, que, como muchos habitantes de la región sabían pero preferían no mencionar en presencia de forasteros, no se limitaba a la seda y las especias, sino que incluía también las adormideras. De Anatolia a Pakistán, de Afganistán a Birmania, crecían millones de amapolas que se mecían con el viento y cuyo alegre color se rebelaba contra la aridez del paisaje. Sus cápsulas exudaban un jugo lechoso, una gota mágica tras otra, y mientras los agricultores permanecían en la pobreza, otros amasaban fortunas.

Nadie sacó el tema a colación en la fastuosa fiesta ofrecida en el hotel más espléndido de Van. Los invitados se divirtieron hasta altas horas de la madrugada. Había tanto humo de tabaco que parecía que el lugar entero estuviera ardiendo. *Baba* observó con aire de desaprobación a cuantos salieron a la pista de baile, pero reservó su expresión más ceñuda para los hombres y las mujeres que enlazaron los brazos en el *halay*, la danza tradicional, y movieron las caderas como si no supieran lo que era la decencia. Aun así, no hizo ningún comentario pensando en su hermano, al que tenía mucho cariño.

Al día siguiente los parientes de los novios se reunieron en un estudio fotográfico. Ante una serie de telones de fondo de plástico que iban cambiando —la torre Eiffel, el Big Ben, la torre inclinada de Pisa, una bandada de flamencos que alzaban el vuelo hacia el sol poniente—, los recién casados posaron para la posteridad achicharrados de calor con sus caras ropas nuevas.

Leila observó a la feliz pareja desde un lado. A la novia, una joven morena de complexión delicada, le sentaba como un guante el traje color perla. Llevaba en la mano un ramo de gardenias blancas, y un cinto rojo, símbolo y declaración de castidad, le ceñía la cintura. Viendo a la muchacha Leila experimentó una tristeza tan opresiva que fue como si tuviera una piedra sobre el pecho. La asaltó un pensamiento inopinado: ella nunca luciría un vestido como ese. Había oído contar toda clase de historias sobre novias que en la noche de bodas se descubría que no eran vírgenes. Los maridos las obligaban a ir al hospital para que les realizaran un examen de las partes íntimas: pasos que resonaban huecos en las calles oscuras, vecinos que espiaban tras las cortinas de encaje. Las devolvían a la casa paterna, donde la familia les imponía el castigo que juzgara oportuno; humilladas y deshonradas, no volvían a formar parte de la sociedad y una expresión vacía se apoderaba de sus facciones juveniles... Se toqueteó la cutícula de la uña del dedo anular hasta arrancársela y hacerse sangre. Esa conocida sacudida en las entrañas la tranquilizó. Lo hacía a veces. Se infligía cortes en los muslos y en la parte superior de los brazos, donde no se vieran las marcas, con el mismo cuchillo con que mondaba las manzanas o las naranjas, cuya piel se enroscaba con delicadeza bajo el destello de la hoja.

¡Qué orgulloso estaba su tío ese día! Vestía un traje gris, con chaleco de seda blanca y corbata estampada. Cuando la familia entera posó para una fotografía, apoyó una mano en el hombro de su hijo y con la otra estrechó la cintura de Leila. Nadie se percató.

Al salir del estudio fotográfico los Akarsu se detuvieron en una panadería que tenía un patio agradable con mesas a la sombra. Por la ventana salía el tentador aroma de *börek* recién sacado del horno.

El tío pidió por todos: un samovar de té para los adultos y limonadas frías para los más jóvenes. Ahora que su hijo se había casado con una joven de familia adinerada, aprovechaba cualquier ocasión para hacer alarde de su propia riqueza. La semana anterior, sin ir más lejos, había regalado un teléfono a la familia de su hermano para que así pudieran saber unos de otros más a menudo.

—Y tráenos algo para picar —indicó al camarero.

Al cabo de unos minutos este reapareció con las bebidas y un plato generoso de bollos de canela. Leila pensó que, de haber estado allí, Tarkán habría cogido uno de inmediato, con una alegría pura, indisimulada, y un brillo de felicidad en los ojos, siempre sinceros. ¿Por qué lo excluían de las celebraciones familiares? Tarkán no salía nunca, ni siquiera para ver una torre Eiffel de mentira; aparte de aquella vez que fue al médico de pequeño, no había vislumbrado siquiera el mundo que se extendía más allá de la valla del jardín. Cuando los vecinos acudían de visita, lo encerraban en una habitación, a salvo de miradas curiosas. Como él no salía nunca de casa, la tía Binnaz tampoco. Leila y su tía ya no estaban tan unidas como antes; parecían distanciarse más con cada año que pasaba.

Su tío sirvió el té y alzó su vaso al trasluz. Después de beber un sorbito negó con la cabeza. Hizo una seña al camarero y se inclinó para hablarle muy despacio, como si cada palabra le supusiera un esfuerzo.

—Mira, ¿ves qué color tiene? No puede ser más claro. ¿Qué habéis echado, eh? ¿Hojas de plátano? Sabe a agua sucia.

El camarero se disculpó atropelladamente y se llevó el samovar dejando caer unas gotas en el mantel.

—Qué patoso, ¿no? —comentó el tío—. No sabe dónde tiene su mano derecha. —Se volvió hacia Leila y de pronto adoptó un tono conciliador—: ¿Qué tal el instituto? ¿Qué asignatura te gusta más?

—Ninguna —respondió ella encogiéndose de hombros y con la vista fija en las manchas de té.

Baba frunció el ceño.

—¿Así es como hablas a tus mayores? No tienes modales.

—No te preocupes —dijo el tío—. Es joven.

—¿Joven? A su edad su madre ya estaba casada y se mataba a trabajar.

La madre enderezó la espalda.

—Es otra generación —apuntó el tío.

—Mi jeque dice que hay cuarenta señales de que se acerca el día del Juicio Final. Una es el descontrol de la juventud. Es lo que ocurre hoy en día, ¿o no? Los muchachos con esas melenas... ¿Qué será lo siguiente?, ¿dejarse el pelo largo como las chicas? Siempre le digo a mi hija que tenga cuidado. Hay mucha podredumbre moral en el mundo.

—¿Cuáles son las otras señales? —preguntó la esposa del tío.

—No me las sé todas de memoria. Hay treinta y nueve más, claro. Para empezar, veremos enormes desprendimientos de tierra. Los océanos se desbordarán. Ah, y en el mundo habrá más mujeres que hombres. Te daré un libro donde se explica todo.

Con el rabillo del ojo, Leila vio que su tío la observaba con atención. Volvió la cabeza hacia un lado, con excesiva brusquedad, y reparó en una familia que se acercaba. Una familia que parecía feliz. Una mujer con una sonrisa ancha como el río Éufrates, un hombre de mirada bondadosa y dos niñas con lazos de satén en el pelo. Buscaron una mesa y tomaron asiento al lado de los Akarsu. Leila se fijó en que la madre acariciaba la mejilla de la niña menor y le susurraba algo que la hacía reír. Entretanto la hija mayor estudiaba la carta con su padre. Eligieron juntos los pastelillos preguntándose unos a otros qué les apetecía comer. Parecía valorarse la opinión de todos. Estaban unidos y eran inseparables como piedras argamasadas. Observándolos Leila experimentó una punzada tan súbita y aguda que tuvo que bajar la vista por temor a que la envidia se trasluciera en su rostro.

Entretanto el camarero había regresado con otro samovar y vasos limpios para todos.

El tío cogió el suyo, dio un sorbo y frunció los labios en una mueca de repugnancia.

—Hay que tener valor para llamar té a esto. Ni siquiera está caliente —bramó regodeándose en su poder, recién descubierto, sobre aquel hombre sumiso y de conducta decorosa.

Achicándose como un clavo bajo el martillo de la ira del tío, el camarero se deshizo en disculpas y se retiró a toda prisa. Después de lo que pareció un rato muy largo regresó con un tercer samovar, esta vez tan caliente que despedía infinidad de volutas de vapor.

Leila observó la cara palidísima del hombre, que llenaba los vasos con aire de cansancio. De cansancio y de exasperante pasividad. En su comportamiento Leila detectó un sentimiento de impotencia que ella conocía bien, una sumisión incondicional al poder y la autoridad de su tío de la que ella, más que nadie, era culpable. Llevada por un impulso repentino, se levantó para coger un vaso.

—¡Quiero té!

Bebió un sorbo antes de que alguien tuviera tiempo de decir una palabra, y se quemó la lengua y el paladar de tal modo que se le saltaron las lágrimas. No obstante, logró tragarse el líquido y dirigió una sonrisa torcida al camarero.

—¡Perfecto!

El hombre miró nervioso al tío, y luego a Leila. Murmuró un rápido «gracias» y se retiró.

—¿Qué haces? —le preguntó su tío a Leila, más sorprendido que enfadado.

La madre de Leila trató de distender el ambiente.

—Bueno, ella solo...

—No la defiendas —la interrumpió *baba*—. Se comporta como una chiflada.

Leila sintió que se le encogía el corazón. Tenía ante sus ojos la realidad que había intuido calladamente desde hacía años y que se había dicho a sí misma que no existía. *Baba* se había puesto de parte de su tío, no de ella. Comprendió que siempre sería así. El primer impulso de *baba* sería siempre el de ayudar a su hermano. Leila frunció el labio inferior, lleno de postillas por la manía de pellizcárselo. Solamente después de mucho, mucho tiempo llegaría a pensar que ese momento, por más insignificante y corriente que fuera, presagió lo que sucedería después. Jamás en la vida se había sentido tan sola.

Iban cortos de dinero desde que *baba* había dejado de confeccionar ropa para clientas occidentalizadas. El invierno anterior solo habían podido caldear unas cuantas habitaciones de aquella casa tan grande, pero en la cocina siempre se estaba caliente. Pasaban mucho tiempo en ella durante todo el año: la madre cernía arroz, ponía alubias en remojo y preparaba las comidas en el fogón de leña mientras la tía vigilaba a Tarkán, quien, si no lo controlaban, se rasgaba la ropa, se hacía daño al caerse y se tragaba objetos con los que a punto estaba de ahogarse.

—Debes entenderlo bien —le dijo *baba* aquel agosto a Leila, que estaba sentada a la mesa de la cocina con sus libros—. Cuando muramos y nos quedemos solos en la tumba nos visitarán dos ángeles, uno azul y otro negro. Se llaman Munkar y Nakir, el Negado y el Negador. Nos pedirán que recitemos suras del Corán al pie de la letra. Si fallamos tres veces, vamos al infierno. —Señaló hacia los armarios, como si el infierno se hallara entre las hileras de tarros de pepinillos que llenaban los estantes.

A Leila la ponían nerviosa los exámenes. En el instituto los suspendía casi todos. Mientras escuchaba a *baba* no pudo por menos que preguntarse cómo evaluarían el ángel negro y el azul sus conocimientos de religión cuando llegara el momento. ¿Sería un examen oral o escrito, una entrevista o un test? ¿Descontarían puntos las respuestas erróneas? ¿Conocería ella el resultado de inmediato o tendría que esperar a que estuvieran listas todas las puntuaciones? En ese caso, ¿cuánto duraría el proceso?, ¿y anunciaría los resultados una autoridad suprema: el Consejo Superior del Castigo Merecido y de la Condenación Eterna?

—¿Y los habitantes de Canadá, Corea o Francia? —preguntó.

—¿Qué les pasa?

—Bueno, ya se sabe..., por lo general no son musulmanes. ¿Qué les ocurre a ellos cuando mueren? O sea, los ángeles no pueden pedirles que reciten nuestras oraciones.

—¿Por qué no? —replicó *baba*—. Las preguntas son las mismas para todos.

—Pero los habitantes de esos otros países no saben recitar el Corán.

—Eso es. Quien no sea buen musulmán suspenderá el examen de los ángeles. Irá derecho al infierno. Por eso debemos difundir el mensaje de Alá al mayor número de personas posible. Así salvaremos sus almas.

Se quedaron en silencio unos instantes oyendo el chisporroteo y el crepitar de la leña del fogón, que parecía contarles algo de importancia apremiante en un idioma propio.

—*Baba*... —Leila se irguió—. ¿Qué es lo más pavoroso del infierno?

Supuso que su padre respondería que eran las fosas llenas de escorpiones y serpientes, o el agua hirviendo que olía a azufre, o el frío punzante de Zamharir. *Baba* podría haber dicho que era el verse obligado a beber plomo fundido o a comer del árbol Zaqum, de cuyas ramas no colgaban frutos deliciosos, sino cabezas de demonios.

Sin embargo, tras una leve vacilación *baba* respondió:

—La voz de Dios... Esa voz que grita sin parar, amenazadora, un día sí y otro también. Advierte a los pecadores de que se les concedió una oportunidad y de que Le han decepcionado y por eso deben pagar el precio.

Los pensamientos desfilaron veloces por la mente de Leila, que se había quedado petrificada.

—¿Dios no los perdonará?

Baba negó con la cabeza.

—No... Y si algún día decidiera perdonarlos, sería mucho después de que los pecadores hubieran sufrido los peores tormentos.

Leila miró por la ventana. El cielo comenzaba a adquirir un tono gris jaspeado. Un ganso solitario volaba hacia el lago, extrañamente silencioso.

—¿Y si...? —Leila aspiró una bocanada de aire y lo soltó despacio—. Por ejemplo, ¿qué ocurre si alguien ha hecho algo malo, y sabe que está mal, pero en realidad no quería hacerlo?

—Da igual. Dios lo castigará de todas formas, aunque podría mostrarse más clemente si esa persona lo hubiera hecho solo una vez.

Leila tiró de un padrastro del pulgar, en el que se formó una gotita de sangre.

—¿Y si lo ha hecho más de una vez?

Baba frunció el ceño y negó con la cabeza.

—Entonces le corresponderá la condenación eterna, porque no tiene excusa. No se librará del infierno. Tal vez ahora te pareceré severo, pero algún día me lo agradecerás. Tengo la obligación de enseñarte a distinguir el bien del mal. Debes aprenderlo ahora que todavía eres joven y estás libre de pecado. Mañana quizá sea demasiado tarde. Árbol que crece torcido, nunca su tronco endereza.

Leila cerró los ojos y empezó a sentir una opresión en el pecho. Era joven, pero no se consideraba libre de pecado. Había hecho algo terrible, y no solo una vez, ni dos, sino muchas. Su tío seguía tocándola. Siempre que las familias se reunían, encontraba la manera de acercarse a ella, pero lo sucedido hacía un par de meses —cuando habían operado a *baba* para extraerle unos cálculos renales y la madre había tenido que permanecer una semana con él en el hospital— era tan incalificable que volvió a sentir náuseas con solo recordarlo. La tía se había quedado en su habitación con Tarkán y no había oído nada. Durante aquella semana su tío había entrado en el dormitorio de Leila todas las noches. No sangró después de aquella primera vez, pero siempre le hacía daño. Si intentaba alejarlo, él le

114

recordaba que era ella quien había empezado en la casa de veraneo que olía a sandía cortada.

«Antes pensaba: "Vamos, es una niña dulce e inocente", pero resulta que te gusta jugar con los hombres... ¿Te acuerdas de cómo te comportaste en el minibús aquel día, todo el rato soltando risitas para llamar mi atención? ¿Por qué llevabas esos pantaloncitos minúsculos? ¿Por qué me dejaste ir a tu cama por las noches? Podrías haberme dicho que me fuera y te hubiera obedecido, pero no lo hiciste. Podrías haber dormido en la habitación de tus padres, pero no lo hiciste. Me esperabas todas las noches. ¿Te has preguntado alguna vez por qué? Bueno, yo sé por qué. Y tú también lo sabes.»

Estaba sucia, a Leila no le cabía la menor duda. Y era una suciedad que no podía eliminarse con agua; formaba parte de ella como las líneas de las manos. Y ahora *baba* le decía que Alá, que todo lo sabía y todo lo veía, no la perdonaría.

Desde hacía demasiado tiempo la vergüenza y el remordimiento habían sido sus fieles compañeros, dos sombras que la seguían allá adonde fuera. Sin embargo, de pronto sintió una ira que hasta entonces no había experimentado. Tenía la mente encendida, los músculos del cuerpo tensos con una rabia ardiente que no sabía contener. No quería tener nada que ver con ese Dios que inventaba infinidad de formas de juzgar y castigar a los humanos, pero hacía muy poco para protegerlos cuando lo necesitaban.

Se levantó arrastrando ruidosamente la silla sobre las baldosas del suelo.

Baba abrió los ojos de par en par.

—¿Adónde vas?

—Quiero ver cómo está Tarkán.

—Todavía no hemos terminado. Estamos estudiando.

Leila se encogió de hombros.

—Ya, bueno, no me apetece estudiar más. Me aburro.

Baba se quedó de una pieza.

—¿Qué has dicho?

—He dicho que me abuuurro. —Leila alargó la palabra como si fuera un chicle que tuviera en la boca—. ¡Dios, Dios, Dios! Ya me he cansado de ese rollo.

Baba se abalanzó sobre ella con la mano derecha en alto. Luego, con la misma rapidez, retrocedió temblando, con la decepción reflejada en los ojos. Aparecieron arrugas nuevas en su rostro, que se agrietaba como la arcilla. Sabía, al igual que ella, que había estado a punto de abofetearla.

Baba nunca le puso la mano encima, ni antes ni después de aquel día. Pese a sus diversos defectos, no tendía a la agresión física ni a la ira descontrolada. Por tanto, siempre la consideraría responsable de haber hecho aflorar ese impulso en él, de haber despertado un sentimiento oscuro, ajeno a su carácter.

Ella, por su parte, se culpó a sí misma, y seguiría culpándose durante años. En aquel entonces ya estaba acostumbrada: todo lo que hacía y pensaba derivaba en un sentimiento de culpa omnipresente.

El recuerdo de aquella tarde quedaría tan grabado en su mente que años después, metida en un cubo de la basura metálico en las afueras de Estambul, mientras su cerebro se apagaba, aún evocaría el olor de la cocina de leña con una intensa y aguda tristeza.

Siete minutos

Su cerebro seguía luchando cuando Leila recordó el sabor de la tierra: seco, amargo, a tiza.

En un número atrasado de *Hayat* que Sabotaje Sinán le había prestado en secreto, había visto a una mujer rubia con bañador negro y zapatos de tacón de aguja del mismo color que, la mar de feliz, hacía girar un aro de plástico. El pie de foto rezaba: «En Denver, la modelo estadounidense Fay Shott da vueltas a un hula-hoop alrededor de su esbelta cintura».

La fotografía los había intrigado a los dos, aunque por motivos diferentes. Sabotaje quería saber por qué una mujer se ponía tacones altos y bañador para estar en una parcela de césped verde, mientras que a Leila le llamó la atención el aro.

Su mente retrocedió a la primavera de cuando ella tenía diez años. Se dirigía al bazar con su madre cuando vio a un grupo de niños que perseguían a un anciano. Al final lo atraparon y, entre gritos y risas, dibujaron con tiza un círculo en torno a él.

—Es yazidí —había dicho la madre al advertir la sorpresa de Leila—. No puede salir solo. Alguien tiene que borrarle el círculo.

—¡Vamos a ayudarlo!

—¿Para qué? —preguntó su madre, con una expresión que no reflejaba enfado, sino perplejidad—. Los yazidíes son malos.

—¿Cómo lo sabes?

—¿Cómo sé qué?

—Que son malos.

La madre tiró de la mano de Leila.

—Porque adoran a Satanás.

—¿Y cómo lo sabes?

—Lo sabe todo el mundo. Están malditos.

—¿Quién los ha maldecido?

—Dios, Leila.

—Pero ¿no los creó Dios?

—Claro que sí.

—Los creó como yazidíes y luego se enfadó con ellos por ser yazidíes... No tiene ni pies ni cabeza.

—¡Basta! ¡Sigue andando!

Al salir del bazar Leila insistió en pasar por esa misma calle de camino a casa, solo para averiguar si el anciano seguía allí. Con inmenso alivio vio que ya no estaba y que parte del círculo se había borrado. Quizá lo que le había contado su madre fuera una invención y el hombre se hubiera marchado sin mayor problema. O quizá había tenido que esperar a que llegara alguien que pusiera fin a su encierro. Años después, al ver el aro en la cintura de la rubia, recordó el episodio. ¿Cómo era posible que la misma forma que separaba y atrapaba a un ser humano se convirtiera para otro en símbolo de libertad suprema y pura felicidad?

—Deja de llamarlo «círculo» —le dijo Sabotaje Sinán cuando Leila compartió con él sus pensamientos—. ¡Es un hula-hoop! Le he pedido a mi madre que compre uno en Estambul. Le he suplicado tanto que al final ha encargado dos: uno para ella y otro para ti. Acaban de llegar.

—¿Para mí?

—Bueno, era para mí..., pero ¡quiero que el mío sea tuyo! Es de color naranja brillante.

—Gracias, pero no puedo aceptarlo.

Sabotaje no dio su brazo a torcer.

—Por favor..., ¿no puedes considerarlo un regalo... mío?

—¿Y qué le dirás a tu madre?

—No pasará nada. Sabe lo mucho que te quiero. —Un intenso rubor cubrió el cuello y las mejillas de Sabotaje Sinán.

Leila cedió, aun sabiendo que a su padre no le gustaría.

No era tarea fácil meter en su casa el hula-hoop sin que lo vieran. No le cabía en la mochila ni podía esconderlo bajo la ropa. Se le ocurrió que podría sepultarlo bajo las hojas del jardín y dejarlo ahí un par de días, pero no era una buena idea. Al final entró por la puerta de la cocina haciéndolo rodar y corrió al cuarto de baño. Se puso delante del espejo e intentó hacer girar el aro de plástico imitando a la modelo estadounidense. Era más difícil de lo que creía. Tendría que practicar.

De su caja de música mental eligió un tema de Elvis Presley, que cantaba a su amor en una lengua del todo ajena a ella. *Trit mi nais. Don kis mi uans kis mi tuais.* Al principio no le apetecía bailar, pero ¿cómo rechazar a Elvis, con su chaqueta rosa y sus pantalones amarillos, colores tan insólitos en esa ciudad, sobre todo entre los hombres, que parecían subversivos, como la bandera de un ejército rebelde?

Abrió el armario donde la madre y la tía guardaban sus escasos artículos de tocador. Entre los frascos de pastillas y los tubos de crema se escondía un tesoro: un pintalabios. De un rojo cereza encendido. Se pintó generosamente los labios y las mejillas. La muchacha del espejo la miró con los ojos de una desconocida, como a través de una ventana de cristal esmerilado. Por un instante fugaz captó en el reflejo un simulacro de su yo futuro. Trató de averiguar si esa mujer, conocida y enigmática al mismo tiempo, era feliz, pero la imagen se evaporó sin dejar el menor rastro, como el rocío en las hojas por las mañanas.

Nadie la habría descubierto si su tía no hubiera estado pasando la aspiradora por la alfombra del pasillo. Leila habría oído los pasos de *baba*, pesados como eran.

Baba le gritó tensando toda la boca como si fuera una bolsa con cierre de cordón. Su voz rebotó en el suelo donde hacía unos segundos Elvis había realizado sus movimientos de baile característicos. Con una expresión de disgusto que para entonces se había vuelto demasiado habitual, fulminó a la muchacha con la mirada.

—¿Qué demonios estás haciendo? ¡Dime de dónde has sacado ese aro!

—Es un regalo.

—¿De quién?

—De un amigo, *baba*. No es nada del otro mundo.

—Ah, ¿no? Tendrías que verte... ¿Y tú eres mi hija? Ya no te reconozco. Hemos trabajado mucho para darte una buena educación. Me parece mentira que te comportes como una... ¡una puta! ¿Es lo que quieres acabar siendo: una maldita puta?

El sonido áspero y rudo de aquella palabra soltada en el baño le provocó a Leila un escalofrío en todo el cuerpo. Era la primera vez que la oía.

No volvió a ver el hula-hoop después de aquel día y, aunque de vez en cuando sentía curiosidad por saber qué habría hecho *baba* con él, no se atrevió a preguntarlo. ¿Lo habría tirado a la basura? ¿Se lo habría regalado a alguien? ¿O lo habría enterrado, quizá con la esperanza de que pasara a engrosar las filas de los fantasmas, como si, según sospechaba, no hubiera suficientes ya en aquella casa?

El círculo, la forma que equivalía a la cautividad para un anciano yazidí y que simbolizaba la libertad para una joven modelo estadounidense, se convirtió así en un recuerdo triste para una muchacha de una ciudad oriental.

Septiembre de 1963. Tras consultar con su jeque, *baba* decidió que, como Leila empezaba a descontrolarse, lo mejor sería que no saliera de casa hasta el día en que contrajera matrimonio. Tomó la decisión pese a las protestas de su hija. La sacó del instituto cuando Leila empezaba un nuevo trimestre y no le quedaba mucho para terminar los estudios.

Un jueves por la tarde Leila y Sabotaje regresaron a casa juntos por última vez. El muchacho iba unos pasos detrás de ella, con aire derrotado, la boca contraída por la desesperación, las manos hundidas en los bolsillos. Pegaba patadas a los guijarros que encontraba en su camino, y la mochila se balanceaba en su espalda.

Cuando llegaron a la casa de Leila se detuvieron ante la puerta de la valla. Permanecieron en silencio unos instantes.

—Tenemos que despedirnos —dijo ella.

Había engordado un poco durante el verano; sus mejillas habían adquirido una nueva redondez.

Sabotaje se frotó la frente.

—Voy a pedirle a mi madre que hable con tu padre.

—No, por favor. A *baba* no le gustaría.

—Me da igual. Lo que está haciéndote es injusto. —A Sabotaje se le quebró la voz.

Leila volvió la cara porque no soportaba verlo llorar.

—Si no vas más al instituto, yo tampoco iré —añadió el muchacho.

—No digas tonterías. Y, por favor, no le cuentes nada a tu madre. A *baba* no le haría ninguna gracia verla. Ya sabes que no se llevan bien.

—¿Y si hablo yo con tus padres?

Leila sonrió, consciente de la fuerza de voluntad que había necesitado su amigo, con lo reservado que era, para hacer esa propuesta.

—Créeme: no servirá de nada. De todos modos, te lo agradezco..., de veras.

Se le hizo un nudo en el estómago, sintió náuseas y tembló, como si la hubiera abandonado la determinación que le había permitido seguir adelante desde primera hora de la mañana. Al igual que siempre que se sentía acorralada por los sentimientos, actuó con una precipitación imperiosa, pues no deseaba alargar la despedida.

—Bueno, tengo que irme. Ya nos veremos por ahí.

Él negó con la cabeza. El instituto era el único lugar donde los jóvenes de distinto sexo podían relacionarse. No había otro.

—Encontraremos la manera —añadió ella al intuir las dudas de su amigo. Le dio un beso en la mejilla—. ¡Vamos, arriba esos ánimos! ¡Cuídate!

Se alejó corriendo sin siquiera volverse a mirarlo. Sabotaje, que en los últimos meses había pegado un estirón y todavía no se había adaptado del todo a su nueva estatura, permaneció inmóvil un largo minuto. Después, sin saber por qué, empezó a llenarse los bolsillos de guijarros, luego de piedras, cuanto más grandes, mejor, y sintió que su pesadumbre aumentaba con cada peso que añadía.

Entretanto, Leila fue directa al jardín y se sentó al pie del árbol que hacía años ella y su tía habían decorado con tiras de seda y satén: las bailarinas. En las ramas más altas aún quedaban finos retazos de tela que ondeaban al viento. Apoyó la mano en el cálido suelo y trató de no pensar en nada. Cogió un puñado de tierra, se lo llevó a la boca y la masticó despacio. El sabor ácido se extendió en su garganta. Cogió más tierra y esta vez se la tragó con mayor rapidez.

Al cabo de unos minutos Leila entró en casa. Arrojó la mochila en una silla de la cocina sin darse cuenta de que su tía, que hervía leche para preparar yogur, la observaba con atención.

—¿Qué has comido? —le preguntó su tía.

Leila agachó la cabeza y se lamió las comisuras de la boca. Con la punta de la lengua tocó los granos atrapados entre los dientes.

—Ven. Abre la boca. Déjame ver.

Leila obedeció.

Su tía entornó los ojos y a continuación los abrió de par en par.

—¿Es... tierra?

Leila no respondió.

—¿Has comido tierra? Dios mío, ¿por qué haces eso?

Leila no supo qué contestar. Jamás se había planteado esa pregunta. Pero al reflexionar en ese momento se le ocurrió una idea.

—Un día me hablaste de una mujer de tu aldea, ¿te acuerdas? Me contaste que comía arena, cristales rotos..., gravilla.

—Sí, pero esa pobre campesina estaba embarazada... —dijo su tía con voz vacilante.

Miró a Leila con los ojos entornados, de la misma manera que examinaba, en busca de arrugas contumaces, las camisas que planchaba.

Leila se encogió de hombros, dominada por un nuevo tipo de indiferencia, una insensibilidad que hasta entonces no había experimentado; le pareció que nada importaba demasiado, que tal vez nunca hubiera importado.

—Quizá yo también lo esté.

En realidad ignoraba por completo cuáles eran las primeras señales de un embarazo. Era uno de los inconvenientes de no tener amigas ni hermanas mayores: no tenía a quien preguntar. Se había planteado consultar con la Señora Farmacéutica, y un par de veces había intentado sacar el tema a colación, pero cuando se presentó una buena oportunidad no logró reunir el valor necesario.

Su tía había palidecido. No obstante, decidió tomárselo a broma.

—Cariño, te aseguro que para que eso ocurra tienes que conocer el cuerpo de un hombre. Ninguna mujer se queda embarazada tocando un árbol.

Leila asintió sin convicción. Se sirvió un vaso de agua y se enjuagó la boca antes de beber.

—Yo sí lo conozco —dijo con voz baja y fría tras dejar el vaso—. Lo conozco todo del cuerpo del hombre.

Su tía alzó las cejas al instante.

—¿Qué dices?

—O sea, ¿mi tío cuenta como hombre? —preguntó Leila mirando todavía el vaso.

Binnaz se quedó inmóvil. La leche subía poco a poco en el cazo de cobre. Leila se acercó al fogón y apagó el fuego.

Al día siguiente *baba* quiso hablar con ella. Se sentaron en la cocina, ante la mesa en la que él le había enseñado los rezos en árabe y le había hablado del ángel negro y el ángel azul que la visitarían en la tumba.

—Tu tía me ha contado algo muy preocupante... —*Baba* se interrumpió.

Leila permaneció en silencio, con las manos bajo la mesa para ocultar su temblor.

—Has estado comiendo tierra. No vuelvas a hacerlo. Te saldrán lombrices, ¿me oyes? —*Baba* movió la mandíbula hacia un lado y apretó los dientes, como si mascara algo invisible—. Y no deberías inventarte cosas.

—No me he inventado nada.

Con la luz cenicienta que entraba por la ventana, *baba* parecía mayor y más menudo que de costumbre. Miró a Leila con expresión seria.

—A veces la mente nos engaña.

—Si no me crees, llévame a un médico.

El rostro de *baba* traslució desesperación, sustituida de inmediato por una renovada severidad.

—¿Un médico? ¿Para que se entere toda la ciudad? Jamás. ¿Lo has entendido? No debes hablar de esto con nadie de fuera. Déjalo en mis manos. —Y a continuación añadió, demasiado deprisa, como si verbalizara una respuesta memorizada—: Se trata de un problema familiar y lo resolveremos juntos como una familia.

Dos días después volvían a estar sentados a la mesa de la cocina, esta vez con la madre y la tía, ambas con un pañuelo de papel arrugado en la mano y los ojos enrojecidos e hinchados de tanto llorar. Por la mañana las dos habían interrogado a Leila sobre la regla. La muchacha, que había tenido dos faltas, les contó con voz fatigada, entrecortada, que le había bajado la mañana del día anterior, aunque no como siempre: era demasiado abundante y le dolía mucho; cada vez que se movía, una aguja afilada le pinchaba en lo más hondo de las entrañas hasta dejarla sin aliento.

Mientras que su madre, secretamente aliviada por la noticia, se había apresurado a cambiar de tema, su tía había mirado a la muchacha con ojos apenados porque el aborto de Leila le recordó uno de los suyos. «Se te pasará —le había susurrado con dulzura—. Pronto habrá acabado.» Era la primera vez en años que alguien le decía a Leila algo sobre los misterios del cuerpo femenino.

Luego su madre le había dicho, con el menor número de palabras posible, que ya no tenía motivos para temer un embarazo y que era mejor así, que «no hay mal que por bien no venga»; deberían olvidarlo y no mencionarlo nunca más, excepto en sus oraciones, para dar gracias a Dios por Su misericordiosa intervención en el último momento.

—He hablado con mi hermano —dijo *baba* la tarde del día siguiente—. Se hace cargo de que eres joven y de que estás... confusa.

—No estoy confusa. —Leila observaba el mantel y recorría con el dedo su complejo bordado.

—Me ha hablado de ese chico con el que te ves en el instituto. Estábamos en la inopia; al parecer habéis sido la comidilla de todo el mundo. ¡El hijo de la farmacéutica! ¡Válgame Dios! Nunca me ha gustado esa mujer fría y taimada. Tendría que habérmelo imaginado. De tal palo, tal astilla.

Leila notó que se le encendían las mejillas.

—¿Te refieres a Sabotaje..., a Sinán? No lo metas en esto. Es mi amigo. El único que tengo. Es un buen chico. ¡El tío está mintiendo!

—¡Basta! A ver si aprendes a respetar a tus mayores.

—¿Por qué nunca me crees? ¡Soy tu hija! —Leila sintió que se quedaba sin energía.

Baba se aclaró la garganta.

—Escucha: calmémonos. Debemos resolver la situación con inteligencia. Hemos celebrado una asamblea familiar. Tu primo Tolga es un buen chico. Ha accedido a casarse contigo. Os prometeréis...

—¿Qué?

Tolga: el niño con el que Leila había compartido habitación en aquella casa de veraneo y que dormía en una cuna mientras su padre le dibujaba a ella círculos en el vientre por las noches. Los mayores de la familia habían elegido a ese muchacho para que fuera su marido.

—Ya sabemos que es más joven que tú —intervino la madre—, pero no pasa nada. Anunciaremos vuestro noviazgo para que todo el mundo sepa que estáis prometidos.

—Sí, eso acallará a los maledicentes —prosiguió *baba*—. Se celebrará una boda religiosa. Al cabo de unos años podéis casaros por lo civil si queréis. A los ojos de Alá basta con el matrimonio religioso.

Leila dijo con una voz mucho más serena de lo que ella se sentía:

—Siempre me he preguntado cómo te las arreglas para ver con los ojos de Alá.

Baba le puso una mano en el hombro.

—Sé que estás preocupada, pero ya no tienes por qué estarlo.

—¿Y si me niego a casarme con Tolga?

—No lo harás —contestó *baba* con expresión más crispada.

Leila se volvió hacia su tía con los ojos muy abiertos.

—¿Y tú? ¿Tú me crees? Porque yo sí te creí a ti, ¿te acuerdas?

Por un segundo Leila pensó que Binnaz asentiría con la cabeza —el gesto más leve serviría—, pero no fue así.

—Todos te queremos, Leila-jim —se limitó a decir su tía—. Deseamos que nuestras vidas vuelvan a la normalidad. Tu padre resolverá este asunto.

—¿Como que este «asunto»?

—No le hables así a tu tía —terció *baba*.

—¿Qué tía? Creía que era mi madre. ¿Lo es o no?

Nadie respondió.

—Esta casa está llena de mentiras y engaños. Nuestra vida nunca ha sido normal. No somos una familia normal... ¿Por qué estáis siempre fingiendo?

—¡Basta ya, Leila! —le ordenó su madre frunciendo aún más el ceño—. Intentamos ayudarte.

—Yo creo que no —dijo Leila despacio—. Creo que estáis intentando salvar a mi tío.

El corazón le presionaba el pecho. Durante todos esos años había temido lo que ocurriría si le contaba a su padre lo que pasaba a puerta cerrada. Había estado segura de que, dado el cariño que sentía por su hermano, *baba* no la creería. Sin embargo, de pronto comprendió con desazón que en realidad sí la creía. Por eso no había ido a casa de la Señora Farmacéutica temblando de ira e indignación para exigirle que su hijo se casara con la joven mancillada. Por eso intentaba solucionar el asunto con discreción, dentro de la familia. *Baba* sabía quién decía la verdad y quién mentía.

Noviembre de 1963. A finales de mes Tarkán se puso muy enfermo. La fiebre había dado paso a una neumonía, pero el médico dijo que sobre todo le fallaba el corazón. Se suspendieron los planes de boda. La tía se consumía de preocupación. Lo mismo le sucedía a Leila, aunque la insensibilidad que se había apoderado de ella se había agudizado últimamente y le costaba cada vez más manifestar sus sentimientos.

La esposa del tío los visitaba a menudo para ofrecerse a ayudar y les llevaba estofados caseros y bandejas de *baklava*, como si fuera a una casa de luto. En ocasiones Leila la sorprendía mirándola con un sentimiento parecido a la pena. Su tío no acudía. Leila nunca sabría si eso lo había decidido él mismo o *baba*.

El día que Tarkán murió, abrieron de par en par las ventanas de la casa para que su alma se trocara en luz, su aliento se convirtiera en aire y lo que quedara de él se alejara volando en paz. «Como una mariposa atrapada», pensó Leila. Eso había sido su hermano entre ellos. Temía que todos, uno tras otro, hubieran fallado a ese niño hermoso, y ella más que nadie.

Esa misma tarde, a plena luz del día, Leila se fue de casa. Llevaba cierto tiempo planeándolo, y cuando llegó el momento actuó con rapidez, entre pensamientos caóticos, temiendo que si vacilaba siquiera un segundo perdería el valor. Así pues, se marchó sin pensárselo dos veces, sin pestañear. No salió por la puerta de la cocina porque ahí estaban todos, parientes y vecinos, hombres y mujeres, pues las bodas y los funerales eran las únicas ocasiones en que se mezclaban con total libertad personas de distinto sexo. Las voces de los presentes fueron apagándose cuando el imán empezó a recitar la sura al-Fatiha: «Condúcenos al camino recto, camino de aquellos a quienes has favorecido, que no son objeto de Tu enojo y no son los extraviados».

Leila se dirigió hacia la parte delantera de la casa y abrió la puerta principal, fuerte y maciza, con cerrojos fundidos a presión y cadenas de hierro, aunque curiosamente al moverla parecía ligera. Llevaba en el bolso cuatro huevos duros y unas doce manzanas de invierno. Fue a la botica de la Señora Farmacéutica, pero no se atrevió a entrar. Se quedó dando vueltas por los alrededores a la espera de que su amigo regresara del instituto. Paseó por el viejo cementerio y leyó los nombres grabados en las tumbas preguntándose qué vida habrían llevado esas personas.

Sabotaje Sinán robó a su madre el dinero que Leila necesitaba para el billete de autocar.

—¿Estás segura? —le preguntó una y otra vez mientras se dirigían a la estación—. Estambul es enorme. No conoces a nadie. Quédate en Van.

—¿Por qué? Ya nada me ata a este lugar.

El dolor se reflejó un instante en el rostro de Sabotaje, y Leila lo advirtió, aunque demasiado tarde. Le puso la mano en el brazo.

—No me refería a ti. Te echaré mucho de menos.

—Yo también a ti.

Un ligero bozo cubría el labio superior de Sabotaje, que ya no era el niño rechoncho de antaño. En los últimos meses había adelgazado, se le había afinado un poco la cara y se le habían acentuado los pómulos. Por un momento pareció que iba a añadir algo, pero perdió el valor al permitir que su mirada se apartara del rostro de Leila.

—Te escribiré todas las semanas —le prometió ella—. Volveremos a vernos.

—¿No estarías más segura aquí?

Aunque no lo dijo en voz alta, en el alma de Leila resonaron unas palabras que tenía la sensación de haber oído antes: «Que este sitio te parezca seguro no significa que sea el mejor para ti».

El autocar olía a humo de diésel, a colonia de limón y a cansancio. El pasajero del asiento de delante leía un periódico. Leila abrió los ojos como platos al ver la noticia de portada: habían asesinado al presidente de Estados Unidos, un hombre de sonrisa risueña. Aparecían fotografías de él y de su guapa esposa, con traje y casquete, mientras desfilaban en medio de una caravana de coches saludando a la multitud minutos antes del primer disparo. Quiso leer más, pero las luces se apagaron. Sacó del bolso un huevo duro, lo peló y se lo comió. Luego el tiempo se volvió más lento y se le cerraron los párpados.

En aquel entonces era tan confiada e ignorante que creía que sabría desenvolverse en Estambul, que se haría con la megalópolis y la vencería con sus propias armas. Sin embargo, ella no era David, ni Estambul era Goliat. Nadie rezaba para que triunfara, no tenía a quien recurrir si fracasaba. En la gran urbe las cosas desaparecían con suma facilidad, como aprendió al poco de llegar. Le robaron el bolso mientras se lavaba la cara y las manos en el servicio de la estación de autobuses. En un abrir y cerrar de ojos perdió la mitad del dinero, las manzanas que le quedaban y la pulsera que su hermanito había levantado en alto durante la ceremonia de la dentición.

Se sentó sobre una caja vacía a la puerta del baño, y mientras reflexionaba se acercó un trabajador que llevaba una esponja y un cubo con detergente para el lavado de coches. Se mostró cortés y considerado, y se ofreció a ayudarla al enterarse del aprieto en que se hallaba. Le propuso que se quedara unos meses en casa de una tía suya, excajera de una tienda, que acababa de jubilarse. Era una mujer mayor y se sentía sola; necesitaba compañía.

—Seguro que es una buena persona, pero debo encontrar alojamiento por mi cuenta.

—Claro, lo entiendo —le dijo el joven sonriendo.

Le facilitó el nombre de una pensión cercana que era limpia y segura, y le deseó buena suerte.

Cuando el cielo la envolvió al caer la noche, Leila se encaminó por fin a la pensión: un edificio ruinoso en una calleja, que por lo visto no pintaban ni limpiaban desde hacía años, si es que lo habían hecho alguna vez. No se percató de que el hombre la había seguido hasta el establecimiento.

Una vez dentro, se dirigió a un rincón de la estancia, pasando por delante de un par de sillas manchadas y astilladas, y de un tablón de anuncios cubierto de sucios avisos atrasados, hasta donde estaba un individuo demacrado y taciturno sentado a una tambaleante mesa de caballete que hacía las veces de mostrador. De unos ganchos numerados clavados en la mohosa pared que se alzaba detrás del hombre colgaban unas llaves.

Subió a su habitación y, con los nervios a flor de piel, empujó la cómoda para colocarla contra la puerta. Las sábanas, amarillentas como papel de periódico viejo, olían a moho. Extendió el abrigo sobre la cama y se tumbó sin desvestirse. Como estaba agotada, se durmió antes de lo que esperaba. Un ruido la despertó ya avanzada la noche. En el pasillo alguien giraba el pomo con la intención de entrar.

—¿Quién es? —gritó Leila.

Pisadas en el pasillo. Acompasadas, lentas. Después permaneció atenta a cualquier ruido, de modo que ya no pegó ojo. Por la mañana volvió a la estación de autobuses, el único lugar de la ciudad que conocía. Encontró al joven del día anterior, que llevaba agua a los conductores con la gracilidad que le conferían sus largas piernas.

Esta vez aceptó la oferta del hombre.

La tía, una mujer de mediana edad, voz chillona y piel tan pálida que se le traslucían las venas, le dio comida y le regaló ropa bonita, demasiado bonita, con el argumento de que debía «realzar sus cualidades» si pretendía presentarse a entrevistas de trabajo a partir de la semana siguiente.

Esos primeros días transcurrieron con una sensación de tranquilidad. Su corazón, curioso y abierto, era vulnerable, y aunque Leila no quiso reconocerlo, ni entonces ni después, el joven y su estudiado encanto la encandilaron. Experimentó algo parecido al alivio por poder hablar al fin con alguien; de lo contrario no le habría revelado lo sucedido en Van.

—Es evidente que no puedes volver con tu familia —le dijo él—. Mira, he conocido a chicas como tú..., en su mayoría llegadas de ciudades cochambrosas. A algunas les fue bien por aquí, encontraron trabajo, pero muchas no tuvieron esa suerte. Si eres lista no te separarás de mí, o Estambul te machacará.

En el tono del hombre percibió algo que la hizo estremecer, una ira contenida que de pronto comprendió que él llevaba clavada en el alma, dura y compacta como una piedra miliar. Decidió para sus adentros marcharse de aquella casa cuanto antes.

El joven captó su malestar. Se le daba bien detectar la angustia de los demás.

—Ya hablaremos más adelante —le dijo—. No debes preocuparte demasiado.

El hombre y la mujer, que en realidad no eran sobrino y tía, sino socios, la vendieron a un desconocido esa misma noche, y a unos cuantos más en el transcurso de la semana. Alcohol: siempre había alcohol en la sangre de Leila, en sus bebidas, en su aliento. La obligaban a beber mucho para que recordara poco. De repente reparó en algo que hasta entonces había pasado por alto: las puertas estaban cerradas con candados, las ventanas selladas, y Estambul no era una ciudad de oportunidades, sino de cicatrices. Una vez iniciado, el descenso fue vertiginoso, como agua engullida por un desagüe. A la casa acudían hombres de diferentes edades, con trabajos poco cualificados y mal pagados, y la mayoría tenía familia. Eran padres, esposos, hermanos... Algunos tenían hijas de la edad de Leila.

La primera vez que consiguió llamar a su casa no pudo controlar el temblor de las manos. Para entonces ya estaba tan inmersa en aquel nuevo mundo que le permitían andar sola por el barrio, seguros de que no tenía adónde ir. La noche anterior había llovido, y en la acera vio caracoles que habían salido para empaparse del mismo aire húmedo que a ella le resultaba asfixiante. Se detuvo a la entrada de la oficina de correos y sacó con torpeza un cigarrillo. El mechero tembló en su mano.

Cuando por fin se decidió a entrar, indicó a la telefonista que deseaba realizar una llamada a cobro revertido, y confió en que su familia accediera a abonarla. Así fue. Esperó a que su madre o su tía descolgara el auricular, sin saber cuál de las dos hablaría primero, e intentó adivinar qué estarían haciendo en ese momento. Respondieron... juntas. Lloraron al oír su voz. Ella también lloró. De fondo se oía el tictac del reloj del salón, un ritmo inmutable de estabilidad que no concordaba en absoluto con la incertidumbre que las rodeaba. Luego silencio..., profundo, frío y húmedo, rezumante. Un líquido viscoso en el que se hundieron cada vez más. Era evidente que tanto la madre como la tía querían que se sintiera culpable, y Leila así se sintió, más de lo que podían imaginar. Y también intuyó que tras su marcha el corazón de su madre se había cerrado como un puño, y que con la muerte de Tarkán su tía volvía a encontrarse mal. Cuando colgó el teléfono, con un intenso sentimiento de derrota, comprendió que nunca regresaría y que esa muerte lenta en la que se encontraba era ahora su vida.

No obstante, siguió llamando siempre que se le presentaba la oportunidad.

Un día contestó *baba*, que había vuelto temprano a casa. Al oírla lanzó un grito ahogado y guardó silencio. Leila, consciente de que por primera vez lo veía vulnerable, buscó aturullada las palabras adecuadas.

—*Baba* —dijo con una voz que delataba la tensión que sentía.

—No me llames así.

—*Baba*... —repitió ella.

—Nos has deshonrado —repuso él con respiración fatigosa—. Todo el mundo habla a nuestras espaldas. Ya no puedo ir al salón de té. No puedo entrar en la oficina de correos. Ni siquiera en la mezquita me dirigen la palabra. Nadie me saluda por la calle. Es como si me hubiera convertido en un fantasma; no me ven. Siempre había pensado: «Puede que no tenga riquezas, puede que no encuentre tesoros, y ni siquiera tengo hijos varones, pero al menos tengo mi honor». Ya no. Soy un hombre destrozado. Mi jeque dice que Alá te maldecirá y que viviré para verlo. Así me resarciré.

En la ventana se habían formado gotas de condensación. Leila tocó una con la yema del dedo delicadamente, la retuvo unos segundos y después observó cómo se deslizaba. Notó un dolor pulsátil en alguna parte del cuerpo, en un lugar que no logró localizar.

—No vuelvas a ponerte en contacto con nosotros —le dijo él—. Si lo haces, le diremos a la telefonista que no aceptamos la llamada. No tenemos ninguna hija llamada Leyla. Leyla Afife Kamile: no te mereces esos nombres.

La primera vez que detuvieron a Leila y la metieron en un furgón con otras mujeres, se quedó sentada con las palmas juntas y los ojos fijos en el pedacito de cielo que se veía entre los barrotes de la ventanilla. Peor que el trato que les dispensaron en la comisaría fue el examen posterior en el hospital de enfermedades venéreas de Estambul, un lugar al que acudiría de forma periódica en los años siguientes. Le entregaron un nuevo carnet de identidad..., un carnet con las fechas de los reconocimientos médicos anotadas en ordenadas columnas. Le advirtieron de que si faltaba a uno la detendrían en el acto y pasaría la noche en la cárcel o tendría que volver al hospital para que le realizaran las pruebas de detección de enfermedades de transmisión sexual.

De aquí para allá, de la comisaría al hospital y vuelta a empezar.

«El ping-pong de las furcias»: así lo llamaban las prostitutas.

En una de aquellas visitas al hospital conoció a quien se convertiría en su primera amiga en Estambul: Yamila, una africana joven y delgada. Tenía los ojos redondos y muy brillantes, de párpados casi traslúcidos; llevaba el pelo recogido en prietas trenzas pegadas al cuero cabelludo; sus muñecas, tan flacas que daba pena verlas, estaban cubiertas de cicatrices rojas, que intentaba ocultar con infinidad de ajorcas y pulseras. Era extranjera y, como toda persona extranjera, llevaba consigo la sombra de otro lugar. Las dos se habían visto varias veces sin intercambiar siquiera un saludo. En aquel entonces Leila ya había aprendido que las mujeres detenidas en redadas efectuadas en distintas partes de la ciudad, ya fueran autóctonas o no, pertenecían a tribus invisibles. Se suponía que los miembros de una tribu no se relacionaban con los de las otras.

Durante las visitas comunes aguardaban en los bancos de un estrecho pasillo que olía tanto a antiséptico que notaban el sabor en la lengua. Las prostitutas turcas ocupaban los de un lado y las extranjeras, los del otro. Como las llamaban de una en una para que entraran en la sala de reconocimiento, las esperas eran larguísimas. En invierno se calentaban las manos bajo las axilas y hablaban en voz baja a fin de ahorrar energía para el resto de la jornada. Esa parte del hospital, que los demás pacientes y gran parte del personal evitaban a toda costa, no se caldeaba debidamente. En verano las mujeres, recostadas con languidez, se arrancaban costras, daban manotazos a los mosquitos y se quejaban del calor. Se descalzaban para masajear sus cansados pies, y un leve olor impregnaba el aire, adensándose a su alrededor. De vez en cuando una de las prostitutas turcas soltaba un comentario mordaz sobre los médicos o las enfermeras, o sobre las del banco de enfrente, las extranjeras, las invasoras, y se oían risotadas, aunque no de las alegres. En un espacio tan angosto la animadversión nacía y circulaba con la velocidad de una descarga eléctrica, para morir con idéntica rapidez. Las autóctonas detestaban sobre todo a las africanas, a quienes acusaban de robarles el trabajo.

Aquella tarde Leila observó a la joven negra que tenía enfrente sin fijarse en su condición de extranjera. En cambio prestó atención a su pulsera trenzada, que le recordó la que ella había perdido; se fijó en el talismán que se había cosido en la parte interior de la chaqueta de punto y se acordó de todos los talismanes que no habían conseguido protegerla a ella; se fijó en que apretaba la mochila contra el pecho, como si esperara que en cualquier momento la echaran a patadas del hospital, si no del país, y en su actitud reconoció una soledad, un desamparo, que le eran familiares. Tuvo la extraña sensación de que bien podía estar mirando su propio reflejo.

—Qué bonita esa pulsera que llevas. —Leila la señaló con la barbilla.

Con un movimiento lento, casi imperceptible, la otra mujer levantó la cabeza y la escudriñó con fijeza. Aunque no dijo nada, Leila quiso seguir hablándole al ver la placidez de su semblante.

—Yo tenía una igual —añadió inclinándose hacia delante—. La perdí al llegar a Estambul.

En el silencio que siguió, una de las prostitutas locales soltó un comentario subido de tono y las otras se echaron a reír. Leila, que empezaba a arrepentirse de haber abierto la boca, bajó la vista y se sumió en sus pensamientos.

—Las hago yo —dijo la mujer cuando ya todas creían que no despegaría los labios. Su voz era un susurro prolongado y un tanto ronco, y hablaba un turco entrecortado—. Diferentes para cada uno.

—¿Eliges colores distintos para cada persona? —le preguntó Leila, interesada—. ¡Qué bien! ¿Cómo los escoges?

—Miro.

Desde aquel día, siempre que se encontraban intercambiaban unas palabras y compartían un poco más, gestos que llenaban los silencios cuando las palabras se agotaban. Hasta que una tarde, al cabo de unos meses de aquella primera conversación, Yamila cruzó un muro invisible al estirar el brazo hacia el banco de enfrente para depositar un objeto ligero sobre la palma de Leila.

Era una pulsera trenzada en distintas tonalidades de violeta: lila, color brezo y cereza oscuro.

—¿Es para mí? —susurró Leila.

Un gesto de asentimiento.

—Sí. Son tus colores.

Yamila, la mujer que escudriñaba el alma de los demás y, cuando veía lo que necesitaba ver, decidía si les abría su corazón.

Yamila, una de los cinco.

La historia de Yamila

Yamila nació en Somalia, hija de un musulmán y una cristiana. En sus primeros años gozó de una feliz libertad, de la que solo cobraría conciencia mucho después de haberlos dejado atrás. Su madre le había dicho una vez que la infancia era una enorme ola azul que nos aupaba y nos arrastraba y que, cuando ya creíamos que duraría para siempre, se desvanecía sin más. Era imposible correr tras ella o conseguir que regresara. No obstante, antes de desaparecer dejaba un regalo en la orilla: una caracola que atesoraba todos los sonidos de la niñez. Y aún hoy, si cerraba los ojos y aguzaba el oído Yamila todavía los captaba: las carcajadas de sus hermanos y hermanas menores, las palabras cariñosas de su padre cuando rompía el ayuno comiendo unos cuantos dátiles, la voz de su madre cantando mientras preparaba la comida, el crepitar de la lumbre al anochecer, el susurro de la acacia que crecía junto a la casa...

Mogadiscio, la Perla del Índico. Bajo el cielo despejado Yamila se protegía los ojos con la mano para mirar las chabolas que se extendían a lo lejos y cuya apariencia era tan precaria como el barro y los maderos arrastrados por el mar con que se habían construido. En aquel entonces la pobreza no era algo que tuviera que preocuparla. Los días transcurrían apacibles y soñar era natural y tan dulce como la miel con que rociaba el pan plano que comía. Hasta que su adorada madre murió de cáncer tras un largo y doloroso deterioro que no le borró la sonrisa hasta el final. Su padre, convertido en una sombra del que fuera al quedarse solo al cuidado de cinco hijos, no

137

estaba preparado para el peso de la responsabilidad con que debía cargar. Se le ensombreció el rostro, y poco a poco también el corazón. Los mayores de la familia lo exhortaron a contraer segundas nupcias, esta vez con una mujer de su misma religión.

La madrastra de Yamila, también viuda, estaba celosa de un fantasma, y estaba decidida a borrar todo rastro de la mujer a quien creía que debía reemplazar. Yamila, la hija mayor, no tardó en pelearse con ella por casi todo, desde la ropa que se ponía hasta lo que comía y cómo hablaba. Empezó a pasar cada vez más tiempo en las calles para devolver la tranquilidad a su alma atribulada.

Una tarde, sus pasos la llevaron a la iglesia de su madre, a la que ella había dejado de acudir pero que no había olvidado del todo. Abrió la alta puerta de madera sin pensárselo mucho y al entrar aspiró el olor a velas y a madera abrillantada. Un anciano sacerdote que estaba junto al altar le habló de la muchacha que había sido su madre mucho antes de que se convirtiera en esposa y madre; le contó historias de otra vida.

Aunque Yamila no tenía intención de regresar a la iglesia, al cabo de una semana volvió. Con diecisiete años pasó a ser una feligresa más, lo que enfureció a su padre y partió el corazón a sus hermanos y hermanas. Por lo que a ella respectaba, no había elegido entre dos religiones abrahámicas, sino que se limitaba a aferrarse a un hilo invisible que la unía a su madre. Nadie lo entendió así. Nadie la perdonó.

El sacerdote le aconsejó que no se entristeciera demasiado, ya que había hallado una familia aún mayor, una familia de creyentes, pero, por más que lo intentó, la muchacha no logró alcanzar la serena plenitud que le habían prometido que llegaría tarde o temprano. Una vez más se encontró sola, sin familia ni iglesia.

Necesitaba trabajar, pero carecía de preparación para los pocos empleos que había en la ciudad. El barrio de chabolas que antes observaba desde lejos no tardó en convertirse en el suyo. Mientras tanto, el país estaba cambiando. Sus amigos repetían las palabras de Mohamed Siad Barre (Boca Grande) y hablaban sin cesar de liberar a los somalíes que vivían bajo el yugo de otros. De la Gran Somalia. Aseguraban que estaban dispuestos a luchar por ella... y a morir por ella. A Yamila le parecía que todos, incluida ella misma, trataban de eludir el presente: ella con su deseo de volver a la infancia; sus amigos al aspirar a un futuro tan incierto como las arenas movedizas de un desierto marítimo.

La situación empezó a volverse peligrosa y las calles dejaron de ser seguras. Olía a neumáticos quemados, a pólvora. Se arrestó a opositores del régimen con armas fabricadas en la Unión Soviética. Las cárceles —vestigios del dominio británico y del italiano— se llenaron enseguida. Los colegios, los edificios gubernamentales y los cuarteles militares se convirtieron en prisiones provisionales. Aun así, seguía sin haber espacio suficiente para encerrar a los detenidos; habría que habilitar como calabozos incluso algunas partes del palacio presidencial.

Por esa época un conocido le contó a Yamila que unos *feringhees* buscaban africanas sanas y trabajadoras para llevarlas a Estambul. Para que realizaran labores del hogar: cocinar, cuidar niños, tareas domésticas y similares. El conocido le dijo que a las familias turcas les gustaba tener asistentas somalíes. Yamila vio una oportunidad. Su vida se había cerrado como una puerta, y deseaba que otra se abriera en otro lugar. «El que no ha viajado por el mundo no tiene ojos», pensó.

Viajó a Estambul junto con más de cuarenta personas, mujeres en su mayoría. A la llegada las colocaron en fila y las dividieron en dos grupos. Yamila observó que apartaban a un lado a las muchachas más jóvenes como ella. Al resto se las llevaron enseguida. No volvería a verlas. Cuando comprendió que todo había sido una farsa, un pretexto para conseguir mano de obra barata y personas destinadas a la explotación sexual, era demasiado tarde para escapar.

Los africanos de Estambul procedían de todos los rincones del viejo continente —Tanganica, Sudán, Uganda, Nigeria, Kenia, Alto Volta, Etiopía— y habían llegado huyendo de la guerra civil, la violencia religiosa, la revuelta política. El número de solicitantes de asilo había aumentado día a día en los últimos años; entre ellos había estudiantes, profesionales liberales, artistas, periodistas, intelectuales... Sin embargo, en la prensa solo se hablaba de los africanos que, como Yamila, habían sido víctimas de la trata de seres humanos.

Una casa de Tarlabaşi. Sofás raídos, sábanas deshilachadas transformadas en cortinas, el aire impregnado de olor a patatas quemadas, a cebollas fritas y a algo ácido, como a nueces verdes. Por la noche llamaban a varias de las mujeres..., ellas nunca sabían a quién le tocaría. Cada dos semanas la policía aporreaba la puerta, las reunía a todas y las trasladaba al hospital de enfermedades venéreas para que les realizaran una revisión.

A las mujeres que se rebelaban contra sus captores las encerraban en un sótano de la casa tan oscuro y pequeño que tenían que permanecer siempre agachadas. Peor que el hambre y el dolor de piernas eran la inquietud y preocupación por sus carceleros, el temor a que a esos hombres, las únicas personas que conocían su paradero, les ocurriera algo, y el miedo consiguiente a quedar abandonadas para siempre.

«Es como domar un caballo —dijo una mujer—. Eso hacen con nosotras. Saben que cuando domen nuestra alma no iremos a ninguna parte.»

Sin embargo, Yamila nunca dejó de planear la huida. Sobre ella cavilaba el día que conoció a Leila en el hospital. Pensaba que quizá fuera un caballo a medio domar, demasiado asustado para salir corriendo, demasiado dolorido para atreverse, pero capaz de recordar aún el dulce sabor de la libertad y, en consecuencia, de añorarla.

Ocho minutos

Habían transcurrido ocho minutos cuando el siguiente recuerdo que Leila sacó de su archivo fue el del olor del ácido sulfúrico.

Marzo de 1966. Recostada en la cama de su habitación de la calle de los burdeles, Leila hojeaba una revista con una fotografía de Sophia Loren en la portada. En realidad no la leía, sino que estaba absorta en sus pensamientos..., hasta que oyó que Mamá Amarga la llamaba.

Soltó la revista, se levantó despacio y se desperezó. Estaba en las nubes cuando cruzó el pasillo y bajó la escalera, con las mejillas un tanto sonrosadas. De pie al lado de Mamá Amarga había un cliente de mediana edad que, de espaldas a Leila, contemplaba el cuadro de los narcisos amarillos y los cítricos. La muchacha reconoció el puro que tenía en la mano antes de verle la cara. Era el hombre al que todas las prostitutas trataban de evitar. Cruel, ruin y malhablado, se había mostrado tan violento en un par de ocasiones que lo habían expulsado del establecimiento. Sin embargo, por lo visto Mamá Amarga lo había perdonado... una vez más. El rostro de Leila se contrajo.

El individuo vestía un chaleco de color caqui con varios bolsillos. Fue lo primero que a Leila le llamó la atención. Pensó que solo los periodistas gráficos necesitaban esa prenda..., o alguien con mucho que esconder. Algo en su porte la indujo a pensar en una medusa; no en una medusa en alta mar, sino metida en una campana de cristal, con sus traslúcidos tentáculos colgantes dentro del reducido espacio. Daba la impresión de que no podía mantenerse erguido; su cuerpo era una masa flácida, con un tipo de solidez distinta, que en cualquier momento podía licuarse.

Mamá Amarga apoyó las manos en la mesa, inclinó hacia delante su enorme mole y guiñó un ojo al hombre.

—Aquí está, pachá mío: ¡Tequila Leila! Una de las mejores que tengo.

—¿Ese es su nombre? ¿Por qué la llamas así? —El individuo observó a Leila de arriba abajo.

—Porque es impaciente. Quiere vivir deprisa. Pero también tiene aguante; se traga lo ácido y lo amargo, igual que apura de un trago los vasitos de tequila. Yo le puse el mote.

El hombre rio contento.

—Entonces es ideal para mí.

De nuevo en la habitación del primer piso donde unos minutos antes había contemplado la figura perfecta de Sophia Loren con su vestido de encaje blanco, Leila se desnudó. Se quitó la falda floreada, el sujetador de biquini —una prenda rosa con volantes que detestaba— y las medias, pero se dejó las zapatillas de terciopelo, como si con ellas se sintiera más protegida.

—¿Crees que la zorra esa nos observa? —preguntó el hombre en voz baja.

Leila lo miró sorprendida.

—¿Qué?

—La madama. Quizá nos esté espiando.

—Qué va.

—¡Mira! —El cliente señaló una grieta de la pared—. ¿Le ves el ojo? ¿Ves cómo lo mueve? ¡El demonio!

—Ahí no hay nada.

Él la miró con los ojos entornados, empañados por un odio y un rencor inequívocos.

—Trabajas para ella, ¿por qué voy a fiarme de ti? ¡La criada del demonio!

Leila se asustó. Retrocedió un paso, con una sensación creciente de angustia en el pecho al darse cuenta de que estaba sola en la habitación con un desequilibrado.

—Hay espías observándonos.

—Confía en mí: estamos solos tú y yo —le dijo ella con tono tranquilizador.

—¡Cierra el pico! ¡No sabes nada, zorra imbécil! —chilló él, y acto seguido bajó la voz—. Están grabando nuestra conversación. Han instalado cámaras en todas partes.

Empezó a palparse los bolsillos, y sus palabras se transformaron en un murmullo incomprensible. Sacó una botellita y le quitó el corcho, que produjo un ruido parecido a un gruñido reprimido.

Leila fue presa del pánico. Aturdida, avanzó hacia el hombre para tratar de averiguar qué contenía la botella; después cambió de parecer y retrocedió hacia la puerta. Si no hubiera sido por aquellas delicadas zapatillas que tanto le gustaban, habría podido huir más deprisa. Tropezó, perdió el equilibrio, y el líquido que el individuo le había lanzado un segundo antes le cayó en la espalda.

Ácido sulfúrico. El hombre quería tirarle el resto en la cara, pero ella salió disparada al pasillo pese al ácido que le quemaba la carne. El dolor no se parecía a ningún otro. Jadeante y temblorosa, se quedó apoyada en la pared como una vieja escoba desechada. Aunque la cabeza le daba vueltas, se dirigió tambaleándose hacia la escalera y se agarró con fuerza a la barandilla para no desplomarse. Cuando fue capaz de emitir algún sonido —un grito bronco y animal—, su voz rota inundó todas las habitaciones del burdel.

En la tabla del suelo quedó un agujero allí donde había caído el ácido. Después de que le dieran el alta en el hospital, con la cicatriz de la espalda todavía tierna y descolorida (la herida nunca sanaría del todo), Leila se sentaba a menudo en el suelo y recorría el agujero con un dedo para palpar su contorno amorfo, su borde mellado, como si las dos, ella y la tabla, compartieran un secreto. Si lo miraba fijamente mucho rato, el oscuro agujero empezaba a girar igual que un remolino en la superficie del café de cardamomo. Del mismo modo que de niña había visto moverse al gamo de la alfombra, ahora observaba cómo giraba el agujero causado por el ácido.

«Podría haberte pasado en la cara, ya lo sabes. Considérate afortunada», le dijo Mamá Amarga.

Los clientes compartían esa opinión. Le decían que había tenido mucha suerte de no haber quedado desfigurada de tal modo que le impidiera trabajar. Si acaso, era más apreciada que antes, estaba más solicitada. Era una prostituta con una historia, lo que a los hombres parecía gustarles.

Tras la agresión aumentó el número de policías en la calle de los burdeles... durante unas dos semanas. En la primavera de 1966 se produjo una escalada de la violencia en todos los rincones de la ciudad: había enfrentamientos entre facciones políticas, la sangre se lavaba con sangre, en los campus se abatía a tiros a los estudiantes, los carteles de las calles se habían vuelto más rabiosos y habían adquirido un tono más apremiante, y al cabo de poco se destinó a los agentes de refuerzo a otros lugares.

Después de la agresión, durante mucho tiempo Leila evitó cuanto pudo a las otras mujeres, casi todas mayores que ella, pues la irritaban con sus palabras hirientes y su humor sarcástico. Se defendía si era preciso, pero por lo demás, casi siempre se mostraba reservada. Entre las mujeres de aquella calle era común la depresión, que les arrasaba el alma del mismo modo que el fuego arrasa un bosque. Sin embargo, ninguna utilizaba esa palabra. «Pena», decían, y no refiriéndose a sí mismas, sino a todo y a los demás. «La comida da pena.» «La paga es una pena.» «Cómo me duelen los pies por culpa de estos zapatos, que están hechos una pena.»

Había una única mujer con la que a Leila le gustaba pasar el rato, una árabe de edad indeterminada, y tan bajita que tenía que comprarse la ropa en la sección infantil de los almacenes. Se llamaba Zaynab122, nombre que, dependiendo del estado de ánimo, escribía como Zainab, Zeinab, Zayneb, Zeynep... Aseguraba que podía escribirlo de ciento veintidós maneras distintas. El número aludía también a su estatura: ciento veintidós centímetros exactos. Enana, Pigmea, Pulgarcita...: le habían puesto esos motes y otro peores. Harta de que la gente se quedara mirándola y se preguntara, para sus adentros o en voz alta, cuánto medía, había añadido su altura al nombre en un acto de rebeldía. Tenía los brazos desproporcionados en relación con el torso, los dedos gruesos y cortos, y un cuello casi inexistente. Los rasgos más destacados de su rostro era la ancha frente, el labio leporino y unos ojos muy separados de color gris pizarra y mirada inteligente. Hablaba el turco con fluidez, aunque con un acento gutural que delataba sus raíces.

Fregaba el suelo, limpiaba los inodoros, pasaba el aspirador por las habitaciones... Zaynab122 se afanaba incluso mientras atendía las necesidades de las prostitutas. Ninguna de esas tareas le resultaba fácil porque, además de tener las extremidades muy cortas, sufría de escoliosis, de modo que le costaba trabajo permanecer muchas horas de pie.

En sus ratos libres Zaynab122 era adivina..., pero solo con quienes apreciaba. Le preparaba café a Leila dos veces al día sin falta, y después de que se lo bebiera escudriñaba los oscuros posos de la taza. Prefería no hablar del pasado ni del futuro, sino solo del presente. Sus predicciones no abarcaban más de una semana, un par de meses a lo sumo. Sin embargo, una tarde infringió su propia norma.

—Hoy la taza es un pozo de sorpresas. Nunca había visto nada parecido.

Estaban sentadas en la cama, una al lado de la otra. En la calle empezó a sonar una melodía alegre que a Leila le recordó las furgonetas de venta de helados de su infancia.

—¡Mira! ¡Un águila encaramada en lo alto de una montaña! —dijo Zaynab122 haciendo girar la taza—. Con una aureola en la cabeza. Es un buen presagio. Pero ahí abajo aparece un cuervo.

—¿Es un mal presagio?

—No necesariamente. Es una señal de conflicto. —Zaynab122 giró la taza una vez más—. ¡Oh, Dios mío, tienes que ver esto!

Picada por la curiosidad, Leila se inclinó hacia delante y escudriñó el interior de la taza con los ojos entrecerrados. No vio más que una maraña de manchas marrones.

—Conocerás a un hombre. Alto, delgado, guapo... —Zaynab122 habló más deprisa, de modo que sus palabras eran como chispas que saltaran de un fuego—. Un camino de flores: significa una gran historia de amor. Sostiene un anillo. Oh, querida..., ¡vas a casarte!

Leila enderezó la espalda y se examinó la palma de la mano. Entornó los ojos como si mirara hacia un lejano sol abrasador o un futuro igual de inalcanzable.

Cuando volvió a hablar, su voz sonó apagada.

—Te burlas de mí.

—Te juro que no.

Leila vaciló. Habría salido al instante de la habitación si cualquier otra persona le hubiera dicho esas cosas, pero Zaynab122 era una mujer que nunca decía nada malo de las demás, pese a que siempre se mofaban de ella.

Zaynab122 ladeó la cabeza como hacía cada vez que buscaba las palabras correctas en turco.

—Disculpa que me haya emocionado, no he podido evitarlo. Es que hacía años que no adivinaba nada tan prometedor. Yo cuento lo que veo.

Leila se encogió de hombros.

—No es más que café. Nada más que maldito café.

Zaynab122 se quitó las gafas, se las limpió con el pañuelo y volvió a ponérselas.

—No me crees. No pasa nada.

Leila se quedó muy quieta, con los ojos fijos en algún lugar fuera de la habitación.

—Creer en alguien no es una nadería —afirmó, y por un momento volvió a ser una niña de Van que observaba en la cocina cómo la mujer que la había traído al mundo picaba lechuga y lombrices de tierra—. No es algo que pueda decirse sin más. Creer es una gran responsabilidad.

Zaynab122 le dirigió una larga mirada intrigada.

—En eso estamos de acuerdo. Entonces, ¿por qué no te tomas en serio mis palabras? Algún día saldrás de este edificio vestida de novia. Que ese sueño te dé fuerzas.

—No necesito sueños.

—Es la mayor tontería que te he oído decir —replicó Zaynab122—. Todos necesitamos soñar, *habibi*. Un día darás una sorpresa a todo el mundo. Dirán: «¡Fíjate en Leila, ha movido montañas! Primero cambia de burdel; tiene las agallas de plantar a una madama odiosa. Luego deja las calles para siempre. ¡Menuda mujer!». Seguirán hablando de ti mucho después de que te hayas ido. Les darás esperanzas.

Leila tomó aliento para protestar pero al final no dijo nada.

—Y, cuando ese día llegue, quiero que me lleves contigo. Vayámonos juntas. Además, necesitarás que alguien te sostenga el velo. Será de los largos.

A su pesar, Leila no pudo reprimir la leve sonrisa que asomó a las comisuras de sus labios.

—Cuando iba al colegio... en Van..., vi una fotografía de una princesa vestida de novia. ¡Dios mío, qué guapa estaba! Nunca había visto nada tan bonito como su traje, y el velo medía más de setenta y cinco metros, ¡imagínate!

Zaynab122 fue al lavamanos. Se puso de puntillas y abrió el grifo. Lo había aprendido de su maestra: si los posos de café revelaban noticias extraordinarias, había que eliminarlos enseguida. De lo contrario el destino podía intervenir y estropearlo todo, como solía hacer. Secó la taza con delicadeza y la dejó en el alféizar.

—Estaba delante de su palacio y parecía un ángel —continuó Leila—. Sabotaje recortó la fotografía y me la dio para que la guardara.

—¿Quién es Sabotaje? —preguntó Zaynab122.

—Ah. —El semblante de Leila se ensombreció—. Un amigo. Era un amigo querido.

—Bueno, sobre la novia esa..., ¿has dicho que el velo medía más de setenta y cinco metros? Pues eso no es nada, *habibi*. Porque deja que te diga que, aunque no seas princesa, si lo que he visto en la taza es cierto, tu vestido será aún más bonito.

Zaynab122, la adivina, la optimista, la creyente; para ella las palabras «fe» y «amor» eran sinónimas, y por lo tanto Dios solo podía ser el Amado.

Zaynab122, una de los cinco.

La historia de Zaynab

Zaynab nació a miles de kilómetros de Estambul, en una aldea remota de las montañas del norte del Líbano. Durante generaciones los miembros de las familias suníes de la zona se habían casado entre sí y el enanismo era tan común en la localidad que solía atraer a visitantes curiosos: periodistas, científicos y otros profesionales similares. Los hermanos y las hermanas de Zaynab eran de estatura normal y se casaron, uno tras otro, cuando llegó el momento. Ella era la única que había heredado el trastorno de sus padres, ambos personas pequeñas.

La vida de Zaynab cambió el día que un fotógrafo de Estambul llamó a la puerta de su casa y pidió permiso para fotografiarla. El joven estaba viajando por la región con el propósito de documentar la vida de seres desconocidos de Oriente Próximo. Buscaba con avidez a alguien como ella. «Nada supera a las enanas —dijo con una sonrisa tímida—, pero las enanas árabes representan un doble misterio para los occidentales. Y quiero que mi exposición se vea en toda Europa.»

Zaynab no esperaba que su padre accediera, pero lo hizo..., a condición de que no se mencionara el apellido de la familia ni dónde vivían. Zaynab posó para el fotógrafo día tras día. El hombre era un artista de gran talento, pese a su incapacidad para comprender el corazón humano. No reparó en el rubor que encendía las mejillas de la modelo cada vez que él entraba en la sala. Después de tomar unas cien fotografías se marchó satisfecho proclamando que el rostro de la muchacha sería el plato fuerte de la exposición.

Ese mismo año Zaynab, debido al deterioro de su salud, viajó con una hermana mayor a Beirut, donde se quedó una temporada. En la capital, a la sombra del monte Sanin, entre visitas al hospital en días consecutivos, una maestra adivina que se encariñó con ella le enseñó el antiguo arte de la taseomancia, la adivinación basada en la lectura de las hojas de té, de las heces del vino o de los posos de café. Por primera vez en su vida Zaynab se dio cuenta de que podía sacar provecho de su físico poco común. Al parecer a la gente le fascinaba la idea de que una enana les predijera el futuro, como si tuviera un conocimiento especial de lo sobrenatural por obra de su estatura. En las calles se mofaban y compadecían de ella, pero en la intimidad del gabinete de adivinación la admiraban y reverenciaban, lo que le gustaba y le hizo mejorar en el oficio.

Empezó a ganar dinero gracias a su nueva profesión. No mucho, pero sí el suficiente para abrigar esperanzas. Sin embargo, la esperanza es una peligrosa sustancia química capaz de desencadenar una reacción en cadena en el alma humana. Cansada de las miradas indiscretas, y sin perspectivas de contraer matrimonio o encontrar un empleo, hacía mucho tiempo que cargaba con su cuerpo como si fuera una maldición. En cuanto ahorró lo suficiente, se permitió fantasear con dejarlo todo atrás. Se trasladaría a un lugar donde reinventarse. ¿Acaso no encerraban el mismo mensaje todos los relatos que le habían contado desde la infancia? Una persona podía atravesar desiertos, escalar montañas, surcar océanos y derrotar a gigantes si tenía una pizca de esperanza. Los héroes de esos cuentos eran, sin excepción, varones, y ninguno tenía su baja estatura, pero daba igual. Si ellos se habían atrevido, ella también se atrevería.

Después de regresar a casa, pasó semanas hablando con sus ancianos padres con la esperanza de convencerlos para que le permitieran marcharse del país, buscar su propio camino. Habiendo sido una hija obediente toda su vida, por nada del mundo hubiera viajado al extranjero, ni a ningún otro sitio, sin la bendición de ambos, y si se la hubieran negado se habría quedado. Sus hermanos y hermanas se opusieron con todas sus fuerzas a su sueño, que consideraron un verdadero disparate. Pero Zaynab se mantuvo firme. ¿Cómo podían saber lo que sentía ella en lo más hondo de su ser si Alá los había creado tan diferentes? ¿Qué sabían ellos lo que significaba ser una persona pequeña, aferrarse con las uñas a los márgenes de la sociedad?

Al final, una vez más, su padre la entendió mejor que nadie.

—Tu madre y yo nos hacemos viejos. He estado preguntándome qué harás cuando ya no estemos y te quedes sola. Naturalmente, tus hermanas te cuidarán bien, pero sé que eres muy orgullosa. Siempre quise que te casaras con alguien de tu misma estatura; no ha sido así.

Ella le besó la mano. Habría deseado contarle que el matrimonio no formaba parte de su destino; que muchas noches, al apoyar la cabeza en la almohada, veía a los *dardail*, los ángeles viajeros, y luego no estaba segura de si había sido un sueño o una visión; que quizá su tierra no fuera donde había nacido, sino el lugar en que decidiera morir; que con lo que le quedaba de salud, con los años que permaneciera sobre la tierra, quería hacer lo que nadie de su familia había hecho y convertirse en una de los viajeros.

Su padre respiró hondo y ladeó un poco la cabeza, como si hubiera oído todo eso.

—Si debes partir, que así sea, *ya ruhi*. Haz amigos, buenos amigos. Amigos leales. Nadie sobrevive estando solo..., salvo Dios Todopoderoso. Recuerda que en el desierto de la vida el necio viaja solo y el sabio en caravana.

Abril de 1964. Zaynab llegó a la ciudad de Kesab al día siguiente de que se promulgara una nueva Constitución en la que Siria se definía como una «república socialdemócrata». Cruzó la frontera de Turquía con la ayuda de una familia armenia. Estaba decidida a ir a Estambul, aunque no sabía bien por qué, sin más motivos que un momento lejano en el tiempo, un deseo secreto, el vago recuerdo de la cara del fotógrafo que aún anidaba en lo más hondo en su memoria, el único hombre al que había amado. Se escondió en el remolque de un camión, entre cajas de cartón, acosada por pensamientos aterradores. Cada vez que el conductor frenaba, Zaynab temía que sucediera algo espantoso, pero para su sorpresa el viaje transcurrió sin el menor incidente.

Sin embargo, no fue fácil encontrar trabajo en Estambul. Nadie quería darle empleo. Sin conocer el idioma no podía dedicarse a la adivinación. Tras semanas de búsqueda la contrataron en una peluquería llamada Puntas Abiertas. El trabajo era pesado y agotador; la paga, apenas suficiente para vivir, y la dueña, desconsiderada. Como no podía permanecer de pie muchas horas al día, Zaynab tenía siempre un dolor de espalda insoportable. Aun así, siguió adelante. Los meses fueron pasando, hasta que transcurrió un año entero.

Una clienta habitual, una mujer fornida que cada pocas semanas se teñía el pelo de una tonalidad distinta de rubio, se encariñó con Zaynab.

—¿Por qué no trabajas para mí? —le propuso un día.

—¿Qué clase de local tiene? —preguntó la muchacha.

—Un burdel. Y antes de que protestes o me tires algo a la cabeza deja que te aclare una cosa: yo dirijo un establecimiento honrado. Prestigioso, legal. Se remonta a la época otomana, aunque no debemos ir contándolo por ahí: por lo visto hay a quienes no les gusta oírlo. Como te decía, si trabajas para mí, me aseguraré de que te traten bien. Harás las mismas tareas que haces aquí: limpiar, preparar café, lavar las tazas... Nada más. Y te pagaré mejor.

Y así fue como Zaynab122, después de viajar desde las altas montañas del norte del Líbano hasta las bajas colinas de Estambul, entró en la vida de Tequila Leila.

Nueve minutos

A los nueve minutos, la memoria de Leila se volvió más lenta y al mismo tiempo se descontroló mientras en su mente los retazos del pasado se arremolinaban en una danza frenética, como abejas volando. Se acordó de D/Alí, y el recuerdo llevó consigo el sabor de los bombones de chocolate con relleno sorpresa: caramelo, confitura de cereza, praliné de avellana...

Julio de 1968. Era un largo verano abrasador; el sol recalentaba el asfalto y el ambiente era bochornoso. Ni un soplo de aire, ni un chaparrón fugaz, ni una sola nube en el cielo. Las gaviotas se quedaban en las azoteas con la vista fija en el horizonte, como si aguardaran el regreso de los fantasmas de flotas enemigas; encaramadas en las magnolias, las urracas inspeccionaban el entorno en busca de alguna baratija brillante, pero al final no robaban casi nada porque la pereza les impedía moverse con ese calor. Una tubería había reventado hacía una semana y en los charcos del agua sucia que corría hacia el sur hasta Tophane los niños hacían flotar barcos de papel. La basura sin recoger de las calles despedía un olor rancio. Las prostitutas se habían quejado de las moscas y del hedor, aunque suponían que no les harían el menor caso. Nadie creía que repararían la tubería pronto. Tendrían que esperar, del mismo modo que esperaban para otras muchas cosas en la vida. Sin embargo, para gran sorpresa de todas, una mañana las despertó el ruido que hacían los obreros al perforar la calzada para arreglar la tubería rota. No solo eso, sino que también ajustaron los adoquines sueltos y pintaron la verja de entrada a la calle de los burdeles, que pasó a ser de un verde oscuro mate, del color de las sobras de lentejas..., un tono que solo podría haber elegido un funcionario con prisas por que el trabajo se terminara.

Las prostitutas no se equivocaban al sospechar que las autoridades estaban detrás de esa actividad febril. No tardó en conocerse la razón: llegaban los norteamericanos. La Sexta Flota se dirigía hacia Estambul. Un portaaviones de veintisiete mil toneladas anclaría en el Bósforo para participar en unas operaciones de la OTAN.

La noticia desencadenó murmullos de entusiasmo en la calle de los burdeles. Centenares de marineros desembarcarían con dólares nuevecitos en el bolsillo, y sin duda muchos de ellos anhelarían el tacto de una mujer después de haber pasado semanas lejos de casa. Mamá Amarga no cabía en sí de alegría. Colgó en la puerta el cartel de CERRADO y ordenó a las mujeres que se pusieran manos a la obra. Leila y las demás cogieron fregonas, escobas, trapos del polvo, esponjas..., todos los artículos de limpieza que encontraron. Abrillantaron los pomos de las puertas, refregaron las paredes, barrieron, limpiaron las ventanas y pintaron los marcos de las puertas de un blanco crudo. Mamá Amarga quería pintar el edificio entero pero, como no deseaba contratar a un pintor profesional, tuvo que conformarse con un trabajo de aficionadas.

Entretanto la ciudad bullía otra vez de actividad. El municipio de Estambul, decidido a que los visitantes estadounidenses conocieran como es debido la hospitalidad turca, engalanó las calles con flores. Se desplegaron miles de banderas y se colgaron de cualquier forma de los balcones, de las ventanillas de los coches y en los jardines de las casas. LA OTAN ES SEGURIDAD, LA OTAN ES PAZ se leía en una pancarta enorme que pendía de la pared de un hotel de lujo. Cuando se encendían las farolas, recién reparadas y remozadas, su dorado resplandor se reflejaba en las calzadas acabadas de asfaltar.

El día en que llegó la Sexta Flota se dispararon veintiuna salvas. Casi al mismo tiempo la policía efectuó una redada en el campus de la Universidad de Estambul, solo para asegurarse de que no habría disturbios. El objetivo era detener a los líderes estudiantiles de izquierdas y no soltarlos hasta que la flota zarpara. Blandiendo las porras, envalentonados con las pistolas, irrumpieron en las cantinas y los dormitorios con el estruendo de sus botas, rítmico como el chirriar de las cigarras. Sin embargo, los estudiantes hicieron algo del todo inesperado: opusieron resistencia. El enfrentamiento, brutal y sangriento, concluyó con treinta universitarios arrestados, cincuenta malheridos y uno muerto.

Aquella noche Estambul ofrecía un aspecto glamuroso y bello, aunque tenía los nervios a flor de piel..., como una mujer que se hubiera vestido para una fiesta a la que ya no le apeteciera asistir. La tensión que flotaba en el ambiente se agudizó con el paso de las horas. Muchos residentes de la ciudad, que esperaban inquietos el amanecer temiendo lo peor, durmieron mal.

Por la mañana, con el brillo del rocío aún sobre las flores que se habían plantado en honor de los norteamericanos, millares de manifestantes salieron a las calles. La oleada de gente se dirigió hacia la plaza Taksim entonando himnos revolucionarios. La marcha se detuvo en seco delante del palacio de Dolmabahçe, hogar de seis renombrados sultanes otomanos y sus concubinas anónimas. Por un instante se produjo un silencio incómodo, ese intersticio propio de las manifestaciones en que la multitud contiene expectante el aliento sin saber qué espera. Luego un líder estudiantil agarró un megáfono y gritó a pleno pulmón: «Yankee, go home!».

Como si la descarga de un rayo la hubiera estimulado, la muchedumbre coreó al unísono: «Yankee, go home! Yankee, go home!».

En esos momentos los marineros norteamericanos, que habían desembarcado poco antes, deambulaban en tropel con ganas de ver la histórica ciudad, hacer fotografías y comprar recuerdos. Oyeron el tumulto a lo lejos pero no le dieron importancia..., hasta que al doblar una esquina se toparon con los airados manifestantes.

Acorralados entre los ciudadanos que protestaban y las aguas del Bósforo, los marineros prefirieron estas y se lanzaron al mar.

Algunos se alejaron a nado y más tarde los pescadores los rescataron; otros permanecieron junto a la orilla y salieron con la ayuda de los transeúntes al acabar la manifestación. El día no había llegado a su fin cuando el comandante de la Sexta Flota, considerando que no era seguro quedarse en Estambul, decidió zarpar antes de lo previsto.

Mientras tanto en el burdel de Mamá Amarga, que había comprado sujetadores de biquini y faldas hawaianas para las mujeres y había escrito en su inglés rudimentario un cartel que rezaba PUTEROS BIENVENIDOS, echaba chispas. Nunca le habían gustado los rojos, y ahora los odiaba aún más. ¿Quiénes demonios se creían que eran para arruinarle el negocio de ese modo? Tanto pintar, limpiar y encerar, para nada. En su opinión, eso era el comunismo: ¡un monumental desperdicio del fatigoso trabajo honrado y bienintencionado de la gente! Ella no había sudado la gota gorda toda su vida para que unos cuantos radicales insensatos le dijeran que debía repartir el dinero ganado con gran esfuerzo entre las pandillas de haraganes, vagos y pobres. No, señor, no pensaba hacerlo. Tras decidir que donaría dinero a todas las campañas anticomunistas de la ciudad, por insignificantes que fueran, profirió una maldición en voz baja y dio la vuelta al cartel de la puerta: ABIERTO.

Cuando quedó claro que los marineros norteamericanos no visitarían la calle de los burdeles, las prostitutas se relajaron. En su habitación del primer piso Leila, sentada en la cama con las piernas cruzadas y una pila de hojas de papel sobre el regazo, se daba golpecitos en la mejilla con la estilográfica. Esperaba disponer de un rato de tranquilidad a solas. Escribió:

Querida Nalán:
He reflexionado sobre lo que me contaste el otro día acerca de la inteligencia de los animales de granja. Dijiste que los matamos, nos los comemos y nos creemos más listos que ellos, pero que en realidad no los conocemos.

Dijiste que las vacas reconocen a las personas que las lastimaron en el pasado. Que las ovejas también reconocen las caras. Y yo me pregunto: ¿de qué les sirve recordarlo, si no pueden cambiar nada?

Dijiste que las cabras eran distintas. Aunque se enfadan enseguida, también perdonan deprisa. ¿Acaso, igual que hay ovejas y cabras, hay humanos de dos tipos: los que nunca perdonan y los que saben perdonar...?

Leila dejó de escribir cuando un ruido estridente y penetrante la sacó de sus pensamientos. Mamá Amarga gritaba a alguien. Hablaba con tono indignado, cada vez más exaltada.

—¿Qué quieres, hijo? —preguntaba—. ¡Dime de una vez qué buscas!

Leila salió de la habitación y bajó para averiguar qué ocurría.

En la puerta había un hombre. Tenía roja la cara y alborotada su larga melena oscura. Jadeaba un poco, como quien ha corrido para salvar la vida. Con solo mirarlo Leila intuyó que era uno de los manifestantes izquierdistas, probablemente un universitario. Cuando la policía había acordonado las calles con la intención de efectuar detenciones a mansalva, el joven debía de haber abandonado la manifestación para lanzarse hacia una calleja y se había encontrado de pronto ante la calle de los burdeles.

—Te lo pregunto por última vez. No pongas a prueba mi paciencia. —Mamá Amarga frunció el ceño—. ¿Qué demonios quieres? Y si no quieres nada, perfecto, ¡largo! No te quedes ahí como un pasmarote. ¡Di algo!

El joven miró alrededor, con los brazos cruzados y apretados sobre el pecho como si se estrechara a sí mismo para confortarse. Ese gesto conmovió a Leila en lo más hondo.

—Mamá Dulce, creo que ha venido a verme —dijo desde lo alto de la escalera.

Sorprendido, el muchacho levantó la cabeza y la vio. Una sonrisa de lo más tierno le alzó las comisuras de los labios.

Mientras tanto Mamá Amarga observaba al desconocido desde debajo de sus párpados caídos, esperando oír lo que diría.

—Mmm..., sí, eso... En efecto, he venido a hablar con la señorita. Gracias.

Mamá Amarga se tronchó de risa.

—¿«En efecto»..., «hablar con la señorita»? ¿«Gracias»? Muy bien, hijo. ¿De qué planeta has dicho que vienes?

El muchacho parpadeó, cohibido de repente. Se pasó la mano por la sien, como si necesitara tiempo para dar con la respuesta.

Mamá Amarga se puso seria y se centró en los negocios.

—Entonces, ¿la quieres o no? ¿Tienes dinero, pachá mío? Porque esta es cara. Una de las mejores que tengo.

La puerta se abrió y entró un cliente. Con la luz cambiante que irrumpió de la calle, por un instante Leila no supo interpretar la expresión del joven. Después vio que asentía con la cabeza y que la serenidad se extendía por su rostro angustiado.

Cuando subieron a la habitación, el muchacho miró alrededor con interés fijándose en todos los detalles: las grietas del lavamanos, el armario que no cerraba bien, las cortinas llenas de quemaduras de cigarrillos. Cuando por fin se volvió, vio que Leila se desvestía despacio.

—Oh, no, no. ¡Para!

Retrocedió un paso a toda prisa, con la cabeza ladeada, el ceño fruncido, el rostro cincelado por la luz que se reflejaba en el espejo. Avergonzado por su arrebato, recuperó la compostura.

—Me refiero a... No te desnudes, por favor. No he venido para eso.

—Entonces, ¿qué quieres?

Él se encogió de hombros.

—¿Y si simplemente nos sentamos a charlar?

—¿Solo quieres charlar?

—Sí, me encantaría conocerte. ¡Caramba, si ni siquiera sé cómo te llamas! Yo soy D/Alí..., bueno, no es mi nombre civil, pero ¿quién querría utilizar ese?

Ella se quedó mirándolo. En el taller de muebles del otro lado del patio alguien se puso a cantar. Leila no reconoció la canción.

D/Alí se tiró de espaldas en la cama, levantó los pies y con extrema facilidad se sentó con las piernas cruzadas y apoyó la mejilla en una mano.

—Y si no tienes ganas de hablar no te preocupes, de veras. Si quieres lío un cigarrillo para los dos y nos lo fumamos en silencio.

D/Alí. El cabello, negro como el azabache, le caía en ondas hasta el cuello; sus ojos, de un cambiante color esmeralda, adquirían un tono más vivo cuando estaba pensativo o desconcertado. Era hijo de inmigrantes, de diásporas y desplazamientos forzosos. Turquía, Alemania, Austria, Alemania de nuevo y Turquía otra vez... Había dejado rastros de su pasado aquí y allá, como una chaqueta de punto que por el camino se hubiera enganchado en clavos traicioneros. Era la primera vez que Leila conocía a alguien que había vivido en muchos lugares y que, sin embargo, no se sentía del todo a gusto en ninguna parte.

Su verdadero nombre, el que figuraba en su pasaporte alemán, era Alí.

En el colegio, año tras año, había sufrido las burlas y, de vez en cuando, los insultos y los puñetazos de compañeros racistas. Uno descubrió que a Alí le apasionaba el arte, lo que les dio un motivo más para mofarse de él cuando entraba en el aula por las mañanas. «Aquí llega un niño llamado Alí... ¡El muy idiota cree que es Dalí!» Las befas y pullas incesantes lo herían en lo más hondo de su ser. Un día, cuando un maestro nuevo pidió a los alumnos que se presentaran, él se levantó de un salto y dijo con una sonrisa firme y confiada: «Hola, me llamo Alí, pero prefiero que me llamen D/Alí». A partir de entonces cesaron los comentarios maliciosos, y él, testarudo e independiente, empezó a usar lo que había sido un apodo ofensivo, que incluso llegó a gustarle.

Sus padres, nacidos en una aldea turca a orillas del mar Egeo, se habían trasladado a Alemania a principios de la década de 1960 como *Gastarbeiter*, «trabajadores invitados»: se les invitaba a ir a trabajar y, cuando ya no se les necesitaba, se esperaba que hicieran las maletas y se marcharan. Su padre había ido primero, en 1961, y había compartido una habitación en una pensión con otros diez trabajadores, casi todos analfabetos. Por las noches, a la luz tenue de una lámpara, los que habían recibido instrucción escribían cartas a aquellos que no sabían escribir. No llevaban ni un mes hacinados en el cuarto cuando ya todos lo sabían todo de los demás, desde los secretos de familia hasta los problemas de oclusión intestinal.

Al cabo de un año la esposa siguió al padre acompañada de D/Alí y las dos hermanas gemelas. Al principio las cosas no salieron como esperaban. Tras un intento fallido de establecerse en Austria regresaron a Alemania. La fábrica que Ford tenía en Colonia necesitaba trabajadores, y la familia se instaló en un barrio donde las calles olían a asfalto cuando llovía y los edificios eran todos iguales. La anciana del piso de arriba avisaba a la policía en cuanto oía el menor ruido en el de D/Alí. La madre compró zapatillas mullidas de andar por casa para todos y se acostumbraron a hablar a media voz. Veían la televisión con el volumen bajo, no ponían música ni tiraban de la cadena del váter por las noches: esos ruidos tampoco se toleraban. El hermano pequeño de D/Alí nació en aquel piso, y en él crecieron los cuatro, que todas las noches se dormían arrullados por las aguas rumorosas del Rin.

El padre, de quien D/Alí había heredado el pelo oscuro y la mandíbula cuadrada, hablaba a menudo de volver a Turquía. Se irían en cuanto hubieran ahorrado lo suficiente y no necesitaran saber más de ese país frío y arrogante. Se estaba construyendo una casa en su aldea. Una casa grande con piscina y un huerto en la parte trasera. Por las noches oirían el murmullo del valle y algún que otro piido de palomas, y nunca más tendrían que ponerse zapatillas de andar por casa ni hablar en voz baja. A medida que pasaban los años planeaba el regreso con mayor meticulosidad, pero en la familia no se lo tomaban en serio. Alemania era su hogar. Alemania era la patria..., por más que el padre no lo aceptara.

Cuando D/Alí empezó en el instituto de enseñanza secundaria, sus profesores y compañeros de clase enseguida tuvieron claro que estaba destinado a convertirse en artista. Sin embargo, sus padres jamás alentaron su pasión por el arte. No lograron entenderla ni siquiera cuando la profesora favorita de D/Alí fue a hablar con ellos. El muchacho no olvidaría en la vida la vergüenza que sintió aquella tarde: sentada en una silla, sosteniendo delicadamente en la mano un vasito de té, la señora Krieger, una mujer corpulenta, intentó explicar a los padres que el muchacho poseía verdadero talento y podía conseguir una plaza en una escuela de arte y diseño si recibía clases particulares y orientación. D/Alí observó que su padre escuchaba con una sonrisa que no se reflejaba en sus ojos, compadecido de esa alemana de piel rosa salmón y pelo rubio muy corto que le aconsejaba lo que debía hacer con su hijo.

Cuando D/Alí tenía dieciocho años, sus hermanas asistieron a una fiesta en casa de un amigo. Aquella noche ocurrió algo terrible. Una de las gemelas no volvió a casa, pese a que les habían dado permiso para estar fuera solo hasta las ocho. A la mañana siguiente la encontraron inconsciente junto a la carretera. Una ambulancia la trasladó a toda prisa al hospital, donde le trataron un coma hipoglucémico provocado por el consumo excesivo de alcohol. Le lavaron el estómago hasta que tuvo la sensación de que le arrancaban el alma. La madre de D/Alí ocultó el incidente a su marido, que aquella noche trabajaba en el último turno.

Los rumores vuelan en los pueblos, y las comunidades de inmigrantes, sea cual sea su tamaño, son un pueblo en el fondo. El escándalo no tardó en llegar a oídos paternos. Como una tormenta que desata su furia a lo largo y ancho de un valle, castigó a toda la familia. Se acabó; ¡era el colmo! Sus hijos volverían a Turquía. Los cuatro. Los padres se quedarían en Alemania hasta que se jubilaran, y los muchachos vivirían en adelante con sus parientes de Estambul. Europa no era un buen lugar para criar a una hija, y mucho menos a dos. D/Alí estudiaría en una universidad de la capital y vigilaría bien a sus hermanos. Si llegaba a ocurrir algo malo, él sería el responsable.

Así fue como llegó a Estambul, con diecinueve años y unas costumbres irremediablemente alemanas, y hablando un turco macarrónico. Estaba acostumbrado a sentirse forastero en Alemania, pero hasta que empezó a vivir en Estambul jamás habría imaginado que en Turquía se sentiría igual, o incluso peor. Lo que lo distinguía de los demás no eran solo su acento y el hábito de soltar sin querer un «Ja» o un «Ach so!» al final de las frases. Era la expresión de su rostro, como si siempre estuviera insatisfecho o descontento con lo que veía, con lo que oía, con aquello de lo que no podía formar parte.

Ira. Durante aquellos primeros meses en Estambul a menudo lo dominaba de repente una ira excesiva, no tanto contra Alemania o Turquía como contra el orden de las cosas, contra el régimen capitalista, que desgarraba las familias, contra la burguesía que se alimentaba del sudor y el dolor de los trabajadores, contra un sistema de desigualdades que no le permitía pertenecer a ningún sitio. Cuando estudiaba en el instituto había leído mucho sobre el marxismo, y siempre había admirado a Rosa Luxemburg, una mujer brillante y valerosa, asesinada en Berlín por los Freikorps, que arrojaron su cuerpo a un canal... Ese canal atravesaba plácidamente Kreuzberg, un barrio que D/Alí había visitado en varias ocasiones, en una de las cuales había lanzado con disimulo una flor al agua. Una rosa para Rosa. Sin embargo, fue al empezar a estudiar en la Universidad de Estambul cuando se unió por primera vez a un grupo de izquierdistas acérrimos. Sus nuevos camaradas, al igual que él, querían demoler el *statu quo* y construirlo todo de nuevo.

Así pues, cuando apareció ante la puerta de Leila aquel día de julio de 1968 huyendo de la policía que pretendía disolver la manifestación contra la Sexta Flota, llevaba consigo el olor de los gases lacrimógenos junto con sus ideas radicales, su complicado pasado y su sonrisa enternecedora.

«¿Cómo has acabado aquí?», preguntaban siempre los hombres.

Y Leila les contaba cada vez una historia diferente, según lo que creyera que les apetecía oír: un cuento adaptado a las necesidades del cliente. Era una destreza que había aprendido de Mamá Amarga.

Sin embargo, no lo habría hecho con D/Alí, quien de todos modos no planteó la pregunta. Él quería conocer otras cosas de ella: a qué sabían los desayunos de su infancia en Van, qué aromas de los inviernos de hacía mucho tiempo recordaba con mayor nitidez y cuál sería la fragancia de Estambul si pudiera otorgar una a cada ciudad. Si la «libertad» fuera una comida, ¿qué gusto creía ella que tendría al contacto con la lengua? ¿Y la «patria»? D/Alí parecía percibir el mundo por medio de sabores y perfumes, incluso las realidades abstractas de la vida como el amor y la felicidad. Con el tiempo se convirtió en un juego que practicaban juntos, una moneda corriente entre ellos: recuperaban recuerdos y momentos para transformarlos en gustos y olores.

Leila saboreaba la cadencia de la voz de D/Alí, a quien habría podido escuchar durante horas sin aburrirse ni un instante. Cuando estaba con él la embargaba una sensación de ligereza que hacía mucho que no experimentaba. Un hilo de esperanza, que nunca hubiera imaginado que volvería a experimentar, le corría por las venas y le aceleraba el corazón. La sensación le recordaba cómo se sentía cuando de niña, sentada en la azotea de su casa de Van, contemplaba el paisaje como si no existiera un mañana.

Lo que más le extrañaba de D/Alí era que desde el principio la había tratado como a una igual, como si el burdel fuera una aula universitaria a la que acudía y ella una estudiante con la que se topaba una y otra vez en los pasillos de luz tenue. Fue eso lo que en mayor medida la desarmó: ese inesperado sentido de la igualdad. Un espejismo, sin duda, pero un espejismo que ella agradecía. A medida que descubría al joven y avanzaba por ese territorio desconocido, se redescubría a sí misma. Era evidente que los ojos se le iluminaban cada vez que lo veía, pero pocos sabían que la emoción iba acompañada del sentimiento de culpa.

—No deberías venir más —le dijo un día—. Este lugar no es bueno para ti. Está lleno de tristeza, ¿no te das cuenta? Contamina el alma de las personas. Y no te creas inmune a él, porque te engullirá; es una ciénaga. Nosotras no somos normales; ni una sola de nosotras lo es. Aquí nada es natural. No quiero que pases más tiempo conmigo. ¿Y por qué vienes tan a menudo si ni siquiera...?

No terminó la frase por miedo a que él pensara que le molestaba que aún no se hubiera acostado con ella, cuando en realidad era una decisión que Leila apreciaba y respetaba. Se aferraba a ese hecho como si fuera un regalo valioso que él le hubiera entregado. Curiosamente, con la ausencia de sexo pensaba en él de ese modo, hasta el punto de que en ocasiones se sorprendía preguntándose cómo sería acariciarle el cuello o besarle la diminuta cicatriz que tenía en un lado de la barbilla.

—Vengo porque me gusta verte; así de sencillo —respondió D/Alí con tono apagado—. Y no sé quién es «normal» en ese sistema perverso.

D/Alí añadió que por lo general quienes abusaban de la palabra «natural» no sabían casi nada de la Madre Naturaleza. Que se sorprenderían si alguien les contara que los caracoles, las lombrices de tierra y los róbalos negros eran hermafroditas; que los caballitos de mar machos parían; que los peces payaso machos se convertían en hembras hacia la mitad de su vida; que las sepias macho se travestían. Quien estudiara la naturaleza con detenimiento se lo pensaría dos veces antes de usar la palabra «natural».

—De acuerdo, pero pagas un montón de dinero. Mamá Amarga te cobra por horas.

—Sí, ya lo sé —repuso, él apenado—. De todos modos, imagina por un momento que estuviéramos saliendo juntos y yo te invitara a ir a algún sitio o tú me invitaras a mí. ¿Qué haríamos? Iríamos al cine y luego a un restaurante chic y a un salón de baile...

—¡Un restaurante chic! ¡Un salón de baile! —repitió Leila sonriendo.

—Lo que quiero decir es que gastaríamos dinero.

—Eso es distinto. Tus padres se llevarían un disgusto si se enteraran de que malgastas en un lugar como este lo que tanto les ha costado ganar.

—Eh, que a mí no me dan dinero mis padres.

—¿De veras? Creía... Entonces, ¿cómo pagas esto?

—Trabajo. —D/Alí le guiñó un ojo.

—¿Dónde?

—En cualquier parte.

—¿Para quién?

—¡Para la revolución!

Leila apartó la mirada, inquieta. Y una vez más se debatió entre el instinto y el corazón. El instinto le advirtió que se mostrara cauta porque D/Alí era algo más que el joven amable y considerado que tenía ante sí. En cambio el corazón la animó a seguir adelante..., igual que había hecho cuando Leila, recién nacida, había permanecido inmóvil bajo un manto de sal.

Así pues, dejó de poner reparos a las visitas del muchacho, que algunas semanas acudía a diario y otras veces solo el sábado o el domingo. Con el corazón en un puño, Leila intuía que muchas noches salía con sus camaradas, y sus largas sombras oscuras se proyectaban delante de ellos en las calles desiertas. Pero prefería no preguntarle qué hacían.

«¡Ha vuelto el tuyo!», decía a voces Mamá Amarga desde la planta baja cada vez que se presentaba D/Alí, quien debía esperar sentado en la entrada si la muchacha estaba con un cliente. En esos momentos, cuando lo invitaba a entrar en una habitación que olía a otro hombre, Leila se sentía tan avergonzada que habría querido morirse. Sin embargo, él nunca comentó que le molestara. Una muda concentración impregnaba sus movimientos, y sus ojos la miraban con intensidad, ajenos a todo lo demás, como si ella fuera, y siempre hubiera sido, el centro del mundo. Su amabilidad era espontánea, no premeditada. Siempre que se despedía de ella y se marchaba, después de una hora exacta, el vacío se extendía por todos los rincones del cuarto y se tragaba entera a Leila.

Nunca olvidaba llevarle un regalito: un cuaderno para que escribiera, una cinta de terciopelo para el cabello, un anillo en forma de serpiente que se mordía la cola y, de vez en cuando, bombones de chocolate con relleno sorpresa: de caramelo, confitura de cereza, praliné de avellana... Se sentaban en la cama, abrían la caja y decidían con calma cuál se comerían primero, y se pasaban toda la hora charlando sin parar. Una vez él le acarició la cicatriz de la espalda, la que le había dejado la agresión con ácido. Recorrió con ternura la herida, que, como un profeta que abriera las aguas del mar, desgarraba la piel.

—Quiero pintarte. ¿Me dejas?

—¿Un cuadro mío?

Leila se ruborizó un poco y bajó la vista. Cuando volvió a mirarlo vio que él le sonreía, como ella había supuesto.

La siguiente vez D/Alí se presentó con un caballete y una caja de madera que contenía pinceles, óleos, espátulas, blocs de dibujo y aceite de linaza. Leila posó sentada en la cama con su falda corta de crepé rojo a juego con un sujetador de biquini recamado de cuentas, el pelo recogido en un moño flojo, el rostro vuelto a medias en dirección opuesta a la puerta, como si deseara que permaneciera cerrada para siempre. Él guardaba el lienzo en el armario hasta la visita siguiente. Lo terminó al cabo de una semana, y a Leila le sorprendió ver que había pintado una minúscula mariposa blanca donde se encontraba la cicatriz provocada por el ácido.

—Ten cuidado —le advirtió Zaynab122—. Es un artista, y los artistas son egoístas. Se esfumará en cuanto consiga lo que quiere.

No obstante, para asombro de todas, D/Alí continuó acudiendo al burdel. Las putas se burlaban de él diciendo que no cabía duda de que era incapaz de mantener una erección y de follar, y cuando agotaban los chistes se quejaban del olor a aguarrás. Consciente de que estaban celosas, Leila no les hacía el menor caso. Pero temió no volver a verlo cuanto también Mamá Amarga empezó a refunfuñar y a repetir que no quería rojos en casa.

Uno de esos días D/Alí habló con Mamá Amarga y le hizo una oferta inesperada.

—Ese bodegón de la pared... Sin ánimo de ofender: esos narcisos y esos limones son una chapuza. ¿Se ha planteado alguna vez colgar un retrato en su lugar?

—De hecho tenía uno —respondió Mamá Amarga, aunque se abstuvo de decirle que era del sultán Abdülaziz—, pero tuve que regalarlo.

—*Ach so*, es una pena. Entonces quizá quiera otro retrato. ¿Qué le parece si le pinto uno... gratis?

Mamá Amarga se echó a reír con carcajadas roncas, y los michelines de la cintura le temblaron de regocijo.

—No digas tonterías. No soy una belleza. Búscate a otra. —Se interrumpió y de pronto se puso seria—. ¿De verdad no me estás tomando el pelo?

Esa misma semana Mamá Amarga empezó a posar para D/Alí haciendo punto, con la labor contra el pecho para mostrar su destreza y ocultar la papada.

Cuando D/Alí terminó el cuadro, la mujer del lienzo parecía una versión más alegre, joven y delgada de la modelo. A partir de ese día todas las prostitutas quisieron posar para él, y entonces fue Leila quien sintió celos.

El mundo ya no es el mismo para quien se enamora, para quien se sitúa en su mismo centro; de ahí en adelante solo puede girar más rápido.

Diez minutos

El tiempo pasaba y la mente rememoró feliz el sabor de los mejillones fritos, su comida callejera favorita: harina, yema de huevo, bicarbonato, pimienta, sal y mejillones recién sacados del mar Negro.

Octubre de 1973. Después de tres años de trabajos, el puente del Bósforo, el cuarto más largo del mundo, se terminó por fin y se abrió al tráfico tras una espectacular ceremonia pública. En un extremo se instaló un enorme cartel: BIENVENIDOS AL CONTINENTE ASIÁTICO. En el otro, un segundo cartel rezaba: BIENVENIDOS AL CONTINENTE EUROPEO.

Con tal motivo se congregaron multitudes en cada lado del puente a primera hora de la mañana. Por la tarde el presidente pronunció un emotivo discurso; héroes del ejército, algunos tan mayores que habían luchado en las guerras de los Balcanes, en la Primera Guerra Mundial y en la de la Independencia, se pusieron en posición de firmes en medio de un silencio imponente; en las tribunas elevadas se sentaban dignatarios extranjeros junto a gerifaltes de la política y gobernadores provinciales; banderas rojas y blancas ondeaban al viento hasta donde alcanzaba la vista; una banda tocó el himno nacional y todo el mundo lo cantó a voz en cuello; se lanzaron al aire millares de globos, y bailarines de *zeybek* danzaron en círculo con los brazos extendidos a la altura de los hombros, como águilas en vuelo.

Más tarde se abrió el puente a los viandantes, con lo que se podía ir a pie de un continente al otro. Sin embargo, para sorpresa de todos, tantos ciudadanos eligieron ese lugar pintoresco para suicidarse que al final las autoridades decidieron prohibir el paso a los peatones. Pero eso ocurrió más adelante. La inauguración del puente fue un momento de optimismo.

El día anterior se había conmemorado el cincuenta aniversario de la República de Turquía, con la celebración de un acto multitudinario. Y ahora los estambulíes festejaban ese prodigio de la ingeniería de más de mil quinientos metros de longitud, fruto de trabajadores y constructores turcos y de ingenieros británicos de la Cleveland Bridge & Engineering Company. El estrecho del Bósforo, fino y angosto, siempre había sido conocido como «el escote de Estambul», y ahora el puente lo adornaba como un collar incandescente que refulgía muy por encima de la ciudad, suspendido sobre las aguas donde el mar Negro se mezclaba con el de Mármara, por un lado, y el Egeo corría al encuentro del Mediterráneo, por el otro.

Durante toda la semana había reinado una sensación general de júbilo tan intensa que hasta los mendigos de la ciudad sonreían como si tuvieran el estómago lleno. Con una conexión permanente entre la Turquía asiática y la Turquía europea, al país le aguardaba un porvenir brillante. El puente anunciaba el principio de una nueva época. En sentido estricto Turquía ya se encontraba en Europa..., estuviera o no de acuerdo la gente de allí.

Por la noche los fuegos artificiales iluminaron el oscuro cielo otoñal. Las chicas de la calle de los burdeles los contemplaron mientras fumaban en la acera reunidas en grupitos. A Mamá Amarga, que se consideraba una verdadera patriota, se le saltaron las lágrimas.

—Ese puente es increíble..., enorme —comentó Zaynab122 mirando los fuegos artificiales.

—¡Qué suerte tienen los pájaros! —dijo Leila—. Imaginaos: pueden posarse en él cada vez que les venga en gana. Las gaviotas, las palomas, las urracas... Y los peces pueden nadar por debajo. Delfines, bonitos... ¡Qué privilegio! ¿No os gustaría acabar vuestra vida así?

—Desde luego que no —respondió Zaynab122.

—Pues a mí sí —afirmó Leila, obstinada.

—¿Cómo es posible que seas tan romántica, cariño? —dijo Nostalgia Nalán con evidente regocijo, y exhaló un suspiro exagerado.

Visitaba a Leila de vez en cuando, aunque su presencia ponía nerviosa a Mamá Amarga. La ley era taxativa: los travestis no debían trabajar en burdeles... Puesto que tampoco podían encontrar empleo en ningún otro sitio, no les quedaba más remedio que hacer la calle.

—¿Tienes idea de cuánto ha costado esa construcción gigantesca? —añadió Nalán—. ¿Y quién está pagándola? ¡Nosotras, el pueblo!

Leila sonrió.

—A veces hablas como D/Alí.

—Hablando del rey de Roma... —Nalán señaló hacia la izquierda con la cabeza.

Leila se dio la vuelta y lo vio acercarse con la chaqueta arrugada, las fuertes pisadas resonantes de las botas, una bolsa grande de lona colgada del hombro y, en la mano, un cucurucho de papel lleno de mejillones fritos.

—Para ti —dijo tendiéndole los mejillones. Sabía lo mucho que le gustaban.

D/Alí no volvió a hablar hasta que subieron a la habitación y la puerta estuvo cerrada a cal y canto. Se sentó de golpe en la cama y se frotó la frente.

—¿No te encuentras bien? —le preguntó Leila.

—Lo siento. Estoy un poco nervioso. Esta vez casi me pillan.

—¿Quiénes? ¿La policía?

—No, los Lobos Grises. Los fascistas. Hay un grupo que controla la zona.

—¿Hay fascistas que controlan esta zona?

D/Alí la perforó con la mirada.

—En todos los barrios de Estambul compiten dos grupos: uno de ellos y otro nuestro. Por desgracia, en este han conseguido ser más que nosotros. Pero nos defendemos.

—Cuéntame qué ha pasado.

—Al doblar una esquina me he topado con un corrillo que gritaba y se reía. Creo que celebraban la inauguración del puente. Me han visto...

—¿Te conocen?

—Bueno, a estas alturas nos reconocemos más o menos todos. Y, si no, por el aspecto es fácil deducir a qué grupo pertenece cada uno.

La ropa poseía un valor político. Al igual que la barba y el bigote, en particular este último. Los nacionalistas lo llevaban con las puntas hacia abajo, en forma de luna creciente; los islamistas, fino y bien recortado; los estalinistas preferían los de morsa: parecían no haber visto nunca una navaja de afeitar. D/Alí siempre iba con el rostro bien rasurado, pero Leila ignoraba si eso transmitía un mensaje político y, en ese caso, de qué tipo. Sin darse cuenta empezó a observar los labios del joven, rectos y rosados. Nunca miraba los labios de los hombres, lo evitaba a propósito, y al sorprenderse haciéndolo se avergonzó.

—Me han perseguido con ganas —estaba diciendo él, ajeno a los pensamientos de Leila—. Habría corrido más rápido si no hubiera cargado con esto.

Ella miró la bolsa.

—¿Qué contiene?

D/Alí se lo enseñó. Dentro había centenares, si no miles, de octavillas. Leila sacó una y la examinó. Un dibujo ocupaba la mitad de la página: trabajadores de fábrica con batas azules bajo un haz luminoso que se proyectaba desde el techo. Hombres y mujeres, unos al lado de otros. Se los veía confiados y parecían no pertenecer a este mundo; tenían un aspecto casi angelical. Cogió otra octavilla: mineros del carbón con monos de color azul vivo, los rasgos marcados por el hollín, los ojos grandes y sagaces bajo los cascos. Ojeó a toda prisa las otras hojas. Las personas que aparecían en ellas tenían la mandíbula firme y músculos fuertes; no estaban pálidas ni cansadas como los trabajadores que ella veía a diario en el taller de muebles. En el mundo comunista de D/Alí, todos eran robustos y musculosos y rebosaban salud. Se acordó de su hermano y se le encogió el corazón.

—¿No te gustan los dibujos? —le preguntó él observándola.

—Sí. ¿Son tuyos?

Él asintió. El orgullo le iluminó las facciones un segundo. Sus ilustraciones, impresas en una imprenta clandestina, se repartían por toda la ciudad.

—Las dejamos en todas partes: cafeterías, restaurantes, librerías, cines... Pero ahora estoy un poco preocupado. Si los fascistas me pillan con las octavillas, me molerán a palos.

—¿Por qué no dejas la bolsa aquí? —propuso ella—. La esconderé debajo de la cama.

—Imposible. Podría ser peligroso para ti.

Leila soltó una risita.

—¿Quién va a venir a registrar este lugar, cielo? No te preocupes. Cuidaré de la revolución por ti.

Esa noche, después de que se cerraran las puertas del burdel y el local se sumiera en el silencio, Leila sacó las octavillas. La mayoría de las prostitutas se iban a dormir a casa, pues tenían padres ancianos a quienes atender o hijos de los que ocuparse, y solo unas pocas se quedaban en el edificio. En una habitación del pasillo una mujer roncaba muy fuerte, y en otro cuarto otra hablaba en sueños con voz débil y suplicante, aunque apenas se entendía lo que decía. Leila se sentó en la cama y empezó a leer: «Camaradas, estad alertas». «¡EE. UU., fuera de Vietnam!» «La revolución ha empezado.» «Dictadura del proletariado.»

Observó las palabras, frustrada porque no lograba captar todo su potencial, su verdadero significado. Recordó el pánico mudo de su tía Binnaz cada vez que miraba un texto escrito. Sintió la punzada de los remordimientos. ¿Por qué cuando era adolescente no se le había ocurrido enseñar a su madre a leer y a escribir?

173

—Quería preguntarte algo —dijo al día siguiente, cuando volvió D/Alí—. Después de la revolución, ¿habrá prostitución?

Él la miró estupefacto.

—¿A qué viene eso?

—Me preguntaba qué sería de nosotras si ganáis.

—No os pasará nada malo..., ni a ti ni a tus amigas. Escucha: vosotras no tenéis ninguna culpa. Hay que culpar al capitalismo, un sistema inhumano que obtiene beneficios para la moribunda burguesía imperialista y sus cómplices abusando de los débiles y explotando a la clase trabajadora. La revolución defenderá tus derechos. Tú también eres proletaria, perteneces a la clase trabajadora; no lo olvides.

—Pero ¿cerraréis el local o lo dejaréis abierto? ¿Y qué hay de Mamá Amarga?

—La madama no es más que una capitalista explotadora; no es mejor que los plutócratas que se hinchan de champán.

Leila no dijo nada.

—Escucha: esa mujer obtiene beneficios de tu cuerpo. Del tuyo y del de muchas otras. Tras la revolución habrá que imponerle un castigo..., justo, claro está. Cerraremos todos los burdeles y limpiaremos las zonas donde se ejerce la prostitución. Se convertirán en fábricas. Las que trabajan en ellos y las que hacen la calle serán obreras de fábrica... o campesinas.

—Es posible que a algunas amigas mías no les guste eso —comentó Leila, que entornó los ojos como si vislumbrara un futuro en el que Nostalgia Nalán, con un vestido ceñido y zapatos de tacón, escapaba del campo de trigo donde la hubieran obligado a trabajar.

Al parecer D/Alí pensó lo mismo que ella. Había estado varias veces con Nalán y le había impresionado su fuerza de voluntad. Ignoraba qué habría opinado Marx de personas como ella. O Trotski. En los libros que había estudiado no recordaba haber leído nada sobre travestis que se negaran a ser campesinas.

—Estoy seguro de que encontraremos el trabajo ideal para tus amigas.

Leila sonrió, contenta en el fondo de escuchar el apasionado discurso del joven, aunque las palabras que salieron de su boca no lo reflejaron.

—¿Cómo puedes creer en todo eso? A mí me parece una fantasía.

—No es una fantasía. Ni un sueño. Es el curso de la historia. —D/Alí puso cara larga. Parecía ofendido—. ¿Es posible conseguir que un río discurra en dirección opuesta a la que lleva? No. La historia avanza, de manera inexorable y lógica, hacia el comunismo. Tarde o temprano, ese gran día llegará.

Leila se sintió inundada de cariño hacia él al ver lo rápido que se enfadaba. Apoyó la mano con suavidad en el hombro de D/Alí, donde la dejó como si fuera un gorrión en su nido.

—De todos modos, sí tengo un sueño, por si te interesa saberlo. —Él cerró los ojos con fuerza, pues no quería ver la cara de Leila cuando ella oyera lo que se disponía a decirle—. Tiene que ver contigo.

—Ah, ¿sí? ¿Cuál es?

—Me gustaría que te casaras conmigo.

El silencio que siguió fue tan absoluto que Leila, que miraba con fijeza a D/Alí, percibió el murmullo sordo de las olas del puerto y el ruido del motor de un bote pesquero entre los chapaleteos del agua. Respiró hondo pero le pareció que el aire no le llegaba a los pulmones, que tenía el pecho lleno. Luego sonó el despertador y los dos dieron un respingo. Hacía poco que Mamá Amarga había colocado un reloj en cada habitación para que los clientes no se quedaran más que la hora que habían pagado.

Leila se enderezó.

—Hazme un favor, si tienes la bondad: no vuelvas a decirme eso.

D/Alí abrió los ojos.

—¿Estás enfadada? No tienes por qué.

—Mira, hay ciertas cosas que no deberías decir aquí. Por muy buenas que sean tus intenciones, y no dudo de que lo son. Quiero dejarlo muy claro: no me gusta este tipo de conversación. Me resulta muy... incómoda.

Por un instante, D/Alí se quedó desconcertado.

—La verdad es que me sorprende que todavía no te hayas dado cuenta.

—¿Darme cuenta de qué? —Leila apartó la mano como si la quitara del fuego.

—De que te quiero. Desde la primera vez que te vi... en la escalera... el día que llegó la Sexta Flota..., ¿no te acuerdas?

Leila notó que se le enrojecían las mejillas. Le ardía la cara. Deseaba que se marchara sin pronunciar ninguna otra palabra y que no volviera jamás. Comprendió con claridad que esa relación, por más tierna que hubiera sido durante años, acabaría haciéndoles daño a los dos.

Después de que D/Alí se fuera, se acercó a la ventana y descorrió las cortinas pese a las órdenes estrictas de Mamá Amarga. Apoyó la mejilla contra el cristal, a través del cual vio el abedul solitario y el taller de muebles, por cuya rejilla de la calefacción salía humo. Imaginó a D/Alí caminando a zancadas hacia el puerto, con su andar rápido e imperioso de siempre, y en su mente lo contempló con lealtad, con cariño, hasta que el joven enfiló una calleja oscura bajo una cascada de fuegos artificiales.

Aquella semana, con el estímulo del ambiente optimista, los *gazinos* y clubes nocturnos estuvieron abarrotados. El viernes, después de la oración de la tarde, Mamá Amarga envió a Leila a una fiesta solo para hombres que se celebraba en una *konak* junto al Bósforo. Pensando en D/Alí y en lo que le había dicho, durante toda la noche Leila fue presa de una melancolía insuperable, incapaz de fingir y seguir el juego a los demás; su actitud era penosamente lánguida, indolente, como si la hubieran sacado del fondo de un lago. Intuyó que los anfitriones no quedarían contentos y que más tarde se quejarían a la madama. ¿Quién quiere tener cerca a los payasos y las prostitutas cuando están tristes?, pensó con amargura.

Se encaminó de vuelta a casa con paso cansino y un dolor pulsátil en los pies por haber estado plantada tantas horas seguidas con los zapatos de tacón alto. Se moría de hambre porque no había probado bocado desde el almuerzo del día anterior. En veladas como aquellas a nadie se le ocurría ofrecerle comida, y ella nunca la pedía.

El sol se elevaba sobre las cubiertas de tejas rojas y las cúpulas revestidas de plomo. El aire era fresco y puro, con el aroma de una promesa. Pasó ante unos edificios de apartamentos aún dormidos. Unos pasos más adelante vio una cesta atada a una cuerda que colgaba de la ventana de uno de los pisos altos. Contenía lo que le parecieron patatas y cebollas. Alguien debía de haberlas encargado en un colmado cercano y se había olvidado de subir la cesta.

Un ruido la hizo detenerse en seco. Se quedó inmóvil, con el oído aguzado. Al cabo de unos segundos percibió un quejido tan débil que al principio pensó que eran imaginaciones suyas, gentileza de un cerebro falto de sueño. Luego vislumbró una silueta informe sobre la acera, un amasijo de carne y pelo. Un gato herido.

Alguien más había visto al animal al mismo tiempo que ella y se acercaba desde el otro lado de la calzada. Una mujer. Con ojos castaño claro que formaban arrugas en las comisuras, su nariz picuda y su cuerpo robusto, parecía un pájaro..., un pájaro dibujado por un niño, redondo y vivaz.

—¿Está bien el gato? —preguntó.

Las dos se inclinaron y lo vieron al mismo tiempo: el animal estaba muy malherido, con los intestinos fuera y respirando lenta y fatigosamente.

Leila se quitó el fular para envolver con él al gato. Lo levantó con delicadeza y se lo colocó sobre un brazo.

—Tenemos que buscar un veterinario.

—¿A estas horas?

—No nos queda otro remedio.

Echaron a andar.

177

—Por cierto, me llamo Leila. Con i latina, no con i griega. He cambiado la forma de escribirlo.

—Yo soy Humeyra. Escrito como siempre. Trabajo en un *gazino* cerca del muelle.

—¿Y de qué trabajas?

—Mi banda y yo actuamos todas las noches —respondió, y con mayor energía, y no sin una pizca de orgullo, añadió—: Soy cantante.

—¡Vaya! ¿Cantas algo de Elvis?

—No. Interpretamos canciones antiguas, baladas tradicionales, también algunas modernas, en su mayor parte arabescas.

Por fin dieron con un veterinario. Al hombre le irritó que lo despertaran a esas horas, pero por suerte las dejó entrar.

—Con los años que tengo jamás había visto nada igual —dijo—. Costillas rotas, un pulmón perforado, pelvis astillada, cráneo fracturado, dentadura mellada... Ha debido de atropellarla un coche o un camión. Lo siento, dudo de que podamos salvar al pobre animal.

—Lo duda —repitió Leila despacio.

Los ojos del veterinario se convirtieron en rendijas detrás de las gafas.

—¿Disculpe?

—Quiero decir que no está seguro al cien por cien, ¿verdad? Usted duda, lo que significa que existe la posibilidad de que la gata sobreviva.

—Escuche: me doy cuenta de que quiere ayudar, pero, créame, es mejor sacrificarla. El animal ya ha sufrido mucho.

—Entonces buscaremos otro veterinario. —Leila se volvió hacia Humeyra—. ¿Verdad?

La otra mujer vaciló... solo un segundo. Asintió para manifestar su apoyo.

—Sí.

—De acuerdo, si están tan decididas intentaré ayudarlas, pero no prometo nada —dijo el veterinario—. Y debo advertirles de que no será barato.

A esta conversación le siguieron tres operaciones y meses de doloroso tratamiento. Leila costeó la mayor parte de los gastos y Humeyra pagó lo que pudo.

Al final el tiempo dio la razón a Leila. Pese a tener las zarpas rotas y a faltarle algunos dientes, la gata se aferró a la vida con todas sus fuerzas. Puesto que su recuperación había sido poco menos que un milagro, le pusieron el nombre de Sekiz, «ocho», pues sin duda un animal capaz de soportar tanto dolor debía de tener nueve vidas, de las que ya habría usado ocho.

Las dos mujeres se turnaron para cuidarla..., y poco a poco forjaron una sólida amistad.

Un par de años después, tras una etapa loca de escapadas nocturnas, Sekiz se quedó preñada. Al cabo de diez semanas parió cinco gatitos con personalidades bien distintas. Uno de ellos, negro con una minúscula mancha blanca, era sordo como una tapia. Leila y Humeyra lo llamaron de Mister Chaplin.

Hollywood Humeyra, la mujer que se sabía de memoria las baladas más hermosas de Mesopotamia y cuya vida se parecía a las historias tristes que se narraba en la mayoría de ellas.

Hollywood Humeyra, una de los cinco.

La historia de Humeyra

Humeyra nació en Mardin, no lejos del monasterio de San Gabriel, en las mesetas calizas de Mesopotamia. Calles serpenteantes, casas de piedra. Al crecer en una tierra tan antigua y turbulenta, estuvo rodeada por todas partes de vestigios de la historia. Ruinas sobre ruinas, tumbas nuevas dentro de tumbas viejas. Como oyó infinidad de leyendas de héroes y relatos de amor, llegó a añorar un lugar que ya no existía. Por extraño que pareciera, tenía la sensación de que la frontera —la raya donde terminaba Turquía y empezaba Siria— no era una línea divisoria fija, sino algo vivo, que respiraba: un animal nocturno que se movía mientras los habitantes de ambos lados dormían profundamente y que por la mañana se recolocaba desplazándose, solo un poquito, hacia la izquierda o la derecha. Los contrabandistas que cruzaban la frontera una y otra vez contenían el aliento al atravesar campos repletos de minas terrestres. En ocasiones una explosión rompía el silencio y los aldeanos rezaban para que fuera una mula lo que hubiera reventado en mil pedazos, y no el contrabandista al que llevaba sobre el lomo.

Aquel inmenso territorio se extendía desde el pie del Tur Abdin —«montaña de los siervos de Dios»— hasta una llanura que en verano adquiría una tonalidad beis. Sin embargo, a menudo los habitantes de la región se comportaban como isleños. Eran distintos de las tribus vecinas, y así lo sentían hondamente. El pasado los rodeaba por completo como unas profundas aguas oscuras, y ellos nadaban, pero no solos —nunca estaban solos—, sino acompañados por los fantasmas de sus antepasados.

Mor Gabriel era el monasterio ortodoxo sirio más antiguo del mundo. Igual que un ermitaño que se sustenta de agua y pequeños bocados de comida, había logrado sobrevivir a base de fe y pizcas de gracia. A lo largo de su historia había sido testigo de derramamientos de sangre, genocidios y persecuciones, y sus monjes habían sufrido la tiranía de los invasores que habían cruzado la región. A diferencia de sus muros de piedra fortificada, claros como la leche, su espectacular biblioteca no había sobrevivido. De los miles de libros y manuscritos que había albergado con orgullo en el pasado no se conservaba ni una sola página. En la cripta estaban enterrados centenares de santos y mártires. En el exterior, los olivos y los huertos que se extendían carretera abajo aportaban al aire sus aromas característicos. Por todas partes reinaba una calma que quienes no conocieran la historia podían confundir fácilmente con la paz.

Humeyra, al igual que muchos niños y niñas de la región, había crecido oyendo canciones, baladas y nanas en diversos idiomas: turco, kurdo, árabe, persa, armenio, siríaco. Había oído historias sobre el monasterio y había visto turistas, reporteros, religiosos y religiosas que llegaban y se iban. Las monjas eran quienes más la intrigaban. Como ellas, estaba decidida a no casarse. Sin embargo, la primavera en que cumplió los quince la sacaron del colegio sin previo aviso y la prometieron en matrimonio a un hombre con el que su padre había hecho negocios. Antes de cumplir los dieciséis ya estaba casada. Su marido era un hombre sin ambición, taciturno y asustadizo. Humeyra, sabedora de que no había deseado aquel enlace, sospechaba que tenía un amor que no lograba olvidar. Lo sorprendía una y otra vez mirándola con resentimiento, como si la culpara de sus propios pesares.

Durante el primer año de vida en común intentó mil veces conocerlo y conocer sus necesidades. Las de ella carecían de importancia. Sin embargo, él nunca estaba contento, las arrugas enseguida le surcaban la frente, como si fuera una ventana que se cubre de vaho inmediatamente después de haberla limpiado con un trapo. Al poco tiempo su negocio empezó a ir mal y tuvieron que mudarse a casa de la familia de él.

Vivir con la familia política doblegó el espíritu de Humeyra. La trataban como a una sirvienta todos los días, durante las veinticuatro horas..., una sirvienta sin nombre. «Mujer, trae el té.» «Mujer, ve a preparar el arroz.» «Mujer, ve a lavar las sábanas.» Viendo que la mandaban de aquí para allá y que no la dejaban estar quieta en ningún sitio, tenía la extraña sensación de que querían tenerla cerca y, al mismo tiempo, que desapareciera por completo. No obstante, habría sobrellevado la situación de no haber sido por las palizas. Un día su marido le partió una percha de madera en la espalda; otro, le golpeó las piernas con unas tenazas de hierro que le dejaron una señal granate en un lado de la rodilla izquierda.

Tan impensable era volver a casa de sus padres, como permanecer en aquel desdichado lugar. Una mañana, muy temprano, mientras los demás dormían, robó las pulseras doradas que su suegra guardaba en una caja de galletas que tenía en la mesita de noche. La dentadura postiza de su suegro, metida en un vaso de agua junto a la caja, sonrió con aire de complicidad. En la casa de empeños no le darían mucho por las pulseras, pero bastaría para comprar un billete de autocar a Estambul.

En la gran ciudad aprendió deprisa: a caminar con tacones de aguja, a alisarse el pelo, a maquillarse para aparecer deslumbrante bajo las luces de neón. Cambió su nombre por el de Humeyra y se hizo con un carnet de identidad falso. Tener buena voz y saberse de memoria centenares de canciones de Anatolia la ayudó a conseguir empleo en un club nocturno. La primera vez que subió al escenario temblaba como una hoja, pero por suerte la voz no le falló. Alquiló la habitación más barata que encontró en Karaköy, no lejos de la calle de los burdeles, y fue allí donde una noche, después de trabajar, conoció a Leila.

Se apoyaban la una a la otra con esa lealtad que solo son capaces de mostrar quienes no tienen a casi nadie en quien confiar. Siguiendo los consejos de Leila se tiñó de rubio, se puso lentes de contacto azul turquesa, se operó la nariz y renovó por completo su vestuario. Hizo todo eso y más al enterarse de que su marido había viajado a Estambul en su busca. Ya estuviera despierta o dormida, la aterrorizaba ser víctima de un crimen de honor. No podía evitar imaginarse el momento de su asesinato, que cada vez terminaba peor. Sabía que no siempre mataban a las mujeres acusadas de indecencia; en ocasiones las convencían para que se quitaran ellas mismas la vida. El número de suicidios forzados, sobre todo en poblaciones pequeñas del sudeste de Anatolia, había aumentado hasta el extremo de que la prensa extranjera hablaba de ello. En Batman, no lejos de donde Humeyra había nacido, el suicidio era la primera causa de muerte entre las jóvenes.

Leila siempre aconsejaba a su amiga que se tranquilizara. Le aseguraba que se contaba entre las personas con suerte, capaces de superar las adversidades, y que, al igual que los muros del monasterio que Humeyra había contemplado en su infancia y adolescencia, al igual que la gata a la que habían salvado juntas aquella noche imprevista, ella, pese a tenerlo todo en contra, estaba destinada a sobrevivir.

Diez minutos y veinte segundos

Durante los últimos segundos antes de que su cerebro dejara de funcionar, Leila recordó una tarta nupcial: de tres pisos, blanca, en capas, con cobertura de crema de mantequilla. La coronaba un airoso ovillo de lana roja con dos diminutas agujas de punto al lado, todo confeccionado con azúcar. Un homenaje a Mamá Amarga. Sin la autorización de la madama, Leila nunca habría podido marcharse.

En su habitación del primer piso se miraba la cara en el espejo resquebrajado. En el reflejo le pareció ver, apenas un instante, a su yo pasado. La chiquilla que había sido en Van la miraba con los ojos muy abiertos y un hula-hoop naranja en la mano. Lentamente, compadecida, Leila sonrió a la niña y por fin se reconcilió con ella.

El vestido de novia era sencillo pero elegante, con mangas de delicado encaje y un talle ceñido que resaltaba su cintura.

Una llamada a la puerta la sacó de su ensueño.

—¿Llevas el velo corto a propósito? —le preguntó Zaynab122 al entrar en la habitación. Sus plantillas almohadilladas produjeron un ruido de succión cuando cruzó el suelo desnudo—. Recuerda que vaticiné que sería mucho más largo. Por tu culpa ahora dudo de mis habilidades.

—No digas tonterías. Lo has acertado todo. Lo que pasa es que quería algo sencillo, nada más.

Zaynab122 se dirigió hacia las tazas de café que había en el rincón, miró una, aunque estaba vacía, y suspiró.

Siguieron unos instantes de incomodidad hasta que Leila volvió a hablar:

—Aún no me creo que Mamá Amarga me deje marchar.

—Supongo que es por el ataque con el ácido. Todavía se siente culpable, como debe ser. Sabía que ese hombre estaba mal de la chaveta, y aun así aceptó su dinero y te ofreció a él..., como un cordero al matadero. El muy bestia podría haberte matado.

En realidad Mamá Amarga no le había dado a Leila la necesaria bendición por amabilidad o porque reconociera una culpa no confesada. D/Alí le había pagado una sustanciosa suma, una cantidad sin precedentes en la calle de los burdeles. Más tarde Leila lo presionaría para que le dijera de dónde había sacado el dinero, y él le contaría que sus camaradas le habían ayudado. Proclamaría que la revolución apoyaba el amor y a los enamorados.

La imagen de una prostituta saliendo de un burdel vestida de novia —algo que no ocurría muy a menudo— atrajo a unos cuantos espectadores. Mamá Amarga había decidido que, ya que una empleada suya se iba para siempre, había que organizarle una buena fiesta. Había contratado a dos músicos gitanos que por su parecido debían de ser hermanos; uno aporreaba un tambor y el otro tocaba el clarinete hinchando las mejillas al tiempo que sus ojos bailaban al son de una melodía alegre. Todas habían salido en tromba a la calle y lanzaban vítores, aplaudían, pateaban, silbaban, ululaban, agitaban pañuelos y contemplaban embelesadas el espectáculo. Hasta los policías habían abandonado su puesto junto a la verja de la calle para averiguar a qué se debía el jaleo.

Leila ya sabía que la familia de D/Alí estaba al corriente de lo que ellos consideraban un escándalo. El padre había viajado desde Alemania en el primer vuelo que había encontrado para hacerle entrar en razón aunque fuera a palos..., literalmente, pues al principio amenazó con pegarle (si bien era demasiado mayor para eso), luego con desheredarlo (pese a que no quedaba mucha herencia que recibir) y por último con repudiarlo (lo que más dolor le causó). Pero desde la infancia D/Alí solía endurecerse ante la agresividad, por lo que la actitud de su padre solo consiguió que se reafirmara en su determinación. Sus hermanas lo llamaron una y otra vez para informarle de que su madre, afligida, lloraba a todas horas, como si su hijo estuviera muerto y enterrado. Leila suponía que D/Alí no le contaba todo para no disgustarla, y en el fondo se lo agradecía.

No obstante, alguna que otra vez había intentado expresar sus temores, pues le costaba creer que el pasado, su pasado, no acabara erigiéndose como un muro entre los dos que aumentaría de tamaño y se volvería cada vez más impenetrable.

—¿A ti no te preocupa? Quizá ahora no, pero ¿no te preocupará en el futuro? Saber lo que soy, lo que he hecho...

—No sé de qué me hablas.

—Sí que lo sabes. —La voz de Leila, que se había enronquecido por la angustia, se suavizó—. Sabes muy bien de qué hablo.

—De acuerdo, pero ahora escúchame: en casi todas las lenguas se emplean palabras distintas para referirse al pasado y al presente, y con razón. Por tanto, aquello era tu pasado y esto es tu presente. Me moriría de preocupación si hoy cogieras de la mano a otro hombre. Para que lo sepas: me pondría superceloso.

—Pero...

D/Alí, cuyos ojos brillaban de cariño, la besó con ternura. Se llevó los dedos de Leila hacia la minúscula cicatriz que tenía en un lado del mentón.

—¿La ves? Me la hice al caerme de un muro. En la escuela primaria. Y esta del tobillo al caerme de la bicicleta cuando intentaba ir con una sola mano. La de la frente es la más profunda, un regalo de mi querida madre: se enfadó tanto conmigo que arrojó un plato contra la pared..., y falló estrepitosamente, a la vista está. Podría haberme dado en el ojo. Ella lloró más que yo. Otra señal que llevaré toda la vida. ¿Te preocupa que tenga tantas cicatrices?

—¡Claro que no! ¡Te quiero como eres!

—¡Pues lo mismo digo!

Alquilaron un apartamento en la calle Kafka Peludo, en el número 70. En la última planta. Estaba muy destartalado, y la zona todavía era un poco mala, con curtidurías y peleterías desperdigadas, pero ambos tenían la seguridad de poder afrontar el reto. Por las mañanas Leila, tumbada entre las sábanas de algodón, aspiraba los olores del barrio, una combinación distinta cada día, y la vida le parecía extraordinariamente dulce, un regalo del cielo.

Al atardecer cada uno ocupaba su lugar favorito junto a la misma ventana y tomaban té contemplando la urbe que se extendía ante ellos, kilómetros y kilómetros de cemento. Miraban Estambul con ojos curiosos, como si no formaran parte de la ciudad, igual que si estuvieran solos en el mundo y los coches, los transbordadores y los edificios de ladrillo rojo no fueran más que un telón de fondo, detalles en un cuadro destinado a que solo lo vieran sus ojos. Oían los gritos de las gaviotas en lo alto, y el estruendo de algún que otro helicóptero de la policía, otra emergencia que se producía en algún lugar. Nada los afectaba. Nada perturbaba su paz. El primero que se despertaba por la mañana ponía la tetera en el fogón y preparaba el desayuno: pan tostado, pimientos en salmuera y *simit* comprado a un vendedor que pasara por la calle y servido con blancos dados de queso rociados de aceite de oliva y dos ramitas de romero, una para ella y otra para él.

Después del desayuno D/Alí cogía siempre un libro, encendía un cigarrillo y leía fragmentos en voz alta. Leila sabía que él deseaba que compartiera su pasión por el comunismo. Que deseaba que ambos fueran miembros del mismo club, ciudadanos de la misma nación, soñadores del mismo sueño. Eso la preocupaba sobremanera. Temía que, del mismo modo que en el pasado no había conseguido creer en el Dios de su padre, esta vez no lograra creer en la revolución de su marido. Quizá fuera culpa suya. Quizá no tuviera suficiente fe.

No obstante, D/Alí creía que era cuestión de tiempo. Algún día también ella pasaría a engrosar sus filas. Y con ese fin seguía proporcionándole toda la información.

—¿Sabes cómo asesinaron a Trotski?

—No, cariño, cuéntamelo.

Leila deslizó la yema de los dedos por los apretados rizos negros del pecho de su marido.

—Lo mataron con un piolet —dijo D/Alí con tono lúgubre—. Por orden de Stalin. Mandó a un asesino a México. Le daban miedo Trotski y su concepción internacionalista. Eran rivales políticos. Tengo que hablarte de la teoría trotskista de la revolución permanente. Te encantará.

Leila se preguntó si en esta vida podría haber algo permanente, pero prefirió callarse sus dudas.

—Sí, cariño, explícamela.

Expulsado dos veces debido a las malas notas y a la baja asistencia, y readmitido otras tantas gracias a sendas amnistías para alumnos suspendidos, D/Alí seguía yendo a la universidad, aunque Leila suponía que no se tomaba en serio su formación. La prioridad de su marido era la revolución, no ese «lavado de cerebro burgués» que algunos se empeñaban en llamar «enseñanza». Cada pocas noches se reunía con sus amigos para pegar carteles y repartir octavillas. Tenían que actuar en la oscuridad, con la mayor rapidez y sigilo posibles. «Como águilas reales —decía—. Llegamos y enseguida alzamos el vuelo.» Una vez regresó con un ojo morado: los fascistas les habían tendido una emboscada. Otra noche no acudió a casa y Leila casi murió de preocupación. Pero ella sabía, y él también, que en general eran una pareja feliz.

Primero de mayo de 1977. D/Alí y Leila salieron temprano de su pequeño apartamento para participar en la manifestación. Ella sentía un persistente nudo en el estómago de lo nerviosa que estaba. Le preocupaba que alguien la reconociera. ¿Qué haría si algún hombre que caminara a su lado resultase ser un antiguo cliente? D/Alí percibió sus temores pero insistió en que fueran juntos. Afirmó que ella pertenecía a la revolución y que no debería permitir que nadie le dijera que en esa sociedad justa del futuro no había lugar para ella. Cuanto más dudó Leila, con mayor firmeza le aseguró D/Alí que tenía más derecho que él y sus amigos a participar en el día Internacional de los Trabajadores. Al fin y al cabo, ellos eran estudiantes que no asistían a clase; la verdadera proletaria era ella.

Una vez convencida, tardó un buen rato en decidir qué ponerse. Unos pantalones parecían una buena opción, pero ¿ceñidos o anchos, de qué género y de qué color? Supuso que para la parte superior lo más acertado sería una camisa informal como la que llevaban muchas socialistas, holgada y recatada..., pese a que también quería estar guapa. Y tener un aspecto femenino. ¿Acaso era algo malo? ¿Una idea burguesa? Al final se decantó por un vestido azul celeste con cuello de encaje, una rebeca blanca y un bolso rojo en bandolera a juego con los zapatos planos. Un atuendo nada llamativo, que esperaba que no estuviera demasiado pasado de moda. Como es lógico, al lado de D/Alí parecía un arcoíris, ya que él vestía vaqueros oscuros, camisa negra con botones en el cuello y zapatos del mismo color.

Cuando se incorporaron a la manifestación les sorprendió lo multitudinaria que era. Leila jamás había visto tanta gente reunida. Se habían congregado cientos de miles de personas —estudiantes, trabajadores de fábricas, campesinos, profesores— que avanzaban juntas con expresión reconcentrada en un flujo interminable de sonidos formados por las consignas coreadas y los himnos que se cantaban. Más adelante alguien tocaba un tambor, pero, por más que se esforzó, Leila no consiguió ver quién era. Sus ojos, inquietos hasta ese momento, brillaban de pronto con un vigor renovado. Por primera vez en su vida se sentía formar parte de algo que la trascendía.

Había pancartas y carteles por doquier, un enjambre de palabras que se esparcían en todas las direcciones. «Lucha contra el imperialismo.» «Ni Washington ni Moscú: socialismo internacional.» «Trabajadores del mundo, ¡uníos!» «El jefe te necesita, tú no necesitas al jefe.» «Cómete a los ricos.» Vio un letrero que rezaba: «Nosotros estuvimos allí: echamos a los norteamericanos al mar». Se le encendieron los pómulos. También ella había estado aquel día de julio de 1968, trabajando en el burdel. Recordó que Mamá Amarga las había obligado a adecentar el establecimiento y que se había llevado un chasco al ver que los estadounidenses no habían acudido.

Cada pocos minutos D/Alí dirigía su penetrante mirada hacia ella para ver cómo se sentía. No le soltó la mano ni un instante. Los árboles de Judas perfumaban el día con su aroma, que lo impregnaba todo de esperanza y valentía renovadas. Sin embargo, ahora que Leila se sentía optimista, como si por fin perteneciera a un sitio, y ahora que se había permitido ese excepcional momento de ligereza, de pronto la asaltó un recelo conocido, la necesidad de mostrarse cauta. Empezó a reparar en detalles que al principio no había advertido. Bajo la fragancia dulce percibió el olor a cuerpos sudorosos, a tabaco, a mal aliento y a rabia..., a una rabia tan intensa que casi se palpaba. Se fijó en que cada grupo llevaba su pancarta y avanzaba un tanto separado del siguiente. Mientras la manifestación seguía adelante, oía a algunos asistentes gritar e insultar a otros, lo que la sorprendió sobremanera. Hasta entonces no se había dado cuenta de lo divididos que estaban los revolucionarios. Los maoístas despreciaban a los leninistas, quienes a su vez aborrecían a los anarquistas. Leila sabía que su amado estaba destinado a seguir otro camino: el de Trotski y la revolución permanente. Se preguntó si, del mismo modo que muchas manos en un plato hacían mucho garabato, la existencia de multitud de revolucionarios podía dar al traste con la revolución, pero una vez más se guardó sus pensamientos. Después de horas de marcha lenta llegaron a los aledaños del hotel Intercontinental, situado en la plaza Taksim. La muchedumbre había aumentado aún más y la humedad del aire era espantosa. La luz broncínea del sol crepuscular bañaba a los manifestantes. Una farola se encendió antes de tiempo en una esquina, tenue como un susurro. A lo lejos, encaramado al techo de un autobús, un líder sindicalista pronunciaba un discurso inflamado, y su voz sonaba mecánica y estentórea por el megáfono. Leila estaba cansada. Habría querido sentarse siquiera un momento. Con el rabillo del ojo observó a D/Alí, la firmeza de su mandíbula, el sesgo de sus pómulos, la tensión de los hombros. La asombró la belleza de su perfil recortado contra el millar de caras que los rodeaban y contra el resplandor del sol poniente, que le pintaba los labios de color burdeos. Le entraron ganas de besarlo, de saborearlo, de sentirlo en su interior. Bajó la vista avergonzada al pensar que él se disgustaría si se enterara de la idea, banal y vacua, que le había cruzado la mente, cuando debería reflexionar sobre asuntos más importantes.

—¿Estás bien? —le preguntó él.

—¡Claro que sí! —exclamó ella con un tono que esperaba que fuera el adecuado para no delatar su tibio entusiasmo por la manifestación—. ¿Tienes un cigarrillo?

—Toma, cariño.

D/Alí sacó una cajetilla, le ofreció uno y cogió otro para sí. Intentó encender el de Leila con su mechero de plata Zippo, pero no prendió.

—Déjame a mí —dijo ella quitándoselo de la mano.

En ese instante lo oyó: una serie de tableteos procedentes de todos los lados y de arriba, como si Dios estuviera deslizando un palo por los barrotes de una baranda del cielo. En la plaza se hizo un silencio inquietante. La quietud era tal que pareció que nadie se moviera, que nadie respirara. Luego se oyó otro estampido. Esta vez Leila lo reconoció. El miedo le formó un nudo en las tripas.

Al otro lado de las aceras, tras muros protectores, unos francotiradores se habían apostado en los pisos más altos del hotel Intercontinental. Disparaban sus armas automáticas, que apuntaban directamente a la multitud. Un chillido rompió en mil pedazos el silencio sobresaltado de los manifestantes. Una mujer lloraba; otra persona indicó a gritos a la gente que corriera. Obedecieron: echaron a correr sin saber hacia dónde ir. A la izquierda se encontraba la calle de los Caldereros, la calle donde Nalán compartía piso con sus compañeras y sus tortugas.

Miles de cuerpos se dirigieron en esa dirección, como un río que se desborda. Se empujaban, se abrían paso a empellones, gritaban, corrían, tropezaban unos con otros...

En el otro extremo de la calle apareció de repente un vehículo blindado de la policía, que cerró el paso. Los manifestantes comprendieron que habían quedado atrapados entre el peligro de los francotiradores apostados a su espalda y la certeza de la detención y la tortura que los esperaban delante. Los disparos, que durante unos instantes habían aflojado, arreciaron hasta convertirse en un tableteo continuo. Se elevó un enorme alarido cuando miles de bocas se abrieron a la vez, un intenso grito primitivo de horror y pánico. Apretujados, los que estaban en la parte posterior continuaron avanzando hasta aplastar a los situados a la cabeza, como piedras machacándose unas a otras. Una joven con un vestido floreado de color claro resbaló y acabó bajo el vehículo blindado. Leila chilló con todas sus fuerzas sintiendo en los oídos el fuerte golpeteo de su corazón. Ya no tenía cogida la mano de D/Alí. ¿Lo había soltado o él la había soltado a ella? Nunca lo sabría. Había notado su aliento en la mejilla, y al instante siguiente D/Alí ya no estaba.

Durante unos segundos logró verlo a unos dos o tres metros de distancia; la llamaba sin parar, pero el gentío los alejaba como una ola gigantesca que se llevara por delante cuanto encontraba a su paso. Oía el silbido de las balas, pero ya no sabía de dónde procedían; bien podían ser que las dispararan desde el suelo. A su lado, un hombre robusto perdió el equilibrio y se desplomó: le habían dado en el cuello. Leila jamás olvidaría la expresión de su rostro, de incredulidad más que de dolor. Unos minutos antes habían estado al timón de la historia, cambiando el mundo, derribando el sistema..., y ahora los perseguían y daban caza sin brindarles siquiera la oportunidad de ver el rostro de sus asesinos.

Al día siguiente, 2 de mayo, en los alrededores de la plaza Taksim se recogieron unas dos mil balas. Se informó de que más de ciento treinta personas habían resultado heridas de gravedad.

Leila telefoneó a todos los hospitales públicos y médicos particulares de la zona. Cuando ya no lograba encontrar las fuerzas necesarias para hablar con desconocidos, una de sus amigas la relevaba en la búsqueda. Procuraban dar siempre el nombre civil de D/Alí, a quien, al igual que a Leila, la vida había proporcionado un alias.

En los hospitales a los que llamaron había muchos Alís —algunos guardaban cama y recibían tratamiento, otros se encontraban en el depósito de cadáveres—, pero no había ni rastro del Alí de Leila. Al cabo de dos días Nostalgia Nalán probó suerte en un último lugar, una clínica de Gálata que ella conocía, donde le confirmaron que habían llevado allí a D/Alí. Era uno de los treinta y cuatro fallecidos, la mayoría de los cuales habían muerto pisoteados en la calle de los Caldereros.

Diez minutos y treinta segundos

En los segundos finales antes de que su cerebro sucumbiera, Tequila Leila evocó el sabor del whisky puro de malta. Era lo último que había pasado entre sus labios la noche en que murió.

Noviembre de 1990. Había sido un día normal y corriente. Por la tarde había preparado un cuenco de palomitas para compartirlas con Yamila, que se alojaba en su casa. Una receta especial: mantequilla, azúcar, maíz tostado, sal y romero. Apenas si habían empezado a comerlas cuando sonó el teléfono: era Mamá Amarga.

—¿Estás cansada? —De fondo se oía una suave melodía mística, que nada tenía que ver con la música que la madama solía escuchar.

—¿No daría eso igual?

Mamá Amarga fingió no oírla. Se conocían desde hacía tanto que se limitaban a hacer oídos sordos ante aquello que no querían molestarse en tomar en consideración.

—Escucha: tengo un cliente estupendo. Me recuerda a ese actor famoso, el que conduce el coche que habla.

—¿Al del coche fantástico, el de la serie de televisión?

—Sí, ¡premio! El tipo se parece a él. Y su familia está forrada.

—¿Y cuál es la pega? —preguntó Leila con cierta mordacidad—. Joven, guapo, con pasta: un hombre así no necesita una puta.

Mamá Amarga rio entre dientes.

—La familia es..., ¿cómo lo diría?, conservadora a más no poder. De una forma exagerada. El padre es un tirano y un matón. Quiere que su hijo lo releve en el negocio.

—Todavía no me has dicho cuál es la pega.

—¡Paciencia! El muchacho se casa la semana que viene, y su padre está muy preocupado.

—¿Por qué?

—Por dos razones. La primera es que el hijo no quiere casarse, no le gusta su prometida. Según mis fuentes, ni siquiera soporta estar con ella en la misma habitación. En segundo lugar, y este es un problema gordo, o sea, no para mí, sino a ojos del padre...

—Suéltalo ya, Mamá Dulce.

—Al chico no le van las mujeres —respondió la madama con un suspiro, como si la aburrieran las cosas de este mundo—. Tiene novio desde hace tiempo, y el padre está enterado. El hombre lo sabe todo. Cree que el matrimonio curará esa desviación de su hijo, así que le ha buscado una novia y ha organizado la boda, y supongo que también ha decidido la lista de invitados.

—¡Menudo padre! A mí me parece un imbécil.

—Sí, pero no es un imbécil cualquiera.

—Ajá, Imbécil Pachá.

—Eso es. Pues bien, Imbécil Pachá quiere que una mujer amable, refinada y experimentada enseñe a su hijo antes de la noche de bodas.

—Amable, refinada y experimentada... —repitió despacio Leila saboreando cada palabra. Mamá Amarga no la elogiaba casi nunca, por no decir nunca.

—Podría haber llamado a cualquiera de las otras chicas —dijo Mamá Amarga con impaciencia—. Tú ya te haces mayor, qué duda cabe, pero me consta que necesitas el dinero. ¿Todavía te ocupas de esa muchacha africana?

—Sí, está conmigo. —Leila bajó la voz—. De acuerdo. ¿Dónde?

—En el Intercontinental.

Leila puso cara larga.

—Ya sabes que no voy a ese hotel.

Mamá Amarga se aclaró la garganta.

—Esa es la dirección. Tú decides. En cualquier caso, tienes que aprender a pasar página. Tu D/Alí hace tiempo que murió. ¿Qué más te da que sea ese hotel o el motel de más allá?

Leila guardó silencio.

—¿Qué me dices? No puedo esperar todo el día.

—De acuerdo, iré.

—Así me gusta. Suite Bósforo Grand Deluxe. Un apartamento de lujo. Preséntate allí a las diez menos cuarto. Ah, algo más... Debes ponerte un vestido: manga larga, escotado, dorado, brillante..., y mini, no hace falta ni decirlo. Se trata de una petición especial.

—¿Es una petición del hijo o del padre?

Mamá Amarga se echó a reír.

—Del padre. Dice que al muchacho le gusta el oro y lo que brilla. Cree que un vestido así podría ayudar.

—Se me ocurre una idea: olvídate del hijo y mándame a ver a Imbécil Pachá. Me encantaría conocerlo..., de veras. A lo mejor le venía bien desmelenarse un poco.

—No digas tonterías. El viejo nos mataría de un tiro a las dos.

—Muy bien, entendido, pero no tengo ningún vestido así.

—Pues ve a comprarte uno —masculló Mamá Amarga—. ¡No me toques las narices!

Leila fingió no haber oído la última frase.

—¿Estás segura de que al hijo le parece bien?

—No le parece bien. Ya ha estado con otras cuatro chicas..., y por lo visto no llegó ni a tocarlas. Tu misión consiste en lograr que cambie de opinión. ¿Capiche?

Y colgó.

Al atardecer, Leila se encaminó hacia la avenida Istiklal, que evitaba pisar a menos que fuera preciso. La principal vía comercial de la ciudad estaba siempre abarrotada. Demasiados codos, demasiados ojos. Se unió a la multitud de viandantes tambaleándose sobre los tacones altos, vestida con una blusa escotada y una minifalda de cuero rojo. Avanzaban todos a pasitos sincronizados, con los cuerpos moldeados juntos. La muchedumbre que discurría de un extremo a otro de la avenida se perdía en la noche como tinta de una estilográfica rota.

Las mujeres miraban a Leila con indignación y los hombres con lascivia. Vio a mujeres del brazo de sus maridos, algunas con aire posesivo y otras contentas de ser poseídas. Vio a madres que volvían a casa empujando un cochecito de bebé tras visitar a algún pariente. Vio a chicas jóvenes con la vista gacha y a parejas no casadas que se cogían de la mano furtivamente. Todos se comportaban como si fueran dueños de su entorno, en la seguridad de que la ciudad seguiría ahí al día siguiente y en los venideros. Leila se vio un instante en un escaparate: tenía un aspecto más fatigado y afligido que el de su imagen mental de sí misma. Entró en la tienda. La dependienta —una mujer afable y de hablar dulce con un pañuelo a la cabeza atado en la nuca— la reconoció de visitas anteriores. La ayudó a encontrar el vestido ideal.

—Te sienta de maravilla, combina a la perfección con tu tono de piel —dijo entusiasmada cuando Leila salió del probador. Había dirigido esas palabras a infinidad de mujeres con independencia de la prenda que se hubieran puesto.

Aun así, Leila sonrió porque la mujer no había mostrado ningún prejuicio contra ella. Pagó el vestido, que se dejó puesto. Metió en una bolsa de plástico la ropa con la que había entrado y la dejó en la tienda. Ya pasaría otro día a recogerla.

Consultó el reloj. Al ver que todavía disponía de un poco de tiempo se dirigió al club Karavan. Los aromas de la comida callejera flotaban por la avenida: döner kebab, arroz con garbanzos, tripas de cordero asadas.

En el Karavan encontró a Nalán tomando una copa con una alegre pareja sueca que estaba viajando en bicicleta de Gotemburgo a Karachi: 7.813 kilómetros. Atravesarían Turquía de punta a punta y luego cruzarían Irán. El mes anterior habían hecho un alto en Berlín y a medianoche habían visto izar la bandera de la República Federal de Alemania delante del edificio del Reichstag. Enseñaban las fotografías a Nalán, que parecía disfrutar de la conversación pese a que no compartían ningún idioma que hablaran los tres. Leila se quedó un rato con ellos, contentándose con observarlos en silencio.

Había un periódico sobre la mesa. Primero leyó las noticias y después su horóscopo, que rezaba: «¿Cree ser víctima de circunstancias que escapan a su control? Hoy es el día en que eso puede cambiar. Debido a la conjunción astral sentirá una euforia desacostumbrada. Pronto tendrá un encuentro apasionante, pero solo si toma la iniciativa. Relájese, deje de preocuparse y de guardarse sus sentimientos para sí, salga a pasear y sea dueño de su vida. Es hora de que se conozca a sí mismo».

Negó con la cabeza al tiempo que encendía un cigarrillo y dejó el Zippo sobre la mesa. ¡Sonaba de maravilla: «Conócete a ti misma»! A los pueblos de la Antigüedad les había gustado tanto esa máxima que la habían grabado en las paredes de sus templos. Si bien Leila consideraba que era cierta, la enseñanza que transmitía le parecía incompleta. Tendría que ser: «Conócete a ti misma y reconoce a un cabrón en cuanto lo veas». El conocimiento de una misma y el reconocer a los cabrones debían ir unidos. No obstante, si no acababa la velada demasiado cansada regresaría a casa a pie, intentaría relajarse y ser dueña de su vida, significara lo que significase.

A la hora acordada, con su vestido nuevo y unos zapatos destalonados de color violeta y tacón de aguja, Leila caminó hacia el hotel Intercontinental, cuya elevada forma compacta se recortaba contra el firmamento nocturno. Notaba la espalda tensa y casi esperaba oír el estruendo de un vehículo blindado al doblar una esquina, el silbido de una bala al pasar junto a su cabeza, los gritos y chillidos multiplicados. Pese a que el aparcamiento de delante del edificio estaba desierto, sintió la presencia de centenares de cuerpos que la apretujaban por todas partes. Se le hizo un nudo en la garganta. Poco a poco soltó el aire contenido en sus doloridos pulmones.

Un instante después traspasó las puertas de cristal y miró alrededor con expresión serena. Arañas de diseño exclusivo, lámparas de bronce bruñido, suelo de mármol: el mismo interior ostentoso que podía verse en establecimientos similares de todo el mundo. Sin el menor rastro de memoria colectiva. Sin conocimiento compartido de la historia. Lo habían redecorado por completo, habían cubierto las ventanas con cortinas plateadas, habían reemplazado el pasado por glamour y oropel.

En la entrada había un arco detector de metales, una cinta transportadora y, al lado, tres guardias fornidos. El nivel de alerta había aumentado en la ciudad tras los ataques terroristas contra hoteles de lujo de Oriente Próximo. Leila depositó el bolso en la cinta transportadora y pasó por el detector de metales contoneándose. Los guardias la miraron con lascivia y la boca abierta. Cuando fue a recoger el bolso al otro lado, se inclinó para ofrecerles una generosa vista del escote.

Detrás del mostrador de recepción había una joven con un bronceado auténtico y una sonrisa falsa. Su rostro reflejó perplejidad cuando Leila se acercó. Durante una fracción de segundo, la chica dudó de si Leila era lo que ella creía que era o una huésped extranjera empeñada en vivir una noche loca en Estambul, a la búsqueda de un recuerdo inolvidable que compartir con sus amigos a la vuelta a su país. En el segundo caso, la recepcionista seguiría sonriendo; en el primero, fruncía el entrecejo.

Su expresión pasó de la curiosidad cortés al desprecio indisimulado en cuanto Leila habló.

—Buenas noches, cielo —dijo Leila con tono alegre.

—¿En qué puedo ayudarla? —La voz de la recepcionista era tan fría como su mirada fija.

Leila tamborileó con las uñas sobre el tablero de cristal del mostrador mientras le indicaba el número de habitación.

—¿A quién debo anunciar?

—Dile que es la mujer a la que lleva esperando toda su vida.

La recepcionista entornó los ojos, pero no dijo nada. Se apresuró a marcar el número, mantuvo una breve conversación con el hombre que atendió la llamada, y colgó.

—Puede subir —dijo sin mirar a Leila.

—*Merci*, cielo.

Leila caminó despacio hacia los ascensores y apretó el botón de subir. Una pareja de ancianos norteamericanos que regresaban a su habitación entraron con ella en el cubículo y la saludaron con la despreocupación propia de los norteamericanos de cierta edad. Para ellos la noche llegaba a su fin; para Leila acababa de empezar.

Séptima planta. Largos pasillos bien iluminados, alfombras con estampados de rombos de colores vivos. Leila se detuvo delante del apartamento de lujo, respiró hondo y llamó a la puerta. La abrió un hombre. En efecto, se parecía al actor del coche que hablaba. Al ver que tenía los ojos un poco enrojecidos y que parpadeaba mucho, Leila se preguntó si habría estado llorando. Sujetaba con fuerza un teléfono, como si temiera soltarlo. Acababa de hablar con alguien. ¿Quizá con su amor? El instinto le dijo a Leila que seguramente así era..., aunque no debía de ser la mujer con la que iba a casarse.

—Ah, hola... Te esperaba. Pasa, por favor.

Le costaba un poco articular las palabras. La botella de whisky medio vacía que había sobre la mesa de nogal confirmó las sospechas de Leila.

El hombre señaló el sofá con la cabeza.

—Siéntate. ¿Te apetece tomar algo?

Ella se quitó el fular y lo arrojó sobre la cama.

—¿Tienes tequila, cielo?

—¿Tequila? No, pero si quieres llamo al servicio de habitaciones.

Qué educado era…, y qué destrozado estaba. Le faltaba el valor para plantar cara a su padre y no deseaba renunciar a las comodidades a que estaba acostumbrado, y sin duda por eso se odiaba a sí mismo y seguiría odiándose el resto de su vida.

Leila agitó una mano.

—No hace falta. Tomaré lo que tengas.

El hombre se volvió a medias y se acercó el auricular a los labios.

—Ya está aquí —dijo—. Te llamaré más tarde. Sí, desde luego. No te preocupes.

La persona con la que hablaba los había oído desde el principio.

—Espera. —Leila alzó la mano.

Él se quedó mirándola, indeciso.

—No te preocupes por mí. Sigue hablando. Voy al balcón a fumar.

Salió sin darle tiempo a replicar. La vista era impresionante: luces tenues de los últimos ferris de la jornada, un transatlántico a lo lejos y, junto al muelle, una barcaza con un enorme rótulo luminoso que anunciaba la venta de *köfte* y caballa. ¡Cuánto le habría gustado estar allí, sentada en uno de esos taburetes minúsculos, comiendo una pita rellena, en vez de en la séptima planta de un hotel en compañía de la desesperanza!

Al cabo de unos diez minutos se abrió la puerta de dos hojas y el hombre salió con dos vasos de whisky. Le entregó uno. Se sentaron juntos en un diván, con las rodillas rozándose, y dieron un sorbo a las bebidas. Era whisky puro de malta de primera.

—Tengo entendido que tu padre es muy religioso. ¿Sabe que bebes? —le preguntó Leila.

El joven frunció el ceño.

—¡Mi padre no sabe ni una mierda de mí! —Bebía despacio pero con determinación. A ese ritmo, por la mañana tendría una resaca monumental—. Es la quinta vez que hace esto en el último mes. Me busca mujeres y me las envía a un hotel distinto cada vez. Él corre con los gastos. Y yo tengo que recibir a esas pobres chicas y pasar la noche con ellas. Es bochornoso. —Tragó saliva—. Mi padre espera unos días, se da cuenta de que no estoy «curado» y concierta otra cita. Supongo que continuará así hasta la boda.

—¿Y si te niegas?

—Lo pierdo todo —respondió el hombre, que entornó los ojos al pensarlo.

Leila apuró el whisky de un trago. Se levantó, le quitó el vaso de la mano y lo dejó en el suelo junto al suyo. Él la miró de hito en hito..., nervioso.

—Escucha, cielo: ya veo que no te apetece seguir con esto. También me doy cuenta de que quieres a alguien y de que preferirías estar con esa persona. —Leila recalcó la última palabra, evitando mencionar el género—. Llámala otra vez e invítala a venir. Pasad la noche juntos en esta habitación de fábula, hablad del problema e intentad encontrar una solución.

—¿Y tú?

—Yo me voy, pero no se lo digas a nadie. Ni tu padre ni mi madama deben enterarse. Diremos que ha sido una noche tórrida, que tú eres increíble en la cama, un amante de primera. Yo recibiré mi paga y tú tendrás un poco de tranquilidad..., aunque debes resolver la situación. Lamento decirlo, pero esa boda me parece una locura. No es justo que metas a tu prometida en este lío.

—Qué va, estará contenta de todas formas. Ella y su familia son unos buitres y solo buscan nuestro dinero. —Se interrumpió al pensar que quizá había hablado más de la cuenta. Se inclinó para besarle la mano—. Gracias. Te debo una.

—De nada —dijo Leila antes de encaminarse hacia la puerta—. Por cierto, dile a tu padre que llevaba puesto un vestido de lentejuelas doradas. Al parecer es importante.

Leila salió del hotel discretamente, detrás de un grupo de turistas españoles. La recepcionista, atareada con el registro de unos clientes recién llegados, no la vio marcharse.

De nuevo en la calle, aspiró una bocanada de aire. La luna, en cuarto creciente, estaba blanca como la cera. Se dio cuenta de que se había dejado el fular en la habitación. Por un instante pensó en volver a buscarlo, pero no quiso molestar al hombre. ¡Caramba!, le encantaba ese fular; era de seda pura.

Se colocó un cigarrillo entre los labios y hurgó en el bolso en busca del mechero. No lo encontró. Había perdido el Zippo de D/Alí.

—¿Quieres fuego?

Levantó la cabeza. Un coche se había acercado al bordillo y se había detenido unos pasos por delante de ella. Un Mercedes plateado. Tenía tintadas las ventanillas de atrás y apagados los faros. Un hombre con un encendedor en la mano la observaba por una ventanilla medio bajada.

Leila caminó hacia él despacio.

—Buenas noches, ángel.

—Buenas noches.

El hombre le encendió el cigarrillo sin dejar de mirarle los pechos. Llevaba una chaqueta de terciopelo verde jade sobre un jersey de cuello alto de un tono más oscuro.

—*Merci*, cielo.

Se abrió la otra portezuela y salió el conductor. Era más delgado que su amigo y la chaqueta le colgaba de los hombros. Calvo, con las mejillas hundidas y cetrinas. Los dos tenían las cejas arqueadas y los ojos de color castaño oscuro, pequeños y muy juntos. Debían de ser parientes, supuso Leila. Quizá primos. Pero su impresión más inmediata había sido que parecían muy tristes..., sobre todo porque eran muy jóvenes.

—Hola —saludó con tono seco el conductor—. Qué vestido más bonito.

Los dos hombres parecieron transmitirse algo, una señal de reconocimiento, como si supieran quién era ella, aunque estaba segura de que no los conocía de nada. Pese a que en ocasiones olvidaba los nombres, siempre recordaba las caras.

—Nos preguntábamos si te apetecería dar una vuelta con nosotros —dijo el conductor.

—¿Una vuelta?

—Sí, ya sabes...

—Depende.

El hombre propuso un precio.

—¿Por los dos? Ni loca.

—Solo por mi amigo —respondió el conductor—. Hoy cumple años y este es mi regalo.

A Leila le extrañó un poco, pero había visto cosas más raras en esa ciudad y no le dio importancia.

—¿Seguro que tú no quieres participar?

—No, no me gusta... —El hombre no acabó la frase.

Leila se preguntó qué sería lo que no le gustaba: ¿las mujeres en general o solo ella? Pidió el doble de lo que él había ofrecido.

El conductor apartó la vista.

—De acuerdo.

A Leila le sorprendió que no regateara. Era insólito que en aquella ciudad se llevara a cabo una transacción sin discutir el precio.

—¿Vienes? —le preguntó el otro hombre, que ya había abierto la portezuela desde dentro.

Leila dudó al pensar que Mamá Amarga se subiría por las paredes si llegaba a enterarse. Pocas veces, por no decir nunca, aceptaba un trabajo sin que la madama lo supiera. Sin embargo, la suma de dinero era demasiado buena para rechazarla, sobre todo con los gastos crecientes de Yamila, a quien habían diagnosticado un lupus y sufría un brote de la enfermedad. En una sola noche recibiría dos pagas suculentas, una del padre del joven del hotel y otra de ese hombre.

—Una hora, ni un minuto más. Y yo os indicaré dónde parar.

—Trato hecho.

Subió al coche y se sentó en el asiento de atrás. Bajó la ventanilla para respirar el aire fresco y puro. En ciertos momentos la ciudad parecía limpia, como si una mano servicial la hubiera lavado arrojándole encima un cubo de agua.

Vio una caja de puros sobre el salpicadero y, encima, tres ángeles de porcelana vestidos con túnicas largas. Los observó abstraída unos minutos.

El coche aceleraba.

—Gira a la derecha en la siguiente —dijo Leila.

El hombre la miró por el retrovisor con una expresión aterradora y al mismo tiempo insoportablemente triste.

Leila sintió un escalofrío en la espalda. Intuyó, demasiado tarde, que el hombre no le haría caso.

Los ocho segundos restantes

Lo último que recordó Leila fue el sabor del pastel de fresa casero.

Durante su infancia y adolescencia en Van, las celebraciones estaban reservadas a dos causas reverenciadas: la nación y la religión. Sus padres conmemoraban el nacimiento del profeta Mahoma y el de la República de Turquía, pero no consideraban que el nacimiento de un ser humano normal y corriente fuera digno de festejarse todos los años. Leila nunca les había preguntado el porqué. No cayó en la cuenta hasta que se marchó de casa y en Estambul descubrió que al parecer los demás recibían un pastel o un regalo en ese día especial. Desde entonces, cada 6 de enero hacía cuanto podía por divertirse, sucediera lo que sucediese. Y si se topaba con alguien que se corría una juerga desmadrada, no lo juzgaba; a saber: a lo mejor esa persona, al igual que ella, se pasaba de la raya intentando compensar una niñez sin sombreros de fiesta.

Sus amigos le habían organizado una fiesta en todos sus cumpleaños, con pastelitos, serpentinas colgadas y montones de globos. Los cinco: Sabotaje Sinán, Nostalgia Nalán, Yamila, Zaynab122 y Hollywood Humeyra.

Leila consideraba que nadie debería ambicionar tener más de cinco amigos. Uno solo ya era una suerte. Las personas más afortunadas podían tener dos o tres, y las nacidas bajo un cielo sembrado de estrellas brillantísimas, un quinteto..., más que suficiente para toda una vida. No era prudente buscar más, pues quizá entonces se corriera el riesgo de perder a aquellos en quienes se confiaba.

Muchas veces había pensado que el cinco era un número especial. La Torá se componía de cinco libros. Jesucristo había sufrido cinco heridas mortales. El islam se fundaba sobre cinco pilares de la fe. El rey David había matado a Goliat con cinco piedras. En el budismo existían cinco caminos y Shiva mostraba cinco caras que miraban en cinco direcciones. La filosofía china giraba en torno a cinco elementos: el agua, el fuego, la madera, el metal, la tierra. Había cinco sabores reconocidos en todo el mundo: el dulce, el salado, el ácido, el amargo y el umami. Las percepciones humanas se basaban en cinco sentidos básicos: oído, vista, olfato, gusto y tacto; por mucho que los científicos aseguraran que existían más y les dieran nombres incomprensibles, los cinco de siempre eran los que todo el mundo conocía.

En el que habría de ser su último cumpleaños, sus amigos eligieron un menú suntuoso: guiso de cordero con puré de berenjena, *börek* con espinacas y queso feta, judías con pastrami picante, pimientos verdes rellenos y una tarrina de caviar fresco. Se suponía que el pastel sería una sorpresa, pero Leila los había oído sin querer mientras hablaban de él; las paredes del piso eran más finas que las lonchas de pastrami, y Nalán, que desde hacía décadas fumaba como un carretero y bebía como una esponja, susurraba con voz ronca, chirriante, que sonaba como si se raspase un metal con papel de lija.

Fresas con nata y una cobertura esponjosa de color rosa claro. Eso planeaban. A Leila no le entusiasmaba el rosa; prefería el fucsia, que tenía personalidad. El nombre mismo se derretía en la lengua con su dulzura que hacía la boca agua y con su contundencia. El rosa era un fucsia sin garra; pálido y apagado como una sábana raída de tanto lavarla. Tal vez debiera pedir un pastel fucsia.

—¿Cuántas velas pondremos? —preguntó Hollywood Humeyra.

—Treinta y uno, cielo —respondió Leila.

—Sí, ya, treinta y uno, ¡en cada pata! —Nostalgia Nalán rio entre dientes.

Si la amistad implica rituales, ellos los tenían a carretadas. Además de los cumpleaños, celebraban el día de la Victoria, el día de la Conmemoración de Atatürk, el día de la Juventud y del Deporte, el día de la Infancia y de la Soberanía Nacional, el día de la República, el día del Cabotaje, el día de San Valentín, la Nochevieja... En esas ocasiones cenaban juntos y degustaban exquisiteces que apenas si podían permitirse. Nostalgia Nalán servía su bebida favorita, el pata pata boom boom, un cóctel que había aprendido a preparar cuando flirteaba con un camarero del Karavan: zumo de granada y de lima, vodka, menta machacada, semillas de cardamomo y un generoso chorro de whisky. Los del grupo que bebían alcohol se achispaban y acababan con las mejillas encendidas; los abstemios rigurosos tomaban Fanta de naranja. Pasaban el resto de la velada viendo películas en blanco y negro. Veían una tras otra apretujados en el sofá, muy concentrados y en un silencio roto de vez en cuando por un suspiro o un grito ahogado. Las estrellas de Hollywood de antes y las estrellas turcas del pasado dominaban el arte de cautivar al espectador. Leila y sus amigos se sabían de memoria los diálogos.

Nunca les había dicho —no de manera explícita— que ellos constituían su red de seguridad. Cada vez que tropezaba o se venía abajo, estaban a su lado para apoyarla o amortiguar el impacto de la caída. En las noches en que un cliente la maltrataba, hallaba las fuerzas para mantenerse en pie sabiendo que sus amigos, con su mera presencia, eran el bálsamo para curarle los rasguños y moretones, y los días en que se regodeaba en la autocompasión, en que el pecho se le desgarraba, la levantaban con delicadeza y le insuflaban vida en los pulmones.

Cuando su cerebro se apagó por completo y los recuerdos se disolvieron hasta convertirse en un muro de niebla densa como la pena, la última imagen que Leila evocó fue la del alegre pastel rosa de cumpleaños. Habían pasado la velada charlando y riendo como si nada pudiera separarlos jamás y la vida fuera solo un espectáculo emocionante y perturbador, pero que no entrañaba ningún peligro real, como una invitación a entrar en el sueño de otra persona. En la televisión, Rita Hayworth agitaba su melena y meneaba las caderas de tal modo que su vestido caía al suelo con un frufrú de seda. Ladeaba la cabeza hacia la cámara y esbozaba aquella famosa sonrisa suya, la sonrisa que en todo el mundo muchos habían considerado lasciva. No era el caso de Leila y sus amigos: la querida Rita no los engañaba. Reconocían a una mujer triste con solo verla.

SEGUNDA PARTE

El cuerpo

El depósito de cadáveres

El depósito de cadáveres se hallaba al fondo del hospital, en el extremo nordeste del sótano. Se llegaba a él por un pasillo pintado del verde pálido del Prozac y sensiblemente más frío que el resto del edificio, como si día y noche estuviera expuesto a las corrientes de aire. En el ambiente flotaba el olor acre de los productos químicos. Se veían pocos colores: blanco tiza, gris acerado, azul gélido y el oscuro rojo herrumbroso de la sangre coagulada.

El forense —un hombre flaco y un poco cargado de espaldas, de frente amplia y abombada y ojos negros como la obsidiana— se limpió las manos en los lados de la bata y echó una ojeada al último ingreso. Otra víctima de homicidio. En su rostro apareció una expresión de indiferencia. Había visto demasiadas en el transcurso de los años: jóvenes y viejas, ricas y pobres, atravesadas de forma fortuita por una bala perdida o abatidas de un tiro a sangre fría. Llegaban cadáveres a diario. Sabía bien en qué momento del año la cifra de víctimas mortales aumentaba y cuándo disminuía. Se cometían más homicidios en verano que en invierno; en Estambul, los meses de mayo a agosto eran los de mayor número de agresiones sexuales con agravantes y de intentos de asesinato en Estambul. Al llegar octubre los delitos descendían en picado junto con la temperatura.

Había desarrollado su propia teoría para explicarlo: estaba convencido de que tenía que ver con los hábitos alimentarios. En otoño los bancos de bonito del mar Negro que se desplazaban hacia el sur en dirección al Egeo nadaban tan cerca de la superficie que podía pensarse que, agotados por la migración forzosa y por la amenaza constante de los barcos de arrastre, solo deseaban que los pescaran de una vez para siempre. En los restaurantes, los hoteles, las casas y las cafeterías de empresas y fábricas, los niveles de serotonina se disparaban y los de estrés caían a plomo cuando se consumía ese delicioso pescado azul. En consecuencia, se transgredía menos la ley. Pero el rico bonito no obraba milagros, de modo que la tasa de criminalidad volvía a subir. En un país en que a menudo la justicia llegaba tarde, si es que llegaba, muchos ciudadanos buscaban venganza y se desquitaban de un daño con otro mayor. «Dos ojos por un ojo y una mandíbula por un diente.» No todos los crímenes eran premeditados; de hecho la mayoría se perpetraba de manera impulsiva. Una mirada percibida como lasciva podía dar pie a un asesinato. Una palabra malinterpretada podía ser la excusa para un derramamiento de sangre. En Estambul matar resultaba fácil, y morir más fácil aún.

El forense examinó el cadáver, extrajo los líquidos corporales y abrió el pecho practicando una incisión de las clavículas al esternón. Dedicó un rato largo a inspeccionar las heridas, reparó en el tatuaje que la mujer tenía sobre el tobillo derecho y se fijó en la zona de piel descolorida de la espalda…, a todas luces la cicatriz de una quemadura química causada por una sustancia corrosiva, probablemente ácido; supuso que se remontaba a unos veinte años. Se preguntó cómo habría ocurrido. ¿La habrían atacado por detrás o había sido un accidente extraño? Y en ese último caso, ¿por qué tenía la víctima ese ácido en su poder?

Puesto que no era preciso realizar un análisis interno completo, se sentó a escribir un informe somero. Consultó el atestado policial adjunto al expediente para recabar más datos.

Nombre y apellido: Leyla Akarsu.
Segundo y tercer nombre: Afife Kamile.
Dirección: calle Kafka Peludo, 70, 8.º. Pera, Estambul.

El cuerpo corresponde a una mujer caucásica bien desarrollada y bien alimentada de 1,70 de estatura y 61 kilos de peso. La edad no parece concordar con los 32 años que constan en el carnet de identidad. Debe de tener entre 40 y 45. Se ha practicado un examen para determinar la causa y forma de la muerte.

Atuendo: vestido de lentejuelas doradas (rasgado), zapatos de tacón, ropa interior de encaje. Cartera de mano que contiene un carnet de identidad, un pintalabios, un cuaderno, una estilográfica y llaves de casa. Sin dinero ni joyas (tal vez robados).

Se estima que el deceso se produjo entre las 3.30 y las 5.30 h. No se aprecian signos de que mantuviera relaciones sexuales. La víctima fue golpeada con un objeto (contundente) pesado y estrangulada hasta su muerte después de que quedara inconsciente.

Dejó de teclear. Le preocupaban las marcas del cuello. Junto a las huellas de los dedos del asesino se observaba una raya rojiza que parecía causada tras la muerte. Se preguntó si quizá la mujer llevaba un collar y se lo habían arrancado de un tirón. En realidad ya no importaba. Como a todos los difuntos sin reclamar, la enviarían al Cementerio de los Solitarios.

No se llevarían a cabo los rituales funerarios del islam para esa mujer. Ni los de ninguna otra religión. Sus parientes más cercanos no lavarían su cuerpo; nadie le recogería el cabello en tres trenzas; nadie le colocaría con delicadeza las manos sobre el corazón en un gesto de paz eterna ni le cerraría los párpados a fin de garantizar que a partir de entonces su mirada se volviera hacia el interior. Al lado de su tumba no habría portadores del féretro ni dolientes, ningún imán que dirigiese los rezos ni ninguna plañidera profesional contratada para llorar y gemir más fuerte que los demás. La enterrarían como se enterraba a los indeseables: en silencio y con premura.

Probablemente nadie la visitaría después. Quizá una vecina anciana o una sobrina —lo bastante lejana para que no le importara la deshonra familiar— acudiera unas cuantas veces, pero al final las visitas cesarían. Al cabo de unos meses la sepultura de la mujer, sin lápida ni ninguna otra señal, se confundiría con su entorno. Antes de que transcurrieran diez años nadie sería capaz de localizar su paradero. Se convertiría en un número más del Cementerio de los Solitarios, otra alma digna de compasión cuya vida recordaba al principio de los cuentos anatolios: «Había y no había una vez...».

El forense seguía encorvado sobre el escritorio, con el entrecejo fruncido en un gesto de concentración. No deseaba averiguar quién era esa mujer y qué vida había llevado. Ni siquiera cuando empezó a ejercer la profesión le había despertado demasiada curiosidad la historia de las víctimas; lo que le interesaba de verdad era la muerte en sí. No como un concepto teológico o una cuestión filosófica, sino como una materia de investigación científica. No dejaba de asombrarle lo poco que había avanzado la humanidad en los ritos funerarios. Una especie que había ideado relojes de pulsera digitales, que había descubierto el ADN y había creado escáneres de resonancia magnética se había quedado estancada de forma lamentable en lo tocante al trato dispensado a sus muertos. Las prácticas no eran mucho más avanzadas que las de hacía mil años. Sí, quienes tenían dinero e imaginación a espuertas parecían disponer de unas cuantas opciones más que el resto: podían mandar que arrojaran sus cenizas al espacio exterior si así lo deseaban; o pedir que los congelasen... con la esperanza de que los resucitaran al cabo de cien años. Pero para la mayoría las posibilidades eran limitadas: entierro o incineración. Nada más. Si había un Dios en el cielo, debía de reírse a mandíbula batiente de una especie humana que, si bien era capaz de fabricar bombas atómicas y desarrollar la inteligencia artificial, seguía sintiéndose a disgusto con su carácter mortal y no sabía qué hacer con sus difuntos. Qué penoso era tratar de relegar la muerte a la periferia de la vida, cuando la muerte se hallaba en el centro de todo.

Llevaba mucho tiempo trabajando con cadáveres y prefería su silenciosa compañía a la cháchara interminable de los vivos. No obstante, cuantos más examinaba, más le intrigaba el proceso de la muerte. ¿En qué momento preciso un ser vivo se convertía en un cadáver? Cuando era un joven licenciado recién salido de la Facultad de Medicina había tenido clara la respuesta, pero ya no estaba tan seguro. Ahora le parecía que, del mismo modo que una piedra lanzada a un estanque formaba ondas que se propagaban en círculos concéntricos, el cese de la vida generaba diversos cambios, tanto materiales como inmateriales, y que la muerte solo debía certificarse una vez completados los últimos cambios. En las revistas médicas que leía con minucioso detenimiento había encontrado un estudio revolucionario que lo había entusiasmado. Investigadores de diversas instituciones de renombre internacional habían detectado una actividad cerebral persistente en personas recién fallecidas; en algunos casos había durado unos pocos minutos, en otros hasta diez minutos y treinta ocho segundos. ¿Qué sucedía en ese lapso? ¿Los muertos recordaban el pasado? De ser así, ¿qué partes y en qué orden? ¿Cómo podía la mente condensar una vida entera en el tiempo que tarda en hervir el agua de una tetera?

Investigaciones posteriores habían demostrado asimismo que más de un millar de genes seguían funcionando en los cadáveres días después de que se hubiera declarado la muerte de la persona. Todos esos hallazgos lo fascinaban. Quizá los pensamientos de una persona vivieran más tiempo que su corazón; sus sueños más que el páncreas; sus deseos más que la vesícula biliar... De ser cierto, ¿no debería considerarse «semivivos» a los seres humanos mientras los recuerdos que los habían forjado continuaran palpitando, formando parte de este mundo? Aunque no conociera las respuestas, todavía no, consideraba fundamental buscarlas. Jamás se lo habría contado a nadie, porque nadie lo habría entendido, pero lo cierto era que le gustaba mucho trabajar en el depósito de cadáveres.

Alguien llamó a la puerta. El forense salió de su ensimismamiento con un sobresalto.

—Adelante.

Entró el celador, Kameel Effendi, que cojeaba un poco. Era un hombre tierno y bondadoso, y parte integrante del hospital después de trabajar tantos años en él. Aunque lo habían contratado para que realizara labores de subalterno, llevaba a cabo cualquier tarea que se necesitara, incluso dar puntos de sutura a algún que otro paciente cuando faltaban cirujanos en urgencias.

—*Selamün aleyküm*, doctor.

—*Aleyküm selam*, Kameel Effendi.

—¿Esta es la prostituta sobre la que chismorrean las enfermeras?

—Sí. La han traído poco antes del mediodía.

—Pobrecita. Que Alá le perdone los pecados que haya cometido.

El forense esbozó una sonrisa que no llegó a reflejarse en sus ojos.

—¿«Que haya cometido»? Un comentario curioso teniendo en cuenta quién era. Toda su vida fue pecaminosa.

—Sí, quizá tenga usted razón..., aunque a saber quién es más merecedor del cielo, si esta desafortunada o el fanático que cree que es el único elegido de Dios.

—¡Vaya, vaya, vaya, Kameel Effendi! No sabía que sentía debilidad por las putas. Pues ándese con cuidado. A mí no me importa, pero hay muchos por ahí que estarían dispuestos a darle una buena paliza si lo oyeran hablar de ese modo.

El anciano se quedó inmóvil, en silencio. Miraba el cadáver con ojos tristes, como si hubiera conocido a la mujer, que parecía serena. Casi todos los cuerpos sin vida que había visto en el transcurso de los años habían presentado ese mismo aspecto, por lo que a menudo se preguntaba si se sentían aliviados de haber dejado atrás las penalidades e incomprensiones de este mundo.

—¿Algún pariente, doctor?

—No. Sus padres viven en Van. Se les ha informado, pero no quieren reclamarla. Lo típico.

—¿Hermanos?

El forense consultó sus notas.

—Al parecer no tiene ninguno... Ah, un hermano, fallecido.

—¿Nadie más?

—Por lo visto, una tía que está enferma..., así que no puede ser. Y, mmm..., hay otra tía y un tío...

—Tal vez alguno de los dos esté dispuesto a ayudar...

—En absoluto. Han dicho que no quieren saber nada de ella.

Kameel Effendi se removió al tiempo que se acariciaba el bigote.

—Bien, casi he acabado —dijo el forense—. Ya pueden llevarla al cementerio, al habitual.

—Estaba pensando, doctor... Hay unas personas en el patio. Llevan horas esperando. Están deshechas.

—¿Quiénes son?

—Amigos de la mujer.

—Amigos —repitió el forense como si se tratara de una palabra desconocida para él.

No le despertaron demasiado interés. Los amigos de una mujer que hacía la calle debían de dedicarse a lo mismo; probablemente los viera algún día tendidos sobre la mesa de acero.

Kameel Effendi soltó una tosecilla.

—Ojalá pudiéramos entregarles el cadáver a ellos.

El forense frunció el ceño al oírlo y en sus ojos apareció un destello glacial.

—Sabe muy bien que no estamos autorizados. Debemos entregar los cuerpos a los familiares más cercanos.

—Ya lo sé, pero... —El anciano vaciló—. Si no hay familia, ¿por qué no dejar que los amigos se ocupen del entierro?

—El Estado no lo permite, y con razón. Nos resultaría imposible averiguar quién es quién. Ahí fuera hay toda clase de dementes: ladrones de órganos, psicópatas... Sería un desbarajuste.

El forense escudriñó la cara del anciano, pues no confiaba en que conociera el significado de la última palabra.

—Sí, ya, pero en casos como este, ¿qué mal hay en ello?

—Mire, nosotros no dictamos las normas. Nos limitamos a cumplirlas. «No trates de imponer costumbres nuevas a una aldea vieja.» Bastante difícil es ya dirigir este lugar.

El anciano levantó la barbilla en señal de conformidad.

—De acuerdo, lo entiendo. Llamaré al cementerio para asegurarme de que hay espacio.

—Sí, eso es, buena idea. Hable con ellos. —El forense sacó un montón de documentos de una carpeta, cogió un bolígrafo y se dio unos golpecitos con él en la mejilla. Luego selló y firmó cada una de las páginas—. Infórmeles de que les enviaremos el cadáver esta tarde.

Era una mera formalidad. Ambos sabían que, mientras que otros cementerios de la ciudad estaban llenos y sus plazas se reservaban con años de antelación, en el de los Solitarios, el menos frecuentado de Estambul, siempre había espacio disponible.

Los cinco

En un banco de madera del patio se apretujaban cinco personas. Las largas sombras que proyectaban sobre el suelo enlosado diferían en forma y tamaño. Habían llegado, una tras otra, poco después del mediodía, de modo que llevaban horas esperando. El sol descendía lentamente y la luz caía oblicua y a raudales entre los castaños. Cada pocos minutos una de ellas se levantaba y avanzaba con paso cansino hacia el edificio para hablar con un gerente, un médico o una enfermera..., con el primero que encontrara. No servía de nada. Pese a lo mucho que habían insistido, no habían conseguido permiso para ver el cuerpo sin vida de su amiga, por no hablar de enterrarla.

No obstante, se negaban a irse. Con la expresión petrificada por el dolor, rígida como madera seca, siguieron esperando. Los visitantes y el personal del hospital que había en el patio les lanzaban miradas inquisitivas y cuchicheaban entre sí. Una adolescente sentada al lado de su madre observaba cada uno de sus movimientos con una curiosidad un tanto despectiva. Una anciana con la cabeza cubierta con un pañuelo los miró con el ceño fruncido y el desdén que reservaba para los bichos raros y los forasteros. Los amigos de Leila desentonaban en aquel lugar, aunque tampoco parecían encajar en ningún otro sitio.

Mientras sonaba la oración de la tarde en la mezquita vecina, una mujer con el pelo corto y bien peinado que caminaba muy erguida salió con paso vivo del edificio y se dirigió a ellos. Vestía una falda de tubo caqui que le llegaba por debajo de la rodilla, a juego con una chaqueta de raya diplomática en la que lucía un broche enorme en forma de orquídea. Era la directora del servicio de atención al paciente.

—No tienen por qué quedarse aquí —les dijo sin mirarles a los ojos—. Su amiga... El médico ha examinado el cuerpo y ha redactado un informe oficial. Pueden solicitar una copia si lo desean. Estará a su disposición dentro de una semana aproximadamente. Y ahora les pido que se marchen..., por favor. Están incomodando a todo el mundo.

—No gaste saliva. No pensamos irnos —replicó Nostalgia Nalán.

A diferencia de sus compañeros, que se habían puesto en pie al ver a la directora, Nalán siguió sentada como si quisiera corroborar sus palabras. Tenía los ojos almendrados y de un castaño cálido, aunque nadie solía fijarse en ellos cuando la miraba. Veían las largas uñas brillantes, los hombros anchos, los pantalones de cuero, los pechos de silicona. Veían una transexual desvergonzada que les devolvía su mirada descarada. Como la que le dirigía la directora en ese momento.

—¿Cómo dice? —preguntó esta con tono de enfado.

Nalán abrió el bolso con suma delicadeza y sacó un cigarrillo de la pitillera de plata, pero no lo encendió pese a que se moría de ganas de fumar.

—Digo que no nos iremos hasta que hayamos visto a nuestra Leila. Acamparemos aquí mismo si hace falta.

La directora arqueó las cejas.

—Me parece que no me ha oído bien, así que se lo diré más claro: no sirve de nada que esperen... No pueden hacer nada por su amiga. No son familia suya.

—Estábamos más unidos a ella que la familia —afirmó Sabotaje Sinán con un temblor en la voz.

Nalán tragó saliva. Tenía un nudo en la garganta que no remitía. No había derramado una sola lágrima desde que se había enterado de la muerte de Leila. Algo cerraba el paso al dolor: una ira que endurecía el filo de sus gestos y palabras.

—Miren, no tiene nada que ver con este hospital —dijo la directora—. La cuestión es que su amiga ha sido trasladada al cementerio. Ya la habrán enterrado.

—¿Qué...? ¿Qué acaba de decir? —Nalán se puso en pie muy despacio, como si despertara de un sueño—. ¿Por qué no nos han informado?

—Legalmente no tenemos la obligación de...

—¿Legalmente? ¿Y humanamente? Si lo hubiéramos sabido la habríamos acompañado. ¿Y adónde la han llevado, panda de sabandijas idiotas?

La directora hizo una mueca de desagrado y abrió los ojos como platos un instante.

—En primer lugar, no me hable de ese modo. En segundo lugar, no estoy autorizada a revelar...

—Pues entonces tráigame a alguien que esté autorizado, ¡joder!

—No toleraré que me hable así —replicó la directora con un visible temblor en la mandíbula—. Me temo que tendré que pedir a los de seguridad que los saquen del recinto.

—Y yo me temo que tendré que darle un tortazo —replicó Nalán.

Sus compañeros le agarraron las manos y la obligaron a retroceder.

—Tenemos que mantener la calma —le susurró Yamila, aunque no quedó claro si Nalán oyó la advertencia.

La directora giró de repente sobre sus tacones bajos. Empezaba a alejarse cuando se detuvo y los miró de reojo con el ceño fruncido.

—Existen cementerios para gente así. Me sorprende que no lo sepan.

—Zorra —musitó Nalán.

Aun así, su voz, ronca y gutural, se oyó... Naturalmente, había querido que la directora supiera qué opinión le merecía.

Al cabo de unos minutos, unos guardias de seguridad desalojaron del hospital a los amigos de Leila. En la acera se había congregado un gentío que observó el incidente con mirada fascinada y una sonrisa de regocijo, lo que demostraba una vez más que Estambul era y siempre sería una ciudad de espectáculos improvisados y de espectadores predispuestos y entusiastas. Entretanto, nadie prestó atención al anciano que seguía al grupito a unos pasos de distancia.

Kameel Effendi se acercó a los cinco rebeldes después de que los guardias de seguridad los hubieran conducido a una esquina alejada del hospital.

—Perdonad la intromisión. ¿Podría hablar con vosotros un momento?

Uno tras otro, los amigos de Leila volvieron la cabeza y miraron de hito en hito al anciano.

—¿Qué quiere, *amca*? —le preguntó Zaynab122. Aunque el tono traslucía recelo, no era en absoluto descortés. Tras las gafas de montura de carey, Zaynab122 tenía los ojos enrojecidos e hinchados.

—Trabajo en el hospital —dijo el celador inclinándose hacia ellos— y he visto que esperabais... Mi más sentido pésame.

Como no esperaban oír palabras de condolencia en boca de un desconocido, los amigos de Leila se quedaron paralizados un instante.

—Díganos, ¿ha visto el cuerpo? —le preguntó Zaynab122. Y bajando la voz, añadió—: ¿Cree que... sufrió mucho?

—La he visto, sí. Creo que fue una muerte rápida. —Kameel Effendi asintió intentando convencerse a sí mismo tanto como convencerlos a ellos—. Me he ocupado de los trámites para su traslado al cementerio. El de Kilyos... No sé si habéis oído hablar de él; pocos lo conocen. Lo llaman el Cementerio de los Solitarios. Yo diría que no es un nombre agradable. En él no hay lápidas, sino tablas con números. Puedo deciros dónde la han enterrado. Tenéis derecho a saberlo. —El anciano sacó un papelillo y un bolígrafo. Sus manos estaban cubiertas de venas abultadas y manchas de la vejez. Anotó a toda prisa un número con su mala letra—. Tomad. Guardároslo. Id a la tumba de vuestra amiga. Plantad flores bonitas. Rezad por su alma. Tengo entendido que era de Van. Mi difunta esposa también era de esa ciudad. Murió en el terremoto de 1976. Cavamos entre los escombros durante días, pero no la encontramos. Dos meses después las apisonadoras aplanaron la zona. La gente me decía: «No estés tan triste, Kameel Effendi. Al fin y al cabo, ¿qué más da? Está enterrada. ¿No acabaremos todos como ella, criando malvas?». Puede que tuvieran buena intención, pero Dios sabe cuánto los odiaba por decirme eso. Los funerales son para los vivos, qué duda cabe. Es importante organizar un buen entierro. Si no, uno nunca se cura por dentro. ¿No estáis de acuerdo? Bueno, no me hagáis caso, estoy divagando. Supongo... Quería deciros que sé lo que supone no poder despedirse de un ser querido.

—Debió de ser muy duro para usted —comentó Hollywood Humeyra. Sumamente locuaz por lo general, al parecer se había quedado sin palabras.

—El dolor es una golondrina —dijo el anciano—. Un día uno se despierta y cree que se ha ido para siempre, pero solo ha migrado a otro sitio, para calentarse las plumas. Tarde o temprano volverá a posársele en el corazón.

Estrechó la mano a los cinco y les deseó lo mejor. Los amigos de Leila observaron cómo se alejaba cojeando, hasta que dobló la esquina del hospital y cruzó una enorme verja. Solo entonces Nostalgia Nalán, esa mujer corpulenta de hombros anchos y casi uno ochenta y ocho de estatura, se sentó en el bordillo de la acera, apoyó las piernas dobladas contra el pecho y lloró como una niña abandonada en un país extranjero.

Nadie habló.

Al cabo de un rato Humeyra le rodeó la cintura con un brazo.

—Anda, querida, vámonos. Tenemos que revisar las cosas de Leila. Y dar de comer a Mister Chaplin. Leila se subiría por las paredes si no cuidáramos de su gato. El pobrecito estará muerto de hambre.

Nalán se mordió el labio inferior y se apresuró a enjugarse los ojos con el dorso de la mano. Sobresalió en el grupo al ponerse en pie pese a notar flojas las piernas, como si fueran de goma. Sentía un dolor sordo y pulsátil en las sienes. Con un gesto indicó a sus amigos que se fueran sin ella.

—¿Estás segura? —Zaynab122 la miró preocupada.

Nalán asintió.

—Sí, cariño. Luego os alcanzo.

La obedecieron..., como siempre.

Cuando se quedó sola, Nalán encendió el cigarrillo que se moría por fumar desde primera hora de la tarde, pero del que se había abstenido a causa del asma de Humeyra. Le dio una larga calada y mantuvo el humo en los pulmones antes de exhalarlo en volutas. «No son familia suya», les había dicho la directora. ¿Qué sabía esa mujer? Nada de nada. No sabía absolutamente nada de Leila ni de ninguno de ellos.

Nostalgia Nalán creía que existían dos tipos de familia: los parientes constituían la familia de sangre; los amigos, la familia de agua. Quienes tenían una familia de sangre agradable y cariñosa podían agradecer su buena estrella y disfrutar al máximo. Quienes no la tenían no debían perder la esperanza: la situación podía mejorar cuando fueran lo bastante mayores para abandonar el hogar, amargo hogar.

La familia de agua se formaba mucho más tarde y en gran medida se la creaba una misma. Si bien era cierto que nada podía reemplazar a una familia de sangre alegre y afectuosa, a falta de esta, una buena familia de agua podía borrar el daño y el dolor acumulados en el interior como negro hollín. Así pues, era posible que los amigos tuvieran un lugar especial en el corazón de una persona y ocuparan un espacio mayor que toda su familia junta. Sin embargo, quienes no habían vivido en carne propia el rechazo de sus parientes no comprenderían ni en un millón de años esa verdad. Jamás entenderían que en ocasiones el agua tira más que la sangre.

Nalán se dio la vuelta y echó un último vistazo al hospital. Aunque desde esa distancia no se veía el depósito de cadáveres, tembló como si sintiera en los huesos el frío del lugar. No porque le asustara la muerte. Tampoco creía en un más allá en que las injusticias de este mundo se enmendasen de forma milagrosa. Nalán, la única atea declarada de los amigos de Leila, consideraba que la carne —y no un concepto abstracto del alma— era eterna. Las moléculas se mezclaban con la tierra y proporcionaban alimento a las plantas; después los animales se comían las plantas, y los humanos a los animales, y por eso, en contra de lo que la mayoría suponía, el cuerpo humano era inmortal, ya que realizaba un viaje interminable por los ciclos de la naturaleza. ¿Qué más podía desearse de la otra vida?

El caso era que Nalán siempre había dado por sentado que sería la primera en morir. En cada grupo de personas con una larga y probada amistad siempre hay una que sabe de manera instintiva que fallecerá antes que las demás. Y Nalán estaba segura de que ella sería esa persona. Los complementos de estrógenos, los tratamientos con antagonistas de la testosterona, los analgésicos tras las intervenciones quirúrgicas, por no mencionar los muchos años que llevaba fumando sin parar, comiendo de forma poco saludable y bebiendo en exceso... Tenía que ser ella. Y no Leila, que estaba llena de vida y de compasión. A Nalán nunca había dejado de sorprenderla —y de indignarla un poco— que Estambul no hubiera curtido a Leila hasta convertirla en una persona cínica y amargada como sí le había ocurrido a ella.

Soplaba un gélido viento del nordeste que en su avance tierra adentro removía las miasmas de las alcantarillas. Nalán se tensó para contrarrestar el frío. El dolor de las sienes se había desplazado: se extendía por el pecho y le horadaba la caja torácica como si una mano le estrujase el corazón. Más allá, el tráfico de la hora punta obstruía las arterias de la ciudad, una ciudad que en esos momentos semejaba un gigantesco animal enfermo que respirara con penosa lentitud y de manera irregular. En cambio, la respiración de Nalán era rápida y frenética, y una violenta indignación contraía sus facciones. Lo que exacerbaba su sentimiento de indefensión no era solo la muerte repentina de Leila, ni el modo espantoso y brutal en que se había producido, sino la falta absoluta de justicia en todos los órdenes. La vida era injusta, y de pronto caía en la cuenta de que la muerte lo era aún más.

Desde la infancia se le encendía la sangre al ver que se trataba a alguien —a quien fuera— de manera injusta o cruel. No era tan ingenua para esperar que la equidad imperara en un mundo tan «perverso», como lo había calificado D/Alí, pero consideraba que todos tenían derecho a una porción de dignidad. Y que dentro de su propia dignidad, como si fuera un pedazo de tierra que no perteneciera a nadie más, las personas plantarían una semilla de esperanza. Un germen minúsculo que algún día tal vez brotara y floreciera. En opinión de Nostalgia Nalán, merecía la pena luchar por esa pequeña simiente.

Sacó el papelillo que les había entregado el anciano y leyó la anotación garabateada: «Kilyos. Kimsesizler Mezarliği, 705–». El último número —tras una lectura más minuciosa, un 2 mal escrito y apretujado en la parte inferior— era casi ilegible. La caligrafía no era muy buena. Nalán repasó la nota con la estilográfica que llevaba en la cartera de mano, dobló con esmero el papelillo y volvió a guardárselo en el bolsillo.

No era justo que hubieran llevado a Leila al Cementerio de los Solitarios, cuando no estaba sola en absoluto. Leila tenía amigos. Amigos leales y cariñosos de toda la vida. Tal vez no tuviera mucho más, pero no cabía duda de que tenía amigos.

«El anciano tenía razón —pensó Nalán—. Leila se merece un buen entierro.»

Arrojó la colilla a la acera de un papirotazo y aplastó con la bota el extremo encendido. Una lenta niebla avanzaba desde el puerto y ocultaba los bares y las cafeterías de cachimbas que bordeaban el paseo marítimo. En algún lugar de aquella ciudad de millones, el asesino de Leila cenaba o veía la televisión, carente de conciencia, humano solo de nombre, no de hecho.

Nalán se enjugó los ojos, pero las lágrimas siguieron brotando. El rímel se le corría por las mejillas. Pasaron dos mujeres, cada una empujando un cochecito de bebé, y la miraron con sorpresa y pena antes de volver la cabeza. A Nalán se le demudó el rostro casi de inmediato. Estaba acostumbrada a que la rechazaran y despreciaran solo por su aspecto y por ser quien era. Eso le traía sin cuidado; lo que no soportaba era que las compadecieran a ella o sus amigas.

Cuando echó a andar con paso vivo, ya había tomado una decisión. Contraatacaría, como había hecho siempre. Lucharía contra las convenciones sociales, las opiniones, los prejuicios..., contra el odio callado que llenaba la vida de esas personas como un gas inodoro. Nadie tenía derecho a abandonar el cuerpo de Leila como si esta no valiera y nunca hubiera valido nada. Ella, Nostalgia Nalán, procuraría que se tratara bien y con dignidad a su buena amiga.

El asunto no estaba zanjado. Todavía no. Esa noche hablaría con los otros y juntos encontrarían la forma de que Leila tuviera un funeral..., y no un funeral cualquiera, sino el mejor que esa vieja ciudad frenética hubiera visto.

Esa vieja ciudad frenética

Estambul era una ilusión. El truco fallido de un mago.

Estambul era un sueño que solo existía en la mente de los consumidores de hachís. En realidad no había una Estambul, había varias..., que se peleaban, competían, se enfrentaban, cada una con la sensación de que al final quedaría una única superviviente.

Por ejemplo, estaba la Estambul antigua, concebida para recorrerla a pie o en barco: la ciudad de los derviches errantes, los adivinos, los casamenteros, los marineros, los vareadores de algodón de colchones, los sacudidores de alfombras y los porteadores con canastos de mimbre en la espalda... Estaba la Estambul moderna: una conurbación plagada de coches y motocicletas que circulaban a gran velocidad de aquí para allá, de camiones de obras cargados con material de construcción para edificar más centros comerciales, rascacielos, polígonos industriales... La Estambul imperial frente a la Estambul plebeya; la Estambul global frente a la Estambul provinciana; la Estambul cosmopolita frente a la Estambul ignorante; la Estambul herética frente a la Estambul piadosa; el Estambul viril frente a una Estambul femenina que adoptó a Afrodita —diosa del deseo y también de la discordia— como símbolo y protectora... Además estaba la Estambul de quienes habían partido hacía tiempo rumbo a puertos remotos. Para ellos la ciudad sería siempre una metrópoli compuesta de recuerdos, mitos y anhelos mesiánicos, eternamente escurridiza, como el rostro de un amante que se desvanece en la niebla.

Todas esas Estambul vivían y respiraban encerradas una dentro de otra como muñecas rusas que hubieran cobrado vida. Sin embargo, si un brujo malvado lograra separarlas y colocarlas en fila, no encontraría en la enorme hilera una parte de la ciudad más deseada, demonizada y criticada que un barrio en particular: el de Pera. La zona, un foco de tumultos y caos, se asociaba desde hacía siglos con el liberalismo, el libertinaje y la occidentalización: las tres fuerzas que llevaban por el mal camino a los hombres jóvenes de Turquía. Su nombre, procedente del griego, significaba «al otro lado», o simplemente «más allá». Al otro lado del Cuerno de Oro. Más allá de las normas establecidas. Eso era Peran en Sykais, como se conocía en el pasado: «la orilla opuesta». Y era el lugar donde, hasta el día anterior, Tequila Leila tenía su hogar.

Se había negado a marcharse del piso tras la muerte de su marido. En todos los rincones resonaba la risa de D/Alí, su voz. El alquiler era caro pero Leila cobraba lo justo para pagarlo. Ya muy entrada la noche, cuando volvía de trabajar, se lavaba, frotándose a conciencia la piel, bajo la alcachofa oxidada de la ducha, de la que siempre salía poca agua caliente. Luego, enrojecida y en carne viva como un recién nacido, se sentaba junto a la ventana para contemplar el amanecer en la ciudad. El recuerdo de D/Alí la envolvía, suave y cálido como una manta. Muchas veces despertaba a primera hora de la tarde con el cuerpo dolorido y entumecido por haberse quedado dormida en la silla, con Mister Chaplin ovillado a sus pies.

La calle Kafka Peludo discurría entre edificios ruinosos y pequeñas tiendas mugrientas especializadas en iluminación. Al atardecer, cuando se encendían todas las lámparas, la zona adquiría un resplandor sepia, como si perteneciera a otro siglo. En el pasado se había llamado «calle del Kaftan Forrado de Piel», si bien un grupo de historiadores afirmaba que el nombre era «calle de la Concubina de Pelo Rubio». En cualquier caso, cuando el municipio decidió renovar los rótulos de las calles del barrio como parte de un ambicioso proyecto de gentrificación, el funcionario al cargo consideró feo el nombre y lo acortó, de modo que pasó a llamarse «calle Kaf-tan». Y así se conoció hasta que una mañana, después de una noche de vientos huracanados, se desprendió una letra de la palabra Kaf-tan y se convirtió en calle Kafta. Tampoco esa denominación duró mucho. Con la ayuda de un rotulador indeleble un estudiante de literatura cambió el «Kafta» por «Kafka». Los admiradores del escritor apreciaron el nuevo nombre; otros no tenían ni idea de qué significaba, pero lo adoptaron de todas formas porque les gustaba cómo sonaba.

Al cabo de un mes, un periódico ultranacionalista publicó un artículo sobre la influencia secreta que países extranjeros ejercían en Estambul y aseguró que ese claro homenaje a un escritor judío formaba parte de un plan siniestro para erradicar la cultura musulmana del lugar. Circuló una petición para que la calle recuperara su nombre original, pese a que aún no se había zanjado el debate sobre cuál era. Alguien colgó entre dos balcones una pancarta que rezaba: ÁMA-LA O DÉJALA: UNA GRAN NACIÓN. Lavada por la lluvia y descolorida por el sol, la tela ondeó con el *lodos* —un viento del sudoeste— de Estambul, hasta que una tarde se soltó de las cuerdas y salió volando: una cometa furiosa en el cielo.

A esas alturas los reaccionarios habían pasado a enzarzarse en otras batallas. La campaña se olvidó con la misma rapidez con que había surgido. Con el tiempo, como ocurría siempre en aquella ciudad esquizofrénica, se amalgamaron lo viejo y lo nuevo, lo fáctico y lo ficticio, lo real y lo surrealista, y el sitio llegó a conocerse como «calle Kafka Peludo».

En medio de esa calle, encajonado entre un *hamam* viejo y una mezquita nueva, se alzaba un edificio de apartamentos que en el pasado había sido moderno y majestuoso, y que en ese momento distaba de serlo. Un caco chapucero había roto la ventana de la puerta de la calle y, asustado por el estruendo, había huido sin robar nada. Los residentes del inmueble no accedieron a desembolsar el dinero necesario para reemplazar el cristal, que desde entonces continuaba pegado con cinta adhesiva marrón, como la que usan las empresas de mudanzas.

Mister Chaplin estaba sentado delante de esa puerta, con la cola enroscada en torno al cuerpo. Tenía el pelaje negro como el carbón, los ojos de color jade moteado de pintas doradas y una pata blanca, como si la hubiera metido en un cubo de cal y de inmediato hubiera cambiado de opinión. Llevaba un collar con diminutos cascabeles plateados que tintineaban cada vez que se movía. Él no los oía. Nada alteraba el silencio de su universo.

Había salido a hurtadillas la tarde anterior cuando Tequila Leila se había marchado a trabajar. No tenía nada de extraño, ya que Mister Chaplin era un *flâneur* nocturno. Siempre regresaba antes del amanecer, sediento y cansado, sabiendo que su dueña le habría dejado la puerta entornada. Sin embargo esta vez, para su sorpresa, la había encontrado cerrada. Y desde entonces esperaba pacientemente.

Transcurrió otra hora. Pasaban coches cuyos conductores tocaban el claxon de forma desenfrenada; vendedores ambulantes que pregonaban su mercancía. En el colegio de la esquina sonó por los altavoces el himno nacional, y centenares de alumnos lo cantaron al unísono. Cuando acabaron, pronunciaron el juramento colectivo: «Que mi existencia sea un regalo para la existencia de Turquía». A lo lejos, cerca de una obra donde hacía poco un obrero había fallecido al precipitarse al vacío, se oía el estruendo de una excavadora que removía la tierra. El babel de ruidos de Estambul resonaba en los cielos, pero el gato no oía ninguno.

Mister Chaplin anhelaba sentir una palmadita tranquilizadora en la cabeza. Anhelaba estar en su casa con un cuenco lleno de paté de caballa y patata, su comida favorita. Se estiró y arqueó el lomo preguntándose dónde demonios se había metido su dueña y por qué Tequila Leila se retrasaba tanto ese día.

Dolor

Caía la tarde cuando los amigos de Leila —salvo Nostalgia Nalán, que aún no se había reunido con ellos— llegaron al edificio de apartamentos de la calle Kafka Peludo. No tendrían ningún problema para entrar, ya que todos disponían de una llave de la casa.

Mientras se acercaban a la puerta del edificio, en el rostro de Sabotaje afloró una expresión de duda. Sintió una repentina opresión en el pecho al darse cuenta de que no estaba preparado para subir al piso de Leila y enfrentarse al doloroso vacío que su ausencia había dejado. Lo asaltó el acuciante impulso de marcharse, de alejarse incluso de esas personas a las que apreciaba. Necesitaba estar solo, al menos durante un rato.

—Creo que debería volver a la oficina para echar un vistazo, porque salí de estampida.

Por la mañana, al enterarse de la noticia, Sabotaje había cogido la chaqueta y había corrido hacia la puerta tras informar a su jefe de que uno de sus hijos sufría una intoxicación alimentaria. «Las setas... ¡Deben de ser las setas de la cena!» No era una excusa demasiado ingeniosa, pero no se le había ocurrido otra mejor. De ninguna de las maneras habría podido decirles la verdad a sus colegas, que no sabían nada de su amistad con Leila. Y de pronto pensó que quizá su esposa hubiera llamado a la oficina, con lo que habría dejado al descubierto la mentira y lo habría puesto en un buen aprieto.

—¿Estás seguro? —le preguntó Yamila—. ¿No es tarde?

—Me pasaré solo un momento para asegurarme de que todo está en orden. Volveré enseguida.

—De acuerdo. No tardes mucho —le dijo Humeyra.

—Es hora punta... Lo intentaré.

A Sabotaje no le gustaban los coches pero, como padecía claustrofobia y no soportaba estar apretujado en un autobús o un transbordador abarrotado —y todos los autobuses y transbordadores estaban atestados a esa hora del día—, no tenía más remedio que depender de ellos.

Las tres mujeres se quedaron en la acera y lo observaron mientras se alejaba con paso un tanto vacilante y la mirada fija en los adoquines, como si ya no confiara en la solidez del suelo. Encorvado y con la cabeza inclinada en un gesto apesadumbrado, parecía haber perdido toda su vitalidad. La muerte de Leila lo había afectado en lo más hondo. Se levantó el cuello de la chaqueta para protegerse de un viento cada vez más fuerte y se perdió entre la muchedumbre.

Zaynab122 se enjugó una lágrima con discreción y se subió las gafas en la nariz antes de volverse hacia las otras dos.

—Adelantaos, chicas. Yo me pasaré por el colmado. Quiero preparar *halva* para el alma de Leila.

—Muy bien, cariño —dijo Humeyra—. Dejaré abierta la puerta de la calle para Mister Chaplin.

Zaynab122 asintió y se dispuso a cruzar la calzada, donde apoyó primero el pie derecho. «Bismillah ar-Rahman ar-Rahim.» Su cuerpo, deformado por el trastorno genético que sufría desde su nacimiento, envejecía más rápido de lo normal..., como si la vida fuera una carrera que hubiera que acabar a la máxima velocidad. Sin embargo, se quejaba en contadas ocasiones, y solo dirigiéndose a Dios.

A diferencia del resto del grupo, Zaynab122 era muy religiosa. Creyente hasta la médula. Rezaba cinco veces al día, no bebía alcohol y ayunaba todo el mes del Ramadán. En Beirut había estudiado el Corán comparando sus numerosas traducciones. Recitaba de memoria pasajes enteros. No obstante, para ella la religión no era una escritura fosilizada, sino un ser orgánico que respiraba. Una fusión. Zaynab122 combinaba la palabra escrita con las costumbres transmitidas oralmente y añadía a la mezcla una pizca de supersticiones y folclore. Y en ese momento debía realizar varias tareas para ayudar al alma de Leila en su viaje eterno. No disponía de demasiado tiempo. Las almas se desplazaban con celeridad. Tenía que comprar pasta de sándalo, alcanfor, agua de rosas..., y desde luego debía preparar *halva* para repartirlo entre desconocidos y vecinos por igual. Todo debía estar a punto, aunque sabía que alguna de sus amigas no valoraría sus esfuerzos, en concreto Nostalgia Nalán.

No había tiempo que perder, de modo que se dirigió a la tienda más cercana. En circunstancias normales no habría ido allí, pues a Leila nunca le había caído bien su propietario.

El colmado estaba en un local mal iluminado con estantes del suelo al techo donde se exponían latas y paquetes. En su interior, el hombre al que los vecinos del barrio conocían como «el Tendero Chovinista» estaba apoyado en el mostrador de madera pulida por el tiempo. Se tironeaba la larga barba rizada sin apartar la vista de una página de un periódico vespertino que leía moviendo los labios. Un retrato de Tequila Leila lo miraba de hito en hito. «Cuarto asesinato misterioso en un mes —rezaba el pie de foto—. Las prostitutas callejeras de Estambul en alerta roja.»

Según la investigación oficial, se ha confirmado que la mujer había vuelto a trabajar en la calle hace al menos diez años, cuando dejó un burdel autorizado. La policía cree que le robaron durante el asalto, ya que no se encontraron joyas ni dinero en el escenario del crimen. Relacionan el caso con los de otras tres prostitutas asesinadas el mes pasado, las tres por estrangulamiento. Sus muertes ponen de manifiesto un dato poco conocido: la tasa de homicidios entre las trabajadoras del sexo es dieciocho veces mayor que entre el resto de las mujeres, y casi todos los asesinatos de prostitutas quedan sin revolver, en parte debido a que pocos de los que están metidos en el negocio desean presentarse ante las autoridades para proporcionar información crucial. No obstante, las fuerzas de seguridad están investigando diversas pistas importantes. El subdirector de la policía ha declarado a la prensa...

El tendero dobló el periódico y lo metió en un cajón apenas vio que se acercaba Zaynab122. Tardó más de la cuenta en serenarse.

—*Selamün aleyküm!* —dijo alzando la voz sin necesidad.

—*Ya aleyküm selam* —respondió Zaynab122, que se había detenido junto a un saco de judías más alto que ella.

—Mi sentido pésame. —El tendero estiró el cuello y alzó la barbilla para ver mejor a la clienta—. Ha salido en la televisión. ¿Ha visto las noticias de la tarde?

—No —respondió ella con tono cortante.

—*Inshallah* detengan pronto a ese demente. No me sorprendería que el asesino perteneciera a alguna banda. —El hombre asintió para darse la razón a sí mismo—. Esos depredadores harían lo que fuera por dinero. En esta ciudad hay demasiados kurdos, árabes, gitanos y demás. La calidad de vida ha caído en picado desde que llegaron..., ¡puf!

—Yo soy árabe.

El tendero sonrió.

—Bueno, pero no me refería a usted.

Zaynab122 se quedó mirando las judías. «Si Leila estuviera aquí —pensó—, pondría en su sitio a este canalla.» Pero Leila no estaba y ella, nada amiga de los enfrentamientos, no sabía cómo lidiar con quienes la irritaban.

Cuando levantó la vista observó que el tendero esperaba a que dijera algo.

—Disculpe, tenía la cabeza en otra parte.

El hombre asintió en un gesto de comprensión.

—Es la cuarta víctima en un mes. Nadie se merece morir así, ni siquiera una mujer perdida. Entiéndame bien: yo no juzgo a nadie.

Siempre me digo: «Alá castigará a quien considere oportuno. No pasará por alto ni un solo pecado».

Zaynab122 se tocó la frente. Empezaba a dolerle la cabeza. Qué raro. Ella nunca tenía jaquecas. Era Leila quien solía sufrirlas.

—¿Cuándo será el funeral? ¿Se ha ocupado su familia de los preparativos?

Zaynab122 se estremeció al oír la pregunta. Lo último que deseaba era contarle a ese entrometido que habían enterrado a Leila en el Cementerio de los Solitarios porque su familia se había negado a reclamar el cadáver.

—Disculpe, pero tengo prisa. Querría una botella de leche y un paquete de mantequilla, por favor. Ah, y harina de sémola.

—Claro. ¿Va a preparar *halva*? Eso está muy bien. No olvide traerme un pedazo. Y no se preocupe: corre por cuenta de la casa.

—No, gracias, no puedo aceptarlo.

Zaynab122 se puso de puntillas para depositar el dinero en el mostrador y retrocedió un paso. Le gruñeron las tripas y se acordó de que no había comido nada en todo el día.

—Mmm…, y algo más: ¿no tendrá por casualidad agua de rosas, pasta de sándalo y alcanfor?

El tendero la miró con curiosidad.

—Claro que sí, hermana, ahora mismo. En mi tienda encontrará todo lo que necesite. Nunca entendí por qué Leila no venía a comprar más a menudo.

El apartamento

Mister Chaplin se alegró de encontrar entornada la puerta de la calle al volver de su paseo. Se deslizó en el edificio de apartamentos y subió como una flecha por la escalera con los cascabeles de su collar tintineando de forma desenfrenada.

Cuando se acercaba al piso de Leila, la puerta se abrió desde dentro y Hollywood Humeyra apareció con una bolsa de basura en la mano. La dejó en el rellano junto a la entrada; el portero la recogería al atardecer. Se disponía a regresar al interior cuando vio al gato. Salió al pasillo y con sus amplias caderas impidió el paso de la luz.

—¡Mister Chaplin! Nos preguntábamos dónde estarías.

El gato se restregó contra las piernas de la mujer, que eran gruesas y robustas y estaban cubiertas de abultadas venas verdeazuladas.

—¡Ah, desvergonzado! Pasa. —Y Humeyra sonrió por primera vez desde hacía horas.

Mister Chaplin entró con presteza, fue derecho al comedor, que servía también de sala de estar y cuarto de invitados, y se subió de un salto a un cesta forrada con una manta de lana. Con un ojo abierto y el otro cerrado, escudriñó el lugar como si quisiera memorizar cada uno de los detalles, asegurarse de que nada había cambiado en su ausencia.

Aunque el piso necesitaba algunas reformas, era increíblemente bonito con sus colores pastel, las ventanas orientadas al sur, los techos altos, la chimenea —que cumplía una función más estética que práctica—, el papel pintado azul y dorado, cuyos bordes iban despegándose, las arañas de cristal bajas y los tablones de roble del suelo, desiguales y agrietados pero impolutos. De las paredes colgaban cuadros enmarcados de diversos tamaños. Todos los había pintado D/Alí.

Desde los dos ventanales del comedor se veía el tejado de la torre de Gálata, que miraba indignada a los bloques de pisos y los rascacielos situados a lo lejos como si les recordara que, por mucho que costara creerlo, antaño había sido el edificio más alto de la ciudad.

Humeyra entró en el dormitorio de Leila y se puso a examinar con atención las cajas de bibelots mientras tarareaba ensimismada. Una melodía tradicional. No sabía qué la había inducido a elegirla. Su voz, pese a traslucir cansancio, era potente y sonora. Durante años había cantado en sórdidos clubes nocturnos y había actuado en películas turcas de bajo presupuesto, entre ellas algunas pornográficas que todavía la avergonzaban. En aquella época tenía buena figura; ni una sola variz. Había sido una vida peligrosa. Una vez había resultado herida en un tiroteo entre dos bandas rivales de la mafia, y en otra ocasión un admirador demente le había disparado en la rodilla. Ahora era demasiado mayor para esa clase de vida. Respirar noche tras noche todo aquel humo de los locales había exacerbado su asma, de modo que llevaba en el bolsillo un inhalador que usaba a menudo. Con el paso de los años había engordado mucho: uno de los numerosos efectos secundarios del calidoscopio de pastillas que durante décadas había engullido como si fueran caramelos: somníferos, antidepresivos, antipsicóticos...

Humeyra creía que existían notables similitudes entre el hecho de tener sobrepeso y la propensión a la melancolía. En ambos casos la sociedad culpaba a quienes los sufrían. No mostraba esa actitud con ninguna otra afección. Quienes padecían cualquier otra enfermedad recibían al menos un mínimo de compasión y apoyo moral. No ocurría lo mismo con los obesos y los deprimidos. «Podrías controlar las ganas de comer...» «Podrías controlar tus pensamientos...»

Pero Humeyra sabía que ella no había elegido ni su peso ni su desánimo habitual. Leila lo había entendido.

—¿Por qué intentas combatir la depresión?

—Porque se supone que debo hacerlo... Todo el mundo lo dice.

—Mi madre, a quien yo llamaba «tía», a menudo se sentía así, tal vez incluso peor. Siempre le aconsejaban que luchara contra la depresión, pero a mí me parece que, en cuanto consideramos que algo es nuestro enemigo, lo volvemos más fuerte. Es como un bumerán. Lo mandamos lejos, vuelve y nos golpea con idéntica fuerza. Quizá deberías hacerte amiga de la depresión.

—¡Qué cosas dices, cariño! ¿Cómo voy a hacer eso?

—Piénsalo: un amigo es alguien con quien paseas en la oscuridad y de quien aprendes mucho. Aun así, tu amigo y tú sabéis que sois dos personas distintas. Tú no eres tu depresión. Eres mucho más que el estado de ánimo en que te encuentres hoy o mañana.

Leila la había instado a que dejara de tomar pastillas y a buscarse algún pasatiempo, a hacer ejercicio o trabajar de voluntaria en un centro de acogida para mujeres, a ayudar a personas con una historia similar a la suya. Sin embargo, a Humeyra le resultaba muy duro estar cerca de quienes habían sufrido la injusticia de tener una vida difícil. Cuando lo había intentado, le había parecido que sus esfuerzos y sus palabras bienintencionadas no eran más que aire. ¿Cómo podía transmitir esperanza y buen humor si la asaltaban sin cesar miedos y temores?

Leila le había comprado libros sobre sufismo, filosofía india y yoga, temas por los que se había interesado tras la muerte de D/Alí. Humeyra los había hojeado muchas veces sin hacer grandes progresos al respecto. Le parecía que esas cosas, por muy fáciles y útiles que se afirmara que eran, en realidad estaban concebidas para personas más sanas, más felices o simplemente más afortunadas que ella. ¿Cómo iba la meditación a ayudarla a acallar la mente, cuando necesitaba acallar la mente para meditar? En su interior, vivía un tumulto continuo.

Con la muerte de Leila, un miedo más negro que el carbón revoloteaba en la cabeza de Humeyra igual que una mosca atrapada. Tras salir del hospital se había tomado un tranquilizante, un Xanax, pero por lo visto no le hacía efecto. Sangrientas imágenes de violencia le atormentaban la mente. Imágenes de crueldad, de matanzas, de una maldad gratuita, absurda y sin sentido. Automóviles plateados destellaron ante sus ojos como cuchillos en la noche. Estremecida, hizo crujir sus fatigados nudillos y se obligó a seguir adelante, sin reparar en que el enorme moño se le deshacía y empezaban a caerle mechones sobre la nuca. Debajo de la cama encontró un montón de fotografías viejas, pero le dolía demasiado mirarlas. Estaba pensando en eso cuando vio el vestido de gasa fucsia sobre el respaldo de una silla. Apenas lo cogió se le descompuso el rostro. Era el favorito de Leila.

Ciudadanas normales

Zaynab122 entró en el apartamento con una bolsa llena de provisiones en cada mano y resoplando un poco.

—¡Ah, estas escaleras acabarán conmigo!

—¿Por qué has tardado tanto? —le preguntó Hollywood Humeyra.

—He tenido que charlar con ese hombre desagradable.

—¿Qué hombre?

—El Tendero Chovinista. A Leila no le caía bien.

—Es cierto —repuso pensativa Humeyra.

Permanecieron un instante en silencio, cada una absorta en sus pensamientos.

—Tenemos que dar la ropa de Leila —dijo Zaynab122—. Y sus fulares de seda... Ay, Dios mío, tenía muchos.

—¿No crees que deberíamos quedárnoslos?

—Hay que respetar la costumbre. Cuando alguien muere, su ropa se reparte entre los pobres, cuyas bendiciones ayudan a los difuntos a cruzar el puente hacia el otro mundo. El momento es importante. Debemos darnos prisa. El alma de Leila está a punto de iniciar su viaje. El puente de Sirat es más afilado que una espada, más fino que un cabello...

—Ay, ya estamos otra vez. ¡Dejadme respirar, maldita sea!

Una voz ronca se alzó tras ellas al tiempo que la puerta se abría de un empujón, con lo que a las dos mujeres y al gato se les pusieron los pelos de punta.

Nostalgia Nalán apareció en la entrada con el ceño fruncido.

—Nos has dado un susto de muerte —dijo Humeyra llevándose la mano al corazón, que se le había desbocado.

—Perfecto. Os lo tenéis bien merecido. Estabais muy enfrascadas en vuestra jerigonza religiosa.

Zaynab122 enlazó las manos sobre el regazo.

—No creo que sea malo ayudar a los pobres.

—Bueno, no se trata de eso, diría yo. Es más bien un trueque. «Tened, pobres, tomad estas prendas usadas y dadnos vuestras bendiciones. Y ten, querido Dios nuestro, toma estos vales de bendiciones y danos un lugar soleado en el cielo.» Sin ánimo de ofender: la religión es puro comercio. Un toma y daca.

—Eso es... injusto —replicó Zaynab122 haciendo un mohín.

Lo que sentía cuando los demás se burlaban de sus creencias no era rabia, sino tristeza. Y la tristeza se acrecentaba si esas personas resultaban ser amigas suyas.

—Como quieras. Olvida lo que he dicho. —Nalán se dejó caer en el sofá—. ¿Dónde está Yamila?

—En la otra habitación. Ha dicho que necesitaba acostarse. —El rostro de Humeyra se ensombreció un instante—. Apenas habla. No ha comido nada. Me preocupa. Ya sabéis cómo está de salud...

Nalán bajó la vista.

—Hablaré con ella. ¿Y dónde está Sabotaje?

—Ha tenido que ir a toda prisa a la oficina —contestó Zaynab122—. Ya debe de estar volviendo. Seguramente se habrá quedado atrapado en un atasco.

—Lo esperaremos —dijo Nalán—. Y ahora decidme: ¿por qué estaba abierta la puerta?

Las otras dos mujeres intercambiaron una rápida mirada.

—Han asesinado a sangre fría a vuestra mejor amiga y aquí estáis las dos, en su piso, con la puerta de par en par. ¿Habéis perdido el juicio?

—Vamos —repuso Humeyra tras lanzar un suspiro estremecido—. En este piso no ha entrado nadie a la fuerza. Leila-jim estaba en la calle de madrugada. La vieron subir a un coche..., a un Mercedes plateado. Todas las víctimas murieron del mismo modo, ya lo sabes.

—¿Y qué? ¿Significa eso que no corréis peligro? ¿O acaso suponéis que porque una de vosotras es bajita y la otra está...?

—¿Gorda? —Humeyra se sonrojó. Sacó el inhalador y lo mantuvo en la mano cerrada. Sabía por experiencia que lo usaba más a menudo cuando tenía a Nalán cerca.

Zaynab122 se encogió de hombros.

—A mí me da igual la palabra que utilices.

—Iba a decir «jubilada y deprimida». —Nalán agitó una mano bien cuidada—. A lo que iba, señoras mías, era a que si suponéis que el asesino de Leila es el único psicópata de la ciudad, ¡estáis apañadas! Dejad abierta la puerta de casa. Ya puestas, ¿por qué no colocáis un felpudo que diga: *Willkommen Psychopathen*?

—Ojalá dejaras de llevarlo todo al extremo —dijo Humeyra frunciendo el ceño.

Nalán reflexionó un instante sobre esas palabras.

—¿Soy yo o es esta ciudad? Ojalá Estambul dejara de llevarlo todo al extremo.

Zaynab122 tiró de un hilo suelto de su rebeca y le dio vueltas entre los dedos hasta convertirlo en una bolita.

—Salí un momento a comprar cuatro cosas y...

—No hacen falta más que unos segundos —la interrumpió Nalán—. Para que te ataquen, quiero decir.

—Basta de comentarios macabros, por favor... —La voz de Humeyra se apagó. Decidió tomar otro Xanax. Tal vez dos.

—Tiene razón —convino Zaynab122—. Es una falta de respeto hacia la difunta.

Nalán irguió la cabeza.

—¿Queréis saber lo que es una falta de respeto hacia la difunta?

Con un movimiento rápido abrió la cartera de mano y sacó un periódico vespertino. Tras abrirlo por la página en que la fotografía de Leila se destacaba entre las noticias locales y nacionales, empezó a leer en voz alta:

El subdirector de la policía ha declarado a la prensa: «Tengan la seguridad de que no tardaremos en encontrar al responsable. Hemos destinado una unidad especial para que se ocupe del caso. En este momento pedimos a la gente que informen a las fuerzas del orden de cualquier actividad sospechosa que hayan podido ver u oír. No obstante, los ciudadanos, en especial las mujeres, no tienen por qué sentirse intranquilos. Esos asesinatos no han sido aleatorios. Su objetivo era un grupo concreto, sin excepción. Las víctimas eran prostitutas callejeras. Las ciudadanas normales no tienen motivos para temer por su seguridad».

Nalán dobló el periódico por sus pliegues y chasqueó la lengua como siempre que perdía los estribos.

—¡Ciudadanas normales! Lo que está diciendo ese zopenco es: «Señoras santurronas, no teman. Están a salvo. En las calles solo matan a las putas». ¡Eso es lo que yo considero una falta de respeto hacia la difunta!

Una sensación de derrota, acerba y densa como un humo sulfuroso que impregnara cuanto tocaba, se apoderó de la sala. Humeyra se llevó el inhalador a la boca y aspiró una vez. Aguardó en vano a que su respiración se sosegara. Cerró los ojos con el deseo de dormirse. De sumirse en un profundo sueño narcótico de olvido. Zaynab122, tiesa como un palo en el asiento, notó que el dolor de cabeza empeoraba. Pronto se pondría a rezar y a preparar la mezcla que ayudaría al alma de Leila en su siguiente viaje. De momento esperaría porque le faltaban las fuerzas, y quizá le faltara incluso —un poco— la fe. Y Nalán, con los hombros rígidos bajo la chaqueta y las facciones demacradas, permaneció en silencio.

En un rincón, Mister Chaplin, que acababa de degustar su último manjar, se lamía para lavarse.

El Mercedes plateado

Todas las tardes había un barco rojo y verde llamado *Güney* —«el sur»— amarrado en la orilla del Cuerno de Oro, enfrente del hotel Intercontinental y separado de este por la calzada.

Le habían puesto el nombre en honor del director de cine kurdo Yilmaz Güney e incluso había aparecido en una de sus películas. El actual propietario lo ignoraba, y si lo hubiera sabido le habría traído sin cuidado. Había comprado la embarcación hacía años a un pescador que ya no salía al mar. Había montado una cocina pequeña en la que había instalado una parrilla de hierro para preparar bocadillos de *köfte*. No tardó en incorporarse a la carta la caballa a la parrilla con guarnición de cebolla picada y rodajas de tomate. En Estambul el éxito de un vendedor de comida callejera no dependía tanto del producto que ofrecía como de cuándo y dónde lo vendía. La noche, aunque peligrosa en otros aspectos, resultaba más rentable, no porque los clientes fueran más generosos, sino porque tenían más hambre. Salían en tropel de clubes y bares con el alcohol corriéndoles por las venas. Sin ganas de dar por terminada la velada, se detenían en el barco con la intención de permitirse un último capricho antes de dirigirse a casa. Mujeres con vestidos brillantes y hombres con trajes negros se encaramaban a los taburetes del muelle para zamparse los bocadillos desgarrando el tosco pan de pita blanco que habrían despreciado durante el día.

Esa tarde los primeros clientes aparecieron a las siete, mucho antes de lo habitual: eso pensó el vendedor ambulante al ver que un

Mercedes-Benz se detenía en el muelle. Dio una voz al aprendiz, sobrino suyo, el muchacho más vago de la ciudad, que, repantingado en un rincón, estaba viendo una serie de televisión mientras comía, sin parar, pipas tostadas de girasol. El montón de cáscaras sobre la mesa era cada vez más alto.

—¡Levanta el culo! Tenemos clientes. Ve a ver qué quieren.

El chico se puso de pie, estiró las piernas y se llenó los pulmones del viento salobre que llegaba del mar. Tras una larga mirada a las olas que lamían el costado del barco hizo una mueca, como si se hubiera propuesto resolver un misterio y de pronto tuviera que desistir. Mascullando para sí salió al muelle y avanzó hacia el Mercedes arrastrando los pies.

El coche resplandecía bajo la farola con bruñido engreimiento. Tenía las ventanillas tintadas, un elegante alerón personalizado y ruedas cromadas de color rojo y gris. El muchacho, ferviente apasionado de los automóviles de lujo desde la infancia, lanzó un silbido de admiración. Personalmente habría preferido conducir un Firebird..., un Pontiac Firebird azul acero. ¡Eso sí que era un coche! No lo conduciría, sino que volaría en su interior a una velocidad de...

—¡Eh, chaval! ¿Piensas tomar nota o qué? —dijo el hombre sentado al volante, que se había asomado a la ventanilla medio bajada.

El muchacho salió de su ensimismamiento con un sobresalto y tardó un poco en responder:

—Sí, claro. ¿Qué quieren?

—Para empezar, un poco de educación.

El chico levantó entonces la cabeza y miró a los dos clientes. El que acababa de hablar era calvo y esquelético, tenía la mandíbula angulosa y la cara demacrada y cubierta de marcas de acné. El otro era casi su antítesis: rechoncho y con mofletes rubicundos. Aun así, parecían parientes..., quizá por los ojos.

Picado por la curiosidad, el muchacho se acercó poco a poco al vehículo. El interior era tan impresionante como el exterior: asientos de cuero beis, volante de cuero beis, salpicadero de cuero beis...

Sin embargo, lo que vio a continuación le cortó la respiración. Palideció. Tomó nota del pedido y se apresuró a regresar al barco, hacia donde caminó tan deprisa como le permitieron sus pies y con el corazón palpitando frenético contra la caja torácica.

—¿Y? ¿Qué quieren? ¿*Köfte* o caballa? —preguntó el vendedor ambulante.

—*Köfte*. Y para beber, *ayran*. Pero...

—Pero ¿qué?

—Yo no quiero servirles. Son raros.

—¿Raros? ¿Qué quieres decir?

Pero ya mientras formulaba la pregunta el vendedor callejero intuyó que no obtendría respuesta. Suspiró al tiempo que negaba con la cabeza. El chico era el sostén de su familia desde que su padre, un obrero de la construcción, había muerto al precipitarse al vacío desde un andamio. El hombre no había recibido la formación necesaria ni ningún equipo de protección, y más tarde se descubrió que el andamio no se había montado de forma correcta. La familia había presentado una denuncia contra la constructora, aunque era poco probable que prosperase. Los juzgados tenían que resolver demasiados casos. A medida que ciertas áreas de Estambul experimentaban un rápido proceso de gentrificación y un crecimiento exorbitante del sector inmobiliario, la demanda de pisos de lujos se disparaba, con lo que se producía un número escalofriante de accidentes en las obras.

Por eso el muchacho, que seguía yendo al colegio, tenía que trabajar por las noches tanto si quería como si no. Sin embargo, era demasiado sensible, taciturno y terco, y saltaba a la vista que no estaba hecho para el trabajo duro..., o para Estambul, que a fin de cuentas venía a ser lo mismo.

—¡Pedazo de inútil! —soltó el hombre en voz lo bastante alta para que el aprendiz lo oyera.

El muchacho hizo oídos sordos y echó las albóndigas en la parrilla para preparar el pedido.

—¡Déjalo! —le espetó su tío con un gruñido de desagrado—. ¿Cuántas veces tengo que decirte que primero hay que untar de aceite la parrilla?

Le arrebató las tenazas de las manos y le indicó por señas que se apartara. Al día siguiente se lo quitaría de encima, decisión que hasta el momento había pospuesto por compasión, pero todo tenía un límite. Él no era la Media Luna Roja. Tenía una familia de la que ocuparse y un negocio que proteger.

Con mano ágil y rápida removió las ascuas ayudándose de un rastrillo, encendió el fuego, asó ocho albóndigas y rellenó con ellas un par de medios panes de pita, en los que añadió rodajas de tomate. Cogió dos botellas de *ayran*, lo colocó todo sobre una bandeja y se encaminó hacia el coche.

—Buenas tardes, señores —saludó con una voz que destilaba cortesía.

—¿Dónde está ese aprendiz vago que tienes? —le preguntó el hombre sentado al volante.

—Un vago, eso es. Tiene toda la razón, señor. Mis más humildes disculpas si ha hecho algo malo. Un día de estos lo pondré de patitas en la calle.

—Si te interesa saber mi opinión, ya estás tardando.

El vendedor asintió con la cabeza antes de pasar la bandeja por la ventanilla medio abierta. Echó un vistazo disimulado al interior del coche.

Sobre el salpicadero había cuatro figuritas. Ángeles con halo y arpa, y con la piel salpicada de manchas de pintura marrón rojizo, que cabeceaban de manera casi imperceptible porque el vehículo estaba parado.

—Quédate con el cambio —dijo el hombre.

—Muchas gracias.

El vendedor se guardó el dinero en el bolsillo sin poder despegar la vista de los ángeles. Le entraron náuseas. Poco a poco, casi a su pesar, cayó en la cuenta de aquello que su aprendiz había visto de inmediato: las manchas esparcidas sobre los muñecos, sobre el salpicadero... Esas motas marrón rojizo no eran de pintura. Eran sangre seca.

El conductor pareció leerle el pensamiento.

—La otra noche tuvimos un accidente —explicó—. Me di un golpe en la nariz y sangré a chorros.

El vendedor le dirigió una sonrisa compasiva.

—Vaya, lo siento. *Geçmiş olsun.*

—Queríamos llevarlo a limpiar, pero no hemos tenido tiempo.

El vendedor asintió y recogió la bandeja, y cuando se disponía a despedirse se abrió la portezuela del otro lado. El pasajero, que hasta el momento había permanecido en silencio, salió del vehículo con el pan de pita en la mano.

—Tu *köfte* está riquísimo —dijo.

El vendedor miró al hombre y se fijó en las marcas que tenía en la barbilla. Parecía que le hubieran arañado la cara. «Una mujer», supuso, pero no era asunto suyo. Intentó reprimir sus pensamientos.

—Somos bastante conocidos. Tengo clientes que vienen de otras ciudades.

—Estupendo... Supongo que no nos habrás dado de comer carne de burro —repuso el hombre, que se rio de su propio chiste.

—Claro que no. Solo ternera. Y de primera calidad.

—¡Fantástico! Te aseguro que si quedamos satisfechos volverás a vernos.

—Cuando ustedes quieran —contestó el vendedor, que apretó los labios hasta que formaron una línea fina.

Pese a la desazón, se sentía contento, casi agradecido. Si esos hombres eran peligrosos, sería asunto de otros; a él ni le iba ni le venía.

—Dime: ¿trabajas siempre por la noche? —le preguntó el conductor.

—Siempre.

—Entonces tendrás clientes de todo tipo. ¿Gente inmoral también? ¿Prostitutas? ¿Pervertidos?

Detrás de ellos la embarcación cabeceaba, agitada por las olas que había creado un barco al pasar.

—Mis clientes son gente honrada. Respetables y honradas.

—Así me gusta —afirmó el pasajero, que volvió a su asiento—. No queremos gentuza aquí. La ciudad ha cambiado mucho. Da asco.

—Sí, da asco —repitió el vendedor tan solo porque no se le ocurrió qué otra cosa decir.

Cuando regresó al barco, su sobrino lo esperaba con los brazos en jarras y una expresión tensa y preocupada.

—¿Qué? ¿Cómo ha ido?

—Bien. Tendrías que haberles servido tú. ¿Por qué hago yo tu trabajo?

—¿No lo has visto?

—¿El qué?

El muchacho miró a su tío con los párpados entornados, como si el hombre estuviera encogiéndose ante sus ojos.

—Dentro del coche... Hay sangre en el volante..., en los muñecos..., por todas partes. ¿No deberíamos llamar a la policía?

—¡Eh!, no quiero a la policía aquí. Tengo que proteger mi negocio.

—¡Ah, claro, tu negocio!

—¿De qué vas? —espetó el vendedor—. ¿No sabes que hay cientos de personas que se morirían por tener tu trabajo?

—Pues dáselo. Me importa un pito tu maldito *köfte*. No soporto cómo huele. Es carne de caballo.

—¿Cómo te atreves? —replicó su tío con las mejillas encendidas.

Pero el muchacho ya no le escuchaba. Había vuelto a centrar su atención en el Mercedes-Benz, una forma fría e imponente bajo el cielo encapotado y cada vez más oscuro que cubría el muelle.

—Esos dos hombres... —murmuró.

La expresión del vendedor se suavizó.

—Olvídate de ellos, hijo. Eres demasiado joven. No seas tan curioso. Es el consejo que te doy.

—Tío, ¿no sientes curiosidad?, ¿ni una pizca? ¿Y si han hecho algo malo? ¿Y si han matado a alguien? Entonces a los ojos de la ley seríamos cómplices.

—¡Se acabó! —El vendedor soltó de golpe la bandeja vacía—. Ves demasiada televisión. ¡Todas esas películas norteamericanas de suspense sin pies ni cabeza y ya crees que eres todo un detective! Mañana por la mañana iré a hablar con tu madre. Te buscaremos otro trabajo... y, de ahora en adelante, nada de televisión.

—Vale, lo que tú digas.

No hubo nada que añadir. Permanecieron un rato en silencio, envueltos en una sensación de letargo. Al lado del barco pesquero rojo y verde llamado *Güney*, el mar se agitaba y espumeaba al estrellarse con todas sus fuerzas contra las rocas que bordeaban la carretera sinuosa que llevaba de Estambul a Kilyos.

La vista desde lo alto

En una elegante oficina que ocupaba toda una planta de un edificio alto y desde la que se dominaba el barrio comercial de la ciudad, que crecía a marchas forzadas, un joven sentado en la sala de espera balanceaba nervioso una pierna arriba y abajo. Al otro lado de una mampara de vidrio, la secretaria estiraba el cuello de vez en cuando para mirarlo con un asomo de sonrisa de disculpa. Al igual que a él, le costaba entender por qué el padre del joven lo hacía esperar cuarenta minutos. Pero así era aquel hombre, siempre obcecado en demostrar algo y en dar una lección al muchacho que este no necesitaba recibir ni tenía tiempo para recibirla. El joven consultó el reloj de pulsera una vez más.

Por fin se abrió la puerta y otra secretaria le anunció que podía pasar.

El padre estaba sentado detrás del escritorio, un mueble de época en madera de nogal con tiradores de bronce, patas en forma de garra y tablero de marquetería. Bonito pero demasiado majestuoso para un despacho tan moderno.

Sin mediar palabra, el joven se dirigió a zancadas hacia el escritorio y dejó en él el periódico que había llevado consigo. El rostro de Leila asomaba entre el texto de la página por la que estaba abierto.

—¿Qué es esto?

—Léalo, padre. Por favor.

El hombre de más edad miró por encima el diario y echó un vistazo al titular: «Hallan a una prostituta asesinada en un cubo de la basura de la ciudad». Frunció el ceño.

—¿Por qué me lo enseñas?

—Porque conozco a la mujer.

—¡Vaya! —El rostro del padre se iluminó—. Me alegra saber que tienes novias.

—¿No lo entiende? Es la mujer que usted me envió. Y está muerta. La han asesinado.

El silencio se extendió por el aire; se propagó y espesó hasta adquirir una densidad inquietante y desigual, inmóvil como algas en una laguna a finales de verano. El joven miró la ciudad al otro lado de la ventana ante la que se encontraba su padre, la extensión de casas diseminadas bajo una ligera bruma, las calles atestadas y la ondulación de las colinas a lo lejos. La vista desde lo alto era espectacular, aunque curiosamente falta de vida.

—El artículo lo explica todo —añadió el joven esforzándose por controlar el tono de voz—. Han asesinado a otras tres mujeres este mes..., a todas de la misma forma horrenda. ¿Y sabe qué? También las conozco. A las tres. Son las mujeres que usted me envió. ¿No es demasiada casualidad?

—Creía que te habíamos buscado cinco.

El joven vaciló, dominado por una vergüenza que solo su padre lograba hacerle sentir.

—Sí, eran cinco, y cuatro de ellas han muerto. Así que se lo pregunto otra vez: ¿no es demasiada casualidad?

Los ojos del padre no revelaron ninguna emoción.

—¿Qué intentas decirme?

El joven hizo una mueca, pues no sabía cómo continuar. Lo acometió un miedo conocido, un pavor antiguo, y de pronto volvió a ser un niño que sudaba bajo la oprimente mirada fija de su padre. Sin embargo, de manera igualmente repentina se acordó de las mujeres, las víctimas, en particular de la última. Recordó la conversación que habían mantenido en el balcón, con olor a whisky en el aliento y las rodillas de ambos rozándose un poco. «Escucha, cielo: ya veo que no te apetece seguir con esto. También me doy cuenta de que quieres a alguien y de que preferirías estar con esa persona.»

Se le saltaron las lágrimas. Su amante le decía que sufría a causa de su buen corazón. Porque tenía conciencia, algo de lo que no todo el mundo podía presumir. Pero eso le proporcionaba escaso consuelo. ¿Las cuatro mujeres habían muerto por su culpa? ¿Cómo era posible? Temía estar perdiendo el juicio.

—¿Esta es su forma de castigarme? —Se dio cuenta, demasiado tarde, de que había alzado la voz, hasta casi gritar.

Su padre, con las facciones endurecidas, apartó el periódico de un manotazo.

—¡Basta! No tengo nada que ver con este desatino. Francamente, me sorprende que llegues a pensar que sería capaz de ir por las calles persiguiendo putas.

—Padre, no lo acuso a usted, pero quizá haya sido alguien de su entorno. Tiene que haber una explicación. Dígame: ¿cómo organizó los encuentros? ¿Alguien concertó las citas, se ocupó de las llamadas telefónicas?

—Desde luego.

El padre pronunció el nombre de uno de sus empleados de máxima confianza.

—¿Dónde está?

—¿Dónde va a estar? Sigue trabajando para mí.

—Tiene que interrogar a ese hombre. Prométame que lo hará.

—Escucha: ocúpate de tus asuntos y yo me ocuparé de los míos.

El joven alzó el mentón. Su expresión crispada desapareció poco a poco de su rostro mientras se esforzaba por pronunciar las siguientes palabras.

—Me marcho, padre. Necesito salir de la ciudad. Me voy a Italia..., donde pasaré unos años. Me han aceptado en un programa de doctorado que se imparte en Milán.

—No digas más tonterías. Tu boda está al caer. Ya hemos enviado las invitaciones.

—Lo siento. Tendrá que encargarse usted de eso. Yo no estaré aquí.

El padre se levantó, y por primera vez se le quebró la voz.

—¡No se te ocurra avergonzarme así!

—He tomado una decisión. —El joven fijó la vista en la alfombra—. Esas cuatro mujeres...

—¡Ah, basta ya de esa sandez! Te he dicho que no tengo nada que ver.

El joven miró a su padre y observó sus rasgos severos como si memorizara aquello en lo que se negaba a convertirse. Se había planteado acudir a la policía, pero su padre tenía buenos contactos, de modo que el caso se habría cerrado al poco de abrirlo. Solo deseaba marcharse... con su amado.

—No te enviaré ni un solo cheque, ¿me oyes? Vendrás a mí de rodillas, a suplicarme.

—Adiós, padre.

Antes de dar media vuelta el joven estiró el brazo para coger el periódico, lo dobló y se lo metió en el bolsillo. No deseaba dejar el retrato de Leila en aquel frío despacho. Todavía conservaba el fular de la mujer.

El más flaco había sido célibe toda su vida. Hablaba a menudo de la inanidad de la carne. Era un hombre de ideas, de teorías universales. Cuando el mandamás le pidió que contratara prostitutas para su hijo, se sintió honrado de que le confiara una tarea tan confidencial y delicada. La primera vez esperó a la entrada del hotel para asegurarse de que la mujer llegaba y se comportaba, y de que todo salía a pedir de boca. Esa misma noche, mientras fumaba en el interior del automóvil, se le ocurrió una idea. Pensó que tal vez no se tratara de un trabajo normal y corriente. Tal vez se esperaba que hiciera algo más. Que cumpliera una misión. El pensamiento fue como una sacudida. Se sintió importante e infinitamente vivo.

Mencionó la idea a su primo, un hombre tosco y corto de entendederas con malas pulgas y un izquierdazo aún peor. No era un filósofo como él, pero sí leal, práctico y capaz de acometer tareas difíciles. El socio perfecto.

Para asegurarse de que no se equivocaban de mujer se les ocurrió un plan: cada vez pedirían al intermediario o la intermediaria que indicara a la prostituta que vistiera de una forma determinada. De ese modo la reconocerían en cuanto saliera del hotel. La última vez había sido un minivestido ajustado de lentejuelas doradas. Después de cada asesinato añadían un muñeco de porcelana a su colección de ángeles. Porque estaban convencidos de que eso era lo que hacían: convertir rameras en ángeles.

En ningún momento había tocado a las mujeres. Eso lo enorgullecía, el estar por encima de las necesidades de la carne. Frío como el acero, en cada ocasión había observado la escena hasta el mismísimo final. De manera inesperada, la cuarta prostituta se había defendido con uñas y dientes, resistiéndose de tal modo que durante unos minutos se había temido que tendría que intervenir. Pero su primo era fuerte, con un físico privilegiado, y tenía una palanca escondida en el suelo.

El plan

—Necesito un pitillo —dijo Nalán, que abrió la puerta del balcón y salió.

Miró hacia la calle. El barrio estaba transformándose y ya nada resultaba familiar. Inquilinos que llegaban, inquilinos que se iban..., los nuevos sustituían a los de antes. Las diversas zonas de la ciudad se permutaban los residentes como escolares que intercambiasen cromos de futbolistas.

Se llevó un cigarrillo a los labios y lo encendió. Mientras daba la primera calada contempló el Zippo de Leila. Lo abrió con el pulgar, lo cerró de golpe, lo reabrió, lo cerró de nuevo.

A un lado, el mechero llevaba grabada una frase en inglés: VIETNAM. NO HAS VIVIDO DE VERDAD HASTA QUE HAS ESTADO AL BORDE DE LA MUERTE.

Nalán pensó que aquel Zippo antiguo no era el objeto sencillo que aparentaba ser, sino un trotamundos eterno. Viajaba de una persona a otra y sobrevivía a cada uno de sus dueños. Antes de que fuera de Leila había pertenecido a D/Alí, y antes que a D/Alí, a un soldado estadounidense que había tenido la mala suerte de llegar a Estambul con la Sexta Flota en julio de 1968. Al marinero se le habían caído el mechero de la mano y la gorra de la cabeza cuando huía corriendo de los airados jóvenes izquierdistas que se manifestaban. D/Alí había recogido el primero, y un camarada suyo la segunda. Con el alboroto subsiguiente no lograron ver al soldado, y tampoco estaban seguros de que le hubieran devuelto los objetos de haberlo localizado. En los años posteriores D/Alí había limpiado y abrillantado el Zippo infinidad de veces. Cuando se estropeaba lo llevaba a una tienda de un pasaje de la plaza Taksim cuyo propietario reparaba relojes y artículos de todo tipo. Una parte de D/Alí se había preguntado siempre qué horrores y masacres habría presenciado ese pequeño artilugio en la guerra. ¿Habría sido testigo de las muertes sufridas en ambos bandos, habría conocido de cerca las crueldades que los humanos eran capaces de infligir a sus congéneres? ¿Habría estado presente en la matanza de My Lai, y oído los gritos de los civiles indefensos, de las mujeres y los niños?

Leila se había quedado el Zippo tras la muerte de D/Alí y lo había llevado consigo a todas partes. Salvo la víspera, cuando, un tanto inquieta y más callada que de costumbre, se lo había dejado sin querer en la mesa del Karavan. Nalán había pensado en devolvérselo ese día. «¿Cómo pudiste olvidarte de este querido chisme? Te estás haciendo vieja, cariño», le habría dicho. Y Leila se habría reído. «¿Vieja yo? De ninguna manera, tesoro. Es el Zippo el que debió de aturullarse.»

Nalán sacó del bolsillo un pañuelo de papel y se sonó la nariz.

—¿Estás bien? —le preguntó Humeyra, que había asomado la cabeza por la puerta del balcón.

—Sí, claro. Ahora entro.

Humeyra asintió, aunque no quedó convencida. Se retiró sin pronunciar ni una palabra más.

Nalán dio una chupada al cigarrillo y expelió solo una voluta tenue. Lanzó el humo de la siguiente calada hacia la torre de Gálata, obra maestra de albañiles y carpinteros genoveses. Se preguntó maravillada cuántos habitantes de la ciudad estarían haciendo lo mismo que ella en ese mismo momento, contemplando la antigua torre cilíndrica como si encerrara la solución de todos sus problemas.

En la calle, un joven levantó la cabeza y la vio. Su mirada se volvió más penetrante. Gritó algo..., una obscenidad.

Nalán se inclinó sobre la barandilla del balcón.

—¿Eso va por mí?

El hombre sonrió de oreja a oreja.

—Desde luego. Me pirran las chicas como tú.

Nalán frunció el ceño y enderezó la espalda. Se volvió de lado y preguntó a las otras mujeres en voz muy baja:

—¿Hay un cenicero por ahí?

—Mmm... Leila tenía uno sobre la mesita de centro —respondió Zaynab122—. Toma.

Nalán lo cogió, lo sopesó en la mano y sin previo aviso lo arrojó por encima de la barandilla. El cenicero se rompió en mil pedazos sobre la acera. El hombre, que había logrado esquivar el impacto apartándose de un salto, se quedó mirándola como un pasmarote, pálido y con las mandíbulas apretadas.

—¡Idiota! —le gritó Nalán—. ¿Te silbo yo al ver tus piernas peludas, eh? ¿Te incordio yo a ti? ¿Cómo te atreves a hablarme de ese modo?

El hombre abrió la boca y la cerró. Se alejó con paso vivo seguido de un coro de risitas que salieron de un salón de té cercano.

—Entra, por favor —dijo Humeyra—. No puedes quedarte en el balcón y tirar cosas a los desconocidos. Estamos en una casa de luto.

Nalán dio media vuelta y entró con el cigarrillo en la mano.

—Yo no quiero estar de luto y llorar. Yo quiero hacer algo.

—¿Qué podemos hacer, *hayati*? —le preguntó Zaynab122—. Nada.

Humeyra parecía preocupada... y un poco somnolienta, ya que se había tomado otras dos pastillas a escondidas.

—Espero que no tengas pensado salir a buscar al asesino de Leila.

—No, dejaremos que la policía se encargue de eso, aunque no confíe en ellos.

Nalán exhaló el humo por la nariz y, sintiéndose culpable, intentó disiparlo con la mano para que no llegara a Humeyra, con escaso éxito.

—¿Por qué no rezas para ayudar al alma de Leila... y a la tuya? —le propuso Zaynab122.

Nalán frunció la frente.

—¿Por qué rezar si Dios no sabe escuchar? Se llama «sordera divina». Es lo que tienen en común Mister Chaplin y Dios.

—*Tövbe, tövbe* —dijo Zaynab122, como decía siempre que oía pronunciar el nombre del Señor en vano.

Nalán encontró una taza de café vacía y aplastó en ella la colilla.

—Ocúpate tú de los rezos. Yo no quiero herir los sentimientos de nadie. Leila se merecía una vida magnífica y no la tuvo. Se merece al menos un entierro como es debido. No podemos dejar que se pudra en el Cementerio de los Solitarios. No le corresponde estar ahí.

—Debes aprender a aceptar los hechos, *habibi* —le dijo Zaynab122—. Ninguna de nosotras puede hacer nada.

Detrás de ellas la torre de Gálata se envolvía en un tul de color púrpura y carmesí sobre el fondo del sol poniente. La ciudad, con su casi millar de barrios, grandes y pequeños, se extendía sobre siete colinas hasta donde alcanzaba la vista; una ciudad que, según la profecía, permanecería invicta hasta el fin de los tiempos. Muy a lo lejos el Bósforo remolineaba y mezclaba el agua salada y la dulce con la misma facilidad con que mezclaba realidad y sueño.

—Quizá sí —repuso Nalán tras una breve pausa—. Quizá podamos hacer una última cosa por Tequila Leila.

Sabotaje

Cuando Sabotaje llegó a la calle Kafka Peludo, la gasa negra del anochecer ya se había depositado sobre las colinas que se divisaban a lo lejos. Lo embargó un sentimiento de desamparo al observar cómo el último rayo de luz desaparecía del horizonte y el día llegaba a su fin. En circunstancias normales habría estado sudoroso e irritable a causa del tiempo pasado entre el tráfico, echando chispas por las torpezas de conductores y peatones, pero esa noche solo se sentía agotado. Llevaba en las manos una caja envuelta en papel metalizado rojo y atada con un lazo dorado. Entró en el portal usando su llave y subió la escalera.

A sus cuarenta y pocos años Sabotaje era un hombre de estatura mediana y constitución robusta, nuez prominente y ojos grises que casi desaparecían cuando sonreía. Tenía el rostro redondo y hacía poco que se había dejado bigote, aunque no le favorecía. Había empezado a perder pelo prematuramente hacía años...; una calvicie prematura sobre todo porque consideraba que su vida, su verdadera vida, aún no había comenzado.

Un hombre lleno de secretos: en eso se había convertido al partir hacia Estambul un año después de la marcha de Leila. No le había resultado fácil dejar atrás Van y a su madre, pero lo había hecho por dos razones, una expresa y otra oculta: para continuar los estudios (consiguió una plaza en una universidad puntera) y para encontrar a su amiga de la infancia. Solo tenía unas postales de ella y una dirección que ya no era válida. Leila le había escrito unas cuantas veces, sin contarle apenas nada de su nueva vida, y de repente las postales dejaron de llegar. Sabotaje intuyó que le había ocurrido algo, algo de lo que ella no deseaba hablar, y decidió que tenía que encontrarla a cualquier precio. La buscó por todas partes: primero en cines, restaurantes, teatros, hoteles, cafeterías; luego, al no dar con ella en aquellos lugares, en discotecas, bares, casas de juego, y por último, con el corazón en un puño, en clubes nocturnos y casas de mala reputación. Tras una larga búsqueda sin tregua logró localizarla por pura casualidad. Un muchacho con quien compartía habitación se convirtió en asiduo de la calle de los burdeles, y un día Sabotaje le oyó hablar con otro estudiante sobre una mujer con una rosa tatuada en el tobillo.

«Ojalá no hubieras dado conmigo. No quiero verte», le dijo Leila cuando se reencontraron después de tanto tiempo.

La frialdad de su amiga se le clavó en el corazón como un puñal. En los ojos Leila captó un brillo de furia y poco más. Aun así, intuyó que bajo la severidad del semblante imperaba la vergüenza. Preocupado y terco, siguió yendo a verla. Después de haberla encontrado no pensaba separarse de ella otra vez. Como no soportaba aquella calle de mala fama con sus olores acres, a menudo esperaba a la entrada, a la sombra moteada de los robles añejos, en ocasiones durante horas. Alguna que otra vez, cuando Leila salía a comprarse algo o a buscar la crema contra las hemorroides que usaba Mamá Amarga, lo encontraba sentado en la acera leyendo un libro o rascándose la barbilla mientras reflexionaba sobre una ecuación matemática.

—¿Por qué sigues viniendo, Sabotaje?

—Porque te echo de menos.

En aquellos años, la mitad de los estudiantes estaban atareados boicoteando las clases y la otra mitad boicoteando a los estudiantes disidentes. En los campus universitarios del país no había día en que no sucediera algo: acudían unidades de desactivación de explosivos para detonar paquetes bomba, los alumnos se enfrentaban en las cafeterías, los profesores recibían insultos y ataques físicos. Pese a todo, Sabotaje aprobó los exámenes y se licenció con matrícula de honor. Encontró trabajo en un banco nacional y, exceptuando unas cuantas excursiones organizadas por la empresa en las que participaba por obligación social, declinaba todas las invitaciones. Había decidido pasar con Leila los ratos libres que tuviera.

El año en que Leila se casó con D/Alí, Sabotaje, sin decir nada a nadie, pidió una cita a una compañera de trabajo, y al cabo de un mes le propuso que se convirtiera en su esposa. Aunque su matrimonio no era especialmente feliz, la paternidad sería lo mejor que le ocurriría. Durante un tiempo progresó en su carrera profesional con rapidez y convicción pero, cuando daba la impresión de que conseguiría llegar a los niveles más altos, reculó. Pese a su inteligencia, era demasiado tímido, demasiado retraído, para convertirse en un miembro destacado de una empresa. La primera vez que tuvo que hacer una presentación se le olvidó el texto y empezó a sudar a chorros. En la sala de conferencias se hizo el silencio, quebrado tan solo por toses de incomodidad. Miró hacia la puerta una y otra vez, como si se lo hubiera pensado mejor y deseara huir. A menudo se sentía de ese modo. Así pues, decidió conformarse con un cargo mediocre y acostumbrarse a llevar una vida pasable: como un buen ciudadano, un buen empleado, un buen padre. Y en ninguna etapa de ese viaje renunció a su amistad con Leila.

—Antes te decía que eras mi radio de sabotaje —le comentaba ella—. ¡Y quién te ve ahora! Estás saboteando tu reputación, querido. ¿Qué dirían tu mujer y tus colegas si se enteraran de que eres amigo de alguien como yo?

—No tienen por qué enterarse.

—¿Cuánto tiempo crees que podrás seguir ocultándoselo?

—Tanto como haga falta —respondía él.

Sus compañeros de trabajo, su esposa, sus vecinos, sus parientes, su madre, que desde hacía tiempo no trabajaba en la farmacia porque se había jubilado, ignoraban que tenía otra vida; que con Leila y las chicas se convertía en un hombre distinto.

Sabotaje pasaba los días con la cabeza metida entre balances, sin hablar con nadie a menos que fuera imprescindible. Al atardecer salía de la oficina, se subía a su coche, pese a que detestaba conducir, y se dirigía al Karavan, un club nocturno apreciado entre los despreciados, donde se relajaba, fumaba y a veces bailaba. Para justificar sus prolongadas ausencias le decía a su esposa que debido al mísero salario que recibía tenía que trabajar como guarda de seguridad en el turno de noche de una fábrica.

«Elaboran leche en polvo para bebés», le dijo pensando que con la mención de los niños la coartada parecería más inocente.

Por suerte ella no le preguntaba nada. Si acaso, se mostraba aliviada al verlo salir de casa todas las noches, algo que a veces inquietaba a Sabotaje y hervía en el caldero de su mente: ¿acaso no quería tenerlo cerca? No obstante, su mujer le preocupaba menos que su numerosa familia política. Su esposa pertenecía a un orgulloso linaje de imanes y *hodjas*. Sabotaje jamás se habría atrevido a contarles la verdad. Además, adoraba a sus hijos; era un padre cariñoso. Si su mujer se divorciaba de él a causa de su vida nocturna entre furcias y travestis, ningún tribunal le concedería la custodia de los niños. Era más que probable que ni siquiera le permitieran volver a verlos. La verdad podía ser corrosiva, un fluido mercurial. Podía agujerear los baluartes de la vida cotidiana y destruir edificios enteros. Si los ancianos de la familia se enteraban de su secreto, se armaría una buena. Casi le parecía oír las voces de esos hombres martilleando dentro de su cabeza: los gritos, los insultos, las amenazas.

Algunas mañanas, mientras se afeitaba, Sabotaje practicaba ante el espejo su discurso de defensa. El que pronunciaría si algún día su familia lo descubría y lo sometía al tercer grado.

«¿Te acuestas con esa mujer? —le preguntaría su esposa, con sus parientes al lado—. Ah, maldigo el día en que me casé contigo... ¡Qué clase de hombre se gasta en una puta el dinero destinado a sus hijos!»

«¡No! ¡No! Nada de eso.»

«¿De veras? ¿Quieres decir que se acuesta contigo sin cobrarte?»

«¡Por favor, no hables así! —suplicaría él—. Es mi amiga. Mi más vieja amiga..., desde la escuela.»

Nadie le creería.

—He intentado llegar antes, pero el tráfico era una verdadera pesadilla —dijo Sabotaje al tiempo que, cansado y sediento, se sentaba en una silla.

—¿Te apetece una taza de té? —le preguntó Zaynab122.

—No, gracias.

—¿Qué es eso? —preguntó Humeyra a Sabotaje señalando la caja que este tenía sobre el regazo.

—Ah, esto... Un regalo para Leila. Lo tenía en la oficina. Pensaba dárselo esta noche. —Tiró del lazo y abrió la caja, que contenía un fular—. Seda pura. Le habría encantado.

Se le hizo un nudo en la garganta. Como no logró deshacerlo tragando saliva, respiró con dificultad. Toda la tristeza que había intentado reprimir salió a borbotones. Le ardieron los ojos, y antes de que se diera cuenta ya estaba llorando.

Humeyra corrió a la cocina y regresó con un vaso de agua y un frasco de colonia de limón, de la cual echó un chorrito en el vaso antes de tendérselo a Sabotaje.

—Bebe. Te sentirás mejor.

—¿Qué es? —preguntó él.

—El remedio de mi madre contra la pena... y contra otras cosas. Siempre tenía un frasco de colonia a mano.

—Espera un momento —intervino Nalán—. No irás a darle eso, ¿verdad? El remedio de tu madre haría polvo a un hombre que no tolera el alcohol.

—No es más que colonia... —murmuró Humeyra, indecisa de pronto.

—Estoy bien —terció Sabotaje, que, avergonzado por haberse convertido en el centro de atención, devolvió el vaso.

Era sabido que las bebidas alcohólicas no le sentaban bien. Dos dedos de vino bastaban para dejarlo fuera de combate. En varias ocasiones en que había trasegado unas cuantas jarras de cerveza en un intento por seguir el ritmo de los demás, había perdido el conocimiento. En noches así había vivido aventuras que no recordaba a la mañana siguiente. Le contaban con todo lujo de detalles que había trepado hasta una azotea para contemplar a las gaviotas, o que había conversado con un maniquí de un escaparate, o que se había encaramado a la barra del Karavan y se había arrojado sobre los que bailaban convencido de que lo cogerían y lo llevarían a hombros, pero había acabado estrellado contra el suelo. Los relatos que oía eran tan bochornosos que fingía no tener nada que ver con el personaje desmañado que los protagonizaba. Pero, por supuesto, no se engañaba: sabía que no toleraba el alcohol. Quizá le faltara la enzima adecuada o el hígado no le funcionara bien. O tal vez los *hodjas* e imanes de la familia de su esposa le hubiesen echado una maldición para asegurarse de que no se apartaba del buen camino.

En llamativo contraste con Sabotaje, Nalán era una leyenda en los ambientes marginales de Estambul. Tras la primera intervención de reasignación de sexo, había adquirido la costumbre de tomar un chupito tras otro. Aunque había sustituido con mucho gusto su antiguo carnet de identidad azul (entregado a los ciudadanos varones) por uno nuevo de color rosa (para las ciudadanas), el dolor postoperatorio había sido tan atroz que solo lo había soportado con la ayuda de la botella. Luego se había sometido a otras operaciones, cada una más compleja y cara que la anterior, algo de lo que nadie le había advertido. Muy pocos deseaban hablar del tema, incluso dentro de la comunidad trans, y solo se abordaba en voz baja. En ocasiones las heridas se infectaban, el tejido no acababa de cicatrizar y el dolor agudo se cronificaba. Y mientras el cuerpo de Nalán luchaba contra esas complicaciones inesperadas, las deudas se acumulaban. Buscó trabajo en todas partes; habría aceptado cualquier cosa. Al ver que le daban con tantas puertas en las narices, probó incluso suerte en el taller de muebles donde había trabajado. Pero nadie quería contratarla.

Las únicas profesiones posibles para las mujeres trans eran la peluquería y la industria del sexo. Y en Estambul ya había demasiados peluqueros, pues al parecer todas las callejas y semisótanos tenían un salón. Por otra parte, a las mujeres trans no se les permitía trabajar en burdeles autorizados, ya que los clientes se sentían estafados y se quejaban. Al final, como otras muchas antes y después que ella, se puso a hacer la calle. Era deprimente, agotador y peligroso; cada coche que se paraba a su lado dejaba una huella en su alma insensibilizada, como unos neumáticos en la arena del desierto. Con una cuchilla invisible se partió en dos Nalán: una miraba pasivamente a la otra, observaba cada detalle y pensaba mucho, mientras la segunda hacía cuanto se suponía que debía hacer y no pensaba nada. Insultada por los viandantes, detenida de forma arbitraria por la policía, vejada por los clientes, sufría una humillación tras otra. La mayoría de los hombres que buscaban mujeres trans eran de un tipo particular: oscilaban de manera imprevisible entre el deseo y el desprecio. Nalán llevaba en el negocio el tiempo suficiente para saber que ambos sentimientos, a diferencia del agua y el aceite, se mezclaban sin dificultad. Quienes despreciaban a una persona mostraban de improviso un deseo acuciante por ella, y quienes parecían haberle tomado aprecio se volvían ofensivos y violentos en cuanto lograban lo que querían.

Siempre que en Estambul se celebraba un acto de Estado o un congreso internacional importante, mientras los automóviles negros con los delegados extranjeros se abrían paso entre el tráfico desde el aeropuerto hasta los hoteles de cinco estrellas diseminados por la ciudad, un jefe de policía decidía que había que limpiar las calles que se recorrían en esos itinerarios. En tales ocasiones todos los travestis pasaban la noche arrestados, barridos de la vía pública como si fueran basura. Una vez, después de una de esas operaciones de limpieza, encerraron a Nalán en un centro de detención donde le cortaron el pelo a trasquilones y le desgarraron la ropa. La obligaron a permanecer desnuda y sola en una celda a la que se acercaban cada media hora para ver cómo se encontraba y arrojarle a la cabeza un cubo de agua sucia. A un policía, un joven callado de rasgos delicados, pareció incomodarle el trato que dispensaban sus compañeros a Nalán, la cual aún recordaba su expresión de dolor e impotencia, y que por un instante se había compadecido de aquel hombre, como si fuera él, y no ella, quien se hallaba recluido en un espacio pequeño, encerrado en su propia celda invisible. Por la mañana ese mismo agente le devolvió la ropa y le ofreció un vaso de té con un terrón de azúcar. Nalán sabía que aquella noche otras lo habían pasado peor, y cuando el congreso acabó y la dejaron en libertad no contó a nadie lo sucedido.

Trabajar en clubes nocturnos resultaba menos peligroso, siempre que encontrara la forma de entrar en uno, como le ocurría a menudo. Los dueños de los locales descubrían encantados que Nalán poseía un talento sorprendente: podía beber y beber sin llegar a achisparse siquiera. Se sentaba a la mesa de un cliente y empezaba a charlar de temas triviales, con los ojos destellantes como monedas al sol. Entretanto animaba a su nuevo compañero a pedir las bebidas más caras de la carta. El whisky, el coñac, el champán y el vodka corrían como el poderoso Éufrates. Cuando el cliente ya estaba bastante borracho, Nalán se trasladaba a la mesa contigua, donde iniciaba de nuevo el mismo proceso. Los propietarios de los clubes la adoraban. Era una máquina de ganar dinero.

Nalán se levantó, llenó un vaso de agua y se lo entregó a Sabotaje.

—El fular que le has comprado a Leila es precioso.

—Gracias. Creo que le habría gustado.

—Desde luego, no me cabe duda. —Nalán posó suavemente la yema de los dedos en el hombro de Sabotaje, en un gesto de consuelo—. Escucha: ¿por qué no te lo guardas en el bolsillo? Podrás dárselo a Leila esta noche.

Él parpadeó.

—¿Te importaría repetirlo?

—No temas. Os lo explicaré... —Nalán se interrumpió porque de pronto la distrajo un ruido. Fijó la vista en la puerta cerrada del pasillo—. Chicas, ¿estáis seguras de que Yamila duerme?

Humeyra se encogió de hombros.

—Prometió que saldría en cuanto se despertara.

Nalán se acercó a la puerta con pasos rápidos y cautelosos y giró el pomo. Estaba cerrada por dentro.

—Yamila, ¿estás dormida o llorando a mares... y, quizá, escuchándonos a escondidas?

No hubo respuesta.

—Me da en la nariz que llevas despierta todo el rato y que estás triste y echas de menos a Leila. Como todos nos sentimos del mismo modo, ¿por qué no sales?

La puerta se abrió despacio y apareció Yamila.

Sus grandes ojos negros estaban hinchados y enrojecidos.

—Ay, cariño. —Nalán le habló con una ternura que no mostraba con nadie más: cada palabra era una manzana dulce que no entregaba sin antes haberle sacado brillo—. Tendrías que verte. No debes llorar. Has de cuidarte.

—Estoy bien —afirmó Yamila.

—Nalán tiene razón..., por una vez —dijo Humeyra—. Míralo de esta forma: Leila se habría puesto muy triste al verte en este estado.

—Es cierto —apuntó Zaynab122 con una sonrisa tranquilizadora—. ¿Por qué no vienes conmigo a la cocina? Vamos a ver si el *halva* está listo.

—Tenemos que pedir que nos traigan algo de comer —dijo Humeyra—. No hemos probado bocado desde esta mañana.

Sabotaje se levantó.

—Os ayudaré, chicas.

—Una idea fantástica. Sí, id a echar un vistazo al *halva* y a pedir algo de comer —dijo Nalán.

Enlazó las manos a la espalda y empezó a recorrer la habitación de arriba abajo como un general que inspeccionara a los soldados antes de la batalla definitiva. A la luz de la lámpara de araña sus uñas refulgían en un brillante tono violeta.

Se detuvo junto a la ventana para mirar hacia la calle; su rostro se reflejaba en el cristal. A lo lejos amenazaba tormenta: nubes de lluvia que avanzaban hacia el nordeste, en dirección a la zona de Kilyos. Sus ojos, tristes y pensativos durante toda la tarde, adquirieron un destello de determinación. Tal vez sus amigos no hubieran oído hablar del Cementerio de los Solitarios hasta ese día, pero ella ya sabía cuanto necesitaba sobre aquel lugar horrendo. Había conocido a unas pocas personas cuyo destino había sido acabar enterradas en él, y no le costaba imaginar lo que había ocurrido con sus tumbas. La infelicidad que caracterizaba a ese camposanto se había abierto como una boca hambrienta y se las había tragado de golpe.

Más tarde, cuando se sentaran a la mesa y todos tuvieran un poco de comida en el estómago, Nostalgia Nalán revelaría su plan a sus amigos. Tendría que explicarlo con el mayor cuidado y delicadeza posibles, pues suponía que al principio se asustarían.

Karma

Media hora después cenaban todos sentados a la mesa, en cuyo centro se alzaba un montón de *lahmacun* —pan plano con carne picada, encargado en un restaurante del barrio—, que apenas tocaron. No tenían demasiado apetito, aunque instaron a Yamila a comer: se la veía muy débil, con su rostro delicado aún más demacrado que de costumbre.

Al principio conversaron con desgana, pero hablar, al igual que comer, suponía un esfuerzo excesivo. Les resultaba extraño estar en casa de Leila sin que su amiga se asomara por la puerta de la cocina, con mechones descarriados que escapaban de detrás de la oreja, para ofrecerles bebidas o tentempiés. Recorrían la habitación con la vista, demorando la mirada en cada uno de los objetos, ya fueran grandes o pequeños, como si repararan en ellos por primera vez. ¿Qué ocurriría con el piso? Todos ellos pensaron que si se quitaban los muebles, los cuadros y los adornos, en cierto sentido Leila desaparecería también.

Al cabo de un rato Zaynab122 fue a la cocina y regresó con un cuenco lleno de rodajas de manzana y un plato de *halva* recién hecho... para el alma de Leila. Su dulce olor colmó la sala.

—Deberíamos haber puesto una vela en el *halva* —comentó Sabotaje—. Leila siempre buscaba una excusa para convertir las cenas en celebraciones. Le encantaban las fiestas.

—Sobre todo las de cumpleaños —dijo Humeyra arrastrando las palabra tras contener un bostezo. —Se arrepentía de haber tomado tres tranquilizantes casi seguidos. Se había preparado una taza de café para combatir la somnolencia, y en ese momento removía el azúcar con un sonoro tintineo de la cucharilla contra la porcelana.

Nalán se aclaró la garganta.

—Y cómo mentía sobre su edad. Una vez le dije: «Cariño, si vas contando trolas, deberías recordarlas. Apúntalas en algún sitio. ¡No es posible que un año tengas treinta y tres, y al siguiente veintiocho!».

Se echaron a reír, pero al darse cuenta de que se reían les pareció mal, una transgresión, y se interrumpieron.

—Bien, tengo que deciros algo importante —anunció Nalán—. Y, por favor, escuchadme hasta el final antes de protestar.

—Ay, querida, esto no acabará bien —comentó Humeyra con languidez.

—No seas negativa —le dijo Nalán, que se volvió hacia Sabotaje—. Esa camioneta que tienes..., ¿dónde está?

—¡Yo no tengo ninguna camioneta!

—¿Tu familia política no tiene una?

—¿Te refieres a la vetusta Chevrolet de mi suegro? Hace siglos que no usa esa cafetera. ¿Por qué lo preguntas?

—Cafetera o no, es suficiente con que funcione. Necesitaremos unas cuantas cosas más: palas redondas, palas cuadradas y quizá una carretilla.

—¿Soy el único que no sabe de qué está hablando Nalán? —preguntó Sabotaje.

Humeyra se frotó el ángulo interno de los ojos con la yema de los dedos.

—No te preocupes. Nosotras tampoco tenemos la menor idea.

Nalán se retrepó en la silla, con el pecho palpitante. Notaba que el corazón empezaba a acelerársele por el nerviosismo que le provocaba lo que se disponía a decir.

—Propongo que vayamos al cementerio esta noche.

—¡¿Qué?! —exclamó Sabotaje con voz chillona.

Poco a poco le volvió todo a la memoria: la infancia en Van, el pisito atestado encima de la farmacia, la habitación que daba a un viejo cementerio, los susurros que se oían bajo los aleros y que podían ser las golondrinas, el viento o quizá otra cosa. Ahuyentó los recuerdos y centró la atención en Nalán.

—Espera a que os lo explique. No digas que no antes de escucharme. —Las palabras de Nalán, que estaba entusiasmada, surgieron como un torrente—. Me da mucha rabia: ¿cómo es posible que entierren en el Cementerio de los Solitarios a una persona que ha forjado amistades maravillosas toda su vida? ¿Cómo es posible que ese sea su domicilio para la eternidad? ¡Es injusto!

Una mosca del vinagre apareció de la nada y revoloteó sobre las rodajas de manzanas, y por un instante los cinco la observaron en silencio, agradeciendo la distracción.

—Todos queríamos a Leila-jim. —Zaynab122 eligió las palabras con cuidado—. Fue ella quien nos unió. Pero ya no está en este mundo. Debemos rezar por su alma y dejar que descanse en paz.

—¿Cómo va a «descansar en paz» en un sitio tan horrible? —replicó Nalán.

—No olvides, *habibi*, que es solo su cuerpo. Su alma no está allí —replicó Zaynab122.

—¿Cómo lo sabes? —le espetó Nalán—. Oye, puede que para los creyentes el cuerpo sea irrelevante..., temporal, pero para mí no. ¿Sabes qué? ¡Yo he luchado con uñas y dientes por el mío! Por estas —añadió señalándose los pechos—, por los pómulos... —Se interrumpió—. Disculpadme si os parezco frívola. Supongo que os preocupa eso que llamáis «el alma», y a lo mejor existe, qué sabré yo, pero quiero que entendáis que el cuerpo también importa. No es algo insignificante.

—Continúa —dijo Humeyra, que aspiró el aroma del café antes de tomar otro sorbo.

—¿No os acordáis del anciano del hospital? Todavía se reprocha no haber dado a su mujer un funeral como es debido..., después de los años que han pasado. ¿Queréis sentiros igual que él toda vuestra vida? Cada vez que recordemos a Leila, el sentimiento de culpa nos reconcomerá por dentro al saber que no hemos cumplido con nuestro deber como amigos. —Nalán miró a Zaynab122 y arqueó una ceja—. No te ofendas, por favor, pero me importa un pimiento el otro mundo. A lo mejor tienes razón y Leila ya está en el cielo enseñando a los ángeles técnicas de maquillaje y de depilación a la cera de alas. Si es así, estupendo. Pero ¿qué me decís de cómo se la ha maltratado en la tierra? ¿Nos vamos a quedar de brazos cruzados como si nada?

—¡Claro que no! ¡Dinos qué debemos hacer! —la apremió Sabotaje de manera impulsiva, pero se interrumpió de inmediato al asaltarle un pensamiento increíble—. Espera. No estarás proponiendo que vayamos a cavar al cementerio, ¿verdad?

Esperaban que Nalán agitara la mano y alzara los ojos al cielo en el que no creía, como hacía siempre que le dirigían un comentario absurdo. Cuando había hablado de ir al cementerio, habían supuesto que tenía en mente dar a Leila un funeral con todas las de la ley, un último adiós. Y de pronto cayeron en la cuenta de que tal vez la propuesta de Nalán fuera más radical. Se produjo un silencio inquietante. Era uno de esos momentos en que todos querían protestar pero nadie deseaba dar el primer paso.

—Creo que deberíamos hacerlo —afirmó Nalán—, no solo por Leila, sino también por nosotros. ¿Os habéis preguntado qué será de nosotros cuando muramos? Es evidente que recibiremos el mismo trato de hotel de cinco estrellas que ella. —Señaló con el dedo a Humeyra—. Tú te fugaste, amor mío. Abandonaste a tu marido y deshonraste a tu familia y tu tribu. ¿Qué más pone en tu currículum? Has cantado en clubes sórdidos y, por si eso fuera poco, tienes unas cuantas películas de mal gusto en tu haber.

Humeyra se sonrojó.

—Era joven. No tenía...

—Lo sé, pero ellos no lo entenderán. No esperes comprensión. Lo siento, tesoro: irás directa al Cementerio de los Solitarios. Y puede que lo mismo le suceda a Sabotaje si se descubre que lleva una doble vida.

—Vale, basta ya —la interrumpió Zaynab122 al intuir que sería la siguiente—. Estás ofendiéndonos a todos.

—Estoy diciendo la verdad —afirmó Nalán—. Todos tenemos un bagaje, por decirlo así. Y yo más que nadie. No soporto esta hipocresía. A todo el mundo le gusta ver cantantes amanerados en la televisión, pero esas mismas personas se subirían por las paredes si sus hijos o hijas resultaran ser así. Lo he visto con mis propios ojos. A las puertas de Hagia Sofia vi a una mujer con un cartel en que se leía: EL FIN ESTÁ PRÓXIMO, PRONTO HABRÁ TERREMOTOS: ¡UNA CIUDAD LLENA DE PUTAS Y TRAVESTIS SE MERECE LA IRA DE ALÁ! Reconozcámoslo: atraigo el odio como un imán. Cuando me muera, iré a parar al Cementerio de los Solitarios.

—No digas eso —le suplicó Yamila.

—Tal vez no os deis cuenta, pero no se trata de un cementerio corriente. Es... pura desolación.

—¿Cómo lo sabes? —le preguntó Zaynab122.

Nalán hizo girar uno de sus anillos.

—Han enterrado allí a algunos conocidos míos. —No era preciso decirles que casi todos los miembros de la comunidad trans terminaban en ese domicilio definitivo—. Tenemos que sacar a Leila de ese lugar.

—Es como el ciclo kármico. —Humeyra rodeó la taza con ambas manos—. Se nos pone a prueba a diario. Si decimos que somos amigas fieles, llegará un momento en que se pondrá a prueba nuestra entrega. Las fuerzas cósmicas nos exigirán que demostremos cuánto queremos de verdad a nuestros amigos. Lo explicaba uno de los libros que Leila me regaló.

—No sé de qué hablas, pero estoy de acuerdo —dijo Nalán—. Karma, Buda, yoga..., lo que sea que te motive. Lo que quiero decir es que Leila me salvó la vida. Jamás olvidaré aquella noche. Estábamos las dos solas. Esos imbéciles salieron de la nada y empezaron a asestar puñetazos. Los muy hijos de puta me dieron una puñalada en las costillas. Había sangre por todas partes. Como os lo cuento: sangré igual que un cordero sacrificado. Creí que me moría, en serio. Y a mi lado apareció Supergirl, la prima de Clark Kent, ¿os acordáis de ella? Me agarró de los brazos y me levantó. Entonces abrí los ojos. No era Supergirl, sino Leila. Podría haber huido, pero se quedó... por mí. Me sacó de allí..., todavía no sé cómo. Me llevó a un médico, que en realidad era un curandero, pero algo es algo... El hombre me cosió la herida. Estoy en deuda con Leila. —Nalán inspiró hondo y exhaló el aire poco a poco—. No pretendo obligar a nadie. Si no queréis acompañarme, lo entenderé, de veras. Lo haré sola si es preciso.

—Yo iré contigo —se oyó decir Humeyra, que, más animada, apuró de un trago el café.

—¿Estás segura? —Nalán la miró sorprendida, sabedora de la angustia y los ataques de pánico que sufría su amiga.

Sin embargo, los tranquilizantes que Humeyra se había tomado al atardecer parecían protegerla del miedo... hasta que se le pasara el efecto.

—¡Sí! Necesitarás a alguien que te eche una mano. Pero antes tendré que preparar más café. Quizá debería llenar un termo y llevarlo conmigo.

—Yo también voy —dijo Sabotaje.

—No te gustan los cementerios —le recordó Humeyra.

—No..., pero considero que, como único hombre del grupo, tengo la responsabilidad de protegeros de vosotras mismas —repuso él—. Además, sin mí no podréis coger la camioneta.

Zaynab122 abrió los ojos de par en par.

—Esperad, esperad. No podemos hacerlo. ¡Exhumar a los muertos es pecado! Y, si me permitís preguntarlo, ¿adónde pensáis llevarla luego?

Nalán se removió en la silla, consciente de pronto de que no había meditado lo suficiente la segunda parte del plan.

—La trasladaremos a una última morada digna y bonita. La visitaremos a menudo y le llevaremos flores. Tal vez logremos encargar incluso una lápida. De mármol, lisa y brillante, con una rosa negra y un poema de uno de los poetas favoritos de D/Alí. ¿Cómo se llamaba el latinoamericano ese que le gustaba tanto?

—Pablo Neruda —respondió Sabotaje volviendo los ojos hacia un cuadro de la pared.

En él aparecía Leila sentada en una cama, con una falda corta de color rojo, un sujetador de biquini que sus pechos desbordaban, el cabello recogido en un moño alto y la cara vuelta a medias hacia el espectador. Era hermosísima, e inalcanzable. Sabotaje sabía que D/Alí lo había pintado en el burdel.

—¡Sí, Neruda! —dijo Nalán—. Esos latinoamericanos tienen una forma singular de mezclar sexo y tristeza. A casi todas las naciones se les da mejor lo uno o lo otro, pero los latinos triunfan en ambos.

—O un poema de Nazim Hikmet —propuso Sabotaje—. A D/Alí y a Leila les encantaba.

—De acuerdo, estupendo, ya tenemos resuelto el tema de la lápida. —Nalán asintió en señal de aprobación.

—¿Qué lápida? ¿No os dais cuenta de que habláis como unos chiflados? ¡Ni siquiera sabéis dónde vais a enterrarla! —dijo Zaynab122 alzando las manos.

Nalán frunció el ceño.

—Ya se me ocurrirá algo, ¿de acuerdo?

—Creo que deberíamos darle sepultura al lado de D/Alí —apuntó Sabotaje.

Todos los ojos se volvieron hacia él.

—Sí, ¿cómo no se me ha ocurrido? —exclamó Nalán, enfurruñada—. Él está en aquel cementerio soleado de Bebek..., un lugar fabuloso, con unas vistas magníficas. Hay muchos poetas y músicos enterrados allí. Leila estará en buena compañía.

—Estará con el amor de su vida —dijo Sabotaje sin mirar a nadie.

Zaynab122 suspiró.

—¿Queréis hacer el favor de entrar en razón? D/Alí está en un cementerio bien protegido. No podemos llegar y ponernos a cavar. Necesitamos un permiso oficial.

—¡Un permiso oficial! —se burló Nalán—. ¿Quién va a pedírnoslo en plena noche?

Camino de la cocina, Humeyra dirigió un gesto apaciguador a Zaynab122.

—No tienes por qué venir. No pasa nada.

—No me queda otro remedio —replicó Zaynab122 con voz temblorosa por la emoción—. Necesitáis al lado alguien que rece las oraciones indicadas. Si no, estaréis malditos de por vida. —Levantó la cabeza para mirar a Nalán y enderezó los hombros—. Prométeme que no dirás palabrotas en el cementerio. Nada de blasfemias.

—Prometido —respondió contenta Nalán—. Me portaré bien con tu *djinn*.

Mientras los otros debatían, Yamila se había levantado de la mesa sin hacer ruido. Se había puesto una chaqueta y en ese momento estaba atándose los cordones de los zapatos junto a la puerta.

—¿Adónde vas? —le preguntó Nalán.

—Estoy preparándome —respondió Yamila con calma.

—No, tú no, amor mío. Tú debes quedarte en casa, hacerte una buena taza de té y vigilar a Mister Chaplin mientras nos esperas.

—¿Por qué? Si vosotros vais, yo también voy. —Yamila entornó los ojos. Tenía las aletas de la nariz un tanto dilatadas—. Si es tu deber como amiga, también es el mío.

Nalán negó con la cabeza.

—Lo siento, pero debemos pensar en tu salud. No puedo llevarte a un cementerio en plena noche. Leila me habría despellejado viva.

Yamila echó la cabeza atrás.

—¿Queréis hacer el favor de dejar de tratarme como si estuviera muriéndome? Todavía no, ¿vale? Aún no me estoy muriendo.

La ira era un sentimiento tan poco común en ella que los demás se quedaron callados.

Una ráfaga de viento entró por el balcón y agitó las cortinas. Por un instante pareció que hubiera otra presencia en la sala. Un cosquilleo apenas perceptible, como el que provoca en la nuca un mechón de pelo suelto. Pero se volvió más intensa, y todos sintieron su fuerza, su atracción. O bien habían penetrado en un reino invisible, o bien otro reino se había filtrado en el suyo. Mientras el reloj de pared marcaba los segundos, todos esperaron la llegada de la medianoche: los cuadros colgados, el apartamento laberíntico, el gato sordo, la mosca del vinagre y los cinco viejos amigos de Tequila Leila.

La carretera

En una esquina de la avenida Büyükdere, enfrente de un restaurante de kebab, había un control de velocidad que había cazado a muchos conductores imprudentes y que sin duda cazaría a muchos más. Una y otra vez un coche patrulla acechaba sin ser visto detrás de una masa tupida de arbustos y atrapaba a vehículos desprevenidos que atravesaban el cruce a todo trapo.

Desde el punto de vista de los conductores, lo imprevisible del control eran las horas en que actuaba. Unas veces la policía de tráfico llegaba con el alba, y otras solo acudía por la tarde. Algunos días no se veía a nadie en el lugar y podía pensarse que habían liado el petate. En cambio otros días había en todo momento un coche azul y blanco al acecho, como una pantera que aguardara el momento oportuno para acometer el ataque mortal.

Desde el punto de vista de los agentes, era uno de los peores lugares de Estambul, y no porque no hubiera conductores a los que parar y sancionar, sino porque había demasiados. Y pese a que la imposición de multas generaba ingresos para el Estado, este no estaba precisamente dispuesto a mostrar gratitud. Por tanto, los agentes tenían que preguntarse de qué servía mantenerse alerta. Además, el trabajo estaba plagado de escollos. De vez en cuando paraban un coche que resultaba ser del hijo, el sobrino, la esposa o la amante de un alto cargo del Gobierno, de un empresario de alto copete, de un juez de altos vuelos o de un encumbrado general del ejército, con lo que los policías acababan metidos en un lío de aúpa.

Le había ocurrido a un compañero, un hombre honrado, formal. Había parado a un joven que iba en un Porsche azul metalizado por conducción imprudente (no tenía las manos en el volante porque estaba comiendo una pizza) y por saltarse un semáforo en rojo, infracciones que, a decir verdad, numerosos conductores cometían a diario en Estambul. Si París era la ciudad del amor, Jerusalén la ciudad de Dios y Las Vegas la del pecado, Estambul era la ciudad de la multitarea. Aun así, el policía paró el Porsche.

—Se ha saltado un semáforo en rojo y...

—¿De veras? —lo atajó el conductor—. ¿Sabe quién es mi tío?

Era una indirecta que cualquier agente perspicaz habría tenido en cuenta. Miles de ciudadanos de todos los estratos sociales oían a diario insinuaciones similares y captaban el mensaje al instante. Comprendían que era posible modificar las multas, relajar las normas, hacer excepciones. Sabían que los ojos de un funcionario podían sufrir una ceguera temporal y sus oídos volverse sordos el tiempo que hiciera falta. Sin embargo, aquel policía en concreto, aunque no era un novato, padecía una enfermedad incurable: el idealismo. En lugar de echarse atrás al oír las palabras del conductor, dijo:

—Me da igual quién es su tío. Las normas son las normas.

Hasta un niño sabía que no era cierto. Las normas eran las normas a veces. En otras ocasiones, según las circunstancias, eran palabras hueras, frases absurdas o chistes sin gracia. Eran coladores con agujeros tan grandes que dejaban pasar de todo; eran chicles que habían perdido su sabor hacía mucho pero que no podían escupirse. En aquel país, y a lo largo y ancho de Oriente Próximo, las normas eran cualquier cosa menos normas. Olvidar este hecho le costó el puesto de trabajo al agente. El tío del conductor —un ministro de altos vuelos— se aseguró de que lo destinaran a un pueblucho deprimente de la frontera oriental donde no se veía un solo automóvil en kilómetros a la redonda.

Así pues, cuando esa noche los dos agentes se apostaron en aquel infame lugar, no tenían ganas de poner ninguna multa. Recostados en los asientos, escuchaban un partido de fútbol por la radio..., no uno de máximo interés, sino de segunda división. El más joven empezó a hablar de su novia, algo que hacía sin cesar. Su compañero no entendía qué impulsaba a un hombre a actuar de ese modo; él deseaba pensar en su esposa lo menos posible, y más aún durante las pocas horas felices de la jornada laboral. Tras anunciar al otro que salía a fumar, bajó del vehículo, encendió un cigarrillo y se quedó con la vista fija en la carretera vacía. Odiaba su trabajo. Era una novedad. En el pasado había sentido tedio, y también cansancio, pero no estaba acostumbrado al odio y luchaba contra la intensidad del sentimiento.

Arqueó las cejas cuando al levantar la cabeza divisó un muro compacto de nubes a lo lejos. Se avecinaba una tormenta. Sintió una punzada de temor. Mientras reflexionaba sobre si llovería hasta que se inundaran los sótanos de la ciudad, como había ocurrido la última vez, un ruido estridente lo sobresaltó e hizo que se le erizaran los pelos de la nuca. El chirrido de neumáticos sobre el asfalto le provocó un escalofrío. Con el rabillo del ojo captó un movimiento aun antes de darse la vuelta, y entonces lo vio: un monstruo que avanzaba a toda velocidad por la carretera, un caballo de carreras metálico que galopaba hacia una meta invisible.

Era una pick-up, una Chevrolet Silverado 1982. No se veían muchas de ese tipo en Estambul, pues eran más apropiadas para las anchas carreteras de Australia y Estados Unidos. Al parecer había sido de color amarillo canario, brillante y alegre, pero ahora estaba cubierta de manchas de suciedad y de herrumbre. Con todo, lo que verdaderamente llamó la atención del policía fue la persona al volante. En el asiento del conductor vio a una mujer robusta con un cigarrillo entre los labios y una melena de un rojo vivo que ondeaba en todas las direcciones.

Cuando la camioneta pasó por delante a toda velocidad, el agente atisbó a las personas apiñadas en la parte posterior. Se agarraban con fuerza unas a otras para protegerse del viento y, aunque costaba distinguir las caras, su incomodidad saltaba a la vista por la forma en que estaban agachadas. En las manos llevaban lo que parecían palas y picos. De repente la camioneta viró hacia la izquierda y enseguida a la derecha, y sin duda habría causado un accidente si hubiera habido otro vehículo en la carretera. En la caja de la Chevrolet, una mujer entrada en carnes gritó, perdió el equilibrio y, de resultas, soltó el pico que sujetaba. La herramienta cayó con estrépito en la calzada, tras lo cual desaparecieron todos: la camioneta, la conductora y los pasajeros.

El policía tiró la colilla al suelo, la aplastó con el pie y tragó saliva mientras tardaba unos instantes en asimilar lo que acababa de ver. Las manos le temblaban cuando abrió la portezuela y sacó la radio.

Su compañero tenía la vista fija en la carretera. Cuando habló, su voz denotó agitación.

—Dios mío, ¿lo has visto? ¿Eso es un pico?

—Eso parece —respondió el agente de mayor edad esforzándose por mostrarse sereno y al mando—. Ve a recogerlo. Tal vez lo necesitemos como prueba, y además no puede quedarse ahí.

—¿Qué crees que está pasando?

—El instinto me dice que esa camioneta no solo intenta llegar a algún sitio cuanto antes... Aquí hay gato encerrado. —Dicho esto, encendió la radio del coche—. Dos tres seis de servicio al habla. ¿Me reciben?

—Adelante, dos tres seis.

—Camioneta Chevrolet. Conductora a toda velocidad. Podría ser peligrosa.

—¿Pasajeros?

—Afirmativo. —Se le quebró la voz—. Cargamento sospechoso: cuatro individuos en la caja. Se dirigen a Kilyos.

—¿A Kilyos? Confirme.

El policía repitió la descripción y el emplazamiento y esperó a que el operador transmitiera la información a otras unidades de policía de la zona.

Cuando cesaron los chasquidos de los parásitos de la radio, el agente joven preguntó:

—¿Por qué a Kilyos? Allí no hay nada a estas horas de la noche. Es una población tranquila.

—A menos que vayan a la playa. Quién sabe, quizá haya una fiesta a la luz de la luna.

—Una fiesta a la luz de la luna... —repitió el joven con un deje de envidia.

—O tal vez se dirijan a ese infame cementerio.

—¿Qué cementerio?

—No lo conocerás. Un lugar extraño, espeluznante, a orillas del mar, cerca de la vieja fortaleza —respondió pensativo el agente mayor—. Hace muchos años, una noche, ya bien avanzada, seguíamos a un maleante y el capullo se metió corriendo en el cementerio. Fui tras él... Dios mío, qué ingenuo era yo. Tropecé con algo en la oscuridad. ¿Era la raíz de un árbol o un fémur? No me atreví a mirar. El caso es que tropecé. Oí algo por delante de mí..., un gemido profundo, apagado. Tuve la certeza de que no era humano, aunque tampoco parecía de un animal. Giré en redondo y volví a la carrera sobre mis pasos. Luego, lo juro sobre el Corán, ¡aquel ruido empezó a seguirme! El aire tenía un olor raro, acre. En mi vida he pasado tanto miedo. Logré salir, y al día siguiente mi mujer me dijo: «¿Qué estuviste haciendo anoche? ¡Tu ropa huele a rayos!».

—¡Hala! Es escalofriante. No sabía nada de ese lugar.

El agente de más edad asintió con la cabeza.

—Mira, considérate afortunado —dijo—. Es uno de esos sitios que más vale no conocer. Solo los malditos acaban en el Cementerio de los Solitarios. Solo los condenados.

Los condenados

Aproximadamente a una hora en coche del centro de Estambul, a orillas del mar Negro, había una antigua aldea griega de pescadores llamada Kilyos, famosa por sus playas de arena fina, sus hotelitos, sus acantilados escarpados y su fortaleza medieval, que no había logrado repeler a los ejércitos invasores ni una sola vez. En el transcurso de los siglos muchos habían llegado y muchos habían partido dejando tras de sí sus canciones, rezos y maldiciones: los bizantinos, los cruzados, los genoveses, los corsarios, los otomanos, los cosacos del Don y, durante un período breve, los rusos.

Ya nadie recordaba nada de eso. La arena que había dado a la población su nombre griego —Kilia— había cubierto y borrado todo hasta sustituir los vestigios del pasado por un terso olvido. Aquel tramo de la costa se había convertido en un destino de vacaciones frecuentado por turistas, expatriados y lugareños. Era un sitio lleno de contrastes: playas públicas y privadas; mujeres en biquini y mujeres en hiyab; familias que disfrutaban de un picnic sobre una manta y ciclistas que pasaban como rayos; hileras de chalés caros al lado de viviendas asequibles; espesas franjas de robles, pinos y hayas junto a aparcamientos de hormigón.

El mar era bravo en Kilyos. Todos los años, entre las corrientes de resaca y el fuerte oleaje, se ahogaban algunos bañistas, y guardacostas a bordo de lanchas neumáticas sacaban sus cuerpos del agua. Era imposible saber si las víctimas se habían alejado a nado de las boyas con una confianza en sí mismos temeraria, o si una corriente submarina los había atraído hacia su abrazo como una dulce nana. Los veraneantes observaban desde la orilla el desarrollo del trágico incidente. Protegiéndose los ojos del sol o a través de los prismáticos, miraban todos en la misma dirección, como paralizados por un hechizo. Cuando volvían a hablar, charlaban animados, como compañeros que compartían una aventura, aunque solo fuera unos minutos. Luego volvían a sus tumbonas y hamacas. Permanecían un rato con el rostro inexpresivo y parecían plantearse la posibilidad de irse a otro lugar: otra playa donde la arena fuera igual de dorada, a buen seguro el viento más manso y el mar menos peligroso. Sin embargo, era un sitio ideal en otros muchos aspectos, con precios asequibles, buenos restaurantes, clima benigno y vistas espectaculares, y Dios sabía lo mucho que necesitaban descansar. Pese a que nunca lo habrían manifestado en voz alta, y quizá ni siquiera lo habrían reconocido para sus adentros, les molestaba que el muerto hubiera tenido la desfachatez de ahogarse en un paraje turístico. Les parecía un acto de supremo egoísmo. Habían pasado el año trabajando sin parar, ahorrando, aguantando los caprichos del jefe, tragándose el orgullo, reprimiendo la rabia y, en los momentos de desesperación, soñando con días de relajo al sol. Por tanto, los veraneantes se quedaban. Cuando deseaban refrescarse, se daban un rápido chapuzón ahuyentando el insidioso pensamiento de que unos momentos antes, en esas mismas aguas, un desventurado había encontrado la muerte.

De vez en cuando, un barco repleto de refugiados volcaba en esas aguas. Sus cuerpos se sacaban del mar y se colocaban en hileras mientras los periodistas se apiñaban alrededor para escribir artículos. Después los cadáveres se cargaban en furgones refrigerados concebidos para el transporte de helados y pescado congelado, y los trasladaban a un camposanto especial: el Cementerio de los Solitarios. Afganos, sirios, iraquíes, somalíes, eritreos, sudaneses, nigerianos, libios, iraníes, paquistaníes... eran inhumados lejos de su tierra natal, sepultados sin orden ni concierto donde hubiera espacio disponible. Los rodeaban por todas partes ciudadanos turcos que, aun no siendo refugiados ni inmigrantes sin documentos, con toda probabilidad se habían sentido igual de rechazados en su propio país. Así pues, sin que los turistas e incluso muchos vecinos de la zona lo supieran, en Kilyos había un cementerio..., único en su género, reservado para tres tipos de muertos: los indeseados, los indignos y los no identificados.

Cubierto de matas de artemisa, ortigas y centaura, y cercado por una valla de madera y alambres combados a la que le faltaban algunos postes, era el cementerio más singular de Estambul. Recibía pocos visitantes, si es que acudía alguno. Hasta los saqueadores de tumbas veteranos evitaban acercarse porque los aterraba la maldición de los malditos. Perturbar a los difuntos entrañaba peligros, pero perturbar a los muertos y condenados significaba buscarse la ruina.

Casi todos los enterrados en el Cementerio de los Solitarios eran, en un sentido u otro, marginados. Muchos habían sido repudiados por su familia, su aldea o la sociedad en general. Drogadictos, alcohólicos, ludópatas, delincuentes de poca monta, sin techo, fugitivos, niños o adolescentes abandonados, ciudadanos desaparecidos, enfermos mentales, indigentes, madres solteras, prostitutas, proxenetas, travestis, enfermos de sida... Los indeseables. Los parias de la sociedad. Los apestados.

Entre los ocupantes del camposanto se contaban asimismo criminales desalmados, asesinos en serie, terroristas suicidas, depredadores sexuales y, por muy desconcertante que resulte, sus víctimas inocentes. Los malos y los buenos, los crueles y los compasivos, yacían a dos metros bajo tierra, unos al lado de otros, en hileras e hileras dejadas de la mano de Dios. La mayoría no tenía siquiera una lápida, por sencilla que fuera, ni nombre ni fecha de nacimiento; solo una tabla mal cortada con un número, y en ocasiones ni eso, únicamente un letrero de hojalata oxidado. Y en ese dédalo infernal, entre centenares y centenares de tumbas abandonadas, había una recién cavada.

Era donde habían enterrado a Tequila Leila.

La número 7053.

La 7054, la de su derecha, era de un compositor que se había quitado la vida. Todavía se cantaban sus canciones por todas partes, sin que nadie supiera que el hombre que había escrito esas letras conmovedoras yacía en una tumba olvidada. El Cementerio de los Solitarios albergaba muchos suicidas. Una buena parte de ellos habían llegado de pueblos y ciudades pequeñas donde los imanes se habían negado a oficiarles un funeral y las desconsoladas familias habían accedido, por vergüenza o pena, a que se les diera sepultura lejos de su tierra.

La número 7063, al norte de la de Leila, era de un asesino. En un ataque de celos había matado de un disparo a su mujer, se había dirigido hecho una furia hacia la casa del hombre con quien sospechaba que esta tenía una aventura y la había emprendido a tiros con él. Con solo una bala en la recámara y sin más objetivos a los que atacar, se llevó la pistola a la sien, falló, se destrozó ese lado de la cabeza, entró en coma y, un par de días después, murió. Nadie reclamó el cadáver.

La número 7052, el vecino de la izquierda de Leila, era de otra alma negra. Un fanático. Había decidido irrumpir en un club nocturno y matar a tiros a cuantos pecadores encontrara bailando y bebiendo, pero no había conseguido procurarse armas. Frustrado, resolvió fabricar una bomba con una olla a presión llena de clavos impregnados de matarratas. Lo planeó todo hasta el último detalle..., pero mientras preparaba el artilugio mortal hizo volar por los aires su propia casa. Uno de los clavos que salieron disparados en todas las direcciones se le hundió en el corazón. El incidente había ocurrido hacía solo dos días, y ahora el hombre estaba enterrado ahí.

En la número 7043, al sur de la de Leila, yacía una budista zen (la única del cementerio). Había sufrido una hemorragia cerebral mientras viajaba de Nepal a Nueva York para visitar a sus nietos. El avión había realizado un aterrizaje de emergencia y la mujer había fallecido en Estambul, una ciudad en la que hasta entonces jamás había puesto los pies. Su familia quería que el cuerpo se incinerara y que las cenizas se trasladaran a Nepal. Según sus creencias, había que encender la pira funeraria allí donde la difunta había exhalado su último aliento, pero la incineración era ilegal en Turquía, por lo que hubo que enterrarla, y a toda prisa, como exigía la ley islámica.

No había cementerios budistas en la ciudad. Los había de diversos tipos, tanto históricos como modernos —musulmanes (suníes, alauíes y sufíes), católicos romanos, ortodoxos griegos, apostólicos armenios, católicos armenios, judíos—, pero ninguno específico para los budistas. Al final llevaron a la abuela al Cementerio de los Solitarios. Su familia dio el consentimiento diciendo que a la mujer no le habría importado porque descansaría en paz incluso entre desconocidos.

Otras tumbas cercanas a la de Leila estaban ocupadas por revolucionarios que habían muerto cuando se hallaban bajo arresto policial. «Suicidio —se leía en el informe oficial—. Encontrado en la celda con una cuerda [o una corbata, una sábana o un cordón de zapatos] alrededor del cuello.» Los moretones y las quemaduras que presentaban los cadáveres apuntaban en otra dirección: torturas brutales durante la detención. También tenían sepultura en ese cementerio varios insurgentes kurdos; los habían transportado hasta su tumba desde la otra punta del país. Como el Estado no deseaba que se convirtieran en mártires a ojos de su pueblo, embalaban con cuidado los cuerpos, como si fueran de cristal, y los trasladaban.

Los moradores más jóvenes del cementerio eran los bebés abandonados, fardos depositados en patios de mezquitas, parques de juegos inundados de sol o cines en penumbra. Los más afortunados eran rescatados por viandantes y entregados a la policía, que tenía la amabilidad de alimentarlos y vestirlos y darles un nombre..., un nombre risueño como Felicidad, Alegría o Esperanza para contrarrestar los funestos inicios. Sin embargo, algunos bebés no tenían tanta suerte, y una noche a la intemperie bastaba para matarlos.

Anualmente fallecían en Estambul un promedio de cincuenta y cinco mil personas, de las que solo unas ciento veinte iban a parar a Kilyos.

Visitantes

En lo más profundo de la noche, recortada contra el cielo hendido por los destellos de los rayos, una camioneta Chevrolet pasó a toda velocidad por delante de la vieja fortaleza levantando nubes de polvo. Siguió adelante traqueteando, derrapó hasta subirse al bordillo de la acera y viró bruscamente hacia las rocas que separaban la tierra del mar, pero en el último segundo logró girar hacia la carretera. Unos metros más allá se detuvo por fin con una sacudida. Durante unos instantes no se oyó nada..., ni dentro ni fuera del vehículo. Incluso el viento, que había soplado con fuerza desde media tarde, parecía haber amainado.

La portezuela del conductor se abrió con un chirrido y Nostalgia Nalán bajó de un salto. Su cabello refulgió a la luz de la luna como un halo de fuego. Avanzó unos pasos sin apartar la vista del cementerio que se extendía ante ella e inspeccionó el lugar con atención. Con el portón de hierro oxidado, las hileras de tumbas maltrechas con tablas en vez de lápidas, cipreses retorcidos y una valla rota que no brindaba ni una pizca de protección contra los maleantes, el camposanto ofrecía un aspecto inhóspito y sobrecogedor. Tal como lo había imaginado. Aspiró una bocanada de aire, miró hacia atrás y anunció:

—¡Ya hemos llegado!

Solo entonces se atrevieron a moverse las cuatro sombras apiñadas en la caja de la camioneta. Levantaron la cabeza una tras otra y olisquearon el aire como ciervos que quisieran cerciorarse de que no había cazadores en la zona.

Hollywood Humeyra fue la primera en ponerse en pie. En cuanto bajó del vehículo, con una mochila a la espalda, se dio unas palmaditas en la coronilla para saber cómo tenía el moño, que se alzaba en un ángulo extraño.

—Madre mía, tengo el pelo hecho un desastre. Y la cara entumecida. La tengo helada.

—Es por el viento, blandengue. Esta noche hay tormenta. Ya os dije que os taparais la cabeza, pero no, claro que no, nunca me hacéis caso.

—No es por el viento, sino por tu forma de conducir —apuntó Zaynab122, que descendió con dificultad de la caja de la camioneta.

—¿A eso le llamas conducir? —preguntó Sabotaje, que tras apearse de un salto ayudó a Yamila.

Sabotaje tenía tiesos como púas los cuatro pelos que le quedaban. Lamentaba no haberse puesto un gorro de lana, pero eso no era nada comparado con el pesar que empezaba a sentir por haber accedido a acudir a aquel desdichado lugar en lo más oscuro de la noche.

—¿Cómo narices conseguiste el carnet de conducir? —preguntó Zaynab122.

—Seguro que se acostó con el profesor —murmuró entre dientes Humeyra.

—¡Basta! ¡Callaos ya! —Nalán frunció el ceño—. ¿No habéis visto la carretera? Gracias a mí al menos hemos llegados sanos y salvos.

—¡Sanos! —repitió Humeyra.

—¡Salvos! —dijo Sabotaje.

—¡Hijos de puta! —exclamó Nalán antes de encaminarse con paso rápido y resuelto hacia la caja de la camioneta.

Zaynab122 suspiró y dijo:

—Ejem... ¿Te importaría no decir tacos? Hemos hecho un trato: ni gritos ni palabrotas en el cementerio. —Sacó el rosario del bolsillo y empezó a pasar las cuentas. Algo le decía que la aventura nocturna no sería nada fácil y que necesitaría toda la ayuda que pudiera conseguir de los espíritus buenos.

Entretanto Nalán había abierto la puerta trasera del vehículo y estaba sacando las herramientas: una carretilla, una azada, un azadón, una pala redonda, otra cuadrada, una linterna y un rollo de cuerda. Una vez depositadas todas en el suelo, se rascó la cabeza.

—Nos falta un pico.

—Ah, eso —dijo Humeyra—. Me parece... que se me ha caído.

—¿Qué quieres decir con que se te «ha caído»? Es un pico, no un pañuelo.

—No he podido sujetarlo. La culpa es tuya. Conducías como una loca.

Nalán la fulminó con una mirada fría, que pasó inadvertida en la oscuridad.

—Ya está bien, basta de cháchara. Vamos, démonos prisa. No tenemos mucho tiempo. —Levantó la pala cuadrada y la linterna—. ¡Que todo el mundo coja una herramienta!

La siguieron uno tras otro. A cierta distancia el mar bramaba y se estrellaba contra la orilla con una fuerza descomunal. Volvía a soplar el viento, que transportaba consigo el olor a sal. Detrás del grupo la antigua fortaleza aguardaba paciente —como había hecho durante décadas—, y sobre su portalón se deslizó veloz la sombra de un animal, quizá una rata o un erizo que corría a guarecerse antes de que estallara la tormenta.

Sin hacer ruido abrieron la puerta del cementerio y entraron. Cinco intrusos, cinco amigos, que buscaban a la que habían perdido. En ese momento la luna, como si lo hiciera a propósito, desapareció tras una nube hasta sumir el paraje en una oscuridad con distintos matices de negro, y por un instante aquel lugar solitario de Kilyos podría haberse encontrado en cualquier parte del mundo.

La noche

La noche en el cementerio no se parecía en nada a la noche en la ciudad. En el camposanto la oscuridad no era tanto la ausencia de luz como una presencia en sí misma: un ser vivo que respiraba. Los seguía como una criatura curiosa, aunque no sabían si para advertirles del peligro que los aguardaba más adelante o para empujarlos hacia él cuando llegara el momento.

Avanzaron contra el viento feroz. Al principio caminaron a paso vivo, con un afán espoleado por el malestar, si no por el miedo. Andaban en fila india encabezados por Nalán, que llevaba la pala cuadrada en una mano y la linterna en la otra. Tras ella iban Yamila y Sabotaje, cada uno con una herramienta, seguidos de Humeyra, que empujaba la carretilla vacía. Cerraba la marcha Zaynab122, no solo porque tenía las piernas más cortas, sino también porque iba esparciendo escamas de sal y semillas de amapola para ahuyentar a los malos espíritus.

El suelo desprendía un olor acre: a tierra húmeda, piedra mojada, cardos silvestres, hojas podridas y cosas que ninguno quería nombrar. Un fuerte olor almizclado a descomposición. Vieron rocas y troncos de árbol cubiertos de liquen verde cuyos filamentos a modo de hojas se destacaban brillantes y fantasmales en la oscuridad. En algunos lugares, una niebla marfileña flotaba ante sus ojos. Una vez oyeron un susurro que pareció surgir de debajo de la tierra y Nalán se detuvo para iluminar con la linterna el espacio que los rodeaba. Solo entonces fueron conscientes de la inmensidad del cementerio y de la magnitud de su tarea.

Siguieron avanzando por el mismo sendero durante tanto tiempo como pudieron, sin que los arredrara el que fuera angosto y resbaladizo, pues parecía llevarlos en la buena dirección. Sin embargo, al poco desapareció y se encontraron subiendo con dificultad por una cuesta sin veredas, entre centenares y centenares de tumbas, en su mayoría marcadas con una tabla con un número, aunque bastantes habían perdido la suya. En la anémica luz de la luna, ofrecían un aspecto fantasmal.

De vez en cuando se topaban con sepulturas agraciadas con una losa de piedra caliza, y en una hallaron la siguiente inscripción:

NO DES POR SEGURO QUE TÚ ESTÁS VIVO Y YO ESTOY MUERTO.
NADA ES LO QUE PARECE EN ESTA TIERRA OLVIDADA...

Y. V.

—Se acabó. Doy media vuelta —dijo Sabotaje, que asía la pala con fuerza.

Nalán se quitó de la manga una ramita de zarzamora.

—No seas tonto. No es más que un poema absurdo.

—¿Un poema absurdo? Ese tío nos está amenazando.

—No sabemos si es un hombre. Solo están las iniciales.

Sabotaje negó con la cabeza.

—Da igual. Quienquiera que esté ahí enterrado nos advierte de que no sigamos adelante.

—Como en las películas —murmuró Humeyra.

Sabotaje asintió.

—Eso es. ¡Un grupo entra en una casa encantada y antes de que termine la noche están todos muertos! ¿Y sabéis qué piensa el público? «La verdad es que les está bien empleado»..., que es lo que los periódicos matutinos dirán sobre nosotros mañana.

—Los periódicos matutinos de mañana ya están en la imprenta —dijo Nalán.

—Pues entonces estupendo —repuso Sabotaje, que trató de sonreír.

Y por un instante fue como si se encontraran en el piso de Leila de la calle Kafka Peludo, todos, los seis, charlando y burlándose unos de otros, y sus voces tintineaban como campanillas de cristal.

Destelló otro relámpago, esta vez tan cerca que alumbró la tierra como si la iluminaran desde abajo. El fragor de un trueno lo siguió casi de inmediato. Sabotaje se detuvo y sacó una petaca del bolsillo. Se lio un porro pero le costó prender la cerilla porque el viento soplaba con mucha fuerza. Por fin logró encender el cigarrillo y le dio una profunda calada.

—¿Qué haces? —le preguntó Nalán.

—Calmar los nervios. Mis pobres nervios crispados. Va a darme un infarto en este lugar. Todos los varones de la familia de mi padre murieron antes de cumplir los cuarenta y tres. Mi padre sufrió un ataque al corazón con cuarenta y dos años. ¡Adivina qué edad tengo! Juro que arriesgo la vida quedándome aquí.

—Vamos, si te colocas, ¿de qué nos servirás? —Nalán arqueó una ceja—. Además, los cigarrillos encendidos se vislumbran a kilómetros de distancia. ¿Por qué crees que a los soldados se les prohíbe fumar en el campo de batalla?

—¡Santo cielo, no estamos en una guerra! ¿Y qué me dices de tu linterna? ¿Conque el enemigo ve la punta encendida de mi porro y no ese haz de luz deslumbrante?

—La apunto hacia el suelo —respondió Nalán, que iluminó una tumba cercana para demostrarlo.

Sobresaltado, un murciélago alzó el vuelo y se alejó aleteando por encima de ellos.

Sabotaje tiró el porro de un papirotazo.

—De acuerdo. ¿Ya estás contenta?

Avanzaron en zigzag entre tablas y árboles retorcidos, sudando pese al frío, tensos e irritables como los visitantes indeseados que sabían que eran. Helechos y cardos les rozaban las piernas, y las hojas otoñales crujían bajo sus pies.

A Nalán se le enganchó una bota en la raíz de un árbol. Se tambaleó hasta recuperar el equilibrio.

—¡Joder!

—Nada de palabrotas —le advirtió Zaynab122—. Los *djinn* podrían oírte. Viven en túneles abiertos por debajo de las tumbas.

—Quizá este no sea el mejor momento para decírnoslo —repuso Humeyra.

—No pretendía asustarte. —Zaynab122 la miró apenada—. ¿Sabéis lo que tenéis que hacer si os topáis con uno? No os dejéis llevar por el pánico; esa es la primera regla. La segunda es no correr..., porque son más veloces que nosotros. La tercera, no despreciarlos... o despreciarlas, porque las *djinn* tienen muy mal carácter.

—Eso lo entiendo perfectamente —apuntó Nalán.

—¿Hay una cuarta regla? —preguntó Yamila.

—Sí: no dejes que te hechicen. Son maestros del disfraz.

Nalán resopló, pero de inmediato se contuvo.

—Disculpa.

—Es cierto —insistió Zaynab122—. Si hubierais leído el Corán, lo sabríais. Los *djinn* pueden adquirir la forma que se les antoje: humana, animal, vegetal, mineral... ¿Veis aquel árbol? Creéis que es un árbol, pero podría ser un espíritu.

Humeyra, Yamila y Sabotaje miraron de reojo el haya, que tenía todo el aspecto de un árbol normal, viejo, de tronco nudoso y ramas que parecían tan inertes como los cadáveres enterrados. Sin embargo, al observarlo con mayor detenimiento se dieron cuenta de que quizá irradiaba una energía misteriosa, un aura sobrenatural.

Nalán, que había reanudado la marcha sin inmutarse, aflojó el paso y miró atrás.

—¡Basta! Deja de asustarlos.

—Intento ayudar —afirmó Zaynab122 con actitud desafiante.

«Aunque todas esas tonterías fuesen ciertas, ¿para qué atosigar a la gente con datos con los que no sabrían qué hacer?», hubiese querido decirle Nalán, pero se reprimió. En su opinión, los seres humanos se parecían a los halcones peregrinos: tenían la fuerza y la capacidad para elevarse en el cielo, libres, etéreos y sin trabas, pero en ocasiones, ya fuera bajo coacción o por voluntad propia, aceptaban la cautividad.

En Anatolia había visto de cerca cómo los halcones se posaban en el hombro de sus captores y esperaban sumisos la siguiente golosina u orden. El silbido del halconero era la llamada que ponía fin a la libertad. Había observado asimismo que se cubría a esas nobles rapaces con una caperuza para asegurarse de que no se espantasen. Ver era saber, y saber daba miedo. Los cetreros eran conscientes de que cuanto menos viera el ave, más tranquila estaría.

No obstante, bajo esa caperuza donde no existían direcciones y el cielo y la tierra se fundían en una franja de lino negro, el halcón, aunque se sentía reconfortado, seguía estando nervioso, como a la espera de un golpe que podía llegar en cualquier momento. Ahora, años después, a Nalán le parecía que la religión —igual que el poder, el dinero, la ideología y la política— actuaba como una caperuza. Esas supersticiones, profecías y creencias privaban a los seres humanos de la vista y los mantenían controlados, pero en el fondo les minaban la autoestima hasta el punto de que llegaban a tener miedo de cualquier cosa, de todo.

No era su caso. Con la mirada fija en una telaraña que a la luz de la linterna refulgía como el mercurio, se repitió que prefería no creer en nada. En ninguna religión, en ninguna ideología. Ella, Nostalgia Nalán, nunca tendría los ojos vendados.

Vodka

El grupo de amigos se detuvo al llegar a un lugar donde se reanudaba el sendero. En esa zona los números de las tumbas parecían haber sido colocados al azar, sin orden. A la luz de la linterna, Nostalgia Nalán fue leyendo en voz alta:

—Siete mil cuarenta, siete mil veinticuatro, siete mil cuarenta y ocho...

Frunció el ceño, como si sospechara que alguien estaba burlándose de ella. Nunca se le habían dado bien las matemáticas..., ni ninguna otra asignatura, a decir verdad. En uno de sus sueños recurrentes volvía a estar en el colegio. Se veía como un niñito vestido con un uniforme muy feo y el pelo tan corto que daba pena verlo, a quien el profesor pegaba delante de toda la clase por su mala ortografía y su gramática aún peor. En aquella época la palabra «dislexia» aún no había entrado en el Diccionario de la Vida Cotidiana de su pueblo, y ni el maestro ni el director de la escuela habían mostrado nunca la menor comprensión hacia él.

—¿Estás bien? —le preguntó Zaynab122.

—¡Claro! —Nalán se recobró.

—Esos números son raros —murmuró Humeyra—. ¿Por dónde debemos ir ahora?

—¿Por qué no os quedáis aquí? Iré a echar un vistazo —propuso Nalán.

—¿No debería acompañarte uno de nosotros? —le preguntó Yamila con expresión preocupada.

Nalán agitó una mano. Necesitaba estar a solas un ratito para reflexionar. Sacó una petaca del interior de la chaqueta y tomó un buen lingotazo para infundirse ánimos. Luego se la entregó a Humeyra, quien, aparte de ella, era la única del grupo que tomaba bebidas alcohólicas.

—Pruébalo, pero con cuidado.

Sin linterna y con la luna oculta por una nube en ese momento, los cuatro se quedaron a oscuras. Poco a poco se arrimaron unos a otros.

—Siempre empieza así, ¿os dais cuenta? —murmuró Humeyra—. En las películas, quiero decir. Uno se separa de los demás y es asesinado brutalmente. Lo matan a solo unos metros del grupo, pero ellos no se enteran, claro. Después otro se aleja y encuentra el mismo final...

—Cálmate, no vamos a morir —le dijo Zaynab122.

Si Humeyra estaba cada vez más nerviosa pese a los tranquilizantes que había tomado, Sabotaje se sentía aún peor.

—Ese licor que te ha pasado... —dijo—. ¿Por qué no tomamos un sorbito?

Humeyra dudó.

—Ya sabes lo que pasa cuando bebes.

—Pero eso me ocurre en días normales, y esta noche nos encontramos en estado de excepción. Chicas, ya os he hablado de los hombres de mi familia. No me da miedo este sitio. Lo que me hiela la sangre es la muerte.

—¿Por qué no te fumas un porro? —le aconsejó Yamila amablemente.

—Ya no me queda ninguno. ¿Cómo voy a seguir en este estado...? ¡O a excavar una tumba!

Humeyra y Zaynab122 se miraron. Yamila se encogió de hombros.

—De acuerdo —dijo Humeyra—. Para ser sincera, yo también necesito un traguito.

Sabotaje le quitó la petaca de las manos y se metió un lingotazo impresionante. Y luego otro.

—Ya basta —dijo Humeyra.

También ella dio un trago. Una flecha de fuego le bajó por la garganta. Humeyra arrugó la cara al tiempo que se inclinaba hacia delante.

—¿Qué...? ¡Puaj! ¡¿Qué es esto?!

—No lo sé, pero me ha gustado —afirmó Sabotaje, que le arrebató la petaca para atizarse otro lingotazo rápido. Le sentó bien, y en un abrir y cerrar de ojos tomó un trago más.

—¡Eh, para! —Humeyra recuperó la petaca y la tapó—. Es una bebida fuerte. Nunca había...

—¡Ya está, vamos! Es por aquí —indicó una voz desde la oscuridad.

Era Nalán, que había regresado.

—Este licor... —dijo Humeyra acercándose a ella—. ¿Qué clase de veneno es?

—Ah, ¿lo has probado? Es especial. Lo llaman Spirytus Magnanimus. Es vodka polaco..., o ucraniano, ruso o eslovaco. Nosotros nos peleamos sobre quién inventó el *baklava*, si los turcos, los libaneses, los sirios, los griegos..., y los eslavos tienen sus propias guerras del vodka.

—¿Así que era vodka? —le preguntó incrédula Humeyra.

Nalán sonrió de oreja a oreja.

—¡Ya lo creo! Aunque no hay ningún otro vodka que se le parezca. Un noventa y siete por ciento de alcohol. Es útil, práctico. Los dentistas se lo dan a los pacientes antes de sacarles las muelas. Los cirujanos lo utilizan en las operaciones. Incluso se elabora perfume con él. Y en Polonia lo beben en los funerales... para brindar por el muerto. Por eso me pareció que vendría que ni pintado.

—¿Has traído un vodka letal al cementerio? —dijo Zaynab122 negando con la cabeza.

—Bueno, no contaba con que me dieras las gracias —replicó Nalán con tono ofendido.

—¿Y has logrado encontrar la tumba de Leila? —inquirió Yamila, cambiando de tema para disipar la tensión.

—¡Sí, sí! Está al otro lado. ¿Todos listos?

Nostalgia Nalán no aguardó la respuesta y, enfocando con la linterna el sendero que quedaba a la izquierda, echó a andar sin reparar en la sonrisa extraña que había aflorado en el rostro de Sabotaje ni en el brillo vidrioso de sus ojos.

Errar es humano

Por fin habían llegado. Apoyados unos en otros, miraban fijamente una tumba como si fuera un enigma que hubiera que resolver. Al igual que la mayoría de las otras, solo constaba de un número. Ni «Tequila» ni «Leila» grabados en una lápida. Porque Leila no tenía lápida. Ni una parcela bien cuidada con un bonito arriate de flores. Únicamente una tabla de madera con un número garabateado por un empleado del cementerio.

Molesta por la presencia de los amigos, una lagartija salió como un rayo de debajo de una piedra y corrió a refugiarse en una maraña de arbustos.

—¿Aquí es donde está enterrada Leila-jim? —preguntó Humeyra bajando la voz hasta convertirla en un susurro.

Nalán permanecía inmóvil, con una vehemencia silenciosa.

—Sí. Empecemos a cavar.

—No tan deprisa. —Zaynab122 levantó una mano—. Primero tenemos que rezar. No se debe exhumar un cadáver sin el debido ritual.

—De acuerdo —dijo Nalán—. Que sea breve, por favor. Tenemos que apresurarnos.

Zaynab122 sacó un tarro del bolso y esparció alrededor de la sepultura la mezcla que había preparado: sal gema, agua de rosas, pasta de sándalo, semillas de cardamomo y alcanfor. Con los ojos cerrados y las palmas de las manos hacia arriba, recitó la sura al-Fatiha. Humeyra la imitó. Sabotaje, mareado, tuvo que sentarse para poder rezar, y Yamila se santiguó tres veces mientras movía los labios calladamente.

El silencio que siguió estaba impregnado de tristeza.

—Muy bien, y ahora manos a la obra —dijo Nalán.

Aplicando todo su peso, clavó la pala hondo en la tierra y empujó con fuerza la parte superior de la hoja con la bota. Había temido que el terreno estuviera helado, pero lo encontró bastante blando y húmedo, por lo que enseguida empezó a trabajar con movimientos rítmicos. El olor y el tacto conocidos y reconfortantes de la tierra no tardaron en envolverla.

Una imagen cruzó como un rayo la mente de Nalán. Recordó la primera vez que había visto a Leila: al principio no era más que otra cara en una ventana del burdel, con el vidrio empañado por su aliento. Se movía con una elegancia discreta que casi se contradecía con su entorno. Con la melena sobre los hombros y sus grandes ojos oscuros y expresivos, Leila se parecía a la mujer representada en una moneda que Nalán había encontrado arando los campos. Al igual que le ocurría a aquella emperatriz bizantina, en su mirada se advertía algo huidizo, que escapaba al tiempo y al lugar. Recordó cómo se citaban en la tienda de *börek*, cómo confiaban la una en la otra y se hacían confidencias.

—¿Te has preguntado alguna vez qué habrá sido de ella? —le había soltado Leila de sopetón un día—. De aquella joven, tu novia..., a la que dejaste en la habitación..., sola.

—Seguro que se casó con otro. A estas alturas tendrá un montón de hijos.

—Esa no es la cuestión, querida. A mí me mandas postales, ¿verdad? Pues a ella deberías escribirle una carta para explicarle lo ocurrido y disculparte.

—¿Lo dices en serio? Me obligaron a contraer un matrimonio de conveniencia que habría acabado conmigo. Hui para salvarme. ¿Preferirías que me hubiese quedado y hubiese vivido una mentira durante el resto de mi existencia?

—En absoluto. Debemos hacer lo posible por recomponer nuestra vida; es un deber que tenemos con nosotras mismas... Pero mientras tratamos de conseguirlo debemos tener cuidado para no destrozar otras.

—¡Ay, Dios mío!

Leila la había mirado con ese aire paciente y sagaz tan suyo.

Nalán había alzado las manos.

—Muy bien, de acuerdo... Escribiré a mi querida «esposa».

—¿Lo prometes?

Mientras Nalán retiraba la tierra de la tumba de Leila, su pensamiento voló sin querer hacia esa conversación olvidada hacía ya tiempo. Oyó la voz de su amiga dentro de su cabeza y cayó en la cuenta de que no había escrito la carta prometida.

Sabotaje se había puesto en pie y estaba junto a la tumba observando a Nalán con un asombro teñido de admiración. Nunca se le había dado bien el trabajo manual; siempre que en su casa había que arreglar un grifo o instalar un estante, llamaban a un vecino. Su familia lo consideraba un hombre enfrascado en problemas aburridos, como los números y las declaraciones de la renta, mientras que él prefería verse como una persona con una mente creativa. Un artista no reconocido. O un científico no valorado. Un talento desaprovechado. Jamás le había dicho a Leila cuánto había envidiado a D/Alí. ¿Qué más no le había revelado? Los recuerdos desfilaron a toda velocidad por su mente: cada uno era una fracción definida e individual del rompecabezas que constituía su larga relación con Leila, una imagen llena de grietas irreparables y piezas perdidas.

La sangre, acelerada por el vodka que le corría por las venas, le palpitaba en los oídos. Estuvo a punto de tapárselos para acabar con el ruido. Esperó. Al ver que el impulso no cedía, echó la cabeza atrás como si esperase encontrar consuelo en el cielo. En lo alto vio algo de lo más extraño; se le descompuso el semblante. Una cara lo observaba desde la faz de la luna. Una cara que sorprendentemente le sonaba de algo. Entrecerró los párpados hasta que los ojos se convirtieron en rendijas. ¡Era su cara! ¡Alguien lo había dibujado en la luna! Atónito, soltó un bufido de incredulidad, sonoro y sibilante como un samovar que sisea cuando empieza a hervir el agua. Frunció los labios y se mordió la boca por dentro intentando controlarse, en vano.

—¿Habéis visto la luna? ¡Estoy ahí arriba! —exclamó, con las mejillas encendidas.

Nalán dejó de cavar.

—¿Qué le pasa?

Sabotaje puso los ojos en blanco.

—¿Que qué me pasa? Nada de nada. ¿Por qué siempre supones que me pasa algo?

Nalán soltó la pala con un fuerte suspiro y se acercó a él, lo agarró por los hombros, le examinó las pupilas y vio que las tenía dilatadas.

De inmediato se volvió hacia las otras.

—¿Ha bebido algo?

Humeyra tragó saliva.

—Es que no se encontraba bien.

Nalán apretó las mandíbulas.

—Entiendo. ¿Y qué ha tomado exactamente?

—Tu... vodka —respondió Zaynab122.

—¿Qué? ¿Os habéis vuelto locas? Hasta yo lo bebo con moderación. ¿Quién va a cuidar de Sabotaje ahora?

—Yo —contestó él—. ¡Sé cuidar de mí mismo!

Nalán volvió a coger la pala.

—Procurad que no se acerque a mí. ¡Lo digo en serio!

—Ven, quédate a mi lado —le dijo Humeyra a Sabotaje al tiempo que tiraba de él con delicadeza.

Su amigo soltó un suspiro de hastío y exasperación. Una vez más lo embargó la sensación, demasiado conocida, de que sus más allegados no lo entendían. Nunca había concedido mucha importancia a las palabras, pues suponía que sus seres queridos sabrían interpretar sus silencios. Cuando tenía que hablar sin ambages, a menudo se limitaba a insinuar las cosas; cuando tenía que manifestar sus emociones, las ocultaba todavía más. Quizá la muerte aterrara a todo el mundo, pero más aún a quien sabía en su fuero interno que había llevado una vida de fingimientos y obligaciones; una vida a la medida de las necesidades y exigencias de los demás. Una vez alcanzada la edad a la que había fallecido su padre —dejándolos solos a él y a su madre en aquel barrio chismoso y provinciano de Van—, tenía todo el derecho a preguntarse qué quedaría de él cuando dejara este mundo.

—¿Nadie más me ha visto en la luna? —preguntó balanceándose sobre los talones. Todo su cuerpo se mecía como una balsa en aguas agitadas.

—Calla, cariño mío —le dijo Humeyra.

—¿Me habéis visto o no?

—Sí, sí —respondió Zaynab122.

—Ya ha desaparecido —dijo Sabotaje, con la vista baja y el desaliento reflejado en su semblante—. ¡Puf! Se acabó. ¿Eso mismo ocurre cuando nos morimos?

—Estás aquí con nosotras —le dijo Humeyra, que abrió el termo y le ofreció café.

Sabotaje tomó unos sorbos, que no parecieron confortarlo.

—Mentía cuando os dije que no me asustaba este sitio. Lo cierto es que me da escalofríos.

—A mí también —susurró Humeyra—. Cuando nos pusimos en marcha me sentía muy valiente, pero ya no. Estoy segura de que tendré pesadillas durante mucho tiempo.

Aunque les avergonzaba no ayudar a Nalán, los cuatro permanecieron juntos sin poder hacer nada, observando los montones de tierra que iba arrancando del terreno uno tras otro, y que acababan con el poco orden y la escasa paz que pudiera haber en ese extraño lugar.

Una vez abierta la tumba, Sabotaje y las chicas se apiñaron junto al montículo de tierra sin atreverse a mirar la oscura fosa. Todavía no.

Nalán salió jadeante y embarrada del hoyo que había cavado. Se enjugó el sudor de la frente sin darse cuenta de que se la manchaba de tierra.

—Gracias por la ayuda, hijos de puta haraganes.

Los otros no respondieron. El miedo les impedía hablar. Habían considerado una aventura secundar aquel plan descabellado y subirse a la camioneta, y algo que debían hacer por Leila, pero de repente les invadía un terror descarnado y primitivo; las promesas formuladas antes contaban poco cuando se trataba de ver un cadáver en plena noche.

—Vamos. Saquémosla. —Nalán enfocó la fosa con la linterna.

La luz dejó a la vista unas cuantas raíces retorcidas como serpientes. En el fondo se encontraba la mortaja, salpicada de terrones.

—¿Cómo es que no hay ataúd? —preguntó Yamila cuando logró acercarse poco a poco y mirar hacia abajo.

Zaynab122 negó con la cabeza.

—El ataúd lo utilizan los cristianos. En el islam enterramos a nuestros muertos con una sencilla mortaja. Nada más. Así somos todos iguales en la muerte. ¿Qué hacía tu pueblo en tu tierra?

—Es la primera vez que veo un muerto —contestó Yamila con la voz quebrada—. Aparte de mi madre. Era cristiana y al casarse se convirtió al islam... y... hubo discrepancias sobre su funeral. Mi padre quería un entierro musulmán; mi tía, uno cristiano. Se pelearon como fieras. Fue muy violento y desagradable.

Zaynab122 asintió envuelta en un manto de tristeza. Siempre había considerado la religión como una fuente de esperanza, entereza y amor: un ascensor que la transportaba del sótano de tinieblas a una luz espiritual. Le dolía que, con la misma facilidad, ese ascensor llevara a otros hacia abajo, hasta el fondo. Las enseñanzas que a ella la reconfortaban y la hacían sentirse unida a toda la humanidad, con independencia del credo, el color de piel o la nacionalidad, podían interpretarse de tal modo que dividieran, confundieran y separaran a los seres humanos, y que plantaran las semillas de la enemistad y del derramamiento de sangre. Si Dios la llamaba algún día y ella tenía la suerte de estar en Su presencia, le plantearía una única pregunta: «¿Por qué permites, Dios hermoso y misericordioso, que tantos te interpreten mal?».

Poco a poco bajó la mirada. Lo que vio la sacó de sus pensamientos con un sobresalto.

—Deberían haber colocado tablas sobre la mortaja de Leila. ¿Por qué no han protegido su cuerpo?

—Supongo que a los sepultureros les daba igual. —Nalán se limpió la tierra de las manos y se volvió hacia Zaynab122—. ¡Vamos, salta!

—¿Quién? ¿Yo?

—Yo tengo que quedarme fuera para tirar de la cuerda. Alguien tiene que bajar. Y tú eres la más menuda.

—Precisamente por eso no debo bajar, porque luego no podré salir.

Nalán reflexionó sobre el argumento. Miró a Humeyra (demasiado gorda), después a Sabotaje (demasiado borracho) y por último a Yamila (demasiado frágil). Suspiró.

—De acuerdo, me meteré yo. Total, ya he pasado bastante rato ahí abajo. —Tras soltar la pala se acercó a la tumba y miró por encima del borde. La pena le inundó el pecho. Ahí estaba su mejor amiga, la mujer con la que había compartido más de veinte años de su vida, momentos buenos, momentos malos y momentos terribles—. Bien, os diré lo que vamos a hacer —anunció Nalán—. Yo bajo y vosotros me lanzáis la cuerda, ato con ella a Leila y a la de tres tiráis para subirla, ¿entendido?

—¡Entendido! —respondió Humeyra con voz estridente.

—¿Cómo vamos a subirla? A ver... —dijo Sabotaje, y se abrió camino antes de que pudieran detenerlo.

Debido al vodka demoledor, su tez, normalmente cadavérica, había enrojecido hasta adquirir una tonalidad que recordaba el color de una tabla de carnicero. Sudaba a mares pese a que se había quitado la chaqueta. Estiró el cuello todo lo que pudo y miró el interior de la tumba con los ojos entornados. Palideció.

Minutos antes había visto su cara en la luna, lo cual lo había conmocionado. Y ahora vislumbraba una huella fantasmal de su rostro en la mortaja. Era un mensaje de la Muerte. Tal vez sus amigos no lo captaran, pero él sabía que Azrael le anunciaba que sería el siguiente. Empezó a darle vueltas la cabeza. Mareado, avanzó tambaleante, medio ciego, y perdió el equilibrio. Los pies le resbalaron, se deslizó por la tierra y cayó directo en la fosa.

Sucedió tan deprisa que sus amigas no tuvieron tiempo de reaccionar, salvo Yamila, que soltó un grito.

—¡Hay que ver! —Con las piernas separadas y las manos en las caderas, Nalán observó la situación en que se encontraba Sabotaje—. ¿Cómo puedes ser tan atolondrado?

—Querido, ¿estás bien? —Humeyra se asomó con cautela por el borde.

Dentro del hoyo, Sabotaje permanecía inmóvil, con excepción de las mandíbulas, que le temblaban.

—¿Estás vivo, al menos? —le preguntó Nalán.

Sabotaje recuperó el habla.

—Me parece... Creo... que estoy dentro de una tumba.

—Sí, ya lo sabemos —repuso Nalán.

—No te dejes llevar por el pánico, querido —dijo Zaynab122—. Míralo de esta manera: estás haciendo frente a tu miedo; es positivo.

—¡Sacadme de aquí, por favor! —Sabotaje no se hallaba en condiciones de agradecer los consejos.

Con cuidado para no pisar la mortaja, se desplazó hacia un lado, pero de inmediato volvió a cambiar de posición, temeroso de los seres ocultos en los recovecos oscuros como boca de lobo.

—Vamos, Nalán, tienes que ayudarlo —dijo Humeyra.

Nalán se encogió de hombros.

—¿Por qué debería sacarlo? A lo mejor le viene bien quedarse ahí para que aprenda la lección.

—¿Qué ha dicho? —La voz de Sabotaje sonó con un borboteo, como si tuviera una sustancia sólida adherida a la garganta.

—Se está burlando —intervino Yamila—. Vamos a rescatarte.

—Sí, es cierto, no te preocupes —dijo Zaynab122—. Te enseñaré una plegaria que te ayudará.

La respiración de Sabotaje se aceleró. En contraste con la negrura de las paredes de la tumba, su rostro había adquirido una palidez fantasmal. Se llevó una mano al corazón.

—¡Oh, Dios mío! Creo que está dándole un infarto..., como le pasó a su padre —dijo Humeyra—. ¡Haz algo, deprisa!

Nalán suspiró.

—De acuerdo, está bien.

En cuanto saltó al interior de la fosa y aterrizó al lado de Sabotaje, este la rodeó con los brazos. Jamás en la vida le había alegrado tanto verla.

—Ejem..., ¿te importaría quitarme las manos de encima? No puedo moverme.

Sabotaje la soltó de mala gana. Los demás siempre lo habían fustigado y acobardado a lo largo de su existencia: una madre cariñosa pero severa en el hogar de su infancia; los profesores en el colegio; sus superiores en el ejército; casi todos en la oficina. Los años de intimidaciones le habían machacado el alma hasta dejar una papilla donde de otro modo habría anidado la valentía.

Arrepentida del tono que había empleado, Nalán se inclinó hacia delante y entrelazó las manos.

—¡Vamos! ¡Arriba!

—¿Estás segura? No querría hacerte daño.

—No temas. Adelante, tesoro.

Sabotaje apoyó un pie en las manos de Nalán, una rodilla en sus hombros y el otro pie en su cabeza, y así fue subiendo. Humeyra estiró el brazo y, con un poco de ayuda de Zaynab122 y Yamila, lo aupó.

—¡Gracias, Dios mío! —dijo Sabotaje en cuanto llegó al nivel del suelo.

—¡Eso es! Yo me ocupo del trabajo duro y Dios se lleva los laureles —refunfuñó Nalán en el fondo de la fosa.

—Gracias, Nalán —dijo Sabotaje.

—No hay de qué. ¿Tendría alguien la bondad de lanzarme la cuerda?

Obedecieron. Nalán la cogió y ató con ella el cuerpo.

—¡Tirad!

Al principio el cadáver se resistió a moverse, resuelto, al parecer, a quedarse donde estaba. Luego fueron alzándolo milímetro a milímetro. Cuando estuvo lo bastante alto, Humeyra y Zaynab122 lo asieron con cuidado y lo depositaron en el suelo con tanta delicadeza como pudieron.

Nalán trepó por las paredes de la fosa y salió con las manos y las rodillas cubiertas de arañazos y cortes.

—¡Uf! Estoy agotada.

Pero nadie la oyó. Los otros miraban fijamente la mortaja, con los ojos como platos, incrédulos. Mientras subían el cuerpo, una parte de la tela se había desgarrado, con lo que la cara se veía a medias.

—Esta persona tiene barba —comentó Sabotaje.

Zaynab122 miró horrorizada a Nalán al comprender lo ocurrido.

—Que Alá se apiade de nosotros. Nos hemos equivocado de tumba.

—¿Cómo hemos podido cometer ese error? —preguntó Yamila después de que hubieran enterrado de nuevo al hombre barbado y hubieran aplanado la tumba.

—Ha sido por el anciano del hospital —respondió Nalán con una pizca de vergüenza, y sacó el papelito del bolsillo—. Tiene una letra infame. No estaba segura de si ponía siete mil cincuenta y dos o siete mil cincuenta y tres. ¿Cómo iba a distinguirlo? No es culpa mía.

—No te preocupes —dijo Zaynab122 con ternura.

—Vamos —dijo Humeyra tras serenarse—. Abramos la tumba buena. Esta vez te echaremos una mano.

—No necesito ayuda. —Nalán, que volvía a ser la mujer firme y enérgica de siempre, cogió la pala—. Me basta con que vigiléis a ese —añadió señalando con el dedo a Sabotaje.

Él frunció el ceño. No soportaba que lo consideraran un blandengue. Como muchos tímidos, en el fondo creía que en su interior había, y siempre había habido, un héroe deseoso de salir y mostrar al mundo entero quién era en realidad.

Nalán ya había empezado a cavar pese a la quemazón que sentía entre los omóplatos. También tenía doloridos los brazos y el resto del cuerpo. Se miró con disimulo las palmas, temerosa de que le salieran callos. Durante la larga y penosa transición del aspecto físico masculino al de la mujer que era por dentro, las manos habían sido lo que más la había frustrado. Su cirujano le había explicado que, junto con las orejas, eran lo más difícil de cambiar. Se podía implantar pelo, remodelar la nariz, agrandar los pechos, retirar la grasa de un sitio para inyectarla en otro —resultaba asombroso ver cómo alguien se convertía en una persona del todo distinta—, pero no podía hacerse mucho respecto al tamaño y la forma de las manos, rasgos que ni infinidad de manicuras serían capaces de modificar. Y Nalán tenía las manos fuertes y recias de un campesino, y durante años se había avergonzado de ellas. No obstante, esa noche agradeció que fueran así. Leila se habría sentido orgullosa de ella.

Esta vez cavó despacio y con determinación. Humeyra, Yamila, Zaynab122 e incluso Sabotaje trabajaron a su lado en silencio sacando montoncitos de tierra. Una vez abierta la tumba, Nalán saltó de nuevo al interior y los otros le tiraron de nuevo la cuerda.

En comparación con el intento anterior, notaron que el cuerpo era más ligero mientras lo subían. Lo sacaron de la fosa y lo tendieron con delicadeza en el terreno. Temerosos de lo que pudieran encontrar, levantaron con cautela una esquina del sudario.

—Es ella —dijo Humeyra, y la voz se le quebró.

Zaynab122 se quitó las gafas y se enjugó los ojos con la palma de las manos.

Nalán se apartó los mechones que le habían quedado adheridos a la frente cubierta de sudor.

—Perfecto. Llevémosla con su amado.

Depositaron el cuerpo de su amiga en la carretilla con sumo cuidado. Nalán mantenía en equilibrio el torso apoyándolo contra sus piernas. Antes de ponerse en marcha, abrió la petaca y se metió un buen lingotazo de vodka. El licor le quemó la garganta al descender hacia el estómago, cálido y agradable como una fogata con amigos.

Otro relámpago hendió el cielo y cayó en la tierra a solo unos metros iluminando por un instante el cementerio entero. Sorprendido en mitad de un hipido, Sabotaje se estremeció. Dejó escapar un sonido extraño, que enseguida dio paso a un gruñido.

—Deja de hacer esos ruidos —le ordenó Nalán.

—¡No soy yo!

No mentía. Una jauría de perros había aparecido de repente. Habría unos diez, más quizá. Se aproximaban encabezados por un chucho grande y negro que enseñaba los dientes y que tenía las orejas bajas y los ojos amarillos y brillantes.

—¡Perros! —Sabotaje tragó saliva, y la nuez cabeceó en su garganta.

—O quizá sean *djinn* —susurró Zaynab122.

—Ya te enterarás de qué son cuando te muerdan el trasero —replicó Nalán, que se acercó despacio a Yamila para protegerla.

—¿Y si están rabiosos? —preguntó Humeyra.

Nalán negó con la cabeza.

—Fijaos en las orejas. Las tienen cortadas. No son perros asilvestrados. Los han castrado, y es probable que también estén vacunados. Mantened la calma. Si no os movéis, no atacarán. —Se interrumpió. Acababa de ocurrírsele una idea—. ¿Has traído algo de comer, Humeyra?

—¿Por qué me lo preguntas a mí?

—Abre la bolsa. ¿Qué llevas ahí?

—Solo café —respondió Humeyra, y luego suspiró—. De acuerdo, también un poco de comida. —Sacó de la mochila los restos de la cena.

—¡Es increíble que hayas traído todo esto! —exclamó Zaynab122—. ¿Qué te pasó por la cabeza?

—Un agradable picnic nocturno en el cementerio, claro está —comentó Nalán.

—Pensé que quizá nos entrara hambre. —Humeyra hizo un mohín—. Me pareció que nos aguardaba una noche muy larga.

Arrojaron las sobras a los perros. Al cabo de treinta segundos habían desaparecido, pero esos treinta segundos bastaron para crear una brecha en la manada. Como no alcanzaba para todos los animales, empezaron las peleas. Un minuto antes formaban un equipo y un minuto después eran rivales. Nalán cogió un palo, lo mojó en la salsa de carne picada y tomate y lo lanzó tan lejos como pudo. Los perros echaron a correr tras él, gruñéndose unos a otros.

—¡Se han ido! —dijo Yamila.

—De momento —avisó Nalán—. Tenemos que apresurarnos. Procurad no separaros de los demás. Caminad deprisa, pero evitad los movimientos bruscos. No hagáis nada que pueda provocarlos, ¿entendido?

Espoleada por una renovada determinación, avanzó empujando la carretilla. El grupo volvió sobre sus pasos hacia la camioneta arrastrando los pies y cargado con las herramientas. Pese al viento, el cadáver despedía un ligero olor. No lo habrían mencionado ni aunque hubiera sido más intenso, pues no habrían querido ofender Leila. Ella siempre había sentido debilidad por sus perfumes.

El regreso

Cuando por fin llegó la lluvia, cayó a raudales. A Nalán, que avanzaba con dificultad evitando los surcos, le costaba manejar la carretilla. Sabotaje caminaba con paso lento y cansino junto a Yamila sosteniendo sobre la cabeza de la joven el único paraguas que tenían. Estaba calado hasta los huesos y parecía más sobrio. Detrás iba Humeyra, resollando por no estar habituada al esfuerzo físico y aferrada al inhalador. No necesitaba bajar la vista para saber que tenía las medias destrozadas y los tobillos ensangrentados y llenos de arañazos. Al final de la fila avanzaba tambaleante Zaynab122, que resbalaba con sus chirriantes zapatos mojados mientras intentaba seguir el ritmo de personas más altas y fuertes que ella.

Nalán alzó la barbilla y se detuvo sin motivo aparente. Apagó la linterna.

—¿Por qué la apagas? —le preguntó Humeyra—. Así no vemos nada.

No era del todo cierto: la luz de la luna, aunque tenue, alumbraba el estrecho sendero.

—Calla, cariño. —La inquietud se reflejó un instante en el rostro de Nalán, que se había puesto rígida de la cabeza a los pies.

—¿Qué pasa? —susurró Yamila.

Nalán inclinó la cabeza en un ángulo poco natural, atenta a un ruido que sonaba a lo lejos.

—¿Veis aquellas luces azules? Hay un coche de policía detrás de esos arbustos.

Los otros miraron en esa dirección, unos dieciocho metros más allá de las verjas del cementerio, y atisbaron el vehículo aparcado.

—¡Oh, no! ¡Se acabó! ¡Nos han pillado! —exclamó Humeyra.

—¿Qué hacemos ahora? —preguntó Zaynab122, que los había alcanzado hacía un instante.

Nalán no tenía ni idea, pero siempre había supuesto que la mitad del trabajo de una líder consistía en actuar como tal.

—¿Sabéis qué? —dijo de inmediato—, dejaremos aquí la carretilla porque hace demasiado ruido, incluso con esta puñetera lluvia. Yo llevaré a cuestas a Leila y seguiremos caminando. Cuando lleguemos a la camioneta, os subís conmigo delante..., los cuatro. Leila irá en la parte de atrás. La cubriré con una manta. Saldremos de aquí despacio y en silencio, y en cuanto lleguemos a la carretera pisaré el acelerador y ya está. ¡Libres como los pájaros!

—¿No nos verán? —preguntó Sabotaje.

—Al principio no, porque está muy oscuro. Después sí, pero entonces será demasiado tarde. Saldremos disparados. A estas horas no hay tráfico. Todo irá bien, en serio.

Otro plan descabellado que, una vez más, los otros aceptaron por unanimidad, puesto que no se les presentaba ninguna opción mejor.

Nalán cogió en brazos el cuerpo de Leila y luego se lo cargó sobre el hombro.

«Ya estamos en paz», pensó al recordar la noche en que las atacaron los gamberros.

Había ocurrido mucho después de la muerte de D/Alí. Mientras estuvo casada con él, Leila nunca pensó que algún día tendría que volver a las calles. Había dicho a todo el mundo —y sobre todo se lo había dicho a sí misma— que aquella parte de su vida había quedado atrás, como si el pasado fuera un anillo del que un buen día a una se le antojara desprenderse sin más. Aun así, en aquel entonces todo parecía posible. El amor bailaba un tango rápido con la juventud, y Leila era feliz; tenía cuanto necesitaba. Luego D/Alí desapareció, de forma tan inesperada como había entrado en la vida de Leila, y la dejó con un agujero en el corazón que nunca se cerraría y con una montaña de deudas. Se descubrió que el dinero que D/Alí había pagado a Mamá Amarga no se lo habían prestado sus camaradas, como había asegurado él, sino unos usureros.

Nalán se acordó de una noche en un restaurante de Asmalı Mescit en que los tres cenaban a menudo: hojas de parra rellenas y mejillones fritos (los había pedido D/Alí para los tres, pero sobre todo pensando en Leila), *baklava* de pistacho y membrillo con nata (lo había pedido Leila para los tres, pero sobre todo pensando en D/Alí), y una botella de raki (la había pedido Nalán para los tres, pero sobre todo pensando en ella misma). Hacia el final de la velada D/Alí estaba deliciosamente embriagado, lo que rara vez sucedía porque mantenía lo que él denominaba «la disciplina de los revolucionarios». Nalán no conocía aún a ninguno de los camaradas del joven, y tampoco Leila, lo que resultaba extraño dado que en aquella época llevaban más de un año casados. D/Alí nunca lo había dicho a las claras, y con toda probabilidad lo hubiera negado si le hubiesen preguntado, pero de su conducta se deducía que le preocupaba que sus camaradas no vieran con buenos ojos a su esposa y las estrambóticas amigas que tenía.

Cada vez que Nalán intentaba sacar el tema, Leila la fulminaba con la mirada y buscaba la forma de cambiar de conversación. Corrían tiempos terribles, le recordaría Leila más tarde. Se asesinaba a civiles inocentes, todos los días estallaba una bomba en alguna parte, las universidades se habían convertido en campos de batalla, las milicias fascistas recorrían las calles y en las cárceles se torturaba de manera sistemática. Quizá para algunos la revolución no fuera más que una palabra, pero para otros era una cuestión de vida o muerte. Con una situación tan atroz, en la que millones de personas sufrían tanto, era ridículo que Nalán se sintiera ofendida porque aún no le habían presentado a un grupo de jóvenes. Nalán discrepaba respetuosamente. Deseaba entender qué clase de revolución era aquella en cuyo amplio seno no había espacio para ella y sus recién aumentados pechos.

Esa noche Nalán estaba decidida a plantearle el asunto a D/Alí. Se hallaban sentados a una mesa junto a la ventana, y la brisa que entraba por ella transportaba el aroma a madreselva y jazmín, mezclado con los olores a tabaco, frituras y granos de anís.

—Quiero preguntarte algo —dijo Nalán intentando evitar la mirada de Leila.

D/Alí se irguió al instante.

—Estupendo. Yo también quiero preguntarte algo a ti.

—¡Vaya! Entonces tú primero, cielo.

—No, primero tú.

—Insisto.

—De acuerdo. Si te preguntara cuál es la mayor diferencia entre las ciudades de la Europa occidental y las nuestras, ¿qué dirías?

Nalán bebió un trago de raki antes de responder.

—Bueno, aquí las mujeres muchas veces hemos de llevar un imperdible cuando viajamos en autobús, por si algún imbécil nos toquetea y tenemos que pincharle. No creo que ocurra lo mismo en las grandes ciudades occidentales. Siempre hay excepciones, qué duda cabe, pero yo diría que por regla general lo que distingue «aquí» de «allí» es el número de imperdibles usados en los autobuses públicos.

D/Alí sonrió.

—Sí, tal vez eso también, aunque yo creo que la diferencia más importante se da en los cementerios.

Leila lo miró con curiosidad.

—¿Los cementerios?

—Sí, amor. —D/Alí señaló el *baklava* que ella tenía delante y que no había probado—. ¿No vas a comértelo?

Sabiendo que era goloso como un colegial, Leila empujó el plato hacia él.

D/Alí afirmó que en las principales ciudades europeas los cementerios se diseñaban con esmero y se cuidaban bien, de modo que se mantenían tan verdes que podían confundirse con jardines reales. No sucedía lo mismo en Estambul, donde eran lugares tan caóticos como las vidas que se desarrollaban sobre la tierra. Sin embargo, no era solo una cuestión de orden. En un momento de la historia, los europeos tuvieron la brillante idea de mandar a los difuntos a las afueras de las ciudades. No fue un «fuera de la vista, fuera de la mente», sino un «fuera de la vista, fuera de la vida urbana». Los cementerios se construyeron extramuros; los fantasmas se separaron de los vivos. Se actuó con presteza y eficiencia, como quien separa la yema de la clara. La nueva disposición había demostrado ser muy beneficiosa. Cuando los ciudadanos europeos ya no tuvieron que ver lápidas sepulcrales —abominables recordatorios de la brevedad de la vida y de la severidad de Dios—, sintieron el impulso de hacer algo. Al alejar la muerte de sus actividades cotidianas pudieron centrarse en otros asuntos: en componer arias, en inventar la guillotina y más tarde la locomotora de vapor, en colonizar el resto del mundo y repartirse las tierras de Oriente Próximo... Fue posible hacer todo eso y mucho más con solo ahuyentar el inquietante pensamiento de que los humanos eran simples mortales.

—¿Y qué me dices de Estambul? —le preguntó Leila.

D/Alí recogió con la cuchara el último pedacito de *baklava*.

—Aquí las cosas son distintas —respondió—. Esta ciudad es de los muertos, no nuestra.

En Estambul los vivos eran los ocupantes temporales, los huéspedes no invitados, que un día estaban ahí y al siguiente habían partido, y en el fondo todos lo sabían. Sus habitantes se topaban con lápidas blancas a cada paso —junto a las carreteras, centros comerciales, aparcamientos o campos de fútbol—, esparcidas por todas partes como perlas de un collar roto. D/Alí afirmó que la causa de que millones de estambulíes hubieran desarrollado solo una fracción de su potencial era la inquietante proximidad de las tumbas.

Cualquiera perdía las ganas de innovar si se le recordaba sin cesar que la Muerte aguardaba a la vuelta de la esquina, con la guadaña brillante y roja a la luz del sol poniente. Por eso los proyectos de renovación quedaban en agua de borrajas, las infraestructuras no funcionaban y la memoria colectiva era tenue como el papel de seda. ¿Por qué empeñarse en planificar el futuro o recordar el pasado, cuando nos deslizábamos a toda velocidad hacia el último mutis? Democracia, derechos humanos, libertad de expresión, ¿qué sentido tenían, si de todos modos íbamos a morir? La forma en que se organizaban los cementerios y se trataba a los muertos —concluyó D/Alí— era la diferencia más llamativa entre las civilizaciones.

Los tres se habían quedado en silencio, oyendo el tintineo de los cubiertos y el ruido de los platos. Nalán seguía sin entender por qué había dicho lo que dijo a continuación. Las palabras habían salido de sus labios como si tuvieran voluntad propia.

—Yo seré la primera en estirar la pata, ya lo veréis. Quiero que los dos bailéis alrededor de mi tumba y no derraméis ni una lágrima. Cigarrillos, copas, besos y baile..., esa es mi voluntad.

Leila frunció el ceño, enfadada por oírla hablar de ese modo. Alzó el rostro hacia el fluorescente que parpadeaba en el techo; en ese momento sus hermosos ojos tenían el color de la lluvia. En cambio D/Alí sonrió: esbozó una sonrisa dulce y apenada, como si en el fondo supiera que, dijera lo que dijese Nalán, sería el primero en abandonar este mundo.

—¿Y qué querías preguntarme tú? —dijo.

De repente Nalán cambió de parecer: ya no importaba por qué no se reunían nunca con los camaradas de D/Alí ni cómo sería la revolución de ese futuro esplendoroso que podría o no llegar. Tal vez no hubiera nada por lo que mereciera la pena preocuparse en una ciudad donde todo cambiaba y se desvanecía sin cesar, y donde lo único que podían dar por seguro era el momento presente, que ya casi había pasado.

Los amigos llegaron a la Chevrolet agotados y calados hasta los huesos. Subieron al asiento delantero, salvo la conductora, que se afanaba en la parte trasera asegurando el cuerpo de Leila. Lo rodeó con cuerdas que ató a los lados de la camioneta a fin de que no rodara de aquí para allá. Satisfecha con el resultado, Nalán se sentó junto a sus compañeros, cerró la portezuela sin hacer ruido y soltó el aire que había estado reteniendo.

—Bien. ¿Todos preparados?

—Preparados —respondió Humeyra tras un breve silencio.

—Tenemos que ser supersigilosos. Hemos superado la parte más difícil. Seguro que lo conseguiremos.

Nalán introdujo la llave en el contacto y la giró con delicadeza. El motor se puso en marcha, y al cabo de un segundo... sonó una música atronadora: Whitney Houston irrumpió en la noche preguntando adónde van los corazones rotos.

—¡Hostia! —soltó Nalán.

Dio un manotazo al reproductor de casetes... demasiado tarde. Los dos policías habían salido a estirar las piernas y miraban estupefactos en dirección a la camioneta.

Nalán alzó la vista hacia el retrovisor y vio que ambos corrían hacia el coche. Echó los hombros hacia atrás y dijo:

—Cambio de planes. ¡Agarraos bien!

De vuelta a la ciudad*

Con las ruedas girando sobre la carretera resbaladiza por la lluvia, la Chevrolet 1982 descendió a toda velocidad la cuesta y atravesó el bosque salpicando barro en todas las direcciones. A ambos lados del camino había carteles y vallas publicitarias maltratadas por la intemperie. Uno de ellos, con los bordes despegados y apenas legible, rezaba: VENGA A KILYOS... SUS VACACIONES SOÑADAS... A LA VUELTA DE LA ESQUINA.

Nalán pisaba a fondo el acelerador. Oía el ulular de la sirena del coche de policía, aunque estaba todavía muy atrás, ya que al pequeño Škoda le costaba correr sin derrapar ni patinar en el barro con riesgo de perder el control. De repente Nalán dio gracias al barro, a la lluvia, a la tormenta y, sí, a la vieja Chevrolet. Una vez en la ciudad, resultaría más difícil dejar atrás el vehículo policial; entonces tendría que confiar solo en sí misma. Conocía bien las calles poco transitadas.

En el punto donde la carretera se bifurcaba y unos abetos altos formaban un bosquecillo entre los dos ramales, un ciervo salió de la derecha y se quedó paralizado por el resplandor de los faros. Al ver al animal, a Nalán se le ocurrió una idea. Puso el eje de las ruedas en paralelo al bordillo y, esperando que el bajo de la camioneta fuera lo bastante alto, entró directa en el bosquecillo, donde enseguida apagó los faros. Todo ocurrió tan deprisa que nadie se atrevió a pronun-

---

* «Estambul» se deriva de la expresión *eis ten polin* del griego bizantino, que significa «a la ciudad».

ciar una sola palabra. Aguardaron confiando en el destino o en Dios, en fuerzas que escapaban a su control y a sus facultades. Al cabo de un minuto el coche de la policía pasó volando en dirección a Estambul, que quedaba a dieciséis kilómetros, sin que sus ocupantes los vieran.

Cuando los cinco amigos regresaron a la carretera, no había más vehículos que el suyo. En el primer cruce, un semáforo que con el viento se balanceaba en los cables de que colgaba en lo alto se puso en rojo. La camioneta avanzó a toda velocidad. A lo lejos, sobre el contorno de la ciudad, una franja naranja hendía el cielo oscuro. No tardaría en amanecer.

—Espero que sepas lo que haces —dijo Zaynab122, que ya había rezado todas las oraciones que conocía.

Como apenas disponían de espacio, estaba medio sentada sobre el regazo de Humeyra.

—No te preocupes —repuso Nalán, y se agarró con más fuerza al volante.

—Sí, ¿por qué preocuparse? —dijo Humeyra—. Si sigue conduciendo así, no nos quedará mucho más tiempo en este mundo.

Nalán negó con la cabeza.

—Vamos, no os pongáis nerviosas. Cuando lleguemos a la ciudad estaremos más protegidos. ¡Buscaré una calle solitaria y nos volveremos invisibles!

Sabotaje miraba por la ventanilla. Los efectos del vodka lo habían llevado por tres fases: primero la agitación, luego el miedo y la zozobra, y por último la melancolía. Bajó el cristal, y el viento que entró impetuoso se extendió por todo el espacio abarrotado. Por más que intentaba mantener la calma, no imaginaba cómo lograrían zafarse de la policía. Y si lo atrapaban con un cadáver y una pandilla de mujeres de aspecto sospechoso, ¿qué les diría a su esposa y a su ultraconservadora familia política?

Se arrellanó en el asiento y cerró los ojos. En la oscuridad que se extendió ante él apareció Leila, no como adulta, sino como una jovencita. Vestía el uniforme escolar, calcetines blancos y zapatos rojos con la punta un poco rozada. Corría ágilmente hacia un árbol del jardín, se arrodillaba, cogía un puñado de tierra, se lo metía en la boca y la masticaba.

Sabotaje nunca le contó que la había visto hacerlo. Le había resultado de lo más chocante: ¿qué induciría a alguien a comer tierra? No mucho después había reparado en los cortes que presentaba en la cara interna de los brazos y había supuesto que tendría más en los muslos. Preocupado, le había preguntado por las heridas, y Leila le había respondido encogiéndose de hombros: «No pasa nada. Sé cuándo debo parar». La confesión —porque eso había sido— solo había contribuido a inquietar aún más a Sabotaje. Él, antes que nadie y más que nadie, había percibido el dolor de su amiga. Una tristeza profunda y densa había arraigado en su interior; un puño le había oprimido el corazón. Una tristeza que había ocultado a todos y que había alimentado desde entonces, porque ¿qué era el amor si una persona no abrigaba el dolor de la otra como si fuera propio? Estiró la mano, y la jovencita que tenía delante se desvaneció como si fuera una visión.

Sabotaje Sinán se arrepentía de muchas, muchas cosas en la vida, pero de nada tanto como de no haberle dicho a Leila que desde la infancia, cuando iban juntos a la escuela de Van todas las mañanas mientras el cielo clareaba y se volvía azul, y luego se buscaban en las horas del patio, y en verano lanzaban piedras hacia el borde del gran lago, y en invierno, sentados juntos en el muro de un jardín con tazas de *salep* humeante entre las manos, contemplaban fotografías de artistas norteamericanos..., que desde aquellos días lejanos había estado enamorado de ella.

A diferencia de la carretera de Kilyos, las calles de Estambul, incluso a esas horas intempestivas, no estaban ni mucho menos desiertas. La Chevrolet pasaba con estruendo por delante de bloques de pisos con las ventanas negras y huecas como dientes mellados o cuencas de ojos vacías. De vez en cuando, delante de la camioneta aparecía algo inesperado: un gato callejero; un trabajador de una fábrica que había acabado el turno de noche; un vagabundo buscando colillas ante la entrada de un restaurante de postín; un paraguas solitario arrastrado por el viento; un yonqui plantado en medio de la calzada sonriendo ante algo que solo él veía. Nalán conducía aún más alerta, con el cuerpo inclinado hacia delante, preparada para virar bruscamente en cualquier momento.

—¿Qué le pasa a esa gente? —masculló para sí—. A estas horas deberían estar en la cama.

—Apuesto a que eso mismo piensan ellos de nosotros —dijo Humeyra.

—Nosotros tenemos una misión —afirmó Nalán, y echó un vistazo al retrovisor.

Además de dislexia, tenía una leve dispraxia. No le había resultado fácil obtener el carnet de conducir, y la insinuación que Humeyra le había soltado antes, si bien había sido grosera, no era del todo falsa: Nalán había coqueteado con el profesor de la autoescuela. Solo un poco. Sin embargo, en los años transcurridos desde entonces no había tenido ningún accidente. No dejaba de ser una hazaña en una ciudad con más locos al volante por metro cuadrado que tesoros bizantinos enterrados. Siempre había pensado que, en cierto sentido, conducir era como el sexo. Para disfrutar al máximo no había que correr y en todo momento debía pensarse en el otro. «Respeta el camino, déjate llevar, no compitas ni intentes imponerte.» No obstante, la ciudad estaba plagada de locos que se saltaban los semáforos en rojo a toda velocidad y que se metían en los arcenes como si estuvieran cansados de vivir. En ocasiones, por pura diversión, Nalán se pegaba a esos vehículos para hacerles luces o tocar el claxon a solo unos centímetros de su parachoques trasero. Se acercaba tanto, de forma tan peligrosa, que incluso veía los ojos de los conductores en el retrovisor del coche perseguido —por encima del ambientador, el banderín de fútbol y el rosario de piedras preciosas colgados— y observaba la expresión escandalizada que adoptaban al percatarse de que los seguía una mujer y que la mujer en cuestión tal vez fuera una travesti.

Al acercarse a Bebek repararon en un vehículo de la policía aparcado en la esquina de la calle empinada que conducía al antiguo cementerio otomano y, más adelante, a la Universidad del Bósforo. ¿Estaría esperándolos o se trataba tan solo de un coche patrulla en un momento de descanso? En cualquier caso, no podían arriesgarse a que los vieran. Nalán cambió de marcha, giró en redondo y pisó a fondo el acelerador, de modo que la aguja del cuentarrevoluciones entró como una flecha en la zona roja.

—¿Y qué hacemos ahora? —preguntó Yamila, que tenía la frente perlada de sudor. La conmoción del día y el esfuerzo de la noche empezaban a pasar factura a su cuerpo agotado.

—Buscaremos otro cementerio —respondió Nalán sin el habitual tono autoritario que imprimía a su voz.

Habían perdido demasiado tiempo. No tardaría en hacerse de día y se encontrarían con un cadáver en la caja de la camioneta sin tener ningún lugar donde depositarlo.

—Pero pronto empezará a clarear —observó Humeyra.

Viendo que Nalán se esforzaba por encontrar las palabras adecuadas y que al final parecía haber perdido el control de la situación, Zaynab122 bajó la vista. Los remordimientos de conciencia la acosaban desde que habían salido del cementerio. La exhumación del cuerpo de Leila la hacía sentirse fatal, pues temía que hubieran cometido un pecado a ojos de Alá. Sin embargo de pronto, al observar el aturullamiento de Nalán, tan impropio de ella, otro pensamiento la asaltó con la fuerza de una revelación. Tal vez los cinco, igual que las figuras de una miniatura, fueran más fuertes y brillantes, y más vivaces, cuando se complementaban. Tal vez tendría que relajarse y renunciar a su modo de hacer las cosas porque, al fin y al cabo, se trataba del entierro de Leila.

—¿Cómo vamos a buscar otro cementerio a estas horas? —preguntó Sabotaje al tiempo que se tiraba del bigote.

—Quizá no haga falta —susurró Zaynab122 tan bajito que los demás tuvieron que esforzarse para oírla—. Quizá no tengamos por qué enterrarla.

Nalán frunció toda la cara en señal de perplejidad.

—¿Te importaría repetirlo?

—Leila no quería que la enterraran —explicó Zaynab122—. Hablamos sobre el tema un par de veces, en el burdel. Recuerdo que le mencioné los cuatro santos que protegen la ciudad y que le dije: «Espero que me entierren al lado de un santuario». Y ella dijo: «Qué bonito. Espero que así sea. En cambio yo, si pudiera elegir, no querría acabar dos metros bajo tierra». Me enfadé un poco al oírlo, porque nuestra religión no deja lugar a dudas en ese punto. Le rogué que no dijera eso, pero Leila insistió.

—¿Qué quieres decir? ¿Pidió que la incineraran? —exclamó Sabotaje.

—No, Dios mío, no. —Zaynab122 se subió las gafas en la nariz—. Se refería al mar. Me explicó que le habían contado que, el día en que ella nació, alguien de su casa dejó en libertad el pez que tenían en una pecera de cristal. Me dio la impresión de que la idea le gustaba mucho. Dijo que cuando muriera iría a buscarlo, aunque no sabía nadar.

—¿Estás diciendo que Leila quería que la tiraran al mar? —preguntó Humeyra.

—Bueno, no estoy segura de que quisiera que la «tiraran» exactamente, y no es que dejara un testamento o algo por el estilo, pero, sí, dijo que preferiría acabar en el agua a estar bajo tierra.

Nalán frunció el ceño sin apartar los ojos de la carretera.

—¿Por qué no nos lo has contado hasta ahora?

—¿Por qué iba a contarlo? Es una de esas conversaciones que en realidad nadie se toma en serio. Además, es pecado.

Nalán se volvió hacia Zaynab122.

—¿Y por qué nos lo cuentas ahora?

—Porque de repente parece lo más lógico —respondió Zaynab122—. Me doy cuenta de que sus decisiones tal vez no coincidan con las mías, pero aun así las respeto.

Los cinco se quedaron pensativos.

—Entonces, ¿qué hacemos? —preguntó Humeyra.

—Llevémosla al mar —propuso Yamila, y por la manera en que lo dijo, con tanta ligereza y seguridad, los demás tuvieron la sensación de que era lo que había que hacer desde el principio.

Y sin más la Chevrolet Silverado salió disparada hacia el puente del Bósforo. El puente cuya inauguración habían celebrado Leila y millares de estambulíes en otros tiempos.

TERCERA PARTE

El alma

El puente

—Humeyra...

—¿Mmm...?

—¿Estás bien, cariño? —le preguntó Nalán, agarrada con fuerza al volante.

—Tengo un poco de sueño. Perdona... —respondió Humeyra, con los párpados medio cerrados.

—¿Has tomado algo esta noche?

—Sí, quizá algo. —Humeyra esbozó una sonrisa tenue, tras lo cual la cabeza le cayó sobre el hombro de Yamila y se quedó dormida.

Nalán suspiró.

—¡Vaya! ¡Genial!

Yamila se acercó más ella y se recolocó para que Humeyra estuviera más cómoda.

En cuanto cerró los ojos, Humeyra se sumió en un profundo sueño aterciopelado. Se vio a sí misma de niña en Mardin, en brazos de su hermana mayor. Su hermana predilecta. Luego sus otros hermanos se unían a ellas y juntos formaban un corro y daban vueltas riendo. A lo lejos se extendía una llanura de campos a medio cosechar y el sol se reflejaba en las ventanas del monasterio de San Gabriel. Ella dejaba atrás a sus hermanos para dirigirse a ese edificio antiguo y oía el susurro del viento que se colaba entre los intersticios de las piedras. No sabía por qué el monasterio tenía un aspecto distinto. Al acercarse descubrió el motivo: no estaba construido con ladrillos, sino con pastillas. Todas las que ella había tragado a lo largo de su vida: con agua, con whisky, con Coca-Cola, con té, a palo seco. La cara se le contrajo. Sollozó.

—¡Chis! No es más que un sueño —le dijo Yamila.

Humeyra se calló. Indiferente al estruendo de la camioneta, adoptó una expresión serena y el cabello, de raíces tercamente morenas bajo la masa de un rubio intenso, se le soltó.

Yamila entonó una nana en su lengua materna, con una voz clara y penetrante como un cielo africano. Nalán, Sabotaje y Zaynab122 la escucharon percibiendo la calidez de la canción aun sin entender una sola palabra. Proporcionaba un curioso consuelo el que culturas diferentes hubieran creado costumbres y melodías similares, y el que a lo largo y ancho del mundo la gente se dejara mecer en brazos de sus seres queridos en los momentos de aflicción.

Mientras la Chevrolet circulaba a toda velocidad hacia el puente del Bósforo, el alba despuntó con todo su esplendor. Había transcurrido un día entero desde que se había hallado el cuerpo de Leila dentro de un cubo de la basura metálico.

Nalán, con el pelo húmedo y adherido al cuello, aceleró. La camioneta petardeó y dio unas sacudidas, y por un segundo Nalán temió que fuera a dejarlos en la estacada, pero el vehículo siguió avanzando entre rugidos. Sujetó con más fuerza el volante con una mano y con la otra le dio unas palmaditas mientras susurraba:

—Ya sé, cariño, que estás cansada, y lo entiendo.

—¿Ahora hablas con los coches? —le preguntó Zaynab122 sonriendo—. Hablas con todo..., menos con Dios.

—¿Sabes qué?, te prometo que si esto acaba bien, le saludaré.

—¡Mira! —Zaynab122 señaló hacia el otro lado de la ventanilla—. Creo que está saludándote Él a ti.

La franja de cielo que se extendía sobre el horizonte había adquirido el tono violeta luminoso de la parte interior de las conchas de las ostras, delicado e iridiscente. La inmensidad del mar estaba salpicada de barcos y botes de pesca. La ciudad ofrecía un aspecto sedoso y terso, como si no presentara aristas.

Cuando enfilaron hacia la orilla asiática, aparecieron lujosas mansiones y, tras estas, recios chalés de clase media, y más allá, en las colinas, una hilera tras otra de cabañas maltrechas. Entre los edificios se diseminaban cementerios y santuarios cuyas viejas piedras pálidas semejaban blancas velas de barco que se alejaran flotando.

Nalán miró de reojo a Humeyra y encendió un cigarrillo sintiéndose menos culpable que de costumbre, como si el asma fuera una enfermedad que no afectara a quienes dormían profundamente. Trató de echar el humo por la ventanilla abierta, pero el viento lo empujaba de nuevo adentro.

Cuando se disponía a tirar la colilla, Sabotaje dijo:

—Espera. Deja que le dé una calada.

Fumó en silencio, cada vez más meditabundo. Se preguntaba qué estarían haciendo sus hijos. Le dolía en el alma que no hubieran conocido a Leila. Siempre había supuesto que algún día desayunarían o almorzarían todos juntos y que sus hijos la adorarían de inmediato tanto como la adoraba él. Ya era demasiado tarde. Pensó que siempre llegaba tarde a todo. Debía dejar de esconderse, de fingir, de compartimentar su vida, y encontrar la forma de aglutinar sus múltiples realidades. Tendría que presentar sus amistades a su familia y su familia a sus amistades, y si aquella no aceptaba a estas, tendría que esforzarse por hacerla entrar en razón. Ojalá no resultara tan difícil.

Tiró la colilla, subió el cristal y apoyó la frente en él. En su interior algo se removía, cobraba fuerza.

Nalán vio en el retrovisor que a cierta distancia dos coches de policía entraban en la carretera que conducía al puente. Abrió los ojos de par en par. No contaba con que los atraparan tan pronto.

—¡Vienen dos! Los tenemos detrás.

—¿No debería bajar uno de nosotros para intentar distraerlos? —propuso Sabotaje.

—Lo haré yo —se apresuró a decir Zaynab122—. Es posible que no pueda echaros una mano con el cuerpo, pero sí puedo hacer esto. Fingiré que estoy herida o algo así. Tendrán que pararse.

—¿Estás segura? —le preguntó Nalán.

—Sí —respondió Zaynab122 con rotundidad—. Segurísima.

Nalán frenó hasta que la camioneta se detuvo con un chirrido, ayudó a Zaynab122 a apearse y volvió a subir al vehículo sin perder tiempo. El jaleo molestó a Humeyra, que entreabrió los ojos, se removió en el asiento y se durmió de nuevo.

—Buena suerte, cariño. Ten cuidado —dijo Nalán por la ventanilla abierta.

Y se alejaron a toda velocidad tras dejar a Zaynab122 en el arcén, con su pequeña sombra separándola del resto de la ciudad.

En mitad del puente Nalán pisó el freno y dio un volantazo a la izquierda. La camioneta giró hacia el arcén y patinó hasta detenerse.

—Bien, necesito ayuda —declaró, cosa que Nalán rara vez reconocía.

Sabotaje asintió y enderezó los hombros.

—Estoy listo.

Ambos corrieron hacia la caja del vehículo y desataron las cuerdas que sujetaban a Leila. Sabotaje sacó el fular del bolsillo a toda prisa y lo remetió entre los pliegues de la mortaja.

—Que no se me olvide su regalo.

Juntos auparon el cuerpo de Leila y se lo colocaron sobre el hombro para compartir el peso, avanzaron arrastrando los pies hacia las barreras, que les llegaban a la altura de las rodillas, pasaron las piernas con cuidado por encima de ellas y siguieron adelante. Al alcanzar la barandilla exterior bajaron el cuerpo hasta depositarlo sobre la superficie metálica, tomaron aliento —de repente, diminutos bajo los enormes cables de acero zigzagueantes que pendían en lo alto— y se miraron.

—Adelante —dijo Sabotaje, con el rostro rígido en una expresión seria.

Empujaron el cuerpo un poco más sobre la barandilla, con delicadeza y timidez al principio, como quien anima a un niño a entrar en un aula el primer día de clase.

—¡Eh, ustedes dos!

Nalán y Sabotaje se quedaron petrificados ante aquella voz masculina que hendía el aire, el chirrido de neumáticos, el olor a caucho quemado.

—¡Alto!

—¡Quietos!

Otro agente salió de un coche de policía corriendo y gritando órdenes, seguido de un tercero.

—¡Han asesinado a alguien! ¡Intentan deshacerse del cuerpo!

Sabotaje palideció.

—¡No! Ya estaba muerta.

—¡Cierre el pico!

—Déjenlo en el suelo. Despacio.

—Será «déjenla» —no pudo por menos que corregir Nalán—. Miren, permitan que se lo expliquemos, por favor...

—¡Silencio! Ni un solo movimiento más. Se lo advierto: ¡dispararé!

Llegó otro coche de la policía, en cuyo asiento trasero iba Zaynab122 con los ojos llenos de miedo, el rostro ceniciento. No había conseguido distraerlos mucho rato. Nada estaba saliendo según lo planeado.

Se apearon otros dos agentes.

En los carriles de sentido contrario del puente el tráfico iba en aumento. Los vehículos circulaban despacio, las caras miraban con curiosidad por las ventanillas: un coche con una familia que regresaba de las vacaciones, con maletas amontonadas detrás; un autobús ya medio lleno de madrugadores —señoras de la limpieza, dependientes, vendedores callejeros—, todos boquiabiertos.

—¡He dicho que dejen el cuerpo en el suelo! —repitió un agente.

Nalán bajó la vista y por un instante su rostro reflejó que sabía lo que ocurriría: las fuerzas del orden se llevarían el cuerpo de Leila y volverían a enterrarla en el Cementerio de los Solitarios. Ella y sus amigos nada podían hacer. Lo habían intentado y habían fracasado.

—Lo siento —susurró volviéndose a medias hacia Sabotaje—. Es culpa mía. Lo he estropeado todo.

—Nada de movimientos bruscos. ¡Y arriba las manos!

Sin dejar de sujetar el cadáver con un brazo, Nalán avanzó un pasito hacia los policías con una mano en alto en señal de rendición.

—¡Dejen el cadáver en el suelo!

Nalán dobló las rodillas, preparada para bajar el cuerpo con delicadeza hasta depositarlo en el asfalto, pero se detuvo al ver que Sabotaje no hacía lo mismo. Lo miró intrigada.

Sabotaje permanecía inmóvil, como si no hubiera oído ni una sola palabra de las pronunciadas por los agentes. Casi cerró los ojos, y de pronto el color desapareció del cielo, el mar y la ciudad, de modo que por un instante lo vio todo en blanco y negro, igual que en las películas preferidas de Leila, con excepción de un hula-hoop que al girar dibujaba círculos en un intenso naranja rebosante de energía y vida. Cuánto habría deseado retroceder en el tiempo de esa manera. Cómo se arrepentía de haber dado a Leila el dinero para el autocar que la alejaría de él, en vez de pedirle que se quedara en Van y fuera su esposa. ¿Por qué había sido tan cobarde? ¿Y por qué era tan alto el precio de no decir lo que había que decir en el momento oportuno?

Con un ímpetu imprevisto, notando en la cara la brisa mezclada con la sal, que sabía igual que sus lágrimas, Sabotaje se precipitó hacia delante y empujó el cuerpo hasta que cayó de la barandilla.

—¡¡¡Alto!!!

Los sonidos se disolvieron en el aire. El graznido de una gaviota. El clic de un gatillo. Una bala alcanzó a Sabotaje en el hombro. Sintió un dolor desgarrador, pero curiosamente soportable. Atisbó un momento el cielo: infinito, impávido, indulgente.

En la camioneta, Yamila gritó.

Leila cayó al vacío. Se precipitó más de sesenta metros, veloz y en línea recta. El mar resplandecía brillante y azul como una piscina olímpica. Mientras descendía, algunos pliegues de la mortaja se deshicieron y flotaron a su alrededor y por encima de ella como las palomas que su madre había criado en la azotea. Con la diferencia de que estas de ahora eran libres. No había jaulas para encerrarlas.

Cayó en picado en el agua.

Lejos de esa locura.

El pez beta azul

Leila temió caer sobre la cabeza de un pescador solitario a bordo de un bote de remos. O de un marinero que añorara su tierra al contemplar el paisaje mientras su barco se deslizaba bajo el puente. O de un cocinero que preparara el desayuno para sus patronos en la cubierta de un yate de lujo. Con la suerte que tenía siempre... Sin embargo, no ocurrió nada de eso, sino que se precipitó entre el parloteo de las gaviotas, el susurro del viento. El sol se elevaba sobre el horizonte, y la cuadrícula de casas y calles de la otra orilla parecía en llamas.

Por encima de Leila se extendía un cielo despejado que irradiaba una disculpa por la tormenta de la noche anterior; por debajo se encontraban las crestas de las olas, manchas blancas que parecían salpicaduras del pincel de un pintor. A lo lejos, por todas partes, abarrotada y caótica, herida e hiriente, pero bella como siempre, se hallaba la antigua ciudad.

Leila se sentía ligera. Se sentía contenta. Con cada metro que caía, se desprendía de un sentimiento negativo: la ira, la tristeza, el anhelo, el dolor, el pesar, el resentimiento y su prima, la envidia. Se deshizo de ellos, uno tras otro. Luego, con un impacto que estremeció todo su cuerpo, quebró la superficie del mar. El agua se abrió en torno a ella y el mundo cobró vida. No se parecía a nada que hubiera conocido. Era un mundo mudo. Ilimitado. Leila miró alrededor para asimilarlo pese a su inmensidad. Delante de ella atisbó una sombra diminuta.

Era el pez beta azul, aquel al que habían soltado en el río de Van el día en que ella nació.

—Me alegro de verte por fin —dijo el pez—. ¿Por qué has tardado tanto?

Leila no supo qué responder. ¿Podía hablar bajo el agua?

Al advertir su perplejidad, el pez beta azul sonrió.

—Sígueme —le indicó.

Leila recuperó la voz.

—No sé nadar —dijo con una timidez que no logró disimular—. No llegué a aprender.

—No te preocupes. Sabes todo lo que necesitas saber. Ven conmigo.

Leila nadó, despacio y torpemente al principio, con agilidad y confianza después, a un ritmo cada vez más rápido, aunque no trataba de llegar a ninguna parte. Ya no había motivos para apresurarse ni nada de lo que huir. Un banco de doradas se arremolinó alrededor de su melena y entre sus cabellos. Los bonitos y las caballas le hacían cosquillas en la punta de los pies, y los delfines la escoltaban cabrioleando por encima de las olas y salpicando agua.

Leila contempló el panorama, un universo en tecnicolor; en cada dirección, un charco de luz nuevo que parecía desembocar en otro. Vio esqueletos herrumbrosos de barcos de pasajeros hundidos. Vio tesoros perdidos, buques de vigilancia costera, cañones imperiales, coches abandonados, pecios de hacía mucho tiempo, concubinas a las que habían arrojado metidas en sacos por las ventanas de palacio y que habían caído al mar; sus joyas se enredaban en las algas y sus ojos todavía buscaban sentido en un mundo que les había reservado un final tan cruel. Encontró poetas, escritores y rebeldes de la época otomana y bizantina lanzados a las profundidades por sus palabras traicioneras o sus ideas combativas. Lo espantoso y lo grácil..., todo coexistía a su alrededor en pródiga abundancia.

Todo salvo el dolor: no había dolor ahí abajo.

Su mente se había apagado del todo, su cuerpo ya empezaba a descomponerse y su alma seguía a un pez beta. La tranquilizaba haber abandonado el Cementerio de los Solitarios. Se alegraba de formar parte de aquel reino vibrante, de aquella armonía reconfortante que jamás había creído posible, y de aquel inmenso azul, luminoso como el nacimiento de una nueva llama.

Libre al fin.

Epílogo

El piso de la calle Kafka Peludo estaba adornado con globos, serpentinas y banderines. Ese día Leila habría celebrado su cumpleaños.

—¿Dónde está Sabotaje? —preguntó Nalán.

Tenían una nueva justificación para llamarlo así, ya que al final había saboteado por completo su vida. Después de que le dispararan en el momento en que arrojaba el cadáver de una prostituta por el puente del Bósforo, en compañía de unas amigas sospechosas, había aparecido en todos los periódicos. Aquella misma semana había perdido el empleo, el matrimonio y la casa. Se había enterado con retraso de que su mujer tenía una aventura desde hacía mucho y que por eso se alegraba de que él saliera por las noches. Esa circunstancia le había proporcionado cierta ventaja al negociar el acuerdo de divorcio. En cuanto a su familia política, no le dirigía la palabra desde hacía tiempo, aunque por suerte sus hijos sí le hablaban y se le permitía verlos los fines de semana, y eso era lo único importante. Ahora tenía un pequeño puesto de venta de mercancías falsificadas cerca del Gran Bazar. Ganaba la mitad que antes, pero no se quejaba.

—En un atasco de tráfico —respondió Humeyra.

Nalán agitó una mano con la manicura recién hecha. Entre los dedos tenía un cigarrillo sin encender y el Zippo de D/Alí.

—Creía que ya no tenía coche. ¿Qué excusa dará esta vez?

—Que no tiene coche. Tiene que utilizar el autobús.

—No tardará en llegar, esperémosle un poco —dijo Yamila con dulzura.

Nalán asintió y fue al balcón, se acercó una silla y se sentó. Miró hacia la calle y vio a Zaynab122, que salía del colmado con una bolsa de plástico en cada mano y que caminaba con cierta dificultad.

Nalán se apretó un costado, presa de un repentino ataque de tos de fumadora. Le dolía el pecho. Se hacía mayor. Sin ahorros ni pensión de ningún tipo, no tendría forma de subsistir. La idea de que los cinco vivieran juntos en el piso de Leila y compartieran gastos había sido muy acertada. Solos eran más vulnerables; juntos, más fuertes.

A lo lejos, más allá de las azoteas y cúpulas, el mar brillaba como el cristal, y en el fondo del agua, en cualquier lugar y por todas partes, estaba Leila: mil Leilas pequeñitas aferradas a las aletas de los peces y las algas, y riendo dentro de las conchas de los moluscos.

Estambul era una ciudad líquida. En ella nada era permanente. Nada parecía estable. Esa característica debía de remontarse a miles de años, cuando se fundieron las placas de hielo, aumentó el nivel del mar, se produjeron inundaciones y desapareció toda forma de vida conocida. Probablemente los pesimistas fueron los primeros en huir de la zona; los optimistas debieron de decidir esperar a ver cómo se desarrollaban los acontecimientos. Nalán pensó que una de las innumerables tragedias de la historia humana estribaba en que los pesimistas eran más aptos para sobrevivir que los optimistas, y en consecuencia era lógico suponer que la humanidad llevaba los genes de quienes no creían en la humanidad.

Cuando se produjeron las inundaciones, se desencadenaron por doquier y se llevaron por delante cuanto encontraron a su paso: animales, plantas, seres humanos. Así se formó el mar Negro, al igual que el Cuerno de Oro, el Bósforo y el mar de Mármara. Mientras las aguas corrían por todas partes, crearon una franja de tierra firme donde un día se erigió una metrópoli poderosa.

Esa madre patria suya y de sus amigos aún no se había solidificado. Cuando cerraba los ojos, a Nalán le parecía oír cómo el agua se agitaba bajo sus pies. Cómo se removía, se arremolinaba, exploraba.

En constante cambio aún.

Nota al lector

Muchas cosas de este libro son ciertas y todo en él es ficción.

El Cementerio de los Solitarios de Kilyos existe y crece a marchas forzadas. En los últimos tiempos han recibido sepultura en él cada vez más refugiados que se han ahogado en el mar Egeo al tratar de llegar a Europa. Sus tumbas, como todas las demás, tienen solo un número, rara vez un nombre.

Los ocupantes del camposanto mencionados en el libro se inspiran en recortes de periódico e historias verídicas de personas enterradas en él, entre ellas la abuela budista zen que viajaba de Nepal a Nueva York.

La calle de los burdeles también es real, al igual que los acontecimientos históricos citados en el relato, como la matanza de My Lai en Vietnam en 1968 y la matanza de Estambul el día Internacional de los Trabajadores de 1977. El hotel Intercontinental desde el que los francotiradores dispararon contra la multitud es en la actualidad el hotel Mármara.

Hasta 1990 el artículo 438 del Código Penal turco se esgrimía para reducir un tercio de la condena a los violadores que demostraran que su víctima era prostituta. Los legisladores defendían dicho artículo argumentando que «la violación no puede afectar de forma negativa a la salud física o mental de una prostituta». En 1990, ante el aumento de los ataques contra las trabajadoras del sexo, se alzaron encendidas protestas en diversas partes del país. Esta fuerte reacción de la sociedad civil llevó a la derogación del artículo 438. No obstante, desde entonces se han introducido en el país pocas reformas legales —si es que ha habido alguna— dirigidas a la igualdad de género o con el propósito específico de mejorar las condiciones de las trabajadoras del sexo.

Por último, aunque los cinco amigos son fruto de mi imaginación, están inspirados en personas de carne y hueso —autóctonas, llegadas más tarde y extranjeras— que he conocido en Estambul. Mientras que Leila y sus amigos son personajes totalmente ficticios, la amistad que se describe en esta novela es, al menos a mis ojos, tan real como esta vieja ciudad cautivadora.

Glosario

agá: título honorífico en el Imperio otomano.

amca: tratamiento tradicional destinado a los ancianos varones.

ayran: yogur líquido.

baba: «padre».

baklava: postre turco; pastel hojaldrado, bañado en almíbar o miel y acompañado de frutos secos.

börek: «empanada».

cezve: «cafetera».

darbuka: «tamboril».

dhikr: forma de devoción en la que se repite el nombre de Dios o Sus atributos; se asocia a las hermandades suffes.

djinn: «genio».

Eid: festividad del final del Ramadán.

ezan: llamada a la oración.

feringhee: «extranjero».

gazino: local turco de revista musical.

geçmiş olsun: «que se mejore pronto».

habibi: «amor mío».

halva: dulce que se prepara para glorificar el espíritu de la persona fallecida y se reparte entre las personas que visitan su casa.

haram: algo prohibido por la ley islámica.

hayati: «vida mía».

hodja: director de colegio musulmán.

kader: «destino».

kerhane tatlisi: «churro de burdel».

köfte: albóndigas de ternera.

konak: «mansión».

mashallah: interjección que podría traducirse como «Lo que Alá desea».

nafs: «ego».

nazar: «mal de ojo».

nine: «abuela».

salep: leche caliente con canela y orquídea silvestre.

sarma: hojas de parra rellenas.

Shaitán: Satanás.

simit: rosca con semillas de sésamo.

takke: «casquete».

tariqa: escuela u orden sufí.

tövbe: «arrepentimiento».

ya ruhi: «mi alma».

yenge: tía política (o cuñada).

Zamharir: parte del infierno extremadamente fría.

Zaqum: árbol que crece en el infierno.

zeybek: baile folclórico de la Turquía occidental.

Cementerio de los Solitarios, Turquía
© Fotografía de Tufán Hamarat

Agradecimientos

Algunas personas especiales me han ayudado mientras escribía esta novela. Les estoy profundamente agradecida.

Mi más sinceras gracias a mi maravillosa editora, Venetia Butterfield. Para una novelista es una verdadera bendición trabajar con una editora que la entiende como nadie y que la guía y alienta con confianza, cariño y determinación. Gracias, querida Venetia. Debo una enorme gratitud a mi agente, Jonny Geller, que escucha, analiza y ve. Todas mis conversaciones con él me abren una nueva ventana en la mente.

Muchas gracias a quienes tuvieron la paciencia de leer las primeras versiones del libro y me aconsejaron. Gracias a Stephen Barber, ¡qué gran amigo y qué alma generosa! Gracias a Jason Goodwin, Rowan Routh y a la querida Lorna Owen por acompañarme hasta el final. Muchas gracias a Caroline Pretty: has sido de lo más atenta y amable. Gracias a Nick Barley, que leíste los primeros capítulos y me animaste a seguir adelante sin vacilar ni mirar atrás. Unas gracias muy grandes a Patrick Sielemann y Peter Haag, que estuvisteis a mi lado desde el principio. ¿Cómo voy a olvidar vuestro valioso apoyo?

Quiero expresar mi gratitud a Joanna Prior, Isabel Wall, Sapphire Rees, Anna Ridley y Ellie Smith, de Penguin UK, y a Daisy Meyrick, Lucy Talbot y Ciara Finan, de Curtis Brown. Gracias asimismo a Sara Mercurio, que me envía los correos electrónicos más deliciosos desde Los Ángeles, y a Anton Mueller por sus sabios consejos desde Nueva York. Y a los editores y amigos de Doğan Kitap: un equipo bello y valeroso que nada contra la corriente guiado tan solo por el amor a los libros. Vaya mi gratitud también a los queridos Zelda y Emir Zahir, y al apreciado Eyup, y a mi madre, Shafak, cuyo nombre adopté como apellido hace mucho, mucho tiempo.

Mi abuela falleció poco antes de que yo empezara a escribir esta novela. No acudí a su funeral porque no me sentía a gusto viajando a la madre patria en un momento en que se arrestaba por acusaciones infundadas a escritores, periodistas, intelectuales, académicos, amigos y colegas. Mi madre me dijo que no me preocupara por no haber visitado la tumba de mi abuela, pero sí me preocupé y me sentí culpable. Estaba muy unida a ella. Fue quien me crio.

La noche en que terminé la novela había luna creciente. Pensé en Tequila Leila, pensé en mi abuela y, aunque la primera es un personaje de ficción y la segunda tan real como mi sangre, no sé por qué me pareció que se habían conocido y convertido en buenas amigas, en *hermanas extranjeras.* A fin de cuentas, los límites de la mente no significan nada para las mujeres que siguen cantando canciones de libertad a la luz de la luna...

Índice

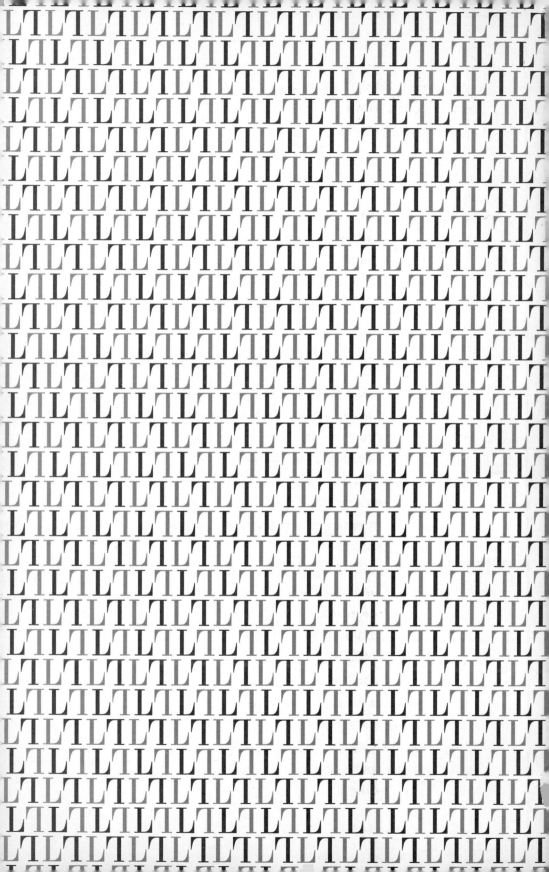